변두리 로켓

야타가라스

변두리 로켓

야타가라스

이케이도 준

김은모 옮김

INFLUENTIAL
인 플 루 엔 셜

● 일러두기
본문의 주는 모두 옮긴이가 독자의 이해를 돕기 위해 붙인 것입니다.

야타가라스

일본의 고대신화에서 야타가라스는 '신의 심부름꾼'으로서 길을 안내
해주는 까마귀를 말하며, 하늘, 땅, 사람을 상징하는 세 개의 다리를 가
진 신성한 새이다. 진무[神武]는 신이 내려보내준 야타가라스의 길 안
내를 받으며 병사들을 격려해 험준한 구마노산을 넘었고, 고대 야마토
지역을 최초로 평정했다.

야타가라스의 상징은 현재로 이어져 일본축구협회 마크로 사용되기도
한다. 이 이야기에서 '야타가라스'는 우주에 쏘아 올린 길잡이 위성인
준천정위성의 이름이다.

1장

새로운 제안과 검토

1

역으로 이어지는 긴 오르막길을 올라가는 시마즈 유의 뒷모습이 점점 작아졌다. 이윽고 건물에 가려져 보이지 않게 되자, 쓰쿠다 고헤이는 조용히 창문에서 물러나 사무용 의자를 당겨 천천히 앉았다.

오타구 가미이케다이의 고지대에 위치한 쓰쿠다제작소의 사장실이다.

경리부장 도노무라 나오히로가 개인 사정으로 퇴사하고, 좋은 파트너였던 데이코쿠중공업의 자이젠 미치오 부장도 부서를 이동했다.

그리고 소중한 사람이 또 한 명 쓰쿠다의 곁을 떠났다. 변명도 없이, 깊이 상처를 입은 채, 속절없이.

그 심경을 헤아리자 가슴이 먹먹했졌다. 좀 더 친절하게 이야기를 들어줄 수 없었을까. 격려해줄 수는 없었을까.

"나도 참 못쓰겠군."

혀를 찬 쓰쿠다는 오른손으로 이마를 짚고 인상을 찌푸렸다.

한숨을 푹 내쉬고 잠시 천장을 올려다보다가 이내 시선을 내렸을 때, 멈칫하고 놀랐다.

응접세트 소파 옆에 놓인 조그마한 가방이 눈에 들어왔기 때문이다. 귀여운 곰이 그려진 토트백, 시마즈가 자주 들고 다니는 물건이다.

잊어버리고 간 모양이었다.

"시마 씨답군."

무심코 웃음을 터뜨린 쓰쿠다는 일어서서 다시 창문으로 도로를 내려다보았다. 지난번 사건 이후, 쓰쿠다제작소 직원들은 친근함을 담아 시마즈를 '시마 씨'라고 부르게 됐다. 쓰쿠다도 마찬가지였다.

쓰쿠다는 창가에서 방금 그녀가 사라진 쪽으로 시선을 돌렸다.

주택가에 봄답게 부드러운 석양이 비치고 있었다.

그때 다시 이쪽으로 걸어오는 시마즈의 모습이 석양 속에 나타났다.

토트백을 잊어버렸음을 알아차리고 당황한 낌새로 바쁘게 걸어오는 시마즈는 무심코 미소가 머금어질 만큼 귀여워 보였다. 이렇게 말하면 실례지만 도저히 '천재'라 불리는 엔지니어로는 보이지 않았다.

"죄송해요. 깜빡하고 그냥 갔네요."

이윽고 다시 사장실을 찾아온 시마즈는 쓰쿠다가 내민 토트백을 받고 머리를 꾸벅 숙였다.

"그럼, 이만."

시마즈가 돌아가려 하자 쓰쿠다는 "시마 씨" 하고 불러 세웠다.

"기왕 오셨으니 저희 직원들 얼굴이나 보고 가시죠."

"아니요, 그건……."

시마즈는 난색을 보이며 손을 들어 쓰쿠다를 만류했다. "전 쓰쿠다제작소의 개발 구역에 들어갈 자격이 없어요. 더 이상 기어 고스트 사람도 아니고 게다가…… 여러분을 배신했으니까요."

기어 고스트는 트랜스미션 제조사로서, 쓰쿠다제작소의 중요한 거래처가 될 뻔했다.

"그건 뭐, 별수 없죠."

"아니요, 그래도……."

쓰쿠다는 고개를 숙인 시마즈에게 말했다.

"장사는 사람이 하는 일인걸요, 시마 씨. 세상에는 이해할 수 없는 일도, 생각대로 되지 않는 일도 있는 법이에요. 하지만 그건 그것대로 받아들이는 수밖에 없죠. 이번 일은 시마 씨 잘못이 아닙니다. 저는 그렇게 생각해요. 분명 우리 직원들도 그렇게 생각할 겁니다. 자, 어서요."

시마즈가 뭔가를 떨쳐내듯이 고개를 들었다.

"그럼 잠깐만, 여러분께 인사드리고 갈게요."

"그래요, 그래요."

앞장서서 걸음을 옮기던 쓰쿠다는 문득 걸음을 멈췄다.

"실은 재미있는 것도 있어요."

그렇게 말하고 장난스럽게 웃음을 지었다.

"어, 시마 씨?"

3층으로 올라가자 기술개발부 부장 야마사키 미쓰히코가 대번에 알아보았다. 폭발한 듯한 머리 모양이 트레이드마크인 그는 얼굴 가득 웃음을 지으며 다가와서 물었다.

"갑자기 어쩐 일이세요. 혼자 오셨어요?"

시마즈를 보자 트랜스미션 개발팀의 가루베 마키오, 다치바나 요스케, 가노 아키 등 친하게 지내던 직원들이 모여들었다.

"네, 그래요."

웃음을 지으면서도 약간 눈을 내리뜬 시마즈는 도움을 요청하듯 쓰쿠다를 힐끗 쳐다보았다.

"실은 말이야."

말을 꺼낸 쓰쿠다는 "제가 설명해도 되겠습니까?" 하고 시마즈에게 양해를 구한 후 지금까지의 경위에 대해 이야기했다.

여러 가지 부득이한 사정 때문에 쓰쿠다가 트랜스미션 분야에 진출하기로 결정한 건 이럭저럭 2년쯤 전이다. 신흥 트랜스미션 제조사 기어 고스트는 트랜스미션 분야 진출을 위한 중요한 거래처이자, 발판이 되어줄 회사였다.

하지만 기어 고스트의 사장 이타미 다이는 어떤 사정에서인지 쓰쿠다제작소의 라이벌 엔진 제조사 다이달로스와 자본 제휴를 맺기로 결정했고, 경영 방침을 놓고 대립하던 끝에 공동경영자인 시마즈 유를 회사에서 몰아냈다.

이날 시마즈가 쓰쿠다제작소를 찾아온 건 기어 고스트의 변경된 방침과 자신의 퇴사 사실을 알리기 위해서였다.

쓰쿠다제작소 입장에서는 그야말로 충격이라고밖에 할 수 없는 이야기였다.

쓰쿠다가 이야기하는 동안 표정 없이 팔짱을 끼고 있던 가루베는 뺨을 부풀리며 고개를 천장으로 들었다. 성실하고 우직한 다치바나는 그저 시마즈에게 진지한 시선을 던졌다. 아키는 어안이 벙벙하면서도 눈썹을 축 늘어뜨리고 딱하다는 듯한 눈으로 쓰쿠다와 시마즈를 번갈아 보았다. 다른 직원들도 저마다 충격을 받아 답답할 만큼 무거운 침묵에 사로잡혔다.

"여러분, 정말로 죄송합니다."

쓰쿠다가 이야기를 마치자 시마즈가 그렇게 말하며 머리를 푹 숙였다.

아무도 말이 없었다.

시마즈에게 화를 주체하지 못한 게 아니었다. 지금 이 자리를 가득 메운 것은 이 불합리한 상황에 대한 의문과 당혹감이었다.

"시마 씨 탓이 아니잖아요."

아키의 한마디에 시마즈는 고개를 들었다. "시마 씨는 저희를 위해 싸워주셨어요. 만약 그 때문에 회사에서 밀려나신 거라면 오히려 저희가 사과를 드려야 할지도 몰라요."

"아니요, 무슨 말씀을요."

시마즈는 허둥지둥 얼굴 앞에다 대고 손을 내저었다. "이번 일은 제 힘이 부족해서 초래된 거예요. 그렇게 저희를 걱정해주시고 여러모로 도와주셨는데, 일이 이렇게 되다니……."

"시마 씨."

쓰쿠다는 손수건을 꺼내는 시마즈에게 말을 걸었다. "하기 힘든 말을 하러 이렇게 와줬잖습니까. 역시 시마 씨다워요. 이번 일은 아쉽지만, 살다 보면 이런 일도 있는 거죠. 어쩔 수 없잖아요."

몇몇 직원이 고개를 끄덕였다. 이 자리에 있는 사람들이 쓰쿠다와 같은 의견이라는 건 물어볼 필요도 없었다. 놀랍게도 매사에 삐딱한 가루베마저 눈물에 젖은 눈으로 시마즈를 바라보고 있었다.

본성이 착한 사람들뿐이다.

시마즈는 새삼 그렇게 생각했다. 그때 다치바나가 진지하게 질문을 던졌다.

"시마 씨, 앞으로 어떻게 하실 생각이십니까?"

"아직 안 정했어요. 막 그만뒀는걸요."

시마즈는 쓸쓸하게 웃었다.

"그럼 우리랑 함께하지 않으시겠어요? 부탁드리겠습니다."

다치바나가 쓰쿠다도 놀랄 만한 제안을 했다.

"이봐, 다치바나. 갑자기 그런 소리를……."

"부탁드려요!"

제지하려 한 쓰쿠다를 다른 목소리가 가로막았다. 아키였다. 아키는 진지한 표정으로 시마즈를 쳐다보았다. "저, 시마즈 씨와 함께 일하고 싶어요. 부탁드립니다."

너무 직설적이고 간곡한 부탁에 시마즈는 할 말을 잃어버린 것 같았다.

"이봐들, 잠깐만."

쓰쿠다가 끼어들었다. "사장을 제쳐놓고 그런 소리는 하는 거 아니야. 그보다 그거 있잖아, 시마 씨에게 보여드려."

눈물을 글썽이고 있던 시마즈가 화제를 바꾼 쓰쿠다의 말에 돌아보았다.

"그거라니요?"

"뭐, 일단 보세요."

쓰쿠다가 앞장서서 기술개발부 안쪽으로 안내했다.

"이건⋯⋯."

시마즈는 기술개발부 한쪽 구석의 작업대에 놓인 물건에 눈길을 빼앗긴 것처럼 우뚝 섰다.

조명을 받아 은색으로 빛나고 있는 것은 조립 중인 트랜스미션이었다.

"이 트랜스미션."

잠깐 들여다보던 시마즈가 놀란 표정으로 고개를 들었다. "쓰쿠다제작소의 오리지널인가요?"

"한번 만들어봤죠."

쓰쿠다는 말했다. "그저 팔짱만 끼고 있으면 아무 진전도 없을 테니까."

시마즈는 흥미진진하다는 듯 각도를 바꿔가며 트랜스미션을 들여다보았다. 농기계용 트랜스미션이었다.

"기어 고스트에서 시마 씨가 설계한 걸 약간 참고하긴 했지만, 나쁘지 않죠? 일단 지식재산과 관련된 부분은 확인해놨어요."

가루베가 말했다.

"좋네요. 정말 좋아요."

시미즈는 트랜스미션에 시선을 고정한 채 진지한 표정으로 대답하더니, 고개를 번쩍 들었다. "아, 그런데 이거 쓰쿠다제작소의 대외비 아니에요?"

쓰쿠다가 웃으며 고개를 저었다.

"시마 씨에게 보여드리고 싶었습니다. 의견이 있으면 말해주시겠어요? 다들 트랜스미션에 관한 지식에 굶주려 있거든요. 어떻게든 좋은 물건을 만들어내고 싶어서 날마다 씨름하고 있습니다."

다치바나와 아키를 비롯한 직원들이 시미즈의 말을 한마디도 흘려듣지 않겠다는 듯 진지한 표정으로 쓰쿠다 곁에 서 있었다.

"그렇군요. 그렇다면⋯⋯."

시미즈가 즉시 기술적인 질문을 던지자, 그 자리에서 트랜스미션 개발팀과의 활발한 의견 교환이 시작됐다.

시미즈는 일찍이 데이코쿠중공업에서 천재라 불린 기술자다.

시미즈의 말에는 타산도 자만심도 없었다. 오로지 트랜스미션에 대한 깊은 애정과 이해, 그리고 기술에 대한 끝없는 탐구심뿐이었다. 한마디도 빠뜨리지 않으려고 귀를 기울이는 젊은 기술자들에게 이러한 경험은 좀처럼 얻을 수 없는 귀중한 재산이 될 터였다.

하지만, 지금 그들의 뒤에 서서 열띤 논의를 들으며 쓰쿠다는 가슴속에 솟구치는 분노를 주체할 수가 없었다. 이렇게까지 기술을 사랑하고 제조에 인생을 바친 사람에게, 그 재능을 발휘할 자리를 빼앗다니.

데이코쿠중공업도 그렇고, 기어 고스트도 그렇다. 지금까지 시마즈가 소속됐던 조직은 결국 시마즈를 하나의 톱니바퀴로만 평가했고, 소모품으로 쓰고 버렸다.

자신들의 상황, 자존심, 이익……. 각자에게 어떤 사정과 굴레가 있었든지 간에 너무나 비정한 처사 아닌가.

"회사나 조직에서 잘해나가기는 참 어렵군."

쓰쿠다가 탄식하듯 중얼거리자 옆에 있던 야마사키가 진지하게 고개를 끄덕였다. 야마사키도 동정 어린 눈빛을 시마즈에게 던졌다.

"저희에게 제조 현장을 빼앗는 건, 존재를 부정하는 거나 마찬가지니까요."

야마사키는 눈썹을 축 늘어뜨린 채 쓰쿠다를 보았다. "사장님, 뭔가 해줄 방법이 없을까요? 이대로는 시마 씨가 너무 딱하잖아요."

2

"역시 현장은 즐거워."

시마즈는 한숨을 섞어 말했다. 남에게 한 말이 아니라 그냥 혼잣말 같았다.

쓰쿠다 일행은 회사 근처에 신장개업한 일식집의 다다미방에 앉아 있었다.

보름쯤 전, 영업부의 젊은 직원들의 리더 에바라 하루키가 "새로 생긴 작은 일식집이 있는데 평판이 좋은가 봅니다"라는 소문을 듣고 전해주었다.

시험 삼아 한번 가봤는데, 쓰쿠다는 단박에 그곳이 마음에 들었다. 야에스에 있는 유서 깊은 일식집에서 수업을 받았다는 사장이 아내와 함께 시작한 작은 가게다. 요리도 맛있고, 가게를 꾸려나가는 안주인이 자잘한 곳까지 두루두루 신경을 썼다. 이날처럼 중요한 손님을 대접하기에 안성맞춤인 곳이다.

"시마 씨, 앞으로 어떻게 할 생각이야?"

잠시 술잔을 주고받은 후, 쓰쿠다는 편한 말투로 물었다. "어디 갈 곳은 있어?"

"아니요, 지금으로서는요."

시마즈는 자조하듯 웃고서 고개를 저었다.

"대학에 돌아갈까 생각도 했었는데, 좀 어려울 것 같아요."

"그럼 우리하고 함께하지 않겠어?"

쓰쿠다는 새삼스레 말했다. "아까 봤다시피 우리는 이제부터 본격적으로 트랜스미션 분야에 진출할 생각이야. 시마 씨가 힘을 빌려준다면 호랑이에게 날개를 다는 격이겠지. 우리 직원들도 아주 기뻐할 거야. 한번 생각해봐주지 않겠어?"

시마즈의 얼굴에 기뻐하는 빛이 비친 것도 잠시였다.

"좀 지쳤어요."

시마즈는 고개를 약간 숙인 채 중얼거리듯이 말했다. "지금까지 죽어라 열심히 해왔는데, 결국 그게 다 뭐였나 싶기도 하고. 아무래도 마음이 정리가 안 되네요."

7년 전, 시마즈는 데이코쿠중공업의 동료였던 이타미 다이의 제안을 받아들여 함께 트랜스미션 전문 제조사 기어 고스트를 설립했다. 데이코쿠중공업이라는 조직의 한쪽 구석에 내몰려 응어리만 삭이고 있던 두 사람에게, 그건 그야말로 인생을 건 모험의 시작이었을 것이다.

시마즈가 설계한 최신형 트랜스미션을 이타미가 고안한 비즈니스 모델로 제조 및 판매하는 형태. 일절 자체 생산하지 않고, 나사 하나까지도 전부 외주로 돌린 제조 거점이 없는 벤처기업이었다.

참신한 착상을 토대로 새로운 트랜스미션 제조사로서 출발한 기어 고스트는 처음 한동안은 고전했지만, 5년쯤 전에 아이치모터스의 양산형 소형차에 제품이 채택돼 드디어 궤도에 올랐다.

그런데 신흥 제조사로서 마침내 성장을 이룬 이 시점에 공동 경영자인 두 사람의 관계가 파탄에 이른 것이다.

순조롭게 돌아가는 것처럼 보였던 그 톱니바퀴가 왜 망가졌는지, 자세한 사정은 쓰쿠다도 모른다.

아니, 어쩌면 시마즈 역시 모를 수 있다.

"죄송해요, 쓰쿠다 씨. 좀 더 시간을 주시면 안 될까요?"

머리를 숙인 시마즈의 심경을 생각하면 더 이상 아무 말도 꺼낼 수 없었다.

"그래, 알았어. 우리는 언제든지 환영이야. 그것만 알아둬."

쓰쿠다는 그렇게 말을 끝맺었다.

"참 안 풀리네요."

가게를 나서서 역 개찰구로 사라지는 시마즈를 배웅한 후 야마사키가 탄식했다.

"그러게 말이야."

쓰쿠다도 맞장구를 쳤다.

"하필이면 다이달로스와 자본 제휴를 맺다니. 대체 이타미 씨는 무슨 생각인 걸까요? 시마 씨까지 쫓아내고 말이죠."

야마사키는 속에 열불이 난다는 듯 혀를 차는가 싶더니 무거운 한숨을 푹 내쉬었다. "자이젠 부장이 떠나고, 도노무라 씨가 떠나더니 이번에는 시마 씨까지……. 왠지 맥이 탁 풀리네요."

지난달 말, 데이코쿠중공업에서 오랫동안 대형 로켓 발사를 맡아온 자이젠이 현장을 떠나 새로운 부서로 이동했다. 대형 로켓 발사 부문에서 쓰쿠다제작소는 든든한 버팀목을 잃어버린 것이나 마찬가지였다.

또 3월에는 쓰쿠다제작소의 살림꾼이자 쓰쿠다의 믿음직한 상담 상대였던 '도노', 즉 도노무라 나오히로가 가업인 농사를 잇기 위해 쓰쿠다제작소를 퇴사했다.

"게다가 이타미 씨가 다이달로스와 손을 잡았다니, 아무래도 찜찜한 예감이 듭니다."

야마사키는 오른손으로 턱을 문지르며 미심쩍다는 듯이 실눈을 떴다. "다이달로스가 어떤 곳입니까? 분명 싸움을 걸어올 겁니다."

빠르게 두각을 나타내며 소형 엔진 업계에서 확실한 지위를 구축하고 있는 다이달로스는 이제 쓰쿠다제작소의 가장 큰 라이벌이라고 해도 과언이 아니다.

"그렇겠지."

한숨을 섞어 대답하면서도 솔직히 쓰쿠다는 불안했다.

다이달로스와 기어 고스트의 제휴는, 이를테면 기어 고스트와 쓰쿠다제작소의 관계를 부정하는 것과 마찬가지 아닐까 의심스러웠기 때문이다.

기어 고스트에는 경쟁입찰 끝에 따낸 트랜스미션용 신형 밸브를 납품할 계획이었지만, 이렇게 된 이상 과연 납품이 가능할지조차 낙관할 수 없는 상황이었다.

트랜스미션 사업의 발판으로서 협력했던 거래처 기어 고스트의, 아니 사장 이타미의 변심에 농락당했다. 게다가 소중한 동료도 잃었다.

"이럴 때 도노무라 씨가 있었다면……."

야마사키가 무심코 한탄하는 것도 무리는 아니지만, 그렇다고 손가락만 문 채 속수무책으로 있을 수는 없는 노릇이다.

살아남아야 하기 때문이다.

쓰쿠다는 우쓰노미야에 있는 공장까지 합치면 300명에 가까운 직원을 데리고 있다. 그들과 그 가족의 행복은 쓰쿠다 고헤이의 두 어깨에 얹혀 있다.

불안이 마음을 좀먹든, 아무리 불리한 상황이든 그 상황을 타개하지 못하면 회사를, 더 나아가 직원들의 생활을 지킬 수 없다. 경영자에게 요구되는 건 비탄이나 후회가 아니라 항상 앞날을 예측하고 행동하는 것이다.

"일단 이타미 씨를 만나볼까……."

고탄다 방면에서 오는 전철이 도착했는지 회사원으로 보이는 사람들이 개찰구에서 쏟아져 나왔다. 그 흐름을 거스르듯이 서서 쓰쿠다는 누구에게랄 것도 없이 중얼거렸다.

3

다음 날 아침, 쓰쿠다 고헤이는 기어 고스트의 사장 이타미에게 연락했다.

"한동안 격조했으니 인사를 드리러 갈까 싶어서요."

쓰쿠다가 그렇게 말을 꺼내자 이타미는 잠시 침묵한 후 대답했다.

"뭐, 그렇게 신경 쓰지 않으셔도 됩니다."

내키지 않는다는 듯한 반응이었다.

"그런 말씀 마시고요. 오늘이나 내일, 시간 없으십니까? 회사에 계시다면 잠깐 찾아뵙겠습니다."

전화에서 망설임이 전해져왔다. 그도 그럴 것이다. 만나면 다이달로스와 자본을 제휴한 이야기가 나올지도 모른다. 이타미는 그 이야기가 쓰쿠다의 귀에 들어갔을 가능성을 이미 의심하고 있을 것이다.

배신하고 배신당했는데도 겉으로는 서로 친밀한 거래처인 양구는 것도 기분 좋은 일은 아니었다.

"오늘 저녁이라면……."

성가셔하는 듯한 이타미의 대답에 위화감을 지울 수 없었다.

작년에 기어 고스트가 특허 침해로 존망의 위기에 처했을 때, 구해준 건 다름 아닌 쓰쿠다제작소다. 그 성의를 걸레짝처럼 버릴 거라면 본래 이타미 쪽에서 먼저 인사하러 오는 게 도리다.

이런 남자였던가.

느닷없이 그런 생각에 사로잡히며 쓰쿠다가 물었다.

"몇 시가 괜찮으신가요? 편하신 시간에 맞추겠습니다."

"그럼 5시에 뵙죠. 그런데 시간이 별로 없어서요. 30분 정도도 괜찮으시겠죠?"

변두리 동네에서 나고 자라 변두리 공장을 경영하는 아버지의 뒷모습을 보아온 남자다. 쓰쿠다가 아는 이타미는 퉁명스럽지만 인정이 있는 남자였다.

그런데 지금 전화 저편에서 전해져오는 이 쌀쌀맞은 숨결은 뭐란 말인가.

"그럼 그때 찾아뵙겠습니다."

전화를 끊은 쓰쿠다는 사장실에서 보이는 오타구 일대의 주택가를 잠시 바라보다 우울한 한숨을 내쉬었다.

오타구 시모마루코에 위치한 기어 고스트는 차로 20분 정도밖에 걸리지 않을 만큼 가깝지만, 오늘따라 유달리 먼 거리처럼 느껴졌다.

회사 차 운전대는 야마사키가 잡았다. 쓰쿠다는 조수석에서 말문을 닫은 채 이타미와 있을 미팅에 대해 생각하고 있었다.

"시마 씨에게 들은 정보에 대해서는 그쪽에서 말할 때까지 잠자코 있어야 할까요?"

역시 이타미와의 미팅을 생각하고 있었는지 야마사키가 물었다. 다이달로스와 자본 제휴를 맺은 것에 대해서다. "정보원이 알려지면 시마 씨에게 피해가 갈지도 모르잖아요."

"일단 상대가 어떻게 나오는지 보자고. 결국은 묻게 되겠지만. 어쩌면 우리가 납득할 만한 이유가 있는지도 모르지."

실제로 그럴 가능성은 없을 것 같았지만, 한편으로는 있기를 바라는 마음도 있었다. 이제야 쓰쿠다는 자신의 가슴속에 있는 개운치 못한 기분의 정체를 알 것 같았다.

쓰쿠다는 이타미 다이라는 사람에게, 그리고 기어 고스트라는 회사에 몹시 반했던 것이다.

만약 이게 다른 거래처였다면 쓰쿠다의 성격상 불같이 화를 냈을 게 틀림없다. 하지만 그러지 않은 건 같은 변두리 동네 출신으로서 마음속 한구석으로는 이타미를 믿고 싶다는 한 줄기 희망을 단념하지 못했기 때문이다.

길길이 화를 낼 수 있다면 오히려 편할지도 모른다. 하지만 그게 안 되니까 안타깝고, 이도 저도 아니라서 종잡을 수 없는 감정에 휘둘리는 것이리라.

이윽고 앞 유리창 너머로 독특한 외관의 사옥이 보였다. 기어 고스트는 이타미의 아버지 대부터 사용했다는 오타구 변두리 동네의 노후화된 건물을 개조해 사옥으로 쓰고 있다. 낡았으면서도 현대적인, 불가사의한 인상의 사무실이다.

뒤편에 있는 방문객용 주차장에 차를 댔다. 정면의 현관 유리 문을 열고 들어가자 흙바닥을 그대로 둔 봉당(封堂)에는 트랜스 미션을 전시한 쇼케이스가 늘어섰고, 안쪽의 아담한 사무실에는 책상에 앉아 일하는 직원들이 보였다. 쓰쿠다와 야마사키가 들어 온 걸 알아차리고 젊은 직원이 응접실로 안내해주었다. 유리문으 로 사무실과 구별한 게 전부인 방이다. 살펴보니 얼마 전까지 시 마즈가 앉아 있던 곳에, 지금은 낯선 남자가 앉아서 컴퓨터 모니 터를 보고 있었다.

"벌써 시마 씨를 대신할 사람이 온 건가."

중얼거린 것은 쓰쿠다가 아니라 야마사키였다. "대신할 사람 을 찾았으니 시마 씨를 쫓아냈다, 그걸까요."

응접실에서 기다린 지 몇 분 후, "기다리게 해서 죄송합니다"라 는 한마디와 함께 이타미가 들어왔다.

무뚝뚝해서 얼핏 보기에 말 붙이기 힘든 인상은 변함없이 그대 로였다. 이타미는 쓰쿠다와 야마사키 맞은편에 있는 팔걸이의자 에 털썩 앉았다.

"한동안 인사도 못 드렸고, 야마타니의 새 트랜스미션 관련해 서 어떻게 되어가고 있는지 상황이 궁금해서요."

쓰쿠다가 말을 꺼냈다.

야마타니는 쓰쿠다제작소와도 관계가 두터운 대규모 농기계 제조사다. 기어 고스트는 야마타니의 신형 트랙터용 트랜스미션 공급을 노리고 있으며, 예전에 쓰쿠다가 고생 끝에 경쟁입찰에서 따낸 것은 그 트랜스미션에 들어갈 밸브였다.

아무리 경쟁입찰에서 이겼다 해도 야마타니가 기어 고스트에서 만든 트랜스미션을 채택하지 않는 이상, 쓰쿠다가 나설 차례는 없다. 그런데—.

"어, 아직 담당이 연락을 안 했나요?"

이타미는 난감한 표정을 지었다. "실은 야마타니의 경영 계획이 수정되는 바람에 그 트랜스미션 계획 자체를 보류해야 할 것 같습니다."

"아니, 그런 이야기는……."

청천벽력 같은 이야기에 쓰쿠다는 말문이 막혔다.

"뭐, 그렇게 됐습니다. 기껏 경쟁입찰에 참가해주셨는데 기대에 부응하지 못할 것 같네요."

이타미의 말투는 덤덤했다.

"하시만 그래서는 기어 고스트에도 타격일 텐데요. 트랜스미션 개발비도 그렇고, 농기계 업계에 진출한다는 계획이 암초를 만난 셈이니까요. 무슨 수가 없겠습니까?"

쓰쿠다의 물음에 이타미는 의외의 말을 꺼냈다.

"아니요, 저희는 다른 형태로 진출할 거라서요."

"다른 형태라니 대체……."

야마사키의 물음에 이타미는 "그건 아직 기밀이라서……" 하고 말을 흐렸다.

"야마타니의 새로운 라인업이 아니라면, 기존 트랙터의 트랜스미션을 수주하셨다는 겁니까?"

"아니요, 새로운 농기계입니다."

무슨 소리인지 전혀 이해가 가지 않았다.

"거기에 이번에 개발하신 트랜스미션을 투입하시는 겁니까?"

"뭐, 그런 셈이죠."

이타미의 대답이 쓰쿠다의 내면에 파문을 일으켰다.

"그럼, 거기에 저희 밸브를 사용해주시지 않겠습니까? 새로운 농기계가 뭔지는 모르겠지만, 경쟁입찰까지 해서 인정받았으니까요."

"그건 안 되겠는데요."

이타미는 단칼에 거절했다. "그쪽은 이미 오모리밸브로 정했거든요."

자기 두 귀를 의심한다는 말은 이럴 때 쓰는 것이리라. 안색이 바뀐 쓰쿠다는 저도 모르게 입을 열었다.

"그건 아니지 않습니까!"

그런 말이 거칠게 튀어나왔다. "이타미 씨, 저희가 기어 고스트를 여러모로 도와드렸지 않습니까! 소송 건도 그렇고요. 그런데 애써 개발한 밸브는 사용할 길이 없어졌고, 이미 라이벌 기업에 발주했으니 새로운 트랜스미션에도 사용할 수 없다니, 너무하잖습니까!"

"라이벌 기업이라고요?"

이타미는 작게 웃음을 터뜨렸다. "오모리밸브를 쓰쿠다제작소의 라이벌이라고 할 수는 없겠죠. 그쪽은 확고부동한 위치의 대기업이니까요."

"잠깐만요. 지난번 경쟁입찰에서는 저희 밸브를 선택하셨잖습니까!"

"지난번 경쟁입찰에서는요. 이번에는 이야기가 다르니까요."

뭐라고 따질 엄두도 나지 않는 대답이었다.

"이타미 씨, 저희가 기어 고스트와 거래하기를 얼마나 기대했는지 아십니까? 그 이야기가 이런 식으로 백지화될 거라면, 적어도 빨리 알려줬으면 좋았을 텐데요."

쓰쿠다는 뱃속에서 횃불처럼 타오르기 시작한 분노를 억누르며 말했다.

"그야 그쪽의 사정이죠."

이타미는 쌀쌀맞게 대꾸했다. "아직 정식으로 결정도 나지 않았는데 미리 경과를 알려달라는 말씀이십니까? 담당이 아직 연락하지 않았는지 모르지만, 그렇게까지 할 의무는 없을 텐데요. 다른 하청업체 중에 그런 소리를 하는 곳은 없습니다."

이타미는 쓰쿠다제작소가 하청업체 중 하나에 지나지 않는다고 치부해버렸다.

"함께할 수 있을 거라 생각하고 요전 소송에도 힘을 보태드린 겁니다, 이타미 씨."

"그때는 참 감사했습니다."

이타미는 건성으로 머리를 숙였다. "하지만 그건 그거고, 이건 이거라고 생각해주십시오. 저희에게는 저희 나름의 비즈니스 모델이 있으니까요."

"그 비즈니스 모델에 쓰쿠다제작소가 들어갈 여지는 없다, 그런 말씀입니까?"

"죄송합니다만, 현재로서는 그렇습니다."

이타미는 그렇게 말하고 자 그럼, 하며 미팅을 마무리 지으려고 했다.

"잠깐만요, 이타미 씨."

쓰쿠다는 당장이라도 일어서려는 이타미에게 말을 던졌다.

"다이달로스와 자본을 제휴했다는 게, 사실입니까?"

이타미가 감정을 싹 지운 눈으로 쓰쿠다를 보았다.

"어디서 그런 얘길 들었습니까?"

"어디서 언뜻 들었습니다."

쓰쿠다는 대답했다. "설마, 그러지는 않으셨겠죠? 다이달로스는 이를테면 저희의 경쟁사입니다. 아까 비즈니스 모델이라고 하셨는데, 사업도 사람이 하는 겁니다. 사람으로서 그런 도리에 어긋나는 짓을 하셨으리라고는 믿고 싶지 않습니다만."

쓰쿠다를 가만히 쳐다보던 이타미가 피식 웃었다.

"시마즈가 쓸데없는 소리를 한 건가."

"이런 이야기는 여기저기서 새어 나오는 법입니다."

쓰쿠다는 얼렁뚱땅 넘어갔다. 이타미는 숨을 크게 들이마신 후 말했다.

"거기까지 알고 계신다면 부정은 하지 않겠습니다. 맞습니다. 저희는 다이달로스와 자본을 제휴하기로 했어요. 앞으로는 다이달로스와 업무적인 측면에서도 협력해나갈 겁니다. 만약 저희와

업무를 제휴하기를 기대하셨다면 죄송합니다만, 저희도 살아남
아야 하니까요."

"그건 저희와 함께하면 살아남을 수 없다는 뜻입니까?"

쓰쿠다는 이타미의 눈을 똑바로 쳐다보고 물었다.

"뭐, 그런 뜻이 되려나요."

"얍삽한 것도 정도가 있는 법입니다, 이타미 씨!"

이성의 끈이 끊어지는 듯한 감각과 함께 쓰쿠다가 입을 열었
다. "지금까지 살면서 이런 식으로 배신당하기는 또 처음이군. 이
지경에 이르기까지 조금이라도 당신을 믿으려 했던 나 자신이 한
심해."

"그거 참 실례했습니다."

이타미는 감정이 깃들지 않은 목소리로 말한 후, 성가시다는
듯 크게 한숨을 쉬었다. "어떻게 생각하시든 상관없습니다. 아무
튼 그렇게 아시죠. 이제 됐습니까?"

이타미는 그렇게 말하고는 벌떡 일어나 일방적으로 미팅을
끝냈다.

무거운 침묵이 회의실을 내리눌렀다.

회의실에는 쓰쿠다와 야마사키 외에도 트랜스미션 개발팀과
영업부 관계자들이 있었다.

"아까 기어 고스트의 가시와다 씨에게 연락해봤는데요. 야마
타니 건이 흐지부지된 걸 이미 우리도 알고 있는 줄 알았답니다."

영업부의 에바라가 보고했다.

"그런 돼먹지 않은 소리가 어디 있어?"

영업 1부장 쓰노 가오루가 내뱉듯이 말했다. "설령 야마타니와 관계가 있는 우리가 얻어들었다고 해도, 이렇게 중요한 일은 기어 고스트에서 정식으로 알려주는 게 도리잖아."

"결국 경쟁입찰이고 나발이고 다 헛수고였다는 말입니까? 정말 기분 더럽네요."

트랜스미션 밸브 개발팀장 가루베가 뒤통수에 깍지를 끼고 암담한 표정으로 천장을 올려다보았다.

"저, 한 가지 여쭤봐도 될까요?"

다치바나가 살짝 손을 들었다. "뭣 때문에 이타미 사장은 그렇게 변했을까요? 그런 사람은 아니었던 것 같은데요."

"과거에 대한 집착 때문인가 봐."

스스로도 이해를 못 했지만, 쓰쿠다는 시마즈에게 들은 이야기를 해주었다. 이타미가 다이달로스와 의기투합한 건 과거에 자신을 토사구팽했던 마토바 슌이치에게 복수하기 위해서라고 한다. 마토바는 데이코쿠중공업의 차기 사장 후보로 주목받는 실력가로 알려진 이사다.

"전 직장에서 생긴 원한 때문인가요?"

역시 석연치 않다는 투로 영업 2부장 가라키다 아쓰시가 입을 열었다. "언제까지 연연하려는 거야?"

"이유가 어떻든 이제 우리는 필요 없다 그거로군요."

쓰노가 성난 눈으로 "거참 대단하시네" 하고 비꼬듯이 말했다.

"그런데 사장님, 찜찜하지 않습니까?"

잠자코 이야기를 듣고 있던 야마사키가 끼어들었다. "이타미 씨가 말했던 야마타니의 새로운 농기계는 뭘까요? 쓰노 씨, 못 들었어요?"

쓰노도 고개를 갸웃했다. 쓰노가 부장으로 있는 영업 1부는 쓰쿠다제작소의 주력인 엔진 담당이다. 소형 엔진 납품처인 야마타니에는 빈번하게 드나든다. 무슨 움직임이 있다면 쓰노의 귀에 들어오지 않을 리 없었다.

"응, 특별한 움직임은 없던 것 같은데. 어때?"

쓰노가 야마타니를 담당하는 노무라 고스케에게 이야기를 돌렸다.

"별다른 이야기는 전혀 못 들었습니다."

노무라는 고개를 젓고 대답했다.

"또 다이달로스에게 한 방 먹은 거 아니야? 우리를 배제시키고 진행하는 거 아니냐고. 최근의 야마타니 행보를 보면 그럴 수도 있을 것 같은데."

가라키다가 냉정하게 지적했다.

"아니야."

쓰노가 대꾸했을 때 "뭐, 아무튼" 하고 쓰쿠다가 끼어들었다.

"영업 1부는 야마타니에서 정보를 계속 수집해줘. 혹시 새로운 프로젝트가 진행 중이라면 우리가 들어갈 여지가 있는지 살펴보고. 어쨌거나 기어 고스트와의 거래는 일단 백지로 돌아갔어. 가라키다, 트랜스미션 밸브를 거래할 곳이 없는지 계속 알아봐."

가라키다가 이끄는 영업 2부는 엔진을 제외한 기계제품 판매가 주 담당이다. 당연히 트랜스미션과 관련된 제품도 여기에 포함된다. 외국계 기업에서 영업부장으로서 평판이 좋았던 가라키다는 거침없는 논쟁가인 동시에 최고의 전략가이기도 했다.

"우리와 손잡아서는 살아남을 수 없다고 했다 그거죠? 이타미 사장이."

가슴속의 투지가 불타는 듯 가라키다가 말했다. "그렇다면 그렇지 않다는 걸 증명해주겠습니다. 뒤통수를 얻어맞고 잠자코 물러날 만큼 쓰쿠다제작소는 만만하지 않으니까요."

쓰쿠다제작소의 모두가 한마음으로 위기에 처한 기어 고스트를 도와주었는데, 그 결과가 이것인가. 서운한 한편으로 출구 없이 소용돌이치는 분노의 불길이 회의실에 차올랐다.

회의를 마치고 자기 방으로 돌아온 쓰쿠다는 의자에 몸을 던지고 한숨과 함께 천장을 올려다보았다.

거래처와 결별하기는 쉽다. 하지만 계획이 어긋난 사업의 구멍을 메우기는 그리 쉽지 않다.

중소기업 경영은 곧게 뻗은 외길이 아니다. 구불구불하고 수많은 골목이 입을 벌리는 험난한 길이다. 게다가 의지할 만한 내비게이션도 없거니와 이끌어줄 표지판도 없다.

"그런 건 알아."

쓰쿠다는 중얼거렸지만 그럼 어떻게 하면 좋을까, 라는 질문의 답은 금방 나올 것 같지 않았다.

그렇게 울적한 시간을 보내고 있을 때, 데이코쿠중공업의 자이젠에게서 전화가 왔다.

4

자이젠 미치오의 새 명함에 적힌 직함은 '우주항공기획추진부 부장'이었다.

자이젠과는 지난달, 준천정위성 야타가라스 7호기를 발사하는 현장에서 마지막으로 만났다. 그날을 끝으로 현장을 떠나는 자이젠의 작별 인사는 지금도 쓰쿠다의 머릿속에 똑똑히 남아 있다.

—제가 첫 번째로 구상한 사업 대상은 바로 농업입니다. 저는 위기에 처한 우리 농업을 살리고 싶습니다.

자이젠은 그때 그렇게 말했다.

그러나 그로부터 아직 한 달도 지나지 않았다. 새로운 부서를 맡았으니 인사나 하려는가 보다 하고 생각하며 쓰쿠다는 자이젠과 만났다.

"긴히 상담하고 싶은 일이 하나 있는데요."

갑작스러운 자이젠의 말에 쓰쿠다는 놀랐다.

"상담이라니요……?"

바쁠 테니 이쪽에서 가겠다는데도 자이젠은 일부러 쓰쿠다제 작소를 찾아왔다. 거기에는 명확한 의도가 있던 것이다.

"지금까지는 대형 로켓 발사를 추진해왔습니다만, 이제부터 제가 담당하는 건 말하자면 그 관련 사업입니다."

"그때 농업이라고 말씀하셨죠, 자이젠 씨."

쓰쿠다의 말에 자이젠의 눈이 번쩍 빛난 것 같았다. "실은 마지막 연설을 하셨을 때 여쭙고 싶었는데, 농업을 어떻게 관련 사업으로 양성할 생각이십니까?"

"야타가라스와 관계가 있다고 말씀드렸을 겁니다. 상담드리고 싶은 건 그와 관련된 일입니다."

야타가라스는 정부가 쏘아 올린 준천정위성의 이름이다. 총 일곱 대의 야타가라스가 발사됨에 따라 GPS 등 위치 측정에서 대략 10미터쯤이었던 오차가 고작 몇 센티미터로 개선됐다.

주로 IT 분야에서 응용될 것이라는 전망이었다. 그런데―.

"제가 생각하고 있는 건 무인 농업로봇입니다."

자이젠은 뜻밖의 말을 꺼냈다. "이앙기, 트랙터, 콤바인. 지금까지 사람이 조종해온 농기계를 무인화해서 자율주행이 가능하게끔 만드는 거죠. 오차 범위가 몇 센티미터에 불과한 측위 시스템을 사용하면 인간과 똑같이, 오히려 그 이상으로 정확하게 농사 작업을 실현할 수 있을 겁니다."

자이젠은 말을 이었다. "현재 빠른 속도로 고령화가 진행되면서 농업계는 심각한 노동력 부족에 허덕이고 있습니다. 농업인구의 70퍼센트 가까이가 65세 이상의 고령자예요. 이대로 10년쯤 지나면 이들은 체력이 달려 농사에서 손을 떼는 수밖에 없겠죠. 새로이 짊어질 사람이 없으면 우리 농업은 쇠퇴할 뿐만 아니라 가진 노하우마저 잃어버릴 겁니다. 저는 이 위기 상황을 어떻게든 타개하고 싶습니다."

열띤 어조로 말한 자이젠은 가방에서 자료를 꺼내 쓰쿠다 앞에 펼쳤다. "저는 야타가라스가 보내는 측위 정보를 이용해 오차 몇 센티미터 이내로 자율주행이 가능한 무인 농업로봇을 기획 중입니다. 밤낮을 가리지 않고 작업할 수 있으며, 컴퓨터로 지시하면 차고에서 논으로 나가 작업을 하고 자동으로 돌아오죠. 이로써 농사일은 훨씬 편해질 겁니다. 작업효율도 높아질 테니 경작 면적을 늘림으로써 세대 수입이 비약적으로 향상될 겁니다. 농업인구가 세 명인 가족이라면 도시에서 일하는 회사원보다 풍족한 생활을 할 수 있겠죠. 도시에서 농촌으로 젊은 취농인구를 늘리고, '힘들고, 더럽고, 돈 없는' 농촌의 이미지를 '즐겁고, 풍족하고, 성장하는' 긍정적인 이미지로 바꿀 수 있습니다. 그렇게 우리 농업을 부활시키고 싶어요. 농사가 젊은이의 직업 선택지 중 하나로 정착되면, 지금 직면한 농업의 위기를 모면할 유효한 수단이 되겠죠. 그러기 위해 저는 이 무인 농업로봇을 반드시 실현시키고 싶습니다. 도와주시지 않겠습니까, 쓰쿠다 씨?"

직설적인 질문 앞에 쓰쿠다는 답변이 궁했다.

단숨에 밀려든 대량의 정보를 소화하기도 전에 판단을 요구당한 셈이었다.

"잠깐만 기다려주십시오."

쓰쿠다는 오른손을 앞으로 내민 채 지금 자이젠이 한 말을 머릿속으로 곱씹어보았다.

확실히 농업경제 활성화라는 거시적인 이야기인 만큼, 데이코쿠중공업이 거기에 뜻을 두는 것 자체는 아무런 위화감이 없다. 준천정위성 야타가라스의 발사에 관여한 자이젠의 착안점도 이해가 가고 멋지다고 생각한다.

하지만 사업 취지는 그렇다 치고, 뭘 어떻게 도와주면 된다는 말인가. 바로 그 부분이 딱 와닿지 않았다.

쓰쿠다는 그 점을 물어보았다.

"저희 데이코쿠중공업의 라인업에는 농기계가 없습니다. 쓰쿠다제작소가 엔진과 트랜스미션을 공급해주셨으면 합니다."

자이젠의 요구 사항은 명확했다.

"트랜스미션도요?"

쓰쿠다는 놀라서 물었다.

"예전에 뵀을 때 시제품이 슬슬 완성되어가고 있다고 하셨죠. 분명 농기계 트랜스미션이라고 들었습니다."

로켓 발사 작업 짬짬이 했던 이야기를 자이젠은 기억하고 있던 모양이다. 자이젠의 머릿속에서는 아마 그 단계에서 이번 구상이 뚜렷해진 것이리라.

"어떻습니까? 쓰쿠다 씨께도 나쁜 이야기는 아닐 텐데요."

"그야 물론이죠."

대답은 했지만 일은 그렇게 단순하지 않다. "하지만 엔진과 트랜스미션만으로는 농기계를 못 만듭니다. 나머지 부분은 어쩌시려고요?"

"농기계는 없지만, 아시다시피 데이코쿠중공업에는 다양한 제조라인업이 존재합니다. 대형 중장비도 있고 탱크도 있죠. 철강, 조선, 건설, 기계 등 전부 중후장대(重厚長大) 산업들입니다만, 그 기술을 응용하면 트랙터의 대부분을 설계 및 제조할 수 있습니다. 이미 그 부분은 조사를 끝냈어요. 다만 엔진과 트랜스미션은 새로 자체 개발하면 시간과 비용을 너무 많이 잡아먹습니다."

"그래서 저희에게 맡기시겠다는 거군요."

그렇게 말했지만 쓰쿠다는 문득 가슴에 떠오른 의문을 입에 담지 않을 수 없었다. "하지만 그렇다면 기존의 농기계 제조사와 제휴하시는 편이 간단하지 않습니까?"

"아니요."

자이젠은 고개를 저었다.

"저희는 데이코쿠중공업의 미래를 짊어질 사업을 구축하기를 희망합니다. 기존 농기계 제조사는 이를테면 경쟁 상대죠. 그대로 하청을 줘서는 의미가 없습니다."

"그렇군요."

쓰쿠다는 고개를 끄덕였지만, 여전히 한 가지 커다란 의문이 남아 있었다. 이 사업 기획의 근간에 해당되는 일이었다. "그나저나 무인 농업로봇이라고 하셨는데요. 데이코쿠중공업의 제반 설비를 응용하면 분명 괜찮은 물건이 나오겠죠. 하지만 무인으로 만들 기술, 즉 자율주행 기술은 어떻게 하실 작정이십니까?"

쓰쿠다가 계속해서 물었다. "컴퓨터 프로그램으로 농기계를 움직이는 데는 상당한 기술력이 필요할 겁니다. 그건 새로운 트랙터를 설계, 제조하는 것과는 차원이 다른 이야기겠죠. 데이코쿠중공업은 그 기술을 가지고 있다는 말씀이십니까?"

데이코쿠중공업에는 연구개발 부문이 수두룩하게 많다. 새롭게 개발한 첨단 기술을 기반으로 한 이야기일지도 모른다. 쓰쿠다는 그렇게 생각했지만 자이젠은 고개를 살짝 저었다.

"아쉽게도 저희에게 그런 기술은 없습니다."

"없다고요?"

김빠지는 대답에 쓰쿠다는 무심코 되물었다. 기반이 되는 기술이 없다면 이 이야기는 그저 헛된 꿈 아닌가.

"쓰쿠다 씨, 노기 히로후미라는 분을 아시죠?"

그때 자이젠이 생각지도 못한 이름을 꺼냈다.

"노기?"

어디서 들어봤다고 생각한 순간, 쓰쿠다의 기억이 급속도로 되감겼다.

"노기라면, 그 노기 말씀입니까? 대학 시절 제 친구인."

쓰쿠다와 함께 대학원에 진학했고, 쓰쿠다가 우주과학개발기구로 옮긴 뒤에도 대학 연구실에 남아 있었을 것이다.

대학 시절에는 친하게 지냈지만 돌이켜보니 이럭저럭 10년 넘게, 적어도 쓰쿠다가 가업인 쓰쿠다제작소의 사장으로 취임하고 난 뒤로는 연락이 없었다. 쓰쿠다도 연구실에 남은 노기가 어떻게 됐는지 모른다.

"노기 교수님은 현재 홋카이도농업대학에서 비이클(vehicle) 로봇공학 연구의 일인자로 활약하고 계십니다."

"비이클 로봇공학……."

"농업용 차량의 로봇화 연구, 즉 지금 말씀드린 무인 농업로봇의 그야말로 기초가 되는 기술이죠."

"그걸 노기가 연구하고 있다고요?"

대학 시절 호리호리한 친구의 모습을 떠올리자 쓰쿠다는 친구가 몹시 그리워졌다. 뜻밖의 상황에서 옛 친구의 소식을 알게 됐다. 그게 좋은 소식이라 더더욱 마음이 뿌듯했다.

"그런데, 노기도 이 프로젝트에 참여하는 겁니까?"

쓰쿠다는 긍정의 대답을 기대했지만 "그게……" 하고 자이젠의 표정이 흐려졌다.

"실은 요전에 뵙고 이야기를 드렸습니다만, 아직 답변을 못 받았습니다."

"뭔가 문제라도 있습니까?"

뜻밖이라 쓰쿠다가 물었다.

대학 연구실은 빠듯한 예산으로 꾸려나가야 할 때가 많다. 천하의 데이코쿠중공업과 제휴하면 연구개발비가 넉넉해질 것이다. 두말없이 승낙해도 이상하지 않을 정도다.

"자세한 말씀은 없으셨습니다만, 아무래도 저희 같은 일반 기업과 손을 잡는 데 거부감을 느끼시는 것 같더군요."

"거부감이라고요?"

납득이 가지 않는 이야기나.

"아니요, 직접 그렇게 말씀하신 건 아니니까 실제로 뭐 때문에 그러시는지는 알 수 없죠. 다만 사업 기획을 듣고 그다지 좋은 표정은 아니었던 건 사실입니다."

"뭔가 이유를 말하지 않던가요?"

"구체적으로는 아무것도요. 생각은 해보겠지만 기대는 하지 말라고 하시더군요. 제 설명이 부족했는지도 모르겠습니다만."

"왜 그러지?"

쓰쿠다는 고개를 갸웃했다. 적어도 쓰쿠다가 알기로 노기는 성실하고 시원시원한 성격이다. 결코 까다로운 사람이 아니다. 뭔가 학자로서의 사정이라도 있는 걸까.

"노기의 협력을 얻지 못하면 이 사업도 성립하지 않는다, 그런 말씀이십니까?"

쓰쿠다의 물음에 자이젠은 자세를 바로잡고 말했다.

"쓰쿠다 씨, 힘을 빌려주시겠다면 저와 함께 노기 교수님을 설득하러 가주시지 않겠습니까? 쓰쿠다 씨가 설득하면 교수님도 허락해주시지 않을까 싶습니다."

"이 프로젝트에 제가 참가한다는 걸 노기는 알고 있습니까?"

"아직 말하지 않았습니다."

쓰쿠다는 의자 등받이에 몸을 기대고 생각에 잠겼다.

아무래도 그렇게 간단한 일은 아닐 것 같지만, 쓰쿠다제작소 입장에서 자이젠의 제안은 다시없을 기회였다.

"알겠습니다."

쓰쿠다는 마음을 굳혔다. "가시죠. 노기에게는 제가 함께 간다고 전해주세요. 적어도 맛있는 가게 정도는 알려줄 테니까요."

"그럼 이 이야기, 쓰쿠다 씨는……."

"일단 회의에 부치겠습니다만, 반대하는 사람은 없을 겁니다. 온 힘을 다해 돕도록 하겠습니다."

쓰쿠다는 자이젠이 내민 오른손을 꽉 잡았다. 그리고 바로 일정을 확인해 홋카이도에 갈 수 있는 날짜를 몇 날 일러주었다.

5

4월 하순, 홋카이도의 차갑고 맑은 공기에서는 겨울의 여운마저 희미하게 느껴졌다.

삿포로역에서 택시로 몇 분 거리에 있는 홋카이도농업대학은 과거의 정취가 배어나는 드넓은 부지를 자랑하는 학교다.

녹음이 우거진 캠퍼스에 띄엄띄엄 위치한 학교 건물 사이에는 카페와 레스토랑 등의 음식점은 물론, 광장과 실개천까지 있었다. 워낙에 넓은 까닭에 학생들은 주로 자전거를 타고 이동한다. 지금 쓰쿠다와 자이젠을 태운 택시는 학교 부지 안을 달리는 중이었다.

"길 끝에 보이는 건물 앞에서 세워주십시오."

자이젠의 지시로 택시가 멈춘 곳은 중후함이 넘치는 낡은 벽돌 건물 앞이었다. 뒷좌석에서 내린 쓰쿠다는 노기 히로후미의 연구실이 있는 대학원동을 올려다보았다.

3층에 자리한 노기의 연구실에는 학생 몇 명이 있었다. 해외 유학생인 듯한 사람도 보였다. 문과 창문을 활짝 열어놓아 벽을 가득 채운 책 냄새에 북쪽 지방의 건조한 공기가 섞여 있었다.

"지금 잠깐 실험농장에 나가계셔서요. 잠깐만 기다려주세요."

외국인 대학원생이 어색한 억양으로 설명했다. 두 사람은 감사를 표하고 안내받은 안쪽 방에서 기다렸다.

5분쯤 기다렸을까. 슬랙스에 와이셔츠 차림의 남자가 "아아, 기다리셨죠. 미안합니다" 하고 사과하며 방으로 들어왔다.

"이야, 오랜만이야."

노기는 얼굴 가득 웃음을 띤 채 오른손을 내밀었다. "그동안 연락을 뚝 끊고 지내서 미안해. 잘 왔어, 쓰쿠다."

"나야말로 연락 못 해서 미안. 그 후로 이런저런 일이 있었는데, 실은 그러다 아버지 회사를 물려받았어."

"들었어. 네가 연구소를 떠난 건 아쉽지만, 멋진 회사라면서."

노기는 쓰쿠다에 대해서 이야기해주었다는 공통의 친구 이름을 꺼냈다.

"아니야, 아직 멀었어."

쓰쿠다는 그렇게 말하고 본론으로 화제를 돌렸다. "나는 제쳐두고, 노기, 너야말로 굉장하던데! 자이젠 씨한테 이야기를 들은 후에 인터넷으로 찾아봤거든. 엄청난 연구더라고. 자이젠 씨가 눈여겨볼 만해."

"네가 그렇게 말해주는 것만으로도 기쁘다."

노기는 겸손해하며 자이젠에게 얼굴을 돌리더니 "미안합니다. 제가 태도를 분명하게 하지 않은 탓에 두 번이나 오시게 했네요" 하고 사과했다.

"아니요, 무슨 말씀을요. 저야말로 낯 두껍게 찾아왔는데요."

고개를 숙인 자이젠을 대신해 쓰쿠다는 말을 꺼냈다.

"이미 들었겠지만, 실은 우리 회사에서 무인 농업로봇의 엔진과 트랜스미션을 공급하기로 했어."

쓰쿠다가 말을 이었다. "요전에 이야기를 들은 후에 농업에 대해 나도 여러모로 공부했어. 이번 사업이 농촌의 앞날에 얼마나 크게 기여할지 알겠더라고. 동시에 노기 교수의……."

쓰쿠다는 일부러 노기를 직함으로 불렀다. "연구에 얼마나 큰 의의가 있는지도 알았지. 이번 사업이 궤도에 오르면 농업의 미래에 공헌할 수 있어. 함께하지 않을래?"

"뭐…… 그렇겠지."

노기는 모호하게 말하고 고개를 휙 돌렸다.

"무슨 일 있어?"

그 태도에 쓰쿠다는 자이젠과 눈을 마주친 후 물었다. "혹시 우리가 해결할 수 있는 일이라면 말해줘."

"아니, 그런 건 아니야. 그저 내 마음의 문제지."

그 마음의 문제가 무엇일까.

"산학협동이라든가, 그런 사업구조 문제인 거야?"

혹시나 싶어 쓰쿠다가 물어보자 "뭐, 그런 셈이랄까"라는 대답이 돌아왔다.

실제로 산학협동 사업에서는 드물지 않게 말썽이 생긴다. 하지만 이번 상대는 데이코쿠중공업이다. 데이코쿠중공업을 신용하지 못한다면, 그 밖의 어떤 회사도 못 미더울 거라고 말할 수 있을 정도다.

"그것보다 모처럼 왔으니 내 연구를 봐주지 않겠어?"

노기가 말했다. "실은 지금 준비하고 온 참이야."

아무래도 그 때문에 늦은 모양이다.

"꼭 보여줘. 기대하고 왔어."

노기는 대학원동에서 걸어서 5분 거리에 있는 실험농장으로
안내했다.

청명한 하늘에서 쏟아지는 봄 햇살 아래, 아무것도 심지 않아
그저 흙뿐인 밭이 펼쳐져 있었다.

바람이 강했다. 쓰쿠다 일행 세 명은 농장의 메마른 흙을 휩쓰
는 바람을 맞으며 포장되지 않은 농장 안쪽 도로에 서 있었다.

"부탁드립니다."

노기가 휴대전화를 꺼내 어딘가에 전화로 지시한 후, 쓰쿠다와
자이젠을 돌아보았다. "저기에 건물이 있죠. 저곳이 차고입니다.
저쪽을 보세요."

노기가 농장 한구석에 있는 건물을 가리켰을 때, 바람 소리에
섞여 희미하게 엔진 소리가 들려왔다. 건물 입구는 활짝 열려 있
지만, 세 사람이 있는 곳에서는 안쪽이 보이지 않았다.

잠시 후, 그 건물에서 빨간 트랙터가 나타나자 쓰쿠다는 저도
모르게 감탄사를 흘렸다.

운전석에 아무도 없는, 완벽한 무인 운전이었기 때문이다.

차고에서 나온 트랙터는 농장으로 이어지는 농로를 시속 20킬
로미터 정도의 속력으로 달렸다.

"차고에서 나와서 앞쪽 길을 직진한 후, 이 농장의 외곽에 해당
하는 농로를 달리도록 프로그래밍해놨어."

노기가 설명했다.

"지시는 컴퓨터로?"

수십 미터를 직진한 후 외곽길로 우회전한 트랙터를 보며 쓰쿠

다는 물었다.

"연구실에서 우리 대학원생이 컴퓨터로 관리해. 지금은 두 사람이 시찰하는 타이밍에 맞춰서 출발시켰지만, 출발 시간을 예약할 수도 있어. 정해진 시간이 되면 트랙터에 자동으로 시동이 걸리고, 차고에서 농장으로 가서 작업을 수행하지."

"당연히 밤에도 가능하겠지?"

쓰쿠다가 물었다.

"밤이든 비가 오든 상관없어."

농장 외곽을 돈 트랙터가 세 사람이 있는 농장의 외길로 들어왔다. 차체의 색깔을 보니, 밑바탕이 된 기종은 야마타니에서 출시한 최신형 트랙터였다. 무슨 엔진이 탑재됐는지는 보닛을 열어볼 필요도 없다.

"이거, 우리 거야."

쓰쿠다의 말이 무슨 뜻인지 알아듣지 못했는지 노기가 되묻는 듯한 눈빛을 던졌다. 엔진 소리가 한층 커지는 가운데, 쓰쿠다는 목소리를 높였다.

"이 트랙터의 엔진, 우리 회사에서 만든 거야."

노기의 눈이 동그래졌다.

"야마타니에 공급하고 있어. 카탈로그에 설명은 없지만."

쓰쿠다제작소에서 개발한 '스텔라'다.

"이런 곳에서 연결돼 있었다니!"

감탄한 듯한 노기의 목소리에는 어쩌면 감동이라고 해도 될 만한 감정이 실려 있었다.

30여 년 전, 쓰쿠다와 노기는 책상에 나란히 앉아 같은 강의를 듣던 친구 사이였다. 한쪽은 연구자의 길을 포기하고 가업을 이었고, 한쪽은 농업 분야에서 연구를 계속해 멀리 떨어진 홋카이도에서 대학교수로 일하고 있다. 얼핏 보기에 아무 연관성도 없고 연락도 끊어진 지 오래된 두 사람이, 서로 모르는 사이에 한 대의 엔진으로 연결되어 있던 것이다.

　"인생은 참 재미있다니까."

　쓰쿠다는 이것도 인연이 아닌가 싶었다. 세상에는 뜻하지 않은 우연이라고밖에 표현할 길 없는 만남이 참으로 많다. 과학적으로 증명할 순 없지만, 그러한 우연에는 무슨 인과관계가 존재하는 것 아닐까. 쓰쿠다는 가끔 그렇게 생각할 때도 있다.

　무인 트랙터 시연은 이제부터가 본론이었다.

　세 사람 앞을 통과해 농장 가장자리까지 간 트랙터는 정확하게 방향을 바꿔서 밭 안으로 진입했다. 뒤쪽에 연결된 작업기의 금속 날이 회전하는 동시에 미리 설정한 깊이까지 내려갔다.

　"정밀도에 주목해줘."

　노기가 트랙터의 움직임에 시선을 집중한 쓰쿠다를 향해 말했다. "준천정위성 야타가라스의 발사로 측위 정보의 정밀도가 높아진 덕분에 오차는 3센티미터 이하야. 거의 안정됐다고 볼 수 있겠지? 실제로 농작물이 심긴 밭이나 논에서도 두둑을 넘거나 모종을 짓밟거나 하지 않아."

　"야타가라스가 발사되기 전과 비교하면 얼마나 달라?"

　쓰쿠다의 질문에 "완전히 다르지" 하고 노기는 단박에 대답했다.

"외부의 보정 신호 없이 GPS에만 의존했을 때는 10미터나 갈지자 운행을 했었거든. 그에 비하면 이 정도의 정밀도는 정말 꿈 같지."

오차 10미터에서 몇 센티미터로. 준천정위성 야타가라스 발사로 측위 정밀도가 향상된 덕분이다.

"실용성 측면에서는 어때?"

"아직 매듭지어야 할 부분이 남아 있지만 거의 실용화 단계에 이르렀다고 볼 수 있어."

트랙터는 세 사람이 보고 있는 앞에서 밭을 다섯 번쯤 왕복해 프로그래밍된 작업을 완료한 후 다시 농로를 따라 차고로 되돌아갔다.

끊임없이 들려오던 엔진 소리가 사라지자 주변은 다시 바람 소리로 가득 찼다.

"말해봐, 노기. 뭘 망설이는 거야?"

쓰쿠다는 물었다. "실용화가 시야에 들어왔다면 앞으로 나아가야지. 이만큼 뛰어난 기술인걸. 혹시 우리 말고 다른 제조사에서도 이야기가 들어와서 고민하고 있다든가, 그런 거야?"

"아니, 그런 건 아니고."

맑은 하늘을 올려다본 노기는 약간 씁쓸해 보이는 표정으로 "미안해" 하고 다시 사과했다.

뭣 때문에 노기가 결단을 망설이고 있는지 쓰쿠다는 상상이 가지 않았다. 하지만 지금 눈앞에서 뭔가에 대한 갈등을 끌어안고 있는 건 함께 태평하게 웃고, 술을 마시고, 가끔은 밤늦게까지 진지하게 토론했던 옛날의 노기가 아니었다. 30여 년이 지나는 동안 노기도 제 나름대로 수많은 고생을 해온 것이리라.

앞으로 노기를 어떻게 설득해야 좋을지 쓰쿠다가 고민하고 있을 때, 노기가 먼저 물었다.

"그런데 두 사람은 오늘 돌아가는 거야?"

"아니. 오늘은 여기서 묵고 내일 느긋하게 돌아가려고."

"그럼 저녁이나 같이 먹자. 자이젠 씨도요."

"괜찮으시겠습니까?"

자이젠이 송구스럽다는 듯이 말했다.

"그럼요. 사업 이야기는 사업 이야기고 이건 이거죠. 이렇게 제 연구에 흥미를 보여주셔서 정말로 기쁜걸요. 쓰쿠다의 근황도 궁금하고요."

그러더니 노기가 생각났다는 듯이 물었다. "그러고 보니 사야는 잘 지내?"

사야는 쓰쿠다의 전처이자 쓰쿠바에 있는 정부기관에서 일하는 연구자다. 한때는 연구자 부부였지만, 쓰쿠다가 우주과학개발기구를 떠나 가업을 이어받은 것을 계기로 각자 다른 길을 걷게 됐다.

"실은 갈라섰어."

어휴, 하고 쓰쿠다는 짧게 탄식하며 말했다. "하필이면 그런 걸 묻냐, 너도 참."

"그랬구나. 미안, 미안."

노기가 뒤통수에 손을 대고 쓴웃음을 지었다. 쓰쿠다는 겸연쩍었지만, 이것으로 노기와의 거리가 다시 학창시절 때처럼 바짝 가까워진 것 같은 기분이 들었다.

6

그날 밤, 노기는 삿포로의 번화가 스스키노에 있는 일식집으로 두 사람을 안내했다.

"덕분에 오늘 정말 좋은 구경했어. 고마워."

쓰쿠다가 그런 감탄의 말을 한 게 몇 번째일까. "연구개발도 다양하지. 그중에는 기초연구처럼 중요하지만, 그게 어떤 식으로 실용화돼서 세상에 공헌할지 상상조차 안 되는 것도 있어. 하지만 노기 네 연구는 끝내줘. 우리 농업이 끌어안고 있는 문제와 정면으로 맞붙어서 성과를 올릴 수 있지. 사람들에게 아, 이제 해결되겠구나 하는 인상을 안겨줄 수 있는 기술은 흔치 않다니까. 그야말로 브레이크스루야."

브레이크스루란 지금까지의 난관을 뛰어넘어 돌파하는 기술이라는 뜻이다.

"로켓엔진의 밸브 시스템도 그렇잖아."

노기가 말했다. "그 밸브 덕분에 야타가라스가 무사히 발사돼서 그 트랙터가 제대로 작동한다고 할 수 있으니까."

"에이, 그 정도 물건은 아니야. 애당초 그 위성을 띄울 로켓을 쏘아 올린 게 자이젠 씨인걸. 자이젠 씨가 프로젝트 관리책임자로서 모든 일을 총괄했으니까."

"그렇습니까?"

노기는 이제야 안 것 같았다.

"실은 야타가라스 7호기가 제 마지막 업무였습니다. 발사에 성공해서 정말 다행이에요. 오늘 시연을 보고 진심으로 그렇게 생각했습니다."

"그랬군요……. 다시금 감사드립니다."

그렇게 고마움을 표하는 것도 노기답다.

"이봐, 노기. 이제 슬슬 말해줘도 괜찮지 않겠어?"

그때 쓰쿠다가 새삼 말을 꺼냈다. "말해봐. 왜 실용화가 내키지 않는 거야? 뭣 때문인데?"

노기는 입을 다문 채 정면의 벽에 시선을 던졌다.

얼마나 그러고 있었을까. 괴로운 한숨과 함께 목울대가 위아래로 꿀렁거렸다.

"실은 5년 전에 어떤 회사에서 공동으로 연구를 하자고 해서 제휴한 적이 있었어. 이른바 산학협동이지."

표정을 보건대 자이젠도 그 사실은 몰랐던 듯했다.

"내 연구개발을 돕고 싶다, 나아가서는 함께 실용화를 노리자고 하길래 상대가 제휴를 위해 설립한 회사의 연구원들을 학외 공동 연구자라는 이름하에 우리 연구실에 받아들였지. 그 대신에 연구개발에 필요한 기재를 그 회사가 제공한다는 조건으로. 그런데 상대방이 파견한 연구원들에게는 꿍꿍이속이 있었어."

"꿍꿍이속?"

쓰쿠다는 갑자기 표정이 험악해진 노기에게 물었다.

"그 무렵 아직 자율주행 제어 기술은 미완성이었고 5년 후, 그러니까 올해를 목표로 실용화를 추진할 계획이었지. 실용화 노하우와 자금은 상대방이 제공하고, 우리는 이익의 10퍼센트에 해당하는 로열티를 받기로 계약했어. 그런데 1년도 지나지 않아 일방적으로 계약 파기를 통보한 거야. 우리가 계약 의무를 위반했다는 이유로."

"무슨 의무를 위반했길래?"

"파견된 연구원들에게 필요한 개발 소스를 제공하지 않았다는 거야. 하지만 당초 계약에 그런 이야기는 없었어. 계약서에는 그저 공동 연구자로서 받아들인다고만 되어 있었거든. 상대방은 개발 소스의 정보 제공 없이 공동 연구는 불가능하므로 내게 책임이 있다고 주장하더군. 그러더니 연구자금으로 제공한 2천만 엔을 변제하라고 했어. 결국 재판까지 갔지."

"어떻게 됐어?"

쓰쿠다의 물음에 노기의 표정이 불쾌하게 일그러졌다.

"이기기는 이겼어. 통신 기술의 핵심인 개발 소스는 내 개인 기술이야. 공동 연구는 실용화를 위한 것이니까 그것까지 제공할 의무는 없다고 판결이 났지."

"그럼 잘 해결된 거잖아."

쓰쿠다의 말에 노기는 더욱 암담한 표정을 지었다.

"그런데 그것뿐만이 아니었어. 실은 재판 중에 그걸 깨달았지."

노기는 술잔을 들어 한 모금 마시고 말을 이었다. "그 회사가 자체 개발이라고 홍보하며 농기계 자율주행 제어 시스템을 실용화하려 한다는 걸 알았어. 아무래도 찜찜해서 그 회사가 개발했다는 시스템에 대해 조사해봤지. 그런데 내가 개발한 시스템과 놀랍도록 비슷하더라고. 아니, 까놓고 말해서 베낀 것처럼 똑같았어. 내 말이 무슨 말인지 알겠지?"

"기술을 도둑맞았다는 말씀이십니까?"

자이젠의 지적에 노기는 조용히 고개를 끄덕였다.

"처음부터 우리 연구실에 파견된 연구원들의 목적은 개발된 프로그램을 훔치는 게 아니었을까 싶어요."

"즉, 그들은 소기의 목적을 달성한 셈이로군……."

혼잣말한 자이젠이 노기를 보았다. "어쩌면 계약을 위반했다는 핑계로 초기 투자금까지 회수하려고 했는지도 모르겠군요. 재판에서 패소해도 개발 소스만 훔치면 나머지는 자기들끼리 어떻게든 할 수 있을 거라는 생각이었겠죠."

뭔가 짐작 가는 구석이 있는지 이번에는 자이젠이 입을 다물고 생각에 잠겼다가 다시 노기에게 고개를 돌렸다.

"실례지만 어느 회사입니까?"

자이젠이 물었다. "혹시 지장이 없다면 가르쳐주시겠습니까?"

"키신이라는 회사입니다. 쓰쿠다, 너희 회사처럼 오타구에 있는 회사야. 지금은 모르겠지만 당시는 오모리역 근처, 벤처기업만 모여 있다는 건물에 입주해 있었어. 알아?"

"아니, 못 들어봤는데."

쓰쿠다는 고개를 저었다.

"교수님, 실은 그 키신이라는 회사 압니다."

자이젠이 뜻밖의 말을 꺼냈다.

"이 사업을 진행하면서 자율주행을 연구하는 회사를 몇 군데 찾아봤는데요. 키신도 그중 하나였습니다. 말씀하신 것처럼 농기계의 자동조향 기술을 내세우고 있는데, 야타가라스 7호기 발사가 호재로 작용해 지금 주목받고 있는 벤처기업입니다."

"키신과의 제휴는 검토하지 않으셨습니까, 자이젠 씨?"

"검토는 했습니다만 이른 단계에 목록에서 제외했습니다."

쓰쿠다가 궁금해서 물어보자 그런 답변이 돌아왔다.

"이유가 뭐죠?"

노기도 흥미를 느낀 모양이었다.

"기술력의 실질적인 지주가 보이지 않아서요. 분명 연구자는 많지만 자율주행 제어 시스템에서 핵심이 될 만한 리더가 없더군요. 실은 어떻게 기술을 개발했을까 의문이었는데, 교수님 이야기를 듣고 나니 납득이 갑니다."

"키신이라는 회사의 사장은 어떤 인간이야? 넌 만나봤을 거 아니야."

쓰쿠다가 물었다. 노기에게 던진 질문이다.

"도가와 유즈루라는 남자야. 고등학교를 졸업하고 아르바이트를 하며 독학으로 통신기술을 공부해 회사를 차렸다더군."

"지금은 어디서?"

벤처기업이라고 해도 우선 필요한 것은 돈이다. 경쟁력 있는 기술이나 노하우를 보유한 개인이 회사를 차릴 경우, 투자회사나 개인에게 출자를 받는 경우가 많다.

"처음에는 주식 투자로 한밑천 잡은 돈으로 설립했대. 그 후에는 벤처캐피탈이 출자해준 모양이고. 자금 사정은 괜찮은 것 같은 인상이었는데."

"키신은 설립 이후로 내내 적자입니다."

자이젠은 거기까지 조사한 모양이었다. "몇몇 벤처캐피탈과 개인 투자가가 3억 엔 가까이나 퍼부었지만, 아직 회수할 전망은 보이지 않습니다. 뭐, 기술을 내세워 막대한 고수익을 올리는 청사진은 그리고 있는 모양입니다만."

"실제 재정 상태는 매우 쪼들린다는 말씀이십니까?"

노기가 기가 찬다는 표정으로 말했다.

"조사해보면 빼돌린 증거를 잡을 수 있을지도 몰라. 고소하는 게 어때?"

쓰쿠다가 제안했다.

"이제 됐어."

노기는 고개를 절레절레 흔들었다. "그 도가와라는 사장도, 우리에게 파견된 연구원이라는 작자들도 얼마나 불성실한지 잘 알아. 파헤치면 부정을 저지른 흔적을 찾아낼 수 있을지도 모르지. 하지만 그렇다고 재판에서 싸우는 건 사양이야. 결국 돈 이야기잖아. 지긋지긋해."

노기가 말을 이었다. "재판을 하는 동안 얼마나 많은 시간을 빼앗기고 애먹었는지 몰라. 원래 같으면 연구에 몰두할 시간을 그런 일에 낭비해야 하다니 고통스럽기 짝이 없었다고. 하지만 결국 돈이 얽힌다는 건 그런 거겠지. 일이 커지면 커질수록 서로의 이해관계가 부딪치는 상황이 생겨. 그걸 피해서는 나아갈 수 없어. 하지만 말이야, 나는 원래 돈벌이에 흥미가 없는 사람이야. 그냥 연구를 좋아하고, 연구에만 몰두하고 싶어. 그뿐이라고."

"하지만 그러면 농업은 구할 수 없어."

노기에게는 잔인할지도 모를 한마디를 쓰쿠다가 꺼냈다. "넌 그걸로 좋을지도 모르지만, 그래서는 연구가 자기만족에서 끝나. 그래도 괜찮겠어? 노기, 애당초 왜 농기계 자율주행 연구를 시작한 건데?"

"그건 농업 문제를 어떻게든 해보려고……."

"그렇다면."

쓰쿠다는 말을 가로막고 진지한 얼굴로 노기를 보았다. "우리와 함께하자. 네 말마따나 키신의 도가와라는 인간은 개망나니였겠지. 하지만 그딴 놈 때문에 농업 전체가 희생되는 게 말이 돼? 그건 좀 아니지 않아?"

공허하게 흔들리고 있던 노기의 시선이 원목 테이블에 떨어졌다. 쓰쿠다는 말을 이었다.

"우리의 노고와 우리가 맛볼 고충은 별것 아니야. 그런 것보다 우리의 사명은 세상에 공헌하는 거야. 세상 사람들이 기뻐하고, 도움이 됐다, 고맙다, 그렇게 생각해준다면 그보다 행복한 일이 또 어디 있겠어. 지금 이러고 있는 동안에도 농업의 고령화는 진행 중이야. 평생 논밭을 일구며 살아가는 농민들, 미래에 대한 불안을 끌어안고 살아가는 그들에게 보탬이 되어주는 거야. 물론 우리 힘만으로 할 수 있을지는 모르겠지만, 곤경에 처한 사람들이 있잖아. 우리의 기술을 필요로 하는 사람들이 아주 많다고.”

“노기 교수님, 부탁드립니다.”

자이젠이 테이블에 양손을 짚고 머리를 숙였다.

“노기, 부탁할게.”

쓰쿠다도 따라서 머리를 숙였다. 두 사람은 한동안 머리를 들 줄 모르고 그 자세로 가만히 있었다.

“알았어, 알았다고.”

마침내 노기가 그렇게 대답했다. “정말이지, 쓰쿠다 너한테 걸리면 당해낼 수가 없다니까. 거기에다 자이젠 씨까지.”

못 말리겠다는 듯 웃음을 지은 노기는 잠시 고개를 숙였다.

“하지만 덕분에 잊어버렸던 게 생각났어.”

노기는 이윽고 그렇게 중얼거렸다. “무엇을 위해 연구를 하는가. 왜 그렇게 중요한 걸 잊어버렸을까. 왜 그렇게 소중한 걸 잃어버렸을까.”

맥이 풀린 듯한 노기에게 쓰쿠다가 말했다.

“이제라도 기억해냈으면 됐지. 노기, 우리와 함께하자.”

노기의 입에서 더 이상 반론의 말이 나올 리는 없었다.

새로 시킨 술이 나왔다. 이리하여 북쪽 대지의 밤은 한없이 깊어져갔다.

쓰쿠다와 자이젠이 실험농장에서 트랙터 자율주행 시연을 보고 있을 때, 데이코쿠중공업 우주항공본부 본부장 미즈하라 시게하루는 마토바 슌이치의 집무실로 호출을 받았다.

비서가 앞장서서 문을 세 번 두드렸다. 대답을 듣고 들어간 미즈하라가 집무용 책상에 앉은 마토바의 앞에 서자, 책상 위에 놓인 서류 한 부가 눈에 들어왔다.

출력된 기획서다.

무인 농업로봇에 관한 신규 사업 기획안

몇 달 전, 이미 새로운 부서로 이동이 결정된 자이젠 미치오가 입안하고 문서를 작성해 미즈하라가 결재한 안건이었다. 하지만 프로젝트 자체를 승인할 권한은 미즈하라에게 없다. 이 기획서가 의도하는 바는 사업을 시작하기에 앞서 필요한 사전 조사다. 필요한 기술적인 문제, 업계 동향, 시장 등을 검토해 최종적으로 실현 가능성이 보이면, 정식 사업 계획서가 작성돼 이사회에 회부된다.

다만 사내 정치에 정통한 미즈하라가 보기에 이 기획이 통과될 건 거의 확실하다. 착안점, 사업 목적, 가능성, 그 외 여러 가지가 나무랄 데 없기 때문이다. 과연 자이젠이라고 할까. 데이코쿠중공업이라는 거대한 조직을 움직이는 '논리'를 꿰고 있다.

그런데 지금 마토바 역시 그 기획서에 주목하고 있다는 것을 알고 미즈하라는 눈썹을 살짝 꿈틀거렸다. 마토바는 우주항공본부를 포함하는 사업 부문을 통괄하는 위치에 있으니 본부장 권한으로 결재한 안건도 원하면 열람할 수 있다. 다만 날마다 방대한 서류를 결재해야 하는 와중에, 이 기획을 알아차리고 주목하다니 마토바의 후각이 엄청나다고밖에 할 말이 없었다. 어쩌면 작성자 란에서 옛날부터 알고 지낸 자이젠의 이름을 보고 흥미를 품은 건지도 모르지만.

"이 기획, 리서치는 진행 중인가?"

마토바는 일부러 출력한 기획서를 집어 페이지를 넘기며 미즈하라를 힐끗 보았다.

"대부분 완료한 모양입니다. 사업화가 가능하다고 판단되면 그때 정식 사업 계획서를 제출할 겁니다."

"자네는 이 기획 어떻게 생각하나?"

"딱히 문제는 없다고 사료됩니다."

처음 이 기획을 접했을 때, 농업을 구하고 싶다는 의지와 준천 정위성 야타가라스의 발사로 높아진 측위 정밀도를 접목시킨 발상에 미즈하라는 어떤 종류의 고양감에 빠졌다. 솔직히 이런 기획을 스스로 입안해 지휘봉을 잡는 자이젠이 부러울 정도였다.

그럼에도 미즈하라의 대답이 조심스러운 것은 마토바의 반응을 읽을 수 없기 때문이었다. 과연 찬성일까, 반대일까. 후자라면 자신의 입장을 즉시 수정할 여지를 남겨두어야 한다.

"그렇군."

기획서를 책상에 탁 던진 마토바는 다리를 꼬며 몸을 비스듬히 돌리더니 잠시 생각에 잠겼다. 이윽고 그가 시선을 미즈하라에게 되돌렸다.

"이 기획, 내가 맡지."

예상외의 한마디가 미즈하라에게 날아들었다.

"맡겠다고 하심은⋯⋯."

"만약 사업화의 전망이 선다면, 즉시 사업 계획을 제출해주게. 임원회의에는 내가 설명하지. 진두지휘도 내가 맡겠어."

미즈하라는 당혹스러웠다.

"이 기획은 신설된 기획추진부의 자이젠 부장이 진행하고 있습니다만⋯⋯."

"현장은 자이젠이 맡아도 상관없어. 다만 이 사업은 내 직할로 둬야겠어. 전략에 관해서는 내가 직접 지시를 내리겠네."

반박을 용납지 않는 말투에 "알겠습니다" 하고 대답한 후 집무실을 나선 미즈하라는 턱에 손을 댄 채 그 자리에 멈춰 섰다.

왜 하필이면 이 기획을 마토바가 진행하겠다는 걸까.

이유는 명백하다.

요컨대 공을 가로채려는 수작이다. 장래성 있는 사업을 자기 것으로 만들어 자신의 평가에 직결시키려는 의도다.

그리고 분명 사업성이 불투명해지면 지휘 책임을 내팽개치는 '긴급 탈출 계획'까지 세워놓았을 게 틀림없다. 그때 직격탄을 맞는 건 미즈하라 자신일지도 모른다.

온갖 권모술수를 부리며 이용할 수 있는 건 철저히 이용하고,

밟을 수 있는 건 망설임 없이 발판으로 삼아 위로 기어올라온 게 마토바라는 남자다. 흔히 말하는 '대기업 젠틀맨' 행세를 하지만 알맹이는 시커멓다. 결과를 위해서는 수단을 가리지 않는 냉혹한 인간이다. 하지만 그 냉혹한 인간의 손에 미즈하라가 본부장으로 있는 우주항공본부의 운명이 달려 있는 것도 사실이었다.

다시 걸음을 옮긴 미즈하라는 같은 층에 있는 비서실로 향했다.

자리에 오래 알고 지내는 비서실장 나이토가 앉아 있는 걸 보고 미즈하라는 천천히 다가갔다.

"내밀하게 한 가지 부탁이 있는데."

미즈하라는 목소리를 낮추어 귓속말을 시작했다.

2장
프로젝트 개요와 전개

1

도쿄로 돌아온 다음 날, 쓰쿠다 고헤이는 임원들을 모아 노기
와 교섭한 경위를 설명했다.

"받아들여주셨습니까? 다행이네요."

노기를 설득했다는 말에 야마사키가 기뻐했다.

"야마타니에 담판을 지으러 가야겠군, 쓰노 씨."

그 옆에서 가라키다가 재빨리 현안을 입에 담았다.

자이젠이 무인 농업로봇 기획을 가지고 왔을 때 쓰쿠다제작소
의 임원회의는 두말없이 찬성으로 기울었지만, 딱 한 가지 지적
된 문제가 있었다.

"다름 아닌 자이젠 씨의 제안이잖아. 하지만 그 이상으로 나는
이 사업의 취지에 찬성해. 일본의 농업, 더 나아가 먹거리의 위기
상황에서, 이 무인 농업로봇이 실용화되면 분명 농민들과 사회에
도움이 될 거야. 나는 온 힘을 다해 이 사업에 참여하고 싶어. 어
떻게 생각하나?"

열변을 토하는 쓰쿠다를 앞에 두고 단 한 사람, 가라키다만 표정이 흐렸다.

"가라키다, 왜 그래?"

그걸 알아차리고 쓰쿠다가 묻자 가라키다는 한순간 무거운 침묵 후 입을 열었다.

"야마타니에 대해서는 생각해보셨습니까?"

가라키다는 쓰노를 보고 말을 이었다.

"쓰노 씨는 어떻게 생각해? 쌍수를 들고 찬성할 만한 단순한 이야기일까? 이건 데이코쿠중공업이 농기계 업계에 진출하겠다는 소리야. 즉, 우리 주요 거래처인 야마타니와 경쟁 관계가 된다는 거지. 그 경쟁에서 우리가 데이코쿠중공업에 엔진과 트랜스미션을 공급한다면 야마타니도 마음이 편하지는 않겠지."

"나도 그걸 생각하지 않은 건 아니지만, 야마타니와의 거래량은 이제 한창 때의 3분의 1에 불과하다고."

야마타니는 영업 1부의 쓰노가 주로 담당한다. 가라키다가 지적한 내용은 처음부터 알고 있었을 것이다. "내가 찬성한 건 요 몇 년간 야마타니의 방침이 명백하게 변경됐기 때문이야. 와카야마 사장이 경영 일선에 나선 뒤로 야마타니는 거래에서 비용을 최우선하는 방침을 내세웠지. 거래가 계속 기존대로 유지됐더라도 큰 이익은 못 얻었을 거야. 오히려 야마타니에 의존하는 관계에서 벗어날 수 있는 기회라고 생각해."

가라키다는 쓰노를 쳐다보며 뼈를 담은 말을 건넸다.

"야마타니와 거래가 끊길지도 몰라."

그럴 각오는 됐느냐고 묻는 것이다. 쓰노에게 한 말이었지만, 쓰쿠다에게 한 말이나 마찬가지였다.

쓰쿠다제작소와 야마타니의 거래 관계는 선대까지 거슬러 올라간다. 거래를 튼 지 20년도 넘었고, 한때는 쓰쿠다제작소의 매출에 꽤 많은 지분을 차지하고 있었을 만큼 친밀한 사이였다.

그러다 거래량이 점차 줄어들었고 급기야 와카야마가 사장으로 취임해 인정사정없는 비용 절감책을 펼치자, 성능은 좋지만 가격이 높은 쓰쿠다제작소의 엔진은 외면당해 거래량이 더더욱 줄어들었다. 그런 쓰쿠다제작소 대신에 두각을 나타낸 곳이 저가격 노선의 엔진을 만드는 다이달로스였다. 기어 고스트와 자본 제휴를 맺은 회사다.

"그야 자진해서 거래를 끊을 마음은 없지만."

쓰노는 비장함마저 감도는 표정으로 말했다. "요 몇 년간 열심히 교섭했지만 솔직히 야마타니와의 거래에는 미래가 없어. 성능에 대한 관점, 가치관이 변해버렸거든. 기술은 뒤로 제쳐두고 싸면 쌀수록 좋다는 사고방식이지. 얼굴만 마주쳤다 하면 가격을 내리라는 소리뿐이야. 하지만 우리는 염가 판매는 하지 않아."

그건 쓰노보다도 쓰쿠다가 내세운 방침이었다. 염가 판매는 하지 않는다. 기술이야말로 쓰쿠다제작소의 생명이다.

그리고 지금—.

"야마타니에는 내가 가서 담판을 짓고 올게."

쓰쿠다는 마음을 굳혔다. "노기가 참가해준 덕분에 이번 사업 계획은 데이코쿠중공업 내부에서 조만간 정식으로 승인이 날 거야. 난관이나 위험성도 있겠지만, 그 이상으로 도전할 만한 가치가 있어."

잠자코 듣고 있던 가라키다가 각오를 다진 표정으로 고개를 끄덕였다.

"저도 동감입니다. 야마타니하고는 거래가 끊길지도 모르지만, 이번 새 사업은 분명 그 이상의 뭔가를 가져다주지 않을까요?"

2

"어느 농기계 제조사인지는 모르지만, 우리는 쓰쿠다제작소의 장사에 참견할 수 있는 입장이 아니니까."

그게 야마타니의 하마마쓰 공장장, 이루마 나오토의 반응이었다. 이사 대우 제조부장도 겸임하는 이루마는 야마타니 내에서 발언력이 있는 중진이다.

이루마는 공장 1층에 있는 간소한 응접실에서 약간 씁쓰레한 얼굴로 쓰쿠다와 마주 앉아 있다.

인품도 좋고 원래부터 남을 잘 챙겨주는 사람이다. 쓰쿠다도 이루마가 대놓고 반대하지는 않을 거라 생각했지만, 이후에 이루마가 보인 반응은 쓰쿠다의 예상과는 또 달랐다.

"최근에 듣기로 데이코쿠중공업이 농기계 분야에 흥미를 가지고 있다는군."

놀랍게도 이루마는 알고 있었다. 입을 열려는 쓰쿠다를 "아니, 말 안 해도 돼" 하고 제지하며 말을 이었다.

"다만 평범한 농기계를 만드는 게 아니라 무인으로 움직이는 농업로봇을 만든다는 이야기였어. 물론 그냥 소문이야. 그러니 진짜로 어떤지는 모르지. 쓰쿠다 씨는 알고 있을지도 모르지만, 그걸 가르쳐달라고 할 생각은 없어."

이루마 나름의 사리 분별이다. "뭐, 그런 전제하에 말하는데, 데이코쿠중공업만 그런 아이디어를 가지고 있는 건 아니야. 다른 제조사에서도, 물론 우리 회사에서도 그런 기획이 나왔을지 몰라. 다만 겉으로 드러나지 않았을 뿐. 만약 쓰쿠다제작소가 다른 경쟁사의 유사한 사업에 참여한다면, 혹시 우리 회사에서 비슷한 사업이 진행될 경우 엔진은 공급하지 못하게 될 거야. 그건 알고 있겠지?"

"물론입니다. 누를 끼쳐서 죄송합니다."

쓰쿠다는 머리를 숙였다.

"아냐, 누를 끼친 건 우리 쪽이지."

이루마는 그렇게 대답했다. "요 몇 년, 쓰쿠다제작소와의 거래량은 축소되기만 했어. 실은 미안해서 어떤 형태로든 그 구멍을 메워주고 싶었지. 잘됐군."

이루마의 시원스런 반응과 달리, 쓰쿠다의 가슴에는 소화되지 않은 뭔가가 남았다.

쓰쿠다가 데이코쿠중공업의 이름과 사업 기획의 내용을 입에 담지 못하는 것처럼, 이루마도 말하지 못하는 뭔가를 품고 있는 것 아닐까.

무엇보다 이루마가 데이코쿠중공업의 기획에 대해 언급한 점이 마음에 걸렸다.

신규 사업은 얼마 전에야 정식으로 승인이 나서 아직 언론에 보도조차 되지 않았다. 어떤 경로인지는 모르지만 데이코쿠중공업의 움직임이 슬며시 이루마에게, 아니 야마타니에 새어 나가고 있다.

그리고 마음에 걸리는 점이 또 하나 있었다.

무인 농업로봇 개발이 자이젠만의 독창적인 아이디어라고는 하기 힘들다는 점이다.

그렇다면 데이코쿠중공업도 쓰쿠다제작소도 꼼짝없이 개발 경쟁의 소용돌이에 휘말려 맹렬한 싸움을 벌이게 되리라.

"요전번 기획, 정보가 회사 밖으로 샌 것 아닙니까?"

쓰쿠다는 이루마의 앞에서 물러나자마자 자이젠에게 전화를 걸었다.

이루마 공장장과 무슨 이야기를 나누었는지 쓰쿠다가 알려주자 자이젠은 잠시 무거운 침묵으로 답했다.

"사전에 관계 부처와 하청기업 후보 몇 곳에 이야기를 했으니, 거기서 샜을지도 모르겠군요. 개중에는 야마타니와 거래하는 회사도 있으니까요."

자이젠의 말투에서 위기감이 전해져왔다.

"새삼스럽습니다만 조심하는 게 좋겠습니다, 자이젠 씨."

"유념하겠습니다. 그런데 저도 한 가지 드려야 할 말씀이 있습니다. 실은 저희 쪽 사정이 좀 변해서요."

자이젠이 찜찜한 말을 꺼냈다. "시간 좀 내주시겠습니까?"

"이제 도쿄로 돌아갑니다. 바로 그쪽으로 갈 수 있는데요."

"오늘이라면 저도 좋습니다. 기다리겠습니다."

그것으로 자이젠과의 통화는 끝났다.

하마마쓰역에서 신칸센을 타고 도쿄역에 도착한 쓰쿠다가 오테마치에 있는 데이코쿠중공업 본사 빌딩에 도착한 것은 약 두 시간 후였다.

3

"요전번 홋카이도에서는 정말 큰 도움을 받았습니다."

응접실에 들어가자마자 자이젠은 머리를 숙였다. "쓰쿠다 씨가 안 계셨다면 노기 교수님을 설득하지 못했을 겁니다. 감사합니다."

"무슨 말씀을요. 자이젠 씨의 열의에 모두가 감명을 받아서 좋은 방향으로 움직인 거죠."

권하는 대로 소파에 앉은 쓰쿠다는 자이젠이 전에 없이 지친 표정이라는 것을 알아차렸다. 신규 사업이 정식으로 진행 승인을 받은 직후다. 상상하건대 1분 1초가 아까울 만큼 바쁠 것이다.

"그런데 사정이 바뀌었다니요?"

쓰쿠다는 바로 본론으로 들어갔다.

"사업 총책임자가 바뀌게 됐습니다."

예상치 못한 이야기였다.

"자이젠 씨가 이번 기획에서 빠지신다는 건가요?"

"아니, 그게 아니라요. 저는 프로젝트의 현장 책임자로서 기획 입안 및 진행 역할을 맡습니다. 다만 이번 프로젝트 자체가 임원 회의에서 승격돼 담당 임원 직속 관할이 됐어요."

"그거 축하드립니다."

승격이라는 말에 쓰쿠다는 축하할 일이라고 이해했지만, 자이젠은 떨떠름한 표정이었다.

"이게 좋은 일인지, 나쁜 일인지. 원래 같으면 제가 자유로이 지휘할 수 있었겠지만, 많은 예산이 투입되는 대신에 아무래도 그렇게는 안 될 것 같습니다."

"잘됐는걸요, 뭘."

쓰쿠다는 자이젠이 뭘 걱정하는지 몰라서 말했다. "기획이 승격된 건 사업성을 인정받았기 때문이겠죠. 예산도 늘었다니 더 바랄 나위가 있겠습니까? 그런데 총책임자는 어느 분이신가요?"

대답이 돌아오기까지 약간 시간이 걸렸다.

"마토바 슌이치 이사입니다."

"마토바……?"

쓰쿠다는 저도 모르게 고개를 들어 자이젠을 보았다. "마토바 이사라면 그……."

"맞습니다."

그제야 쓰쿠다도 자이젠의 태도가 왜 그렇게 뜨뜻미지근한지 이해했다.

마토바 슌이치는 데이코쿠중공업의 차기 사장 후보로 가장 유력한 남자다. 그것만이라면 상관없다. 한편으로 마토바는 현재 사장인 도마 히데키가 구상한 스타더스트 프로젝트, 즉 대형 로켓 발사 사업에 부정적인 입장이다.

"하지만 그건 그거 아닙니까."

쓰쿠다는 마토바와 자이젠이 일찍이 상사와 부하 관계로서 친분이 있다는 사실을 알기에 일부러 그렇게 말했다. 대형 로켓 발사 사업에 이의를 제기했다 한들, 이번 신규 사업은 완전히 별개의 이야기다.

"저로서는 야타가라스 발사도 로켓 발사 사업의 공적이라고 홍보하고 싶었습니다만, 조금 골치 아프게 됐습니다."

자이젠 입장에서는 행동에 제약이 걸린 꼴일지도 모르겠다. 하지만 자이젠은 쓰쿠다 앞에서 마토바를 비방하지 않았다.

"이번 신규 사업을 성공시키는 게 가장 큰 홍보 아니겠습니까? 차기 사장 후보인 마토바 이사님이 지원해준다면 당연히 데이코쿠중공업 내외 관계자의 시선도 바뀔 겁니다. 좋은 일이에요."

"그러길 바라야죠."

자이젠은 시계를 힐끗 보고 "실은 지금 마토바 이사님이 자리에 계신데 인사하시지 않겠습니까?" 하고 제안했다.

"네, 가능하다면요."

"모셔올 테니 잠깐만 기다리십시오."

자리를 뜬 자이젠이 5분쯤 지나서 돌아왔을 때, 키가 크고 눈빛이 날카로운 남자가 자이젠보다 먼저 들어왔다. 고급스러운 은회색 양복에 산뜻한 파란색 넥타이, 하얀 와이셔츠의 소맷자락 사이로 쓰쿠다도 아는 고급 기계식 손목시계의 문자반이 보였다.

"쓰쿠다제작소에서 오셨다고요. 안녕하십니까, 마토바라고 합니다."

마토바의 목소리는 크고 귀에 쏙쏙 들어왔다. 마주 서자 키가 180센티미터를 훌쩍 넘어 보였다.

"쓰쿠다라고 합니다. 이번에 아주 멋진 기획에 참여시켜주셔서 정말 감사드립니다. 잘 부탁드립니다."

쓰쿠다가 다시 소파에 앉자 마토바가 물었다.

"그러면 쓰쿠다 씨와는?"

"로켓엔진의 밸브 시스템을 납품해주고 계십니다."

옆에서 자이젠이 설명했다.

"기계사업부하고는 관계가?"

마토바가 일찍이 기계사업부에서 수완을 발휘했다는 건 들어서 알고 있다.

"아쉽게도 없습니다."

쓰쿠다는 대답했다. "저희는 오랫동안 소형엔진을 개발하고 제조해왔습니다. 만약 기회가 있다면 꼭 그쪽과도 거래를 부탁드리고 싶네요."

쓰쿠다는 고개를 살짝 숙였다.

"소형엔진은 수요가 없어서."

냉담한 마토바의 말이 귀에 꽂혔다. "나는 워낙에 자잘한 걸 다룬 적이 별로 없어서 말입니다."

중후장대 산업을 이끄는 대기업이라고 자존심을 내세우는 걸까, 쓰쿠다제작소가 중소기업이라고 무시하는 걸까. 양쪽이 뒤섞인 듯한 발언에 옆에 앉아 있던 자이젠이 슬쩍 눈살을 찌푸렸다.

마토바는 테이블에 놓인 쓰쿠다의 명함을 들고 빤히 들여다보다가 아무렇게나 내려놓고 물었다.

"지금까지 농기계 엔진에 관여한 적은 있습니까?"

"저희 주력 사업입니다."

"경험은 있다 그거로군."

입을 반쯤 벌리고 턱을 좌우로 흔들며 생각에 잠긴 마토바가 "매출은 얼마나 됩니까?" 하고 느닷없이 물었다.

"요컨대 우리 사업에 적합한 회사인가 하는 겁니다."

이야기가 우호적이라고는 하기 힘든 분위기로 흘러가서 쓰쿠다는 살짝 숨을 삼켰다.

솔직하다기에는 가시가 돋쳤고, 단도직입적이라기에는 세심함이 부족하다. 대화에서 마토바 슌이치라는 사람의 인간됨이 보였다.

"마토바 이사님."

참다 못한 자이젠이 옆에서 도움의 손길을 내밀었다. "쓰쿠다 씨와는 우주항공본부에서 오랫동안 거래해온 사이입니다."

이제 와서 재무 상태를 따질 필요가 있냐고 말하는 것이다.

"그래서 글러먹은 거야, 우주항공본부는."

비웃음을 섞어서 말한 마토바의 눈빛이 날카로워졌다.

입바른 소리 차원이 아니었다. 마토바가 입에 담은 것은 명확한 평가이자, 실격이라는 낙인이었다.

"들으셨을 텐데 이번 신규 사업은 내가 총책임을 맡게 됐습니다. 자이젠의 의도가 어떻든 내가 지휘봉을 잡은 이상은 내 나름의 방식으로 밀고 나갈 겁니다. 가급적 빨리 사업화를 꾀해 무인 농업로봇 분야의 개척자로서 선행 이익을 얻고 싶습니다. 아시겠습니까, 쓰쿠다 씨?"

마토바가 새삼스레 격식을 차린 어조로 말하며 강렬한 눈빛을 던졌다. "말만 번드르르해봐야 무슨 소용입니까? 중요한 건 성과죠. 성과가 최우선이란 말입니다. 나는 그렇게 살아왔어요. 아시겠습니까?"

여러모로 인상이 강렬한 남자의 본심에 쓰쿠다는 묵묵부답으로 답했다.

"이해가 됐으려나."

문득 마토바가 짤막한 웃음을 토해내며 조바심을 섞어 고개를 갸웃거렸다. 거북하니 떨떠름한 분위기가 흐르는 가운데 "뭐, 이쯤 하지" 하고 마토바는 일방적으로 말하고는 자이젠을 보았다.

"다음 일정이 있으니 알아듣도록 잘 말해놔."

마토바는 그럼, 하고 쓰쿠다에게 오른손을 드는가 싶더니 허둥지둥 뒤를 쫓는 자이젠과 함께 밖으로 나갔다.

"뭐야, 저건……."

홀로 남겨진 쓰쿠다는 어이가 없어서 탄식했다. 뱃속에서 들끓는 분노가 갈 곳을 잃고 헤맸다.

"미안합니다, 쓰쿠다 씨."

얼마 지나지 않아 자이젠이 돌아오자마자 고개를 숙였다.

"실은 이성적인 사람인데, 아무래도 거래처를 상대할 땐 저런 태도를 취해야만 한다고 생각하는 구석이 있어서요."

"위협해서 본보기로 삼는 겁니까? 기계사업부의 거래처가 아니라서 다행이네요."

아무래도 화를 참을 수가 없어 쓰쿠다는 기분이 불쾌해졌다.

"무슨 인사가 이러나 싶으시겠지만, 마음에 담아두지 마세요. 지금까지처럼 거래 잘 부탁드립니다."

데이코쿠중공업에도 다양한 인간이 있다. 그리고 반드시 인격을 갖춘 사람이 출세하는 건 아니다. 고개를 숙인 자이젠이 훨씬 윗사람에 어울리는 그릇으로 보였다.

4

그날 쓰쿠다는 저녁 8시가 지나서 귀가했다.

평소 퇴근이 늦은 딸 리나가 웬일로 집에 일찍 와서 할머니, 즉 쓰쿠다의 어머니 가즈에와 함께 부엌에 서 있었다.

"아, 왔어? 오늘은 홍살치조림이야."

"네가 요리를 돕다니 별일이네."

대개 이럴 때는 뭔가가 있다. 리나 말로는 채소를 썰거나 파를 채 써는 게 스트레스 해소에 도움이 된다고 한다.

"무슨 일 있었어?"

냉장고에서 캔 맥주를 꺼내 식탁의 자기 자리에 앉은 쓰쿠다는 맥주를 한 모금 마시고 나서 리나의 뒷모습에 대고 물었다.

"열 받는 일이 있었지."

아니나 다를까 그런 대답이 돌아왔다. "저기, 아빠. 마토바 이사라고 알지?"

쓰쿠다는 무심결에 맥주에서 고개를 들었다.

"응, 알아. 실은 저녁에 만나고 왔어."

이번에는 리나의 눈이 동그래졌다.

대학을 졸업하고 데이코쿠중공업에 입사한 리나는 현재 우주항공본부 소속 기술자로서 대형 로켓 발사에 종사하고 있다. 얼마 전까지 그 현장 책임자로서 리나 등 수많은 직원들에게 신뢰를 받은 사람이 자이젠이다.

"마토바 이사가 자이젠 부장님의 기획을 느닷없이 가로채서 자기가 차지했대."

쓰쿠다는 저도 모르게 날카로운 눈빛을 리나에게 던졌다.

"누구한테 들었어?"

"누구냐니, 나는 내부인이잖아."

리나는 식칼을 든 채 오른손을 휘둘렀다.

"이 녀석아, 위험하잖니."

가즈에가 바로 주의를 주었다.

"아, 죄송해요. 이번 기획 쓰쿠다제작소도 관계있지? 그래서 요전에 홋카이도에도 갔던 거 아니야? 자이젠 부장님이 그런 소리

안 했어?"

"응. 기획이 승격돼서 마토바 이사가 총책임자를 맡았다는 이야기밖에 못 들었는데."

쓰쿠다는 고개를 끄덕였다.

"그렇게 좋은 이야기가 아니니까 부장님도 아빠를 배려해서 말 안 한 걸 거야. 임원회의에서도 마토바 이사가 자기 기획으로 발표했대. 너무하잖아."

확실히 리나 말이 맞을지도 모른다.

"부하직원의 공은 자신의 공이다, 그건가."

부엌의 한곳을 노려보며 쓰쿠다는 중얼거렸다.

"그걸 뒤집어 말하면 자신의 실패는 부하직원의 실패인 거지. 마토바 이사는 자신의 공적을 위해서라면 뭐든지 하는 사람이야. 그뿐만이 아니야. 기계사업부에서는 하청업체 괴롭히기로 유명했대."

리나는 코에 주름을 잡았다. 애당초 마토바에 대한 리나의 평이 좋을 리 없었다. 마토바는 로켓 발사 사업에 부정적인 입장을 취하고 있기 때문이다.

쓰쿠다가 들은 바로 만약 마토바 슌이치가 사장이 되면 로켓 발사 사업에서 철수할 거라는 견해가 데이코쿠중공업 내에서도 유력한 모양이었다.

"하청업체 괴롭히기라. 뭐, 확실히 그런 분위기는 있었지."

이날 만난 마토바의 태도를 다시금 떠올리며 쓰쿠다는 납득했다. 그런 식으로 하청기업을 꽉 쥐어짜서 사업 채산을 확보하는 게 마토바의 방식이리라.

그렇다면 이번 신규 사업에서도 마토바가 쓰쿠다제작소 쪽을 혹독하게 쥐어짤 가능성이 높다. 대조적으로 자이젠은 하청기업에게 고압적으로 나오지 않고, 긴밀하게 연대해 신뢰를 쌓아가는 조정자 타입이다. 마토바가 총책임자로 등장한 것에 좋은 반응을 보이지 않은 것도 수긍이 갔다.

"마토바 슌이치가 지나간 자리에는 풀 한 포기도 안 자란대."

"그건 최악이로군."

쓰쿠다는 쓴웃음을 지으며 맥주를 천천히 마셨다. "하지만 그 최악의 상대와 잘 해나가지 않으면 우리에게는 미래가 없어."

한 가지 다행인 점이라면 그래도 자이젠이 있다는 것이었다. 자이젠이라면 마토바를 견제하며 신규 사업을 제어할 수 있지 않을까.

하지만 그로부터 얼마 지나지 않아 그런 기대를 저버리는 정보를 영업부가 입수했다.

5

"사장님, 사장님!"

2층의 영업부 공간을 지나갈 때 외출했다 돌아온 에바라가 숨을 헐떡이며 쓰쿠다를 불렀다. 손에 든 가방도 아직 내려놓지 않았다.

"잠깐 괜찮으실까요?"

같은 층에 있는 회의실에 들어가자마자 에바라는 아무래도 마음에 걸린다는 듯한 표정으로 목소리를 낮추었다.

"좀 전에 다카하타공업과 기타노산업에 들렀는데요. 둘 다 데이코쿠중공업에서 시제품용 부품에 관해 협의하자는 연락이 온 것 같습니다. 벌써 일주일도 지났다나요. 우리한테는 아직 안 왔습니까?"

지금은 벌써 5월 중순이다.

정식 승인이 떨어져 마토바가 신규 사업의 총지휘권을 쥐게 됐다. 하지만 그 후로 구체적으로 협의를 하자는 자이젠의 연락이 없었다.

"아직 안 왔는데. 어떤 협의인지는 들었나?"

"설계 담당자와 구매 담당자도 동석했다는 걸 보면 제법 본격적인 협의인 듯합니다. 다카하타공업 쪽 이야기로는 신규 사업에 관련된 다른 하청업체들도 호출을 받아 협의를 하러 왔답니다. 우리한테만 아무 말이 없는 건 이상하지 않습니까?"

홋카이도에 가서 노기를 만나고 온 후 3주가 순식간에 지나갔다. 아직 내부적으로는 준비에 여념이 없으리라 생각했지만, 실은 쓰쿠다도 조금 걱정이 되던 참이었다. 엔진과 트랜스미션은 성능에 직결되는 주요 부품이다. 사양에 대해서는 제일 먼저 상담해야 마땅하다.

"알았어. 실은 나도 신경 쓰이던 참이야. 자이젠 씨한테 물어볼게."

"부탁드립니다. 다만 뭐랄까 좀……."

그걸로 이야기가 끝난 줄 알았는데, 에바라는 아직 뭔가 남은 듯한 표정으로 말을 이었다. "제법 혹독하게 후려치려는 모양이에요."

채산 이야기다.

"아무래도 그런 분위기로 흘러갈 것 같더군."

쓰쿠다는 살짝 한숨을 쉬었다. "교섭의 여지가 있을지는 모르겠지만, 일단 각오는 해두자고."

쓰쿠다는 사장실로 돌아가 휴대전화로 자이젠에게 전화를 걸었다.

"안 그래도 연락드리려던 참이었습니다."

자이젠의 무거운 목소리에서 평소와는 다른 낌새가 느껴졌다.

"엔진과 트랜스미션 건으로 사전에 협의를 좀 하고 싶어서요."

하지만 쓰쿠다는 일부러 모르는 척 쿡 찔러보았다.

"실은 그 건으로 뵙고 싶은데, 시간 좀 내주시겠습니까?"

불길한 예감이 들었다.

"내일 아침은 어떻습니까? 찾아뵙겠습니다."

쓰쿠다의 제안에 자이젠이 말했다.

"아니요, 제가 그쪽으로 가겠습니다. 9시 어떠십니까?"

"기다리고 있겠습니다. 뭔가 준비해둘 건 없을까요?"

쓰쿠다가 묻자 전화 저편에서 잠시 침묵이 흐른 후 "없습니다"라는 대답이 돌아왔다.

다음 날 아침, 약속 시간에 맞춰 찾아온 자이젠의 표정을 본 순간, 쓰쿠다는 자신의 예감이 적중했음을 거의 확신했다.

"실은 쓰쿠다 씨께 사과를 드려야 할 사태가 발생했습니다."

자이젠은 말이 끝나기가 무섭게 "죄송합니다" 하며 무릎에 두 손을 짚고 머리를 깊이 숙였다.

"뭔가 문제가 생겼습니까?"

쓰쿠다는 차분하게 물었다.

"마토바 이사님이 엔진과 트랜스미션을 자체 생산하겠다는 방침을 내세웠어요. 저로서는 최대한 저항했습니다만, 뜻을 꺾지 못해서⋯⋯."

고개를 숙인 채 입술을 깨문 자이젠은 "뭐라고 사죄를 드려야 할지 모르겠습니다" 하고 원통하다는 듯이 목소리를 쥐어짜냈다.

"그랬군요⋯⋯."

쓰쿠다는 팔걸이의자 등받이에 몸을 맡기고 비스듬히 위쪽으로 시선을 던졌다.

"제게 좀 더 힘이 있었다면⋯⋯."

"아니요. 자이젠 씨 탓이 아니잖습니까. 있는 힘껏 애써주셨을 거라고 믿습니다."

말은 그렇게 했지만 지금까지 넘치던 힘이 쭉 빠져나가는 건 어찌할 도리가 없었다. 그런 와중에 너무 물렁한 것 아니냐고 묻는 내면의 목소리까지 들려왔다.

아니, 그런 게 아니라고 쓰쿠다는 마음을 고쳐먹었다.

지금 여기서 마토바의 방침을 비판하고 자이젠에게 분노를 폭발시킨들, 뭐가 변한다는 말인가. 아무것도 변하지 않는다. 오히려 지금까지 신뢰 관계를 쌓아온 자이젠과 서먹서먹해질 뿐이다.

"그렇게 말씀해주시니 몸 둘 바를 모르겠습니다. 하지만 하필이럴 때 뻔뻔하게도 한 가지 부탁을 드려야겠습니다."

자이젠은 말을 꺼내기가 민망하다는 듯 인상을 찡그렸다.

"부탁이라니요?"

쓰쿠다는 의자 등받이에서 몸을 일으켰다.

"노기 교수님을 설득해주실 수 없겠습니까? 이렇게 부탁드립니다!"

자이젠은 말을 마치자마자 무릎에 두 손을 얹고 다시 머리를 조아렸다. 자이젠이 이렇게까지 저자세로 나온 적은 여태껏 한 번도 없었다.

"죄송합니다만 자이젠 씨, 설득이라니 그게 무슨 말씀입니까?"

"엔진과 트랜스미션을 자체 생산하겠다는 방침이 굳어져서 노기 교수님께도 그 사실을 전했습니다. 그러자 쓰쿠다 씨가 참가하지 않는다면 자기도 빠지겠으니 사내에서 재검토해달라, 그렇게 말씀하시더군요."

"노기가 그런 말을……."

쓰쿠다는 오랜 친구의 마음 씀씀이가 참으로 고마웠다. 그나저나 자신에게 노기를 설득해달라니 그건 아무래도 좀 아닌 것같았다.

"자이젠 씨가 직접 설득하셔야 하지 않겠습니까?"

쓰쿠다가 말했다. "앞으로 쭉 공동으로 연구개발을 하셔야 할 텐데, 초장부터 이러면 어쩌시려고요."

"제가 계속 설득했습니다만 받아들여주시질 않습니다."

"그럼 마토바 이사님이 직접 설득하시는 건 어떨까요?"

"마토바 이사님이 쓰쿠다 씨에게 부탁하라고…….'

자이젠치고는 보기 드물게 굳이 하지 않아도 될 말을 했다.

발끈한 쓰쿠다는 숨을 들이마시며 뱃속에서 끓어오르는 화를 가라앉히려고 했다.

"쓰쿠다 씨께 부탁드리는 게 도리가 아니라는 건 잘 압니다만, 어떻게 부탁을 들어주실 수 없겠습니까?"

자이젠도 이제는 직속상사가 된 마토바와 쓰쿠다 사이에 끼어서 괴로울 것이 틀림없다. 그건 안다.

하지만 쓰쿠다는 화난 기색으로 팔짱을 낀 채, 한동안 말을 꺼내놓지 못했다.

"그래서 어떻게 하셨습니까?"

아침부터 외근을 나간 영업부의 쓰노와 가라키다가 저녁에 회사로 돌아오기를 기다려 사정을 설명하자 쓰노가 화가 나서 창백해진 얼굴로 물었다.

"일단 수락했어. 우리한테 빚을 하나 진 셈이지."

"그렇게까지 해줄 필요는 없지 않습니까?"

쓰쿠다의 대답에 가라키다가 뺨을 떨며 목소리를 높였다. 냉정하고 침착한 가라키다가 감정을 고스란히 드러내는 일은 좀처럼 없으니, 어마어마하게 화가 난 것이리라.

"마토바 이사는 우리를 뭐로 여기는 걸까요? 부조리하게 굴어도 불평 한마디 없이 뭐든지 시키는 대로 하는 하인이라고 여기는 거 아니겠습니까? 이건 자존심 문제입니다, 사장님!"

"마토바 이사의 방식에 대해서는 나도 하고 싶은 말이 넘쳐나. 지금 여기에 있으면 온갖 욕을 다 퍼부어주고 싶을 정도야. 하지만 자이젠 씨에게는 죄가 없잖아. 마토바 이사와 우리 사이에 끼어서 괴로워하면서 부탁하러 왔어. 내가 거절하면 자이젠 씨만 곤란해지겠지. 그러고 싶지는 않아."

"그런데 노기 교수님은 뭐라고 하시던가요?"

옆에서 야마사키가 물었다. "설득에 응하셨습니까?"

"일단은."

노기와 나눈 대화를 떠올리며 쓰쿠다는 대답했다. "처음에는 상당히 망설였지만, 우리 농업을 위해 협력해주라는 식으로 말해서 겨우 설득했지. 노기의 자율주행 제어 시스템은 이 신규 사업의 핵심이야. 만약 노기가 협력을 거절하면 신규 사업은 큰 차질을 빚겠지."

"그렇게 해서라도 마토바 이사의 체면을 뭉개주고 싶은데요."

쓰노가 밉살스럽게 말했다. "우리는 야마타니와 담판을 지으면서까지 협력하려고 했는데 결국 남는 게 하나도 없잖습니까. 이건 손해배상감이라고요."

"데이코쿠중공업의, 아니 마토바 이사의 방식에는 화가 나지만 이렇게 된 마당에 어쩔 방도가 없지. 다들 미안해. 이번 일은 내 판단 실수였어."

미안하다며 쓰쿠다가 고개를 숙였을 때였다.

"그렇지만 데이코쿠중공업은 소형엔진이나 농기계용 트랜스미션을 제작한 경험이 없을 텐데. 잘할 수 있을까?"

가라키다가 야마사키에게 근본적인 물음을 던졌다.

"데이코쿠중공업이니까 알아서 잘하겠지."

곁에서 쓰노가 말했지만 "우리보다 고성능 엔진을 만들 수 있을 것 같아?"라는 가라키다의 질문에는 입을 다물었다.

"글쎄요."

야마사키가 턱 언저리를 문지르며 시선을 이리저리 돌렸다. "만약 가능하다면 자이젠 씨도 처음부터 그쪽으로 이야기를 가져가지 않았을까요? 핵심기술이니만큼 자체 생산할 수 있다면 그보다 더 좋을 수는 없겠죠. 시간의 문제인지도 모르겠습니다. 우리에게 맡기면 개발에 걸리는 시간과 비용이 절약될 건 틀림없으니까요."

"그렇군. 하지만 이번에 뒤통수를 맞은 건 정말 뼈아픈데. 어떻게 하실 겁니까, 사장님?"

가라키다가 물었다. "기어 고스트도 그렇고, 데이코쿠중공업도 그렇고 정말이지 상도덕이라고는 없네요. 트랜스미션 개발, 이대로 계속해도 될까요?"

"확실히 생각처럼은 안 되지만 개발은 계속할 거야."

쓰쿠다는 굳게 결심했다. "앞으로 농기계는 틀림없이 무인화되는 방향으로 나아가겠지. 그걸 염두에 두고서 지금부터 제품을 개발해야 해. 그러지 않으면 늦어."

다이달로스와 기어 고스트라는 라이벌의 동향도 머릿속에 있었다.

이대로 아무것도 하지 않으면 쓰쿠다제작소만 뒤처지고 만다.

"무인 농업로봇 개발에 회사의 흥망이 달려 있어."

쓰쿠다는 위기감을 풍겼다.

"하지만 사장님, 그러려면 자율주행 제어 시스템이 필요합니다. 그건 우리 전문이 아닌데 어떻게 하시려고요?"

"노기와 손을 잡을 거야."

쓰쿠다의 한마디에 모두가 고개를 번쩍 들었다. "노기한테는 연구용 트랙터가 늘 필요해. 그 트랙터의 엔진과 트랜스미션을 우리에게 맡겨주지 않겠느냐고 부탁했지. 기꺼이 승낙하더군."

"비용은 들어도 계속할 수밖에 없는 건가."

가라키다가 말했다. "개발 없이는 미래도 없다. 지금은 인내할 때로군요."

그야말로 옳은 말이었다.

6

시야 가장자리에서 밀짚모자 챙이 바르르 떨렸다.

트랙터를 몰고 집을 나선 도노무라는 이날 갈기로 한 휴경지를 향해 포장된 농로를 천천히 달리는 중이었다.

오른쪽에는 모내기를 마치고 벼가 쑥쑥 자라는 논이 펼쳐졌다.

물을 댄 논에 5월의 맑은 하늘이 비쳤다.

솔솔바람이 벼를 흔들었다. 진동하는 운전석에서 운전대를 잡은 도노무라의 콧구멍에 흙과 물이 뒤섞인, 그러면서도 어쩐지 달착지근한 논밭의 냄새와 초여름 향기가 풍겨왔다.

지금부터 장마가 시작되기까지가 1년 중에 제일 아름다운 시기라고 아버지 마사히로가 말했다.

도노무라도 동감이었다.

신록이 넘치고, 산의 나무들과 둑의 풀까지 반짝반짝 빛나 보인다. 새로운 생명의 숨결로 가득한 눈부신 전원 풍경 속을 도노무라는 트랙터를 몰고 나아갔다.

아, 살아 있구나.

도노무라는 저도 모르게 솟아오르는 웃음을 거부하지 않고 그저 자연에 몸과 마음을 맡겼다.

지금까지도 살아 있긴 했잖아.

그렇게 생각했지만, 지금 눈앞에 있는 것은 지금까지와는 다른 세상이자 다른 인생이었다. 여기는 지구고, 자신은 지구에 존재하는 하나의 생물이자 자연의 일부다. 여기서는 그러한 대지의 이치가 피부로 실감되고, 당연하게 이해된다.

"말하자면 환희에 찬 삶이랄까."

무심코 그렇게 말한 도노무라의 얼굴에 더 큰 웃음이 번졌다.

그때 또다른 엔진 소리가 들려 도노무라는 뒤에서 소형 트럭이 다가온다는 것을 알아차렸다. 도노무라는 길을 양보하려고 트랙터를 길가로 빼고 속도를 늦추었다.

다가온 트럭이 도노무라의 트랙터 옆에 나란히 섰다.

"야, 도노무라."

부르는 소리를 듣고 도노무라는 고개를 돌렸다. 열린 트럭 창문으로 운전석에 앉은 남자와 눈이 마주쳤다. 남자가 인사하듯 오른손을 들었다.

이나모토 아키라다. 그는 1년 내내 볕에 탄 얼굴로 하얀 이를 보이며 웃었다.

"오."

도노무라가 똑같이 인사하자 이나모토의 트럭이 앞쪽으로 추월했다. 10미터쯤 앞에서 빨간 제동등이 켜졌다.

이나모토가 문을 열고 내렸다. 도노무라의 고등학교 동창인 이나모토는 도쿄에서 농업대학을 나온 후 고향으로 돌아와 쌀농사를 짓고 있다.

도노무라는 트럭 뒤쪽에 트랙터를 댔다.

"일은 좀 어때?"

이나모토가 허물없는 말투로 물었다.

"그냥저냥 할 만 해."

쓰쿠다제작소에 사표를 내고 오랜 회사원 생활에 마침표를 찍은 도노무라는 올해 4월에 본가로 돌아와 농부가 됐다.

아직 겨우 한 달 남짓이니만큼 달리 대답할 길이 없었다.

"힘든 일 있으면 말해. 웬만한 건 가르쳐줄 수 있으니까."

굳이 이나모토에게 물어보지 않아도 아버지에게 물어보면 되니 "그러게" 하고 도노무라는 애매하게 답했다.

이나모토가 트랙터를 빤히 바라보았다. 아마도 구식이라고 생각하는 거겠지만, 그건 도노무라도 인정하는 바였다. 잠시 후 이나모토가 눈이 부신 듯 찡그린 눈으로 운전석에 앉은 도노무라를 올려다보았다.

"그런데 말이야, 전에 농업 법인 이야기를 했었잖아."

그제야 이나모토의 볼일이 무엇인지 깨닫고 도노무라는 마음이 어수선하니 초조해졌다. 마치 길에서 수상쩍은 종교를 포교하는 사람과 마주친 것과 비슷한 심정이었다.

재작년에 이나모토에게 처음으로 제안을 받았다. 도노무라 집안의 땅, 그러니까 논을 이나모토가 몇몇 사람들과 설립하는 농업 법인에 넘겨주지 않겠느냐는 것이었다. 아버지가 병으로 쓰러져 회사 일을 하면서 휴일마다 와서 농사짓던 무렵의 일이었다.

하지만 도노무라의 아버지는 농업 법인 이야기에 귀를 기울이지 않았고, 도노무라도 가업을 잇지 않겠다는 말을 철회하고 지금 이렇게 농사를 짓고 있다.

이나모토가 설립한다는 농업 법인에 대해서 자세하게는 모르지만, 농사를 접은 집의 논을 사든지 빌리든지 해서 경작 면적의 확대를 노린다는 이야기였다.

"실은 올해부터 셋이서 시작했는데, 도노무라 너도 함께하면 어떨까 싶어서."

그런데 이나모토는 의외의 제안을 했다.

"나더러 그 법인에 들어오라는 거야?"

"뭐, 그런 셈이지."

도노무라의 트랙터 바퀴에 붙은 흙을 신발 끝으로 떼어내면서 이나모토는 다시 눈부시다는 듯한 표정으로 도노무라를 올려다보았다.

"다음에 우리 자료를 가지고 갈게. 이야기나 한번 들어봐."

"뭐, 알았어."

미적지근하게 대답한 도노무라의 속내를 읽기라도 하려는 것처럼 이나모토가 가만히 쳐다보았다.

"괜찮을 때 연락 줘."

어쩐지 마음이 불편해진 도노무라가 그렇게 말하자 이나모토는 "그래, 알았어" 하고 등을 돌렸다.

도노무라는 멀어지는 소형 트럭을 바라보았다. 어쩌면 이나모토는 자신이 지나가기를 기다리고 있던 것 아닐까 하는 생각이 고개를 쳐들었다.

만약 그렇다면 참으로 달갑지 않다.

어쩐지 본심이 보이지 않는 이나모토의 눈이 신경에 거슬렸다. 이를테면 파충류 같은 눈이다. 대자연에는 다양한 생물이 존재하는데, 개중에는 결코 공존할 수 없는 것도 포함되어 있다.

인간도 마찬가지다. 그건 자연의 섭리라 할 수 있다.

방금 전까지 가득하던 행복감이 썰물처럼 빠져나가고 무미건조함이 되살아나 옛날의 자신으로 되돌아간 것만 같았다. 인간관계에 서툴러서 고생했던 회사원 시절의 자신으로.

아니다, 그렇지 않다. 지금 나는 새로운 인생에 발을 내디뎠다.

억지로 그렇게 마음을 달래고, 머릿속 어딘가에 떠오른 꺼림칙한 과거를 떨쳐내고자 도노무라는 다시 트랙터의 가속페달을 밟았다.

그런데―.

괜찮을 때 연락 달라고는 했지만 한동안은 소식이 없을 거라 생각했던 이나모토가 그날 밤에 연락을 했다.

"오늘 했던 이야기 말인데, 내 친구들과 한번 만나보지 않겠어? 내일은 어때?"

휴대전화로 전화를 걸어온 이나모토가 그렇게 말했다. 도노무라가 밥을 먹고 목욕을 마친 후 자기 방에 드러누워 하루의 피로를 풀고 있던 때였다.

"내일이라……"

도노무라는 거절하고 싶었지만 워낙 말주변이 없다 보니 적당하게 둘러댈 말이 떠오르지 않았다.

"뭔가 할 일이라도 있어?"

"어, 아니. 뭐, 시간이 나기는 하는데."

"그럼 6시쯤에 얼굴 비쳐도 될까?"

도노무라네 집으로 찾아오겠다는 것이다.

오지 말았으면 했다. 찾아오면 상대가 돌아가겠다고 할 때까지 시간을 내주어야 한다. 달갑지 않은 상대와 이야기를 하면서 그런 식으로 시간을 빼앗기기는 싫었다.

"아버지 몸도 안 좋으시고 하니 우리 집은 좀 그런데."

재빨리 아버지 핑계를 댔다. 사실 아버지 마사히로는 예후가 좋아서 그렇게 걱정할 정도는 아니다.

"그렇구나. 그럼 전에 갔던 그 가게는 어때?"

예전에 이나모토가 농업 법인 이야기를 꺼냈을 때 만났던 가게다. 논으로 둘러싸인 단독주택이지만, 요리가 맛있어서 이 부근에서는 인기가 좋은 술집이다.

"알았어. 6시에 가면 되지?"

"나랑 다른 친구가 두 명 더 올거야. 너는 걔들을 모르겠지만 둘 다 요 부근에서 농사짓는 친구들이야. 그럼 내일 보자."

통화가 끝나자 도노무라는 휴대전화를 냅다 이부자리에 내던지고 한숨을 쉬었다.

확실히 익숙지 않은 농사일을 하다 보면 불안하기도 하고, 아직 전문 농업인으로서 지식도 부족하다. 그렇다고 해서 이나모토와 손을 잡으려니 거부감이 들었다. 명확한 이유가 있는 건 아니지만 사람 간의 상성이랄까, 뭔가가 잘 안 맞는다.

하지만 이 좁은 지역사회에서 이나모토는 동업자들의 리더 같은 존재인 모양이다. 괜히 멀리해서 풍파를 일으키는 것도 득책은 아닐 것 같았다.

"하는 수 없지. 다녀올까."

이야기만 듣고 돌아오면 그만이다.

그렇게 생각하자 일하면서 쌓인 피로가 확 밀려왔다. 도노무라는 보지도 않으면서 켜놓았던 텔레비전을 끈 후 불을 끄고 이부자리에 누웠다.

"이쪽이 다도코로 구역에서 농사를 짓는 미시마. 이쪽은 사노하라 구역의 하라구치야."

이나모토가 소개하자 미시마와 하라구치가 "안녕하세요", "잘 부탁드립니다" 하고 저마다 말하며 고개를 숙였다.

요릿집의 4인용 테이블이다. 도노무라 앞에 이나모토와 미시마가 앉고 옆에는 하라구치가 앉았다. 미시마는 무늬가 들어간 면 셔츠에 청바지 차림이었고, 가게에는 커다란 사륜구동차를 타고 왔다. 조금 일찍 도착한 도노무라가 창가에서 보고 있자니 미시마는 이나모토와 하라구치를 먼저 내려주고, 주차장의 빈 공간을 두 대분이나 차지하며 아무렇게나 주차했다. 눈매가 날카롭고 무뚝뚝한 인상으로, 도노무라에게 값어치를 평가하는 듯한 시선을 던졌다.

하라구치는 이미 어디서 한잔하고 왔는지 술 냄새가 났다. 앉자마자 양해도 구하지 않고 담배를 피웠고, 별것도 아닌 이야기에 몹시 크게 웃는 남자였다. 입을 벌려 웃을 때마다 담배 연기를 푹푹 뿜어냈고, 담뱃진으로 누리끼리하니 치열이 고르지 못한 이가 드러났다.

이나모토는 자신들이 만들겠다는 농업 법인의 개요를 설명하기 위해 간단한 자료를 준비해왔다.

"우리가 소유한 논이 다 합쳐서 25헥타르고, 거기에 농사를 그만둔 사람들에게서 휴경지를 8헥타르쯤 모아서 현재 33헥타르야. 농업 법인을 만들면 효율적인 경영을 할 수 있어. 예를 들어 지금까지 각자 갖추고 있던 기자재를 법인 안에서 돌려쓰면 개인의 비용 부담도 낮아지지. 규모가 커지면 지역에서의 발언력도 커질 테고."

이나모토는 법인화의 장점을 늘어놓았다. "더 나아가 여러 농가가 모이면 노하우를 공유할 수 있고, 작업 분담도 가능해져. 아직 그 정도 규모는 아니지만, 5년 안에 100헥타르까지 확대하는 게 목표야. 100헥타르, 그러니까 30만 평 농사면 어마어마한 거야, 도노무라. 홋카이도의 대농에도 뒤지지 않는 규모라고."

1헥타르는 약 1만 제곱미터, 약 3천 평에 해당한다. 꿈은 큰 편이 좋다. 하지만 경작지가 세 배 가까이 늘어난다고 해서 구성원들의 수입이 그에 비례해서 늘어나는 건 아니다. 혼자서 돌볼 수 있는 논의 크기에는 한계가 있고, 그걸 넘어서면 인원을 늘릴 필요가 있기 때문이다.

약 한 시간에 걸쳐 이나모토는 자신들의 성장 전략, 도노무라가 듣기에는 현실과 동떨어졌다고밖에 할 수 없는 미래상을 열띠게 토해냈다. 묵묵히 듣고 있으려니 도노무라는 솔직히 고통스러웠다.

사업 계획으로서 현실성이 부족하다는 건 직감적으로 알 수 있었지만, 도노무라에게는 근거를 제시해서 부정할 만한 지식과 농사 경험이 없었다.

하지만 눈앞에 제시된 성장 그래프를 곧이곧대로 받아들이기에는 도노무라가 쌓아온 사회 경험이 너무도 풍부했다.

"무슨 이야기인지는 알았어."

어느 정도 듣고 나자 도노무라는 자료에 주고 있던 시선을 들고 드디어 입을 열었다.

"검토는 해보겠지만, 이 사업 계획을 실현시킬 생각이라면 논은 늘려도 사람은 늘리지 말아야 할 것 같은데."

"뭐, 그야 그렇지만."

칭찬과는 동떨어진 도노무라의 반응이 마음에 들지 않았는지 이나모토가 시큰둥한 표정을 지었다. "너, 은행에 있었잖아. 경리를 담당해줄 수 없을까 싶어서."

처음부터 그게 목적이었나 싶어 도노무라는 속으로 한숨을 쉬었다.

"난 지금 일도 힘에 부쳐서 그런 역할까지 맡을 여유는 없을 것 같아. 미안해."

도노무라는 부드럽게 거절했다.

이나모토가 시선을 돌리고 술잔에 남아 있던 과일 탄산주를 마셨다. 미시마는 차를 몰고 와서인지 우롱차만 마셨다. 하라구치는 뜨끈하게 데운 술을 벌써 세 병이나 마셔서 취기로 눈매가 풀렸다. 도노무라는 처음에 시킨 무알콜 맥주를 찔끔찔끔 마시며 버티고 있었다.

"너희 집 농사는 우리가 분담할게. 그럼 되잖아."

이나모토는 어떻게든 도노무라를 한편으로 끌어들이고 싶은 모양이었다. 이유는 안다. 그들의 사업 계획에 나름대로 자금을 조달할 필요가 있기 때문이다. 금융기관과 농림협을 설득해 자금을 끌어 쓰기 위해 재무에 능통한 도노무라가 필요한 것이다.

"우리랑 함께하면 편하게 농사지을 수 있어."

그런 말까지 나오자 더 이상 얼버무리고 넘어갈 수가 없었다.

아무래도 마음을 단단히 먹고 솔직한 감상을 말하는 수밖에 없을 듯했다.

"정말 이 사업이 계획대로 진행될 거라고 생각하는 거야?"

이나모토가 눈초리를 치켜뜨고 도노무라에게 날카로운 눈빛을 던졌다.

"그럼 계획대로 안 된다는 거야? 네가 어떻게 알아."

이나모토의 목소리에서 심상치 않은 짜증이 느껴졌다. 토론에 익숙하지 않은 사람이 흔히 보이는 반응이다. 도노무라는 괜히 말을 꺼낸 것을 후회했다.

"아니, 뭐, 세 사람 나름대로 열심히 해보겠다니 그럼 된 거 아닐까."

무뚝뚝한 미시마가 살벌한 눈으로 도노무라를 노려보았다.

"되기는 뭐가 됩니까, 도노무라 씨. 어디가 어떻게 별로인 건지 말씀을 해보시죠."

"어디냐고 한들······."

사실 그 계획은 모순과 낙관의 산물이었다. 설비 투자를 하는 데 감가상각비가 바뀌지 않거나, 매출이 상승하는데도 변동비 상승은 낮게 잡혀 있거나 하는 식이었다. 다양한 경비를 느슨하게 설정했고, 인건비 등 고정비에 대한 경계심도 전혀 없었다. 한편 100헥타르까지 경작 면적을 확대할 거라면서 그걸 어디서 어떻게 확보하겠다는 방안도 확실치 않다.

그러자 그때 뚱한 표정으로 담배에 불을 붙인 이나모토가 담배 연기와 함께 찜찜한 한마디를 내뱉었다.

"요시이 씨도 도노무라를 동료로 맞아들이는 게 어떻겠느냐고 하더라만."

"요시이라면 농림협의?"

이 지역 농림업협동조합, 줄여서 농림협의 담당자였다.

인접한 지구에 사는 땅 부자의 셋째 아들이다. 도노무라가 기억하기로는 이 남자에 대한 아버지의 평가는 안 좋았다.

농가는 대개 모와 비료 구입부터 수확한 쌀의 판매까지 농림협에 크게 의존한다. 물론 도노무라네도 인연이 없지는 않지만, 아버지는 아무래도 요시이와 무슨 일이 있었는지 관계가 악화했다.

"어제 너희 트랙터를 보니까 엄청 낡았더라. 요시이 씨에게 부탁하면 싸게 대출을 받아서 새것을 장만할 수 있을 텐데. 뭐, 지금 이 자리에서 결론을 내라는 건 아니야. 하지만 그런 점을 좀 더 잘 생각해보는 편이 좋지 않겠어?"

이나모토가 아무래도 이해되지 않는 소리를 했다.

대체 그게 무슨 의미인지 도노무라는 다음 날 아침이 되어서야 알았다.

아침을 먹으러 부엌으로 간 도노무라는 반찬을 집어 먹으며 텔레비전을 보고 있는 아버지에게 넌지시 물어보았다.

"저기, 아버지. 농림협의 요시이 씨 말인데요. 무슨 일 있었어요?"

바로 아버지 얼굴에서 표정이 사라지는가 싶더니, "그놈은 글렀어" 하고 불쾌하다는 듯 말을 내뱉었다.

"큰 농가의 셋째 아들인지 뭔지는 모르겠지만, 돼먹지 못한 자식이야."

"왜 싸웠어요?"

"쌀 때문에, 쌀."

아버지가 말했다. "우리 쌀, 직판하잖냐. 그게 마음에 안 드는 게지. 언젠가 집에 찾아와서는 농림협을 통해서 팔라고 하길래 싫다고 했지. 내가 정성을 다해 키운 쌀을 너희는 다른 쌀과 똑같이 취급할 것 아니냐, 좀 더 비싸게 팔 수 있는 쌀을 왜 굳이 그런 식으로 팔아야 하느냐, 이상하지 않느냐. 그렇게 말했어."

도노무라의 아버지는 수확한 쌀을 '도노무라네 쌀'이라는 독자적인 브랜드로 판매하고 있다. 직접 구입하는 개인과 슈퍼 등 고정 고객층이 있는 것이다.

"그놈의 자식은 자기가 담당이 되자마자 찾아와서 직판을 그만두라고 요구한 거야. 끝내는 뭐라고 했는 줄 알아? 자기를 무시해놓고 여기서 농사를 지을 수 있을 줄 아느냐고 지껄이더군. 눈 멀쩡히 뜨고 잠꼬대할 거면 썩 꺼지라고 불호령을 내렸지."

"여보, 그렇게 험한 말을."

듣고 있던 어머니가 타일렀지만 "험하긴 뭐가" 하고 아버지는 분이 풀리지 않는다는 듯이 말했다.

"그거랑 트랙터가 무슨 관련이 있어요?"

"누구한테 들었니?"

눈이 동그래진 아버지에게 이나모토에게 들었다고 말하자 "역시 그랬구나"라는 대답이 돌아왔다.

"그 농업 법인 이야기로군."

아무래도 이나모토는 아버지에게도 이야기를 하러 왔던 모양이다. "설마 너, 들어가려는 건 아니겠지?"

의심스럽다는 듯이 아버지가 쳐다보길래 도노무라는 얼굴 앞에다 대고 손을 내저었다.

"안 들어가요. 거절하려고 했더니 그런 이야기를 하더라고요. 농림협이 대출을 해줄 테니 트랙터를 새로 장만할 수 있을 거라고."

"어디서 턱도 없는 소리를!"

아버지가 젓가락을 든 채 테이블을 쾅 내리쳤다.

"혈압 올라가요."

어머니가 말렸다.

"이나모토네 아들놈은 요시이라는 놈과 죽이 잘 맞는지 늘 어울려 다녀. 그 농업 법인에 들어가면 우리 쌀은 직판이 아니라 농림협으로 들어가. 요컨대 놈들의 이익이 되는 셈이야. 그게 목적이겠지."

그렇구나. 도노무라는 그제야 납득한 동시에 이나모토 패거리의 수법에 분노를 금할 수 없었다.

이런 시골에도 도시의 큰 조직과 비슷하게 보신주의와 이해타산이 존재한다.

"이대로 아무 일 없이 유야무야되면 좋을 텐데……."

이날도 날씨가 좋았다. 부엌 창문에 반사되는 눈부신 초여름 햇살과는 반대로 도노무라의 마음에는 먹구름이 피어올랐다.

"트랙터 엔진이라. 뭐, 알았어."

마토바 순이치가 농업로봇 사업에 협력해달라고 상담하러 갔을 때 제조부장 출신이자 현재 전무이사인 시바타 가즈노리는 느긋한 태도로 승낙했다.

데이코쿠중공업의 제조부가 무인 농업로봇용 엔진과 트랜스미션을 제조해 이번 사업에 공급하는 데 동의한 것이다.

"그런데 좀 늦었군, 마토바. 이걸 보면 기획 자체는 진행된 지 한 달도 넘었잖아. 왜 더 빨리 이야기하지 않았어?"

"처음에는 자이젠이 지휘봉을 잡았거든요. 외주를 주려는 걸 제가 막았습니다."

"엔진과 트랜스미션을 외주? 어이가 없군."

시바타의 번쩍이는 눈에서 송곳처럼 날카로운 분노가 뿜어져 나왔다. '싸움꾼 시바타'라는 별명이 붙은 남자다. 마음에 늘지 않거나 대항하는 자를 무자비하게 쓰러뜨리며 지금의 지위까지 올라왔다. 하지만 단순한 '쌈닭'이 아니라, 기술적인 견식과 개발 실적이 이 남자의 진수라는 점은 누구나 인정하는 바였다.

"자이젠 같은 녀석은 잘라버려."

"아직 새로운 부서로 이동한 지 얼마 되지 않아서요. 왜 외주를 주었느냐고 자이젠에게는 제가 따끔하게 말해두었습니다."

시바타의 질책을 슬쩍 흘려 넘긴 마토바는 은근슬쩍 시바타의 질문을 유도했다.

"호오, 그래서 자이젠은 뭐라던가?"

"우리 회사가 생산하는 대형 엔진이나 트랜스미션과는 전혀 다른 물건이라 개발에 시간이 너무 오래 걸린다더군요."

"헛소리!"

시바타가 툭 내뱉었다. 얼굴이 벌겋게 달아올랐다. "엔진을 작게 만들면 그만이잖아. 트랜스미션도 그렇고. 도대체 무슨 생각인 거지, 자이젠은?"

"죄송합니다. 총책임자인 제가 대신해서 사과드리겠습니다."

마토바는 공손하게 머리를 숙였지만 얼굴에는 희미한 웃음이 맺혀 있었다. 시바타와는 허물없는 사이다. 일찍이 시바타는 현재 사장인 도마 히데키와 사장 자리를 놓고 싸운 적이 있다. 그래서 겉으로는 원만한 관계를 유지하고 있지만, 속으로는 도마에 대한 감정이 좋지 않다. 중이 미우면 가사도 밉다는 속담처럼, 시바타는 도마가 주도하는 정책에 겉으로는 따르는 척하면서 자기 쪽 사람들과는 비판을 거듭해왔다. 자이젠이 있는 우주항공본부 역시 도마가 주도한 사업이라 평소 몹시 거슬려했다.

"알겠나, 마토바. 이번 기획에 제조부가 협력하는 건 자네가 총책임자이기 때문이야. 아니었다면 나도 오쿠사와도 이런 기획은 거들떠도 안 봤을걸."

제조부장 오쿠사와 야스유키는 데이코쿠중공업에서 '미스터 트랜스미션'이라고 불릴 만큼 중심적인 역할을 수행해온 남자다. 오쿠사와와는 마토바가 기계사업부 부장이었을 적에 함께 대형 프로젝트를 진행한 후로 가깝게 지내고 있었다.

"오쿠사와에게는 이제 설명할 생각입니다만, 전무님께서도 한마디 보태주시면 감사하겠습니다. 미래의 수익원이 될 사업입니다. 당장의 실적이 흔들리고 있는 지금, 조속히 진행할 필요가 있을 듯한데요."

데이코쿠중공업이 무인 농업로봇 사업을 진행할 때 유리한 점 하나는 노기 교수의 기술을 제외하면 대부분을 기존 기술로 대응 가능한 것이라고 마토바는 생각했다.

"알았어. 개발을 서두르게. 빠르면 빠를수록 세상에 줄 수 있는 임팩트도 커지겠지. 나는 로켓을 아주 싫어하지만."

시바타의 축 늘어진 볼살이 떨렸다. "이번 건에 대해서는 로켓이 날아가듯 기세 좋은 출발을 기대하고 있어."

3장
선전포고, 각자의 싸움

1

"내일 기자회견이 있어서 도쿄에 갈 거야."

6월 하순 노기에게 전화가 걸려왔다.

"드디어 공식 발표인가. 축하해."

장마 구름이 뒤덮인 가미이케다이 일대의 주택가를 내려다보면서 쓰쿠다는 들뜬 목소리로 말했다.

내일 오후 4시. 금융중심가 오테마치에 있는 데이코쿠중공업 본사에서 언론사 수십 곳을 불러놓고 무인 농업로봇의 제조 개발을 발표한다고 한다.

총책임자 마토바 외 관계자들도 참석하지만, 자율주행 기술을 맡을 노기의 존재야말로 기자회견의 꽃이 되기에 적합하다.

오랜 세월에 걸친 비이클 로봇공학 연구가 마침내 일반에게 유통되는 농업로봇으로서 대망의 첫발을 내딛는 순간이다.

"가능하면 나도 회견장에 얼굴을 내밀고 싶지만 무리야. 어차피 외부인이고 말이지. 대신에 저녁이라도 먹지 않을래? 마침 나도 일정이 없어."

"오, 그거 기대되는데."

노기의 목소리가 들떴다. 그날 도쿄스테이션호텔에 묵는다길래 저녁 6시 반에 데이코쿠중공업 본사 앞에서 만나기로 했다.

"드디어 공개되는군요."

회의하는 도중이라 소파에서 듣고 있던 야마사키가 속상하다는 표정을 지었다. "원래는 사장님이 기자회견에서 스포트라이트를 받아도 이상할 것 없는데 말이죠."

"뭐, 됐어."

통화를 마친 쓰쿠다는 창가에서 팔걸이의자로 돌아와서 말했다. "우리는 우리가 할 일을 착실하게 해나가자고. 데이코쿠중공업의 프로젝트도, 우리도 목적은 똑같아. 우리가 개발하는 트랜스미션도 조만간 빛을 보겠지."

쓰쿠다제작소의 트랜스미션 개발은 이미 최종 단계에 접어들어, 시제품을 몇 대나 테스트하는 중이었다. 어디까지나 설계상이라는 단서가 붙지만, 성능은 경쟁사에 뒤떨어지지 않는 수준까지 왔다. 그러나―.

"제품화하기까지 아직 1년은 더 잡는 편이 좋겠군."

한차례의 토론 끝에 쓰쿠다는 단언했다. "내구성 테스트에도 시간이 걸릴 테고, 현장 테스트도 꼼꼼히 진행하고 싶어."

"아직 나중의 이야기입니다만, 자유로이 사용할 수 있는 전용 논밭을 어딘가에 확보할 필요가 있겠군요."

현재는 홋카이도농업대학의 실험농장을 빌려서 테스트하고 있지만, 쓰쿠다제작소가 독차지할 수는 없는 데다가 도쿄와 홋카이도는 거리상 시간과 비용이 너무 많이 든다.

"데이코쿠중공업의 농업로봇 프로젝트에 참가할 수 있었다면 여러모로 도움을 받을 수 있었을 텐데요."

"그런 푸념하지 마, 야마. 이제 와서 그게 다 무슨 소용이야."

그렇게 말했지만 실은 쓰쿠다도 같은 생각이었다. 솔직히 내일 있을 기자회견도 기쁨 반, 아쉬움 반이었다.

"토끼와 거북이 이야기라고 생각하고 그저 열심히 하는 수밖에 없나……."

야마사키가 탄식했다.

"우리는 뭐야. 토끼인가?"

쓰쿠다는 장난스럽게 물었다.

"당연히 거북이죠. 게다가 거북이 중에서도 제일 발이 느린 녀석이라고요."

야마사키가 발끈한 듯 대꾸해서 쓰쿠다는 무심코 웃음을 지었다.

그다음 날 약속한 시간에 데이코쿠중공업 본사 앞으로 가자 노기가 이미 기다리고 있었다. 두 사람은 택시를 잡아 탔다.

"기자회견은 어땠어?"

쓰쿠다가 대뜸 묻자 "뭐라고 하면 좋을까" 하고 노기는 고개를 갸웃하고 생각에 잠겼다.

"알파1에 대한 설명이 대부분이었어. 내 기술 운운하는 이야기는 처음에만 잠깐 나왔고."

'알파1'은 데이코쿠중공업이 무인 농업로봇에 붙인 개발 코드

네임이다. "그 후로는 데이코쿠중공업의 신사업으로서 위치가 어떻다는 둥, 농업 관련 산업으로 나아가는 발판이라는 둥 기업 홍보 같았지. 난 그저 장식이었어."

택시로 향한 곳은 쓰쿠다가 옛날부터 단골로 드나드는 진보초의 초밥집이었다. 주인 부부끼리 꾸려나가는 아담한 가게다.

생맥주가 나왔다.

"그건 좀 아쉽지만, 아무튼 고생 많았어."

노고를 치하한 후 작게 건배했다.

"그런데 데이코쿠중공업의 신규 사업팀과 손발은 잘 맞아?"

"그거 말이야. 솔직히 좀 아니다 싶을 때가 많아."

노기는 떨떠름한 표정으로 말끝을 흐렸다.

"예를 들면?"

"자율주행 제어 시스템의 개발 소스를 넘겨달라거나."

개발 소스. 즉, 자율주행 제어용 프로그램은 노기가 쌓아 올려 온 연구 성과다. 이를테면 기밀 중의 기밀이다.

"설마!"

쓰쿠다는 저도 모르게 고개를 들었다.

"그게 없으면 개발을 못 한다고 처음에 그러더라고. 무슨 말도 안 되는 소리냐고 한마디 쏴줬지."

"소통 창구는 자이젠 씨야?"

"아니, 엔진과 트랜스미션 부분을 총괄하는 오쿠사와라는 부장이야."

"오쿠사와……?"

어디서 들어본 적이 있다.

이윽고 시마즈 유에게 들었던 당시 제조부 부부장의 이름이 떠올랐다. 시마즈가 기술자 생명을 걸고 입안한 트랜스미션 기획을 퇴짜 놓았을 뿐 아니라 시마즈를 제조 현장에서 쫓아낸 자들 중 하나였다.

"그래서 어떻게 됐어?"

쓰쿠다는 걱정돼서 물어보았다.

"일단은 물러났지만, 얼마 지나지 않아 새로운 회사에 특허를 이전해서 함께 일을 진행하지 않겠느냐고 하더군. 연구개발비를 전부 대주는 대신 새로운 회사에는 데이코쿠중공업이 백 퍼센트 출자하겠대."

"너무하네!"

쓰쿠다는 어처구니가 없어서 말했다. "그건 기술을 공짜로 데이코쿠중공업에 달라는 거나 마찬가지잖아. 물론 거절했겠지?"

"거절했어. 오쿠사와 부장이 일부러 우리 연구실까지 와서 제안했는데, 냉대했더니 눈을 희번덕거리더군. 설마 거절할 줄은 몰랐던 모양이야."

"거참, 사람을 얕보는 데도 정도가 있지."

쓰쿠다는 저도 모르게 끙, 하고 앓는 소리를 냈다. "자이젠 씨가 붙어 있는데도 이런 수준인가."

"그 사람은 움직임을 봉쇄당한 것 같더라고."

뜻밖의 이야기였다. "우리 자율주행 제어 시스템과 직접적으로 연관이 있는 건 엔진과 트랜스미션 같은 구동계(驅動系)야. 그런 중추 부분에는 참견하지 말라는 지시를 받은 모양이야. 그 전까지는 자이젠 씨가 담당해서 편안하게 일을 진행했는데 말이지. 차라리 개발 소스를 확 공개해버릴까 싶을 정도라니까."

"그럼 안 돼, 노기."

허둥지둥 말린 쓰쿠다는 씩 웃는 노기의 얼굴을 보고서 농담임을 깨닫고 가슴을 쓸어내렸다. 만약 프로그램을 공개하면 중국을 비롯해 자금력이 있고 기술 개발에 열을 올리는 국가들이 비슷한 시스템을 개발해 순식간에 무질서하고 과열된 경쟁이 시작될 것이다. 그리고 자율주행 제어 시스템 분야에서 일본은 대번에 우위를 잃을 것이다.

"아무튼 그게 첫 번째 문제야."

"또 있어?"

쓰쿠다는 놀라서 물었다.

"실은 두 번째 문제가 더 심각해."

노기는 심각한 표정으로 말을 이었다. "아직 시행착오 단계이기는 하지만, 솔직히 말해 데이코쿠중공업의 엔진과 트랜스미션으로는 잘될 것 같지가 않아."

"그게 무슨 소리야?"

"자율주행 제어 시스템이 전문이기는 하지만, 넓은 의미에서는 나도 농기계 연구자거든. 엔진과 트랜스미션의 성능은 평가할 줄 알고, 내 나름대로 일가견이 있다고 생각해. 딱 잘라 말해 데이코쿠중공업의 기술은 농업에 적합하지 않아."

"어째서 그렇게 생각해?"

쓰쿠다는 재차 물었다.

"그들은 지금까지 거대한 불도저나 탱크, 선박 등에 사용되는 다양한 엔진을 제조해서 세계적으로 높은 평가를 받았지. 거기에 대해서는 전혀 의심의 여지가 없다고 순순히 인정하지만, 소형 엔진과 트랜스미션이라면 이야기는 별개야. 그들은 단순히 엔진을 소형화하면 된다고 여기고 있어. 하지만 실제로는 큰 엔진보다 훨씬 섬세함이 요구되지. 농기계는 흙을 갈거나 고르고, 모를 심지. 그리고 베기도 해. 그런 작업에 어떤 엔진과 트랜스미션이 필요한가. 그런 근본적인 부분을 그들은 이해하지 못해. 즉, 농업을 모르는 거지. 한편으로 자신들의 기술을 의심하지도 않아. 그래서는 발전이 없어."

농기계에 대해 노기가 요구하는 수준은 높다. 싹싹함 속에 타협 없는 의연함을 숨겨 놓은 그 모습은 그야말로 연구자답다.

"뭐, 기자회견에서는 할 수 없는 이야기지만, 연구개발에 대한 데이코쿠중공업의 태도는 좀 실망스러워."

쓰쿠다는 요전번 쓰쿠다제작소의 임원회의에서 나눈 이야기가 생각났다. 데이코쿠중공업에 소형 엔진과 농기계용 트랜스미션을 개발할 노하우가 없지 않겠느냐는 이야기다. 그렇다고 해서 자신이 뭔가 할 수 있는 것도 아니라서 안타까웠지만, 노기는 달관한 모습이었다.

"하지만 네가 말했다시피 연구실에만 틀어박혀 있어서야 우리 농업을 살릴 수 없겠지. 이런 고생도 극복해야 할 시련일 거야. 그렇게 생각하고 좀 더 손발을 맞춰보려고."

초밥집을 나선 후 근처에 있는 작은 술집으로 자리를 옮겼다.

학창 시절의 추억 이야기로 시작해, 농기계에 관한 다양한 주제에 대해 각각의 입장에서 기탄없는 의견을 주고받으며 열띤 토론을 벌였다. 마치 시간을 뛰어넘어 30여 년 전으로 되돌아간 것 같은 신기한 기분이었다. 그리고 그건 쓰쿠다에게 아주 유익하고 즐거운 시간이었다.

"그럼 내일 신문, 기대할게. 어쩌면 경제면 1면에 큼지막하게 실려 있을지도 모르겠네."

"방송국도 왔으니까 아침 뉴스에 나올지도 몰라."

돌아가는 택시에서 그런 이야기를 나누었다. 노기를 도쿄스테이션호텔에 내려준 건 이미 자정이 넘은 후였다.

쓰쿠다는 아침 7시가 지나서야 약간의 술기운과 졸음과 싸우면서 거실로 내려와 그날 신문을 펼쳤다.

1면을 보았지만 데이코쿠중공업의 무인 농업로봇 기사는 아쉽게도 실려 있지 않았다.

조금 실망했지만 쓰쿠다는 신문 중간쯤에 있는 경제면 구석에서 겨우 기사를 찾아냈다.

"뭐야, 이게 전부인가."

그게 쓰쿠다가 느낀 첫인상이었다.

기대했던 기자회견 사진도 없었다. 기사는 엽서 한 장 분량도 안 됐고, '데이코쿠중공업, 무인 농업로봇 분야에 진출'이라는 헤드라인도 평범했다.

기사에 노기의 이름은 나왔지만 일본 농업의 현실 등은 언급하지 않았고, 그저 데이코쿠중공업의 신사업 중 하나로 무덤덤하게 다루는 데 그쳤다.

"일부러 기자회견까지 와놓고 이게 다야? 노기가 안됐군."

그런데―.

"요즘 농업은 대단하구나."

부엌에 있는 어머니의 목소리가 들려 쓰쿠다는 문득 고개를 들었다. "트랙터가 혼자 움직여서 밭을 간대."

어머니는 부엌에 있는 텔레비전을 보고 있었다. 부리나케 뛰어간 쓰쿠다는 텔레비전 화면에서 눈을 뗄 수가 없었다.

"어디 뉴스예요, 이거?"

"다이니치TV인데. 왜 그러니?"

그건 기자회견장이 아니라 밭이었다. 트랙터 한 대가 운전자 없이 밭을 달리고 있었다.

어디의 농장일까.

"달립니다, 달리고 있습니다!"

감탄하는 여자 목소리가 들렸다. 생중계인 모양이다.

"그나저나 대단하네요. 운전자도 없는데 트랙터가 알아서 움직여서 작업을 마치고 돌아오는 건가요?"

대체 누구한테 질문하는 거지. 노기인가? 아니다, 노기일 리는 없다. 이런 중계 방송이 있었다면 어제 말했을 것이다.

화면이 바뀌어 작업복 차림에 헬멧을 쓴 남자가 나타났다.

처음 보는 얼굴이었다. 물론 노기는 아니고, 노기의 연구실에 있던 학생들도 아니었다. 키가 큰 40대 중반 남자였다. 얼핏 보기에는 얼굴에서 귀티가 났지만 눈빛은 날카로웠다.

"컴퓨터로 설정만 해놓으면 낮뿐만 아니라 경우에 따라서는 밤중에도 운전자 없이 차고에서 논밭으로 나가 자동으로 작업한 후 돌아옵니다."

쓰쿠다는 무슨 악몽이라도 꾸는 게 아닌가 싶었다.

지금 이 남자가 한 이야기는 노기가 연구 중인 비이클 로봇공학의 개념과 완전히 동일하다. 뒤쪽 밭에서 무인 트랙터가 움직이는 광경은 노기의 실험농장에서 본 광경을 방불케 했다.

"대체 누구지, 이 남자는……."

"이러한 무인 트랙터를 시게타 씨를 비롯한 게이힌 공업지대의 중소기업체가 모여서 만들고 계신 거로군요."

리포터의 질문에 남자가 웃으며 고개를 끄덕였다.

"그렇습니다. 이 트랙터로, 저희들 같은 변두리 중소기업의 기술력과 저력을 일본, 아니 전 세계 사람들에게 알리고자 합니다."

"멋진 마음가짐이십니다. 그런데 이 트랙터에 이름은 있나요?"

그 질문과 동시에 카메라가 남자의 얼굴을 크게 잡았다.

"네. 앞으로 농업이 새로운 형태로 진화하기를 바라는 마음을 담아 '다윈'이라고 지었습니다. 저희는 이 '다윈 프로젝트'를 더욱 열심히 추진해나갈 겁니다."

진화론을 창시한 찰스 다윈에서 따온 이름이다.

"그런데 시게타 씨, 이거 오늘 신문인데요. 이런 기사가 실린 거 아세요?"

리포터가 데이코쿠중공업의 무인 농업로봇에 대한 신문기사를 보여주었다.

"대기업인 데이코쿠중공업도 무인 농업로봇 분야에 진출한다는데, 강력한 라이벌이 나타났네요."

도발하는 듯한 말이었다.

"안 질 겁니다."

화면에 커다랗게 잡힌 남자의 눈이 날카롭게 가늘어졌다. "나라에 힘이 되고자 작은 동네에서 각자 애써온 우리들 중소기업이질 수는 없습니다. 하나하나의 힘은 약할지언정 다 함께 힘과 지혜를 모으고 온 마음을 다해서 대기업에 뒤지지 않는 트랙터를 만들어내겠습니다! 응원 부탁드립니다."

뭐야 이건.

쓰쿠다는 무심코 탄식했다.

남자의 발언은 틀림없이 시청자의 마음을 사로잡았을 것이다. 약자를 응원하는 대중의 심리를 잘 이용했다.

"이건 뭐야?"

언제부터 있었는지, 돌아보자 리나가 눈을 동그랗게 뜨고 쓰쿠다 뒤에 서 있었다.

"뭐긴 뭐야."

쓰쿠다는 드디어 화제가 바뀐 방송 화면에서 눈을 뗐다. "아무래도 데이코쿠중공업의 강력한 라이벌이 나타난 모양이야. 회사에 가봐. 분명 난리가 났을걸."

2

이날 저녁 무렵, 영업부 직원들이 여기저기 거래처에서 정보를 긁어모아온 덕분에 다윈 프로젝트의 개요가 점차 뚜렷해졌다.

"프로젝트의 중심은 다이달로스라고 합니다."

회의실에 진을 친 쓰쿠다에게 제일 먼저 그 사실을 가져온 건 영업부의 에바라였다. 다윈 프로젝트에 참가하지 않겠느냐는 제안을 받은 오타구의 거래처에 따르면 발기인 대표는 주식회사 다이달로스의 사장 시게타 도시유키라고 한다.

"저도 봤는데, 오늘 아침 방송에 나온 그 사람입니다."

"그 사람이 시게타라⋯⋯."

눈빛이 날카로운 그 남자의 얼굴을 쓰쿠다는 새삼 떠올렸다.

그리고 무라키 아키오가 프로젝트에 참가를 결정했다는 회사에서 다른 협찬 기업들 이름을 알아내 왔다. 무라키는 영업부의 젊은 직원으로 평소 얌전하지만 업무 태도는 견실하고 거래처의 신뢰도 두텁다.

"프로젝트는 올해 3월에 발족했다고 합니다. 중심 멤버는 다이달로스의 시게타 도시유키, 그리고 기어 고스트의 이타미 사장, 그리고 키신이라는 회사의⋯⋯."

"키신이라고? 그건 오모리에 있는 회사 아닌가?"

쓰쿠다가 느닷없이 묻자 무라키는 당황스런 표정으로 답했다.

"아십니까? 조사해봤는데, 오모리의 IT 회사 전용 빌딩에 입주해 있더군요."

틀림없다. 노기에게 공동 연구를 제안했다가 재판까지 했다는 벤처기업이다.

무인 농업로봇이라는 말에 쓰쿠다가 제일 먼저 의문을 품은 건 자율주행 제어의 노하우를 어떻게 확보했느냐는 점이었다. 하지만 노기의 연구 성과를 훔쳐낸 혐의가 있는 키신이 관여했다면 그 수수께끼는 풀린다.

하지만 그건 동시에 다윈 또한 데이코쿠중공업과 같은 수준의 기술을 보유했을 가능성을 암시했다.

"이거 어쩐지 심상치 않은 느낌인데."

쓰쿠다가 팔짱을 끼고 생각에 잠기려는데 무라키가 다시 입을 열었다.

"그리고 발기인으로 이름을 올리지는 않았지만, 기타호리기획이라는 회사가 얽혀 있답니다. 듣건대 참가자 전원이 모인 기획 회의에서 그 회사 사장이 홍보 담당으로 소개됐다는군요."

"홍보 담당? 거기는 뭐하는 회사인데? 설계 같은 건가."

엔진, 트랜스미션, 그리고 자율주행 제어 시스템. 요컨대 발기인들은 필수적인 시스템의 개발자들로 구성돼 있다.

"아니요, 텔레비전 방송 제작사랍니다."

"방송 제작?"

쓰쿠다 옆에서 야마사키가 뒤집어진 목소리로 되물었다. "왜 그런 회사까지 튀어나오는 건데?"

"그것까지는 저도 잘……."

무라키가 난감해하자 "아니, 잠깐만" 하고 쓰쿠다는 고개를 들었다.

"혹시 기타호리기획이라는 그 회사, 뉴스나 정보 방송을 만들지 않나?"

무라키가 그 자리에서 스마트폰으로 검색하자 바로 나왔다.

"아, 맞네요. 민영방송국의 정보 방송을 제작한다고 회사 개요에 실려 있습니다."

"'밝은아침' 아니야?"

오늘 아침 쓰쿠다가 본 방송이다. 아니나 다를까 "있네요" 하고 무라키가 대답했다.

"그런 거야, 야마."

야마사키는 어리둥절한 표정이었다. "알겠나, 기타호리기획이 담당한 건 다윈의 프로모션이야. 그러니까 발기인에는 이름을 올리지 않고 덮어둔 거지."

"그렇군요. '제 식구 챙기기'라는 비판을 피하겠다는 건가."

세상 물정에 어두운 야마사키도 감이 딱 온 모양이었다.

"맞아. 앞에는 나서지 않고 뒤에서 그림자처럼 움직이며 뉴스와 정보 방송에 다윈의 정보를 쾅쾅 때려넣는 거야."

"데이코쿠중공업을 라이벌로 삼아서요?"

에바라가 기가 막힌다는 표정으로 말했다. "서민 동네의 회사치고는 너무 약삭빠른 방식 아닙니까?"

"이 프로젝트는 뜻 있는 사람들이 모여서 트랙터를 만든다는, 그렇게 간단한 사태가 아닌 것 같아요."

그렇게 말하고 무라키는 하기야마 히토시의 이름을 꺼냈다.

이 지역에서 선출된 중의원 의원*이다.

"하기야마 의원이 손을 써서 게이힌 지역을 상징하는 스폰서 프로젝트로서 전면 지원할 방침인 모양입니다. 그 배경에는 하마하타 총리의 ICT 전략 구상도 있는 듯하고요."

ICT란 정보통신기술(Information and Communication Technology)의 약자다.

작년에 2기째에 들어선 하마하타 데쓰노스케 내각은 총선거의 대승을 등에 업고 총리 관저 주도로 전략을 연달아 내놓고 있다.

"그 ICT 전략 구상에서 농업 분야는 중요한 기둥 같은 위치랍니다. 하기야마 의원 입장에서는 다윈 프로젝트를 이용해 이름을 날리려는 생각이 아닐까 싶은데요. 지역 구청의 산업진흥과도 협력을 약속했다는군요."

"이런저런 까닭과 사정이 있는 사람들이 다윈을 통해 이해관계가 일치했다는 건가."

납득한 쓰쿠다에게 또 새로운 정보가 들어왔다.

"지금 야마타니의 기도 씨와 미팅을 마친 참인데요. 좀 신경 쓰이는 이야기를 들어서요. 다윈에 관한 건입니다."

야마타니의 하마마쓰 공장에 출장을 간 쓰노의 전화였다.

"다윈의 디자인과 외장은 야마타니가 공급한답니다."

쓰쿠다는 뒤통수를 세게 한 방 얻어맞은 것 같은 충격을 받았다.

요전에 하마마쓰 공장장 이루마에게 인사를 하러 갔을 때 그가 보인 반응이 생각났다.

* 일본의 양원제 국회에서 하원에 해당하는 국회의원.

그때 이루마는 이렇게 말했다.

— 데이코쿠중공업만 그런 아이디어를 가지고 있는 건 아니야. 다른 제조사에서도, 물론 우리 회사에서도 그런 기획이 나왔을지 몰라.

나왔을지 모르는 게 아니라 이미 나왔다.

쓰쿠다 모르게.

"다윈이란 말이지……."

이제 멀찍이서 속 편하게 지켜본다는 마음은 어디론가 날아가 버렸다. 속 편하기는커녕 홀로 동떨어졌다는 소외감이 느껴졌다.

쓰쿠다는 어떻게 행동해야 할지 생각했다. 하지만 답은 떠오르지 않았다.

"이럴 때 도노무라가 있었다면……."

새삼스럽지만 그런 생각이 가슴을 세게 때렸다. 그러고는 한동안 머릿속을 떠나지 않았다.

3

그날 밤, 지유가오카역에 가까운 인기 있는 일식집에 다윈 프로젝트의 중심인물 네 명이 모였다. 다이달로스의 시게타가 단골로 드나드는 가게라 그런지 주인은 2층의 조용한 특별실로 안내해주었다.

시게타 외의 세 사람은 기어 고스트의 이타미, 키신의 도가와

유즈루, 그리고 텔레비전 방송 제작사 기타호리기획의 기타호리 데쓰야다.

"대성공이야. 방송이 끝난 후에 전국의 농가에서 문의가 쇄도했어. 빨리 다음 방송을 내보낼 수 있도록 애 좀 써줘."

긴 백발을 좌우로 늘어뜨린 기타호리는 잦은 흡연과 과음으로 시커메진 얼굴에 흡족한 미소를 띠었다. 제작사 사장이라기보다 직업이 불분명한 퇴물 로커라고 하면 딱 어울릴 것 같았다.

"시작은 참 좋았어. 이대로 쭉 밀고 나가자고."

목소리는 차분했지만 한 점을 응시하는 시게타의 눈에는 뜨거운 투지가 불타오르고 있었다.

"참 좋은 동창을 두셨군그래."

평소 독설가인 도가와가 툭 내뱉었다. 몸집이 왜소한 남자다. 대학 입시에 실패한 후 IT기업에서 아르바이트를 하다가 벤처기업 키신을 차린 도가와는 마음에 지워지지 않는 상처를 품고 있는 것처럼 보였다. 동시에 사회에 대한 분노도. 삐딱하니 상대의 약점이라도 잡으려는 듯한 눈빛이다.

도가와가 말했듯이 기타호리는 시게타와 같은 공립 명문고를 나온 동창생이었다. 성공한 집안의 시게타와 달리 기타호리네 집은 어머니 혼자 아들을 키우느라 어려운 환경이었고, 기타호리는 고생 끝에 대학을 졸업했다. 한편 그는 급진적인 정치 사상을 갖고 있어 사회 권력에 격렬하게 저항하는 구석이 있었다.

기타호리가 보기에 대기업은 늘 악이고, 정부 여당은 비판받아야 하며, 약자는 언제나 올바르고 구제해야 할 대상이다. 그러한 사고회로는 그야말로 데이코쿠중공업 대 서민 동네의 중소기업이라는 구도에 딱 어울렸다.

"그나저나 이렇게까지 좋은 대조가 될 줄은 몰랐어. 예전 동료에게 살짝 물어보니 데이코쿠중공업은 난리법석이라더군."

그런 정보를 꺼내놓은 기어 고스트의 사장 이타미 다이는 예전에 데이코쿠중공업 직원이었다. 명문 부서로 일컬어지는 기계사업부에 배치됐지만, 시스템을 비판했다는 이유로 총무부로 좌천됐다. 거기서 역시나 소속한 조직에서 배척당한 천재 엔지니어 시마즈 유와 설립한 회사가 기어 고스트였다. 하지만 다이달로스와 자본 제휴를 둘러싸고 시마즈와는 결별했으며, 현재는 히무로 아키히코라는 남자가 기어 고스트의 기술 책임자로 있다. 대규모 제조사 도미쓰 출신인 히무로는 시마즈와 결정적으로 결별하기 전부터 이타미가 눈독을 들이고 있던 유능한 엔지니어다.

"정말 유쾌하지 않나!"

시게타가 술잔을 들었다. 이타미도 술잔을 들었다.

맥주가 맛있었다.

꼴좋다.

입 밖에 꺼내지는 않았지만 그 말은 걸쭉한 웃음이 되어 이타미의 얼굴에 들러붙었다.

승리의 여운이라 해야 할까. 만족스럽고 기분 좋은 시간이었다.

"데이코쿠중공업 놈들, 이걸 끝이라고 생각하지 마라."

시게타가 나지막한 목소리로 말했다. 이타미는 술잔 너머로 불길한 웃음을 띤 시게타의 눈을 쳐다보았다. 어마어마한 원한과 분노, 그리고 광기가 뒤섞인 눈동자였다. 시게타의 감정이 격해지면 격해질수록 이타미의 기분도 그에 동조해서 불타올랐다.

자신을 업신여긴 데이코쿠중공업에 대한 증오, 마토바 슌이치에 대한 분노의 불길이 타오르는 것이다.

"그리고 그거, 예정대로 이번 주에 게재된대."

기타호리의 보고에 시게타는 즐거운 표정을 지었다.

"그거라니, 뭔데?"

도가와가 물었다. 비아냥거리지 않을 때 도가와는 언제나 퉁명스럽다.

"《주간폴트》에 재미있는 기사가 실릴 거야."

기타호리의 대답에 도가와가 입술을 동그랗게 오므렸다.

시게타가 자지러지게 웃었다. 어느덧 이타미도 따라 웃었다.

왜 웃는지는 모른다. 하지만 그저 유쾌했다.

술에 취한 걸까.

아니다. 이건 기운이라고 이타미는 생각했다. 이 네 사람에게는 다른 사람에게 없는 특별한 기운이 있다. 신경을 마비시키는 마약과도 같은 기운이. 어쩌면 집단 히스테리와 비슷한 건지도 모른다.

하지만 그 기운이 이윽고 데이코쿠중공업을 집어삼키고, 마토바 슌이치를 몰아붙일 것이다. 머지않은 미래에 반드시.

입속에서 중얼거린 이타미의 속마음은 기타호리가 내뿜는 담배연기처럼 흔들흔들 피어올라, 사라지지 않고 오래도록 그 자리에 머물렀다.

4

"이건 자네 실수야."

그 말을 마토바가 꺼낸 건 이것으로 세 번째였다.

데이코쿠중공업의 무인 농업로봇에 관한 기사가 경제신문에 실린 것까지는 좋았다. 하지만 인기 있는 아침 정보 방송에서 대대적으로 다룬 다윈 프로젝트가 가한 충격은 그 이상이었다.

당연히 독주해야 할 시장에 느닷없이 강적이 나타난 것이다.

"왜 사전에 몰랐나. 이런 건 하청업체에 물어보면 당장 알 만한 일이잖아!"

"죄송합니다."

자이젠이 사과하는 것도 이것으로 세 번째였다. 마토바는 납득하는 기색도 화를 가라앉힐 낌새도 없었다.

사실 자이젠 입장에서도 다윈 프로젝트의 존재는 놀라움 그 자체였다.

하지만 마토바 말처럼 하청업체를 조사했으면 미리 알아차릴 수 있었을까. 실제로는 어려웠으리라. 그 프로젝트는 방송을 통해 정보가 노출될 때까지 꼭꼭 덮어서 감추어둔 것으로 보인다.

마토바가 길길이 화를 내는 건 그와는 별개의 이유 때문이라고 자이젠은 꿰뚫어보았다.

이날 게이힌 지역의 하청업체를 중심으로 조사해서 찾아낸 다윈 진영에 뜻밖의 인물들이 모여 있었던 것이다. 마토바 입장에서는 도저히 평정심을 유지할 수 없는 인물들이.

그 사실을 자이젠에게 알려준 사람은 기계사업부 부부장을 맡고 있는 동기 니시노였다. 아무래도 기계사업부에서도 다윈 프로젝트의 실태를 조사하고 있었던 듯 이날 저녁, 그러니까 방금 전에 내선으로 소식을 알려준 니시노는 약간 당혹스러운 낌새였다.

"큰일 났어, 자이젠. 이 시게타라는 사람은 우리와 사연이 있는 인물이야. 게다가 이타미는 예전에 우리 쪽에 있었는데 상당히 유능해서 만만치 않은 녀석이고."

니시노는 일찍이 시게타가 경영했던 시게타공업이 도산하기까지의 경위를 들려주었다. 그 일은 당시 사내에서 꽤 화제였기에 듣고 나니 자이젠도 생각이 났다.

비용 절감 요구를 무시했던 시게타공업을 담당했던 사람이 이타미 다이였다. 교섭을 해도 진전이 없을 것으로 본 이타미는 시게타공업의 선별, 즉 거래 중단을 제안하는 의견서를 올렸다. 부서 내에서 격렬한 토론을 거친 끝에 마토바가 그 제안을 받아들여 결재했고, 시게타공업은 막다른 길에 몰려 수천 명의 직원과 함께 역사의 뒤안길로 사라졌다.

"시게타공업을 몰아붙인 담당자 이타미와 시게타 본인이 손잡았다는 거야? 왜?"

자이젠이 물었다.

"그건 오히려 내가 묻고 싶어."

이 시점에 맞부딪쳐온 게 과연 우연인지도 모르겠다고 했다.

"시게타는 아직 우리 협력회*에 연줄이 있을까?"

* 특정 대기업에 부품을 납품하는 거래처들의 조직.

"글쎄. 다만 죽은 시게타의 아버지는 협력회의 유력자였어. 지금까지 줄이 끊어지지 않았을 가능성은 있겠지."

한편 이타미도 알고 지내는 데이코쿠중공업 직원이 몇 명쯤은 있을 것이다.

이쪽이 가진 패가 다윈 프로젝트 쪽에 훤히 새어 나갔을 가능성이 있다. 한편 상대의 개발 정보는 철의 장막 너머에 있다.

니시노에게는 말하지 않았지만 그 밖에도 문제가 있었다.

키신의 도가와라는 남자다.

홋카이도농업대학의 노기에게서 개발 소스를 훔쳤다고 의심되는 남자가 자율주행 제어 시스템을 담당한다면 데이코쿠중공업이 과연 우위를 점할 수 있을까 의심하지 않을 수 없다.

게다가 이 예상치 못한 상황에서 세상의 지지를 얻고 있는 쪽은 압도적으로 다윈이다.

문을 두드리는 소리가 나고 비서가 얼굴을 디밀었다.

"다노 홍보부장님이 오셨는데요."

"들여보내."

눈길 한 번 주지 않고 마토바가 대답하는 것과 거의 동시에 통통한 다노가 숨을 헐떡이며 방에 들어왔다.

"내일 발매되는《주간폴트》에 이런 기사가……."

어디서 입수한 듯한 견본지를 응접세트의 테이블에 펼치자마자 다노는 대머리에 맺힌 땀을 손수건으로 슥 닦았다.

자이젠 쪽에서도 대문짝만하게 박힌 헤드라인이 보였다.

변두리 트랙터 '다윈'의 숨겨진 이야기.

데이코쿠중공업에 짓밟힌 남자들의 도전!

엘리트 출신의 유력한 사장 후보가 중견 기업을 박살내고 수천 명의

직원을 길거리로 내몰았다!

"뭐야 이건……."

마토바의 입에서 분노로 낮아진 목소리가 새어 나왔다. 마토바
는 격정으로 뺨이 떨리며 핏발 선 눈으로 다노를 노려보았다. "내
리라고 해!"

"무, 무리입니다."

느닷없는 고함에 다노는 벌벌 떨었지만 그 한마디만은 똑바로
말했다. "요전에 편집부에서 질문지가 왔을 때는 개별적인 거래
내용에 대해서는 답변할 수 없으며, 적절한 조치라 과거에 문제
가 된 적도 없었다고 말해뒀습니다만……."

대체 뭐야.

속으로 중얼거린 자이젠은 물밀듯이 몰려오는 불길한 기척에
위기감을 느꼈다.

"완전히 예상외의 사태가 벌어지고 말았네."

그날 밤 노기와 연락을 취한 쓰쿠다는 휴대전화를 쥔 채 고개
를 숙였다. "미안해."

전화 저편에서 시름에 잠긴 서글픈 한숨 소리가 전해져왔다.

"뭐, 어쩔 수 없지. 네 탓도 아니고, 자이젠 씨를 탓할 마음도 없

어. 하지만 키신의 도가와 사장만큼은 용서가 안 되는데."

노기의 기분은 잘 안다. 한편으로 법정 투쟁은 하고 싶지 않다는 마음도 이해가 갔다.

"노기, 하나 물어볼게. 키신이 보유한 기술이 너랑 똑같은 수준일까?"

비이클 로봇공학의 개발 소스를 도둑맞았다고 추정되는 무렵에서 벌써 5년의 세월이 흘렀다. 그사이에도 노기의 기술은 나날이 진화를 이루었을 것이다. 거기에서 원조와 카피의 차이가 생겨나지 않았을까.

"지금과 비교하면 그 무렵 연구는 아직 완성도가 70퍼센트 정도였어. 그 후 저쪽이 그걸 어떻게 개량했느냐에 달렸겠지."

"반대로 저쪽이 더 발전했을 수도 있다는 거야?"

"가능성을 배제할 수는 없겠지."

노기가 말했다. "그보다 아까 자이젠 씨한테 연락이 왔는데 《주간폴트》에 데이코쿠중공업에 관한 기사가 실렸대. 자세한 이야기는 못 들었지만 별로 좋은 기사는 아닌가 봐. 마음에 두지 말라고 하더라."

"주간지 기사라."

그것도 다윈 프로젝트의 술수라고 보는 건 너무 지나친 생각일까.

"기술적인 부분은 제쳐놓고 마케팅 측면에서는 다윈 프로젝트가 압도적으로 우위야."

노기는 기탄없는 감상을 내놓았다.

"확실히 네 말이 맞을지도 모르겠어."

한편 데이코쿠중공업은 그 이름대로 중장비를 다루는 중공업 기업이다. 마케팅 전략은 특기 분야라고 하기 힘들다.

"마케팅 전략만 뒤처진다면 그나마 다행이지만……."

노기의 그런 찜찜한 한마디를 끝으로 통화는 끝났다.

다음 날 아침.

8시가 지나 집을 나선 쓰쿠다는 편의점에 들러《주간폴트》를 구입했다. 찾는 기사는 바로 눈에 띄었다.

편의점 앞에서 대충 훑어보고, 출근한 후 다시 한 번 꼼꼼히 읽었다.

지금으로부터 약 10년 전.

데이코쿠중공업은 직원이 수천 명이 넘는 시게타공업에 일방적으로 거래를 중단하겠다고 통보했다. 어쩔 도리도 없이 시게타공업은 도산했고, 사장이었던 시게타 도시유키는 직원들과 함께 길거리에 나섰다. 그 최후통첩을 날린 사람이 현재 데이코쿠중공업 무인 농업로봇 사업의 총책임자 마토바 슌이치 이사였다. 그 후 사회의 밑바닥에서 다시 기어올라온 시게타는 당시 실적이 저조했던 다이달로스를 매입해 사장으로 취임했다. 그리고 철저한 비용 관리와 저가격 엔진을 내세운 판매 노선으로 도약에 성공한다.

그리고 지금 변두리 동네의 회사 사장들과 손잡고 다윈 프로젝트를 추진해, 숙명의 원수라고도 할 수 있는 데이코쿠중공업에 도전장을 내밀었다.

기사는 그런 내용을 시게타의 비운과 재도약을 축으로 삼아 열정적인 필치로 그려냈다. 한편 데이코쿠중공업은 냉혹하고 무자비한 악의 축인 양 묘사했다. 그리고 마토바 슌이치는 아무 죄 없는 수천 명의 직원을 불행의 수렁에 빠뜨린 피도 눈물도 없는 악당이라도 되는 것처럼 묘사하며, 실명은 물론 사진까지 덧붙여 등장시켰다.

"확실히 시게타 도시유키라는 사람의 인생은 드라마틱합니다만, 데이코쿠중공업을 너무 심하게 때렸네요. 인터넷에서도 상당히 화제입니다."

그 기사에 관련된 움직임을 야마사키가 알리러 왔다. "선량한 다윗이 악당 데이코쿠중공업에게 도전한다는 구도예요."

"이건 도전이라는 말로 치부할 수 있는 일이 아니야, 야마."

쓰쿠다는 단언했다. "그야말로 데이코쿠중공업에 선전포고를 한 거라고."

5

"자네도 판단 실수라는 걸 하는군, 마토바."

느닷없이 날아든 말에 마토바는 상대와 마주한 채 몸이 굳어버렸다.

데이코쿠중공업 회장실 창문에서는 오테마치 금융중심가의

아름다운 저녁 풍경이 보인다. 특히 해가 지기 직전, 농익은 오렌지색으로 물든 광경은 그대로 액자에 넣어 걸어놓아도 될 만큼 아름답다.

회장 오키타 이사무는 지금 그 석양을 등진 채 마토바와 마주보고 있었다.

불은 켜지 않고 블라인드를 활짝 열어놓았다.

역광을 받은 탓에 마토바에게는 팔걸이의자에 앉아 있는 오키타의 표정이 보이지 않는다. 하지만 상상할 수 있다. 불쾌한 듯한 말투와 거친 성격과는 정반대로 담담하니 기품이 감도는 얼굴을.

"그런 신규 사업에 손을 대는 게 아니었어. 공을 세우는 데 급급했군."

"아니요, 그런 건."

부정은 해도 변명은 하지 않는다. 그게 통할 상대가 아니기 때문이다.

"인생에는 저항하기 힘든 공격과 수비의 흐름이 있어. 축구와 똑같지."

도쿄대학 시절에 축구부 주장이었던 오키타는 기회가 있을 때마다 인생을 축구에 비유한다.

"중요한 건 그 흐름을 거스르지 않는 거야. 공격해야 할 때 공격하고 수비해야 할 때는 수비한다. 그걸 반복하는 가운데 승기가 깃들지. 도마가 한 회기 더 하겠다는군."

마지막 한마디에 마토바는 몹시 동요하고 낙담했지만, 그러한 표정이 얼굴에 드러나지 않도록 세심한 주의를 기울였다.

고위급 인사의 우여곡절, 물밑 공작, 사내정치의 세계는 복마전이다. 마토바 홀로 저항한다고 어떻게 될 일이 아니다. 도마가 계속하겠다고 해서 인정받았다면, 그게 오키타를 비롯한 임원들의 공통된 의견인 셈이다.

"이 난국에 하고 싶으면 하라지. 자네가 굳이 나서서 불 속의 밤을 주울 필요는 없겠지."

이것이 무슨 뜻인지는 물어볼 필요도 없다. 사장 취임이 연기됐다는 뜻이다.

"지금은 참고 기다려야 할 때야."

오키타는 마지막으로 그렇게만 말하고 입을 다물었다. 존재 자체가 사라져버린 것처럼.

이야기가 끝난 것이다.

마토바는 아득해지는 정신을 간신히 부여잡고 자리에서 일어났다. 그리고 고개를 숙여 인사한 후 아름다운 그림에서 현실 세계로 통하는 문을 향해 걸음을 옮겼다.

6

오전 11시 무렵, 이른 아침부터 일하러 나갔던 도노무라는 일단 집으로 돌아왔다.

문을 활짝 열어둔 창고에 트랙터를 넣고 시동을 끄자 시골집은 정적에 휩싸였다.

밀짚모자를 벗고 목에 걸친 수건으로 땀을 닦은 후 정원의 수도에서 손을 씻고 있을 때 자갈을 밟는 발소리가 들려서 도노무라는 돌아보았다.

슬랙스에 셔츠 차림의 남자가 서 있었다.

목에 사원증을 걸고 옆구리에 검은 서류가방을 낀 호리호리한 남자는 아직 서른 살 안팎으로 보였다.

"안녕하세요."

남자가 어쩐지 가벼움이 느껴지는 목소리로 인사했다.

"네, 안녕하세요."

인사를 받아준 도노무라는 수건으로 손을 닦으며 말없이 이야기를 재촉했다.

"요전에 이나모토 씨 일행에게 농업 법인에 들어오라는 권유를 받지 않으셨습니까?"

요시이 히로시가 말했다. 도노무라의 아버지 마사히로와 사이가 좋지 않은 농림협 직원이다. 인접한 곳에서 크게 농사를 짓는 요시이의 아버지가 그 지역의 유력자라 학교는 나왔지만 취직난으로 갈 곳이 없던 셋째 아들을 농림협에 꽂아주었다는 소문이다.

그 결과 사람들을 낮잡아보는 도련님 같은 직원이 탄생한 것이다. 도노무라는 농림협의 존재 의의가 크다고 보며 부정할 마음은 털끝만큼도 없지만, 이런 치들은 제일 질이 안 좋다. 요는 요시이 개인의 자질 문제다.

"아, 받았는데요."

"당연히 들어가시겠죠, 도노무라 씨?"

아무런 의심도 없는 말투에서 오히려 가입을 강요하는 듯한 느낌마저 들었다.

"안 들어갈 겁니다."

도노무라의 대답에 요시이의 눈 속에서 새로운 감정이 요동쳤다.

"왜요?"

요시이는 창고 안의 나무상자에 앉아 도노무라의 대답을 기다렸다.

"들어가도 의미가 없으니까요."

"의미가 없다니요."

요시이가 트랙터를 보았다. "이 지역의 농가가 모여서 대규모 농업 법인을 만든다는 것만으로도 굉장하지 않습니까? 트랙터도 새것으로 바꿀 수 있을 테고요."

아무래도 요시이는 이나모토의 부탁으로 도노무라의 뜻을 확인하러 온 모양이었다.

"새것이 아니라도 괜찮아요. 이걸로 충분합니다."

도노무라는 트랙터에서 작업기를 떼어내면서 말했다. "요전에 이나모토에게 이야기는 들었지만 그래서는 혼자서 농사짓는 것과 큰 차이 없어요. 게다가 우리 쌀이랑 다른 쌀을 한데 뭉쳐서 취급하는 것도 좀 그렇고요."

"'도노무라네 쌀' 말씀이군요."

요시이는 하, 하고 웃었다. "그러면 곤란합니다. 혼자 멋대로 굴면 되겠습니까?"

"쌀에 담긴 정성이 다르고, 맛과 품질도 다릅니다. 기껏 좋은 쌀을 생산했는데 다른 쌀과 싸잡아서 취급하면 더 곤란하죠."

"그런 사람 한 명이 모두에게 얼마나 민폐인 줄 알아?"

요시이의 말투가 갑자기 거칠어졌다. "당신, 쌀농사에 아마추어잖아. 경험도 지식도 없는 인간이 우리 없이 잘 해나갈 수 있을 것 같아?"

워낙 소심하고 말주변이 없는 도노무라다. 특히나 싸움조로 말을 나누다 보면 커다란 눈만 빙글빙글 돌아갈 뿐, 입은 잘 돌아가지 않는다.

"아, 아무튼! 저는 농업 법인에 안 들어갈 겁니다."

요시이는 상자에서 천천히 일어나 위협하는 듯한 눈으로 도노무라를 쏘아보더니—.

"괜히 나대지 않는 게 신상에 좋을 거야, 도노무라 씨."

그런 말을 내뱉고 떠났다.

4장

자존심과 빈 캔

1

쓰쿠다제작소에게 올 한 해는 '축제'와 다를 바 없었다.

새로운 뭔가를 탄생시킬 때 필요한 건 비일상적인 힘이며, 그건 열광적인 축제에 신명이 난 민중의 힘과 닮은꼴이다.

그동안 쓰쿠다제작소의 가루베, 다치바나, 아키를 비롯한 사람들에게 트랜스미션은 소위 신앙의 대상 같은 우상이었다.

신앙에 끝이 없는 것처럼 기술에도 종점은 없다.

날마다 자신들이 얼마나 무지하고 무력한지 깨달았다. 오로지 겸허한 마음으로 하루하루 마르지 않는 열정을 끈기 있게 퍼부었다.

지금 쓰쿠다는 홋카이도농업대학의 실험농장에 서서 어제까지 쏟아진 비가 거짓말인 듯 활짝 갠 하늘을 올려다보고 있었다.

북쪽 대지에 훈풍이 불었다.

"시작하지."

쓰쿠다가 무전기로 지시를 내리자 엔진 소리가 바람을 타고 희미하게 들려왔다. 시동이 걸린 건 쓰쿠다제작소의 소형 엔진 스텔라와 독자 개발한 트랜스미션을 탑재한 무인 트랙터다.

차고에서 나온 트랙터의 차체는 야마타니 제품이다. 엔진과 트랜스미션만 갈아 끼우고 노기의 자율주행 제어 시스템과 연결한 트랙터는 프로그램대로 농로를 나아가 밭 갈기를 마친 후 다시 농로를 따라 차고로 돌아갔다. 약 한 시간의 과정이었다.

엔진 소리가 사라짐과 동시에 쓰쿠다 뒤쪽에서 박수가 일었다. 가루베, 다치바나, 아키 등 트랜스미션 개발팀이다.

농기계의 미래를 내다보고 쓰쿠다제작소가 독자적으로 개발한 무인 농업로봇을 시험하는 현장이었다.

"그럭저럭 나쁘지 않네."

가루베가 그런 감상을 꺼내놓았다.

"이걸로 100회 연속 논스톱이네요."

아키가 말했다.

"그거야 당연하지. 천 번이든 만 번이든 멈추면 안 돼. 당장 수확해야 될 때 멈추면 어떻게 되겠어. 1년의 고생이 물거품으로 돌아갈지도 모른다고."

가루베의 말이 옳다.

그 자리에서 몇 가지 문제점을 더 확인한 후 재조정을 위해 모두 차고로 향했다.

"멋진 팀이로군."

노기가 칭찬했다. "데이코쿠중공업도 이 정도로 애써주면 좋을 텐데. 당연한 소리겠지만 소형 엔진과 트랜스미션은 너희 쪽이 나아."

"발전하는 중이라고 해야겠지. 최대한 빨리 제품화할 수 있으면 좋겠다만."

제품을 개발하는 것과 그걸 세상에 내놓는 것은 엄연히 거리가 있다. 하지만 아쉽게도 현재 쓰쿠다제작소에는 그 거리를 메울 만한 힘이 없었다.

"그나저나 데이코쿠중공업의 알파1도 제법 좋아지지 않았나?"

노기는 고개를 천천히 젓더니 뜻밖의 말을 꺼냈다.

"그들은 방향성이 잘못됐어."

"그게 무슨 소리야?"

쓰쿠다가 놀라서 묻자 노기의 옆얼굴에 고뇌에 찬 표정이 맺혔다.

요 1년쯤 회사 일이 바쁘기도 해서 쓰쿠다는 한동안 데이코쿠중공업의 신사업에 관심을 끄고 지냈다.

그래서 노기가 들려준 개발의 내막을 듣고 쓰쿠다는 가벼운 충격을 받았다.

2

"노기 교수님이 걱정하시는 것도 당연합니다."

그날 볼일이 있어 데이코쿠중공업에 들른 쓰쿠다는 볼일을 마친 후 우주항공기획추진부의 자이젠을 방문했다.

"무슨 일이 벌어지고 있는 겁니까?"

"그게……."

테이블에 시선을 떨어뜨린 자이젠은 떨떠름한 표정으로 미간에 주름을 잡았다. "제조부가 여러모로 검토하는 동안 대형화되고 말았습니다."

"대형화요?"

과연 그것의 뭐가 문제인가.

"쓰쿠다 씨도 아시다시피 트랙터는 소형이나 중형이 주로 판매됩니다. 대형 트랙터는 해외나 홋카이도 등지에서 농사를 짓는 일부의 대농가에 수요가 편중돼 있어요. 이래서는 우리 농업을 살리자는 소기의 목적에서 벗어나게 될 겁니다."

"어쩌다 그렇게 된 겁니까?"

노기가 불만을 품는 것도 당연하다.

"문제는 두 가지입니다."

자이젠은 진지한 표정으로 손가락을 두 개 세웠다. "일단 첫 번째 큰 문제는 저희 제조부의 의향입니다. 결국 그들이 자신 있는 기술로 승부를 내고자 했기 때문에 기획 의도에서 벗어나 대형화가 기본 방침이 되고 말았습니다."

아마도 그건 자이젠도 예상한 바 아니었을까 쓰쿠다는 추측했다. 자이젠은 데이코쿠중공업의 제조부가 어떤 부문인지 뼛속들이 알고 있기에 당초부터 자체 생산을 고집하지 않고 쓰쿠다제작소에 외주를 주려 했던 것이 틀림없다.

"그리고 또 한 가지 문제는 라이벌로 등장한 다윈입니다. 다윈은 소형과 중형 트랙터를 노리고 있어요. 다시 말해 마토바 이사는 시장 갈라먹기를 노리는 겁니다."

"경쟁은 하고 싶지 않다 그거군요."

"사내에서는 그렇게 설명하고 있지만, 실제로는 대항할 만한 소형 엔진과 트랜스미션의 개발에 시간과 비용이 너무 많이 든다는 게 본심이겠죠."

"맙소사⋯⋯."

쓰쿠다는 기가 막혔다.

"그래도 괜찮겠습니까, 자이젠 씨?"

소용없을 거라 생각하면서도 쓰쿠다는 자이젠에게 쓴소리를 했다. "함께 우리 농업을 구하자고 하셨지 않습니까. 노기도 그런 마음으로 협력한 겁니다. 이래서는 뒤통수를 맞은 거나 마찬가지입니다."

"죄송합니다. 저한테 좀 더 힘이 있었다면⋯⋯."

자이젠이 하고 싶은 말은 안다.

마토바 슌이치다.

공을 세우기 위해 기획을 가로채고 자체 생산을 내세운 까닭에 발생한 사태다.

"마토바 이사는 잘못됐습니다. 아무도 그걸 지적하지 못하는 겁니까?"

"말한들 귀를 기울일 사람이 아닙니다, 그 사람은."

"그럼 이대로 노기를 배신하는 형태로 사업을 진행하시겠다고요? 그건 너무하잖습니까. 이걸 보세요."

쓰쿠다는 태블릿 PC를 꺼내 이날 자이젠에게 보여주기 위해

가져온 영상을 띄웠다.

자이젠이 눈을 동그랗게 뜨고 화면 속 트랙터의 움직임을 유심히 살펴보았다.

"이건……."

이윽고 고개를 든 자이젠에게 쓰쿠다는 말했다.

"저희가 개발한 무인 농업로봇의 시제품입니다."

"이 자율주행 제어 시스템은?"

"데이코쿠중공업이 사용 중인 시스템을 좀 더 업그레이드한 겁니다. 하지만 걱정 마세요. 어디까지나 노기 연구실의 시험용 차량이니까요. 제품화는 아직 시야에 들어 있지 않습니다."

노기는 독자적으로 개발한 자율주행 제어 시스템의 공급처를 데이코쿠중공업에 한정한다는 취지의 계약을 체결했다. 다만 노기 연구실의 시험용 트랙터 차량 개발은 예외였다. 노기의 연구는 나날이 진화를 거듭하고 있다. 요전번 홋카이도농업대학에서 벌인 시험은 그 최신 프로그램을 사용한 것이었다.

"무슨 말씀을 드리고 싶은지 아시겠습니까, 자이젠 씨. 이제 와서 저희한테 발주해달라거나 그런 건 아닙니다."

쓰쿠다는 말했다. "개발비도 적고, 인원도 그렇게 많이 할애하지 않았어요. 저희의 버팀목은 오랜 세월 소형 엔진을 만들어온 기술과 경험뿐입니다. 그런 저희가 할 수 있는데 인원도 자금도 풍부한 데이코쿠중공업이 못 할 리 있겠습니까! 그저 도전하지 않을 뿐이에요. 하려면 할 수 있을 겁니다."

자이젠은 오른손으로 이마를 꼭 짚은 채 앓는 소리를 내며 생각에 잠겼다.

"노기를 배신하는 짓은 하지 않으셨으면 합니다."

쓰쿠다는 호소했다. "부탁드립니다, 자이젠 씨. 어떻게든 궤도를 수정해서 정정당당하게 다윈과 싸워주십시오."

자이젠은 고개를 숙인 채 무릎 사이에 낀 깍지를 묵묵히 바라보았다.

"무슨 말씀이신지는 잘 알겠습니다."

마침내 그런 대답이 나왔다. "다만 시간을 좀 더 주시겠습니까? 부탁드립니다."

자이젠은 일어서서 머리를 깊이 숙였다.

3

데이코쿠중공업은 혼슈 서부에 위치한 오카야마시 외곽에 드넓은 실험농장을 가지고 있었다.

경작을 포기한 땅을 찾아내 땅주인들과 교섭을 진행한 건 자이젠이다.

오카야마를 고른 데는 몇 가지 이유가 있었다.

일단 무인 농업로봇 제조라인의 후보에 올라 있는 데이코쿠중공업의 히로시마 공장에서 비교적 가깝다.

그리고 여기 오카야마가 농기계 발상의 땅이라 칭하기에 어울리기 때문이다. 지금도 수많은 농기계 제조사가 오카야마에 모여 있다.

지금 대형 트랙터 한 대가 그 농장을 달리고 있었다.

강한 햇살이 내리쬐는 가운데, 건조한 바람을 가르고 흙먼지를 피워 올리며 부지 끝까지 갔다가 방향을 틀어서 돌아오는 작업을 반복했다.

데이코쿠중공업의 무인 농업로봇 시제품 알파1을 시험하는 장면이다.

지금까지 수없이 되풀이해온 시험이지만, 이날이 특별한 건 본사에서 총책임자인 마토바 슌이치가 보러 왔기 때문이다.

"순조로워 보이는군. 이제 제품화에 나서도 괜찮을 것 같은데."

견학을 마치고 데이코쿠중공업 오카야마 지사의 응접실로 돌아온 마토바는 시종일관 기분이 좋았다. 시험에는 오카야마 현지사와 시장을 초청했고, 신문기자도 따라왔다. 지금 필요한 건 알파1의 존재와 실력을 세상에 널리 알리는 일이다. 일단 세상 사람들이 알아야 판매로 연결된다는 걸 마토바도 잘 알고 있었다.

"이야, 멋진 시험이었습니다, 마토바 이사님."

현지사는 응접실 맞은편 자리에서 활짝 웃으며 알파1의 성능을 격찬했고, 제조공장을 꼭 오카야마에 건설해달라며 시장과 함께 머리를 숙였다.

"덕분에 오늘 정말 멋진 구경을 했습니다. 그런데 저희 오카야마에 일찍이 정부의 대규모 실험농장이 있었다는 거 아십니까?"

"네, 물론 압니다."

마토바가 웃는 얼굴로 답하자 현지사가 파일에 들어 있던 서류를 내밀었다.

"실은 매년 오카야마에서 대형 농업 이벤트를 개최하는데요. '오카야마 농업축제'라고 합니다. 아시는지요?"

"아, 아니요."

마토바는 미안하다는 듯이 고개를 저었다.

"일본뿐만 아니라 해외에서도 수많은 농기계 제조사가 참가하죠. 농업 관계자를 중심으로 방문객이 10만 명도 넘는답니다."

현지사는 가슴을 폈다. "올해도 가을에 개최할 예정인데요. 알파1을 출품하면 어떨까요? 언론에서도 많이 찾아오니 큰 주목을 받을 거라 보증합니다. 아주 큰 홍보가 될 거예요."

"그거 고마운 말씀이십니다. 저희가 꼭 부탁드리고 싶군요."

마토바는 무릎을 두드렸다.

"대뜸 이런 말씀을 드려서 죄송합니다만, 혹시 데이코쿠중공업이 괜찮으시다면 지금 보여주신 것과 똑같은 시연을 부탁드려도 되겠습니까? 무인 농업로봇은 장차 우리 농업을 이끌어 나가게 되겠죠. 그 모습을 가까이에서 볼 수 있다면 다들 좋아할 겁니다. 꼭 메인 이벤트로 삼고 싶습니다."

"어때, 오쿠사와?"

그 자리에는 자이젠도 있었지만 마토바는 제조부장 오쿠사와에게 물었다.

"바라 마지않은 기회입니다. 현지사님, 감사합니다."

허리를 구부려 인사하는 오쿠사와를 자이젠은 조금 떨어진 곳에서 바라보았다.

마토바는 이번 신사업에서 자이젠을 멀리하고 오로지 오쿠사와와 논의하고 있다. 외부에는 엔진 등 주요 부품을 외주로 돌리려 했던 자이젠에게 큰일을 맡길 수 없다고 설명하는 모양이지만, 실제로는 자이젠의 기획을 빼앗아서 켕기는 구석이 있기 때문일 것이다.

현재 중요한 사안은 전부 마토바와 오쿠사와가 결정한다. 사업의 실질적인 주도권은 우주항공본부에서 마토바와 그의 심복이라 할 수 있는 제조부의 오쿠사와에게로 넘어간 것이다. 한편 소관은 어디까지나 우주항공본부이므로, 요컨대 사업상 손실과 실패의 책임만 떠안아 손해를 보는 역할이다.

그리고 시제품 알파1은 당초 자이젠이 마음에 품었던 것과는 동떨어진 물건이었다. 물론 노기가 기대했던 것과도 달랐다.

마토바와 오쿠사와 두 사람에게 결정적으로 부족한 것은 무인 농업로봇을 사용하는 사람의 시점이었다.

그저 운전자 없이 달리는 트랙터를 만들면 되는 게 아니다.

2차 세계대전 이전부터 중후장대 산업의 기둥으로 자리해온 데이코쿠중공업에는 큰 회사끼리 사업을 하거나 기업 대 기업으로 마주한다는 시각은 있어도, 일반 고객을 상대로 하는 시각은 없다.

'만들면 팔린다'는 것이 데이코쿠중공업의 발상이다.

마토바도 오쿠사와도 그러한 함정에 빠져 있었다. 쓴소리를 하는 자이젠을 멀리한 결과, 이제는 치켜세우기만 하는 추종자들에게 둘러싸이고 말았다.

"이봐, 자이젠."

현지사와 시장을 배웅한 후 마토바가 말을 걸었다. "자네는 오카야마 농업축제에 대해 알고 있었나?"

"네, 알고 있었습니다."

"그럼 왜 말을 안 한 거야?"

마토바가 가시 돋친 눈으로 자이젠을 응시했다.

"아직 일반 대중들에게 공개할 수 있을 만큼 기술이 안정되지 못했다고 생각했습니다."

"뭐야, 로켓에 쓰일 만한 품질을 여기서도 따지는 건가?"

오쿠사와가 밉살스런 말투로 야유했다. 오쿠사와는 제조부를 제쳐놓고 엔진을 외주로 돌리려 한 자이젠에게 일관되게 적개심을 품고 있었다.

"다윈 프로젝트도 오카야마 농업축제에 초청받을 가능성이 있습니다. 상대가 무슨 패를 쥐고 있는지도 모르고요."

"그런 건 알 필요 없어."

마토바는 자이젠의 말이 끝나자마자 그렇게 말하더니, 타오르는 듯한 눈으로 자이젠을 노려보았다. "뭐가 덤비든 우리 기술은 최고야. 다윈 프로젝트라고? 그딴 놈들에게 질 리가 있나."

마토바는 딱 잘라 말하고 등을 휙 돌려서 걸어갔다.

"자이젠."

뒤를 따라가던 오쿠사와가 갑자기 자이젠을 돌아보았다.

"엔진과 트랜스미션은 자네 전문이 아니잖아. 자네들 우주항공본부는 우리 제조부가 만든 물건을 잠자코 팔기나 하면 돼."

자이젠은 반론하지 못하고 그저 입술을 깨문 채 두 사람의 뒷모습을 바라보는 것이 고작이었다.

4

"아까 오카야마에서 열리는 오카야마 농업축제에 참가해주지 않겠느냐는 연락이 왔었어. 듣자니 데이코쿠중공업도 무인 농업로봇을 내보내기로 했다는군."

시게타가 전화로 알리자 기타호리는 "반드시 참가해" 하고 지시했다.

"기술 격차를 보여줄 기회야."

데이코쿠중공업의 무인 농업로봇이 현재 어떤 상황인지 데이코쿠중공업의 협력회 및 직원과 직접적으로 연줄이 있는 시게타와 이타미가 정보를 많이 물어오지만, 뉴스 방송을 제작하는 기타호리도 독자적인 경로를 통해 다양한 정보를 입수한다.

요 며칠 사이에 기타호리가 건진 가장 큰 특종은 차기 사장으로 평가되던 마토바 슌이치의 취임이 미루어졌다는 소식이었다.

그 소식을 들은 시게타는 같이 있던 이타미와 함께 박수를 쳤다. 나중에 회식 자리에서 승리의 술에 취한 것도 기억에 생생하다. 물론 취임 보류의 방아쇠가 된 《주간폴트》의 기사를 준비한 건 다름 아닌 기타호리였다. 언론 매체를 교묘하게 조종해 여론을 통제한다. 어떻게 하면 세상을 자기편으로 만들 수 있는지, 어떻게 하면 상대를 추락시킬 수 있는지 기타호리만큼 소상히 아는 사람을 시게타는 모른다.

"상대도 기회라고 생각하겠지."

시게타는 나지막한 웃음을 흘렸다. "불 속으로 뛰어드는 나방 같은 꼴이로군. 제대로 한 방 먹여주겠어."

다양한 경로를 통해 알파1의 개요는 이미 파악해뒀다.

제조 부문의 기술적 제약으로 커질 수밖에 없었던 엔진, 그리고 이타미의 말에 의하면 시대에 뒤떨어진 트랜스미션. 한편 다윈은 다이달로스가 시장에서 검증된 엔진을, 기어 고스트가 최신형 트랜스미션을 공급하는 철벽의 조합이다.

질 리 없다.

"데이코쿠중공업 대 다윈! 과거에 데이코쿠중공업에 배신당한 남자들이 원수에게 한 방 먹인다! 방송을 타는 순간 전국이 전율과도 같은 감동에 휩싸일 거야."

전화 저편에서 기타호리가 들뜬 목소리로 신나게 말했다.

"오카야마 농업축제?"

그날 밤 시게타에게 연락을 받은 이타미는 이야기를 듣고 잠시 생각에 잠겼다.

"참가하기로 벌써 약속했습니까?"

"내일 주최자 쪽에 연락해서 승낙하려고. 기타호리는 반드시 나가라더군. 뉴스가 될 거라며."

"뭐, 뉴스는 되겠죠."

"뭐야, 별로 내키지 않는 모양인데."

이타미의 신중한 태도가 시게타는 어쩐지 불만스러운 듯했다. 쌍수를 들고 함께 기뻐할 거라 생각했던 모양이다.

"기술적으로 아직 개량하는 단계에 있는데 참가하는 건 아무래도 좀……."

"실험할 때는 제대로 작동했잖아."

뜻밖이라는 듯 반론하는 시게타에게 이타미는 "멈출 때도 있습니다. 못 들었습니까?" 하고 오히려 비난조로 응했다.

"들었어."

시게타가 대답했다. "하지만 오카야마 농업축제는 가을에 개최돼. 그때까지는 해결되겠지."

근거 없는 자신감이었다.

"아무튼 나갈 거야. 알겠지?"

"뭐, 알겠습니다. 시게타 씨가 그렇게 결정하셨다면."

통화가 끊기자 이타미는 휴대전화를 손에 든 채 잠시 생각에 잠겼다. 그러고는 "훗타" 하고 책상 앞에 앉아 있는 남자를 다른 직원들에게는 이야기가 들리지 않도록 사장실로 불러들였다.

"다윈의 불량 문제는 해결했나?"

"히무로 씨가 조사했는데, 확실치가 않은 모양입니다."

히무로는 예전의 시마즈 자리에 앉아 있다. 말소리가 들리지 않도록 훗타도 목소리를 낮추었다. 히무로는 유능하지만 남들보다 훨씬 신경이 날카로운 남자라, 사소한 이야기도 조심해야 한다. 대번에 화를 내며 주변에 짜증을 부리기 때문이다.

"뭐가 문제야?"

"원인을 확정할 수가 없습니다. 솔직히 우리 트랜스미션이 원인인지 아닌지도 모르겠어요. 이제 와서 시마즈 씨에게 물어볼 수도 없는 노릇이고요."

다윈에 탑재한 트랜스미션은 시마즈가 남기고 간 유산이라고 할 수 있는 물건이었다.

"무슨 일 있습니까?"

홋타는 아무래도 시게타와 통화한 내용을 들은 모양이었다. 오카야마 농업축제에 대해 이야기하자, 홋타는 잠시 생각하다 뒤쪽의 히무로를 힐끗 돌아보았다.

"그때까지 해결할 수 있으면 좋겠습니다만."

이타미는 시마즈와의 결별을 처음으로 후회했다.

"오쿠사와, 무인 농업로봇은 좀 어떤가?"

이사회 종료가 선언된 후, 도마 사장이 불러 세우자 오쿠사와는 당혹감을 금할 수 없었다.

왜 내게 묻는 걸까.

무인 농업로봇은 우주항공본부 소관이다. 한편 오쿠사와는 제조부 소속이기 때문에 애당초 진척 상황에 대해 질문을 받을 입장이 아니다.

"무인 농업로봇은 우주항공본부 소관이라 저는……."

"자네들이 현장의 주도권을 쥐고 있다던데."

말허리를 끊은 도마의 한마디에 오쿠사와는 살그머니 경계심을 품었다. 도마는 특유의 날카로운 눈빛을 뿜어내며 천천히 걸음을 옮겼다.

"마토바 이사님이 총책임자라 저는 자세한 사정을……."

"왜 당초 계획에서 벗어났지?"

오쿠사와의 이야기가 들리지 않는 것처럼 도마는 막무가내로 물었다.

"당초 계획이라니요?"

"사업 계획서에는 중소형 트랙터를 중점으로 설정했잖나. 왜 그 노선을 버린거지? 우리 농업 살리기에 일조하기 위해 무인으로 작동하는 중소형 트랙터를 중심으로 개발한다는 게 원래 취지였을 텐데."

"네, 아니, 그게……."

오쿠사와는 말꼬리를 흐렸다. 하지만 원래부터 얼버무림이 통하는 상대가 아니다.

"비용이 그, 맞지 않습니다."

"비용이 안 맞는다고?"

도마가 번뜩이는 눈빛을 날렸다. "그런 문제라면 처음부터 예측할 수 있었을 텐데?"

"옳으신 말씀입니다."

오쿠사와의 시선이 한순간 흔들렸지만 "다만 대형 노선은 마토바 이사님 지시이기도 해서요" 하고 발뺌했다.

"기획한 당사자의 지시라서 저희는 따르지 않을 수 없습니다."

"호오."

도마는 눈을 가늘게 뜨고 송곳 같은 시선을 오쿠사와에게 던졌다. 쳐다보기만 해도 몸이 벌벌 떨리는 듯한 그 시선 앞에서 거짓말이나 타협은 일절 통하지 않는다.

"아무래도 물어볼 상대를 잘못 고른 것 같군."

오쿠사와가 안도한 것도 잠시, "그런데 가을에 오카야마에서 이벤트가 열린다지?" 하고 어디서 들었는지 도마가 뜻밖의 말을 꺼냈다.

"실은 오카야마현지사 니나가와가 내 대학 동창이거든. 일부러 전화를 했더라고. 나도 와달라더군."

"가실 겁니까?"

그렇다면 한시라도 빨리 마토바에게 알려야 한다.

"응, 갈 생각이야. 열심히 하게."

도마가 오쿠사와의 어깨에 손을 얹고 목소리를 낮추었다.

"꼴사나운 모습은 보이지 않도록 해."

5

그 편지는 다른 우편물에 섞여 우편함 바닥에 떨어져 있었다. 홍보물인 줄 알았는데 봉투에 익숙한 로고가 찍혀 있었다.

기어 고스트의 로고였다.

받는 사람의 주소는 손글씨로 썼다. 특징 있는 글씨체를 본 기억이 났다. 아니나 다를까 봉투 뒷면의 보낸 사람에는 이타미 다이라고 적혀 있었다.

집으로 돌아가서 뜯어보았다.

그 후로 잘 지내? 회사는 변함없어.

이미 알지도 모르지만, 기어 고스트는 다윈 프로젝트에 참가했어.

다음 주에 오카야마에서 열리는 이벤트에서 무인 주행을 선보일 예정

인데, 그때 네가 설계한 트랜스미션이 활약할 거야. 꼭 와주면 좋겠어.

재회를 기대하고 있을게.

봉투에는 오카야마 농업축제의 초대권이 들어 있었다. 세심하게
도 도쿄에서 오카야마의 왕복 기차표까지 같이 보냈다.

"이제 와서 무슨 소릴 하는 거야, 이타미."

아무도 없는 방 안에서 시마즈는 불쑥 중얼거렸다.

기어 고스트를 퇴사한 후 친구가 소개해준 대학교 아르바이트
강사 일을 마치고 돌아온 참이었다. 현재 전임 강사로 맞아줄 대
학을 찾고 있는 중이지만, 좀처럼 자리가 나지 않아 당분간 불안
정한 아르바이트로 생활을 꾸려나가는 수밖에 없었다.

"누가 갈까 봐?"

시마즈는 편지와 표를 봉투에 넣어 식탁에 휙 던졌지만, 신경
이 쓰였다. 가방에 넣어둔 휴대전화를 꺼내 이벤트를 인터넷에
검색해보았다.

오카야마 농업축제 홈페이지를 찾기는 간단했다. '최첨단 ICT
농업'이라는 현란한 타이틀과 소개문이 실려 있었다. 하지만 단

순한 소개문과는 약간 달랐다.

데이코쿠중공업 VS 다윈 프로젝트

"거참."

시마즈는 저도 모르게 중얼거렸다. 주간지 기사 때문에 한때 떠들썩했다는 건 알고 있었다.

"이렇게까지 노골적으로 맞붙이나."

또 혼잣말을 했다.

그리고 이타미의 편지를 다시 읽고 "그 트랜스미션 완성했구나" 하고 다시 소리 내어 말해보았다.

뭐라고 했더라, 이타미가 데려온 내 후임…….

"맞다, 히무로 아무개 씨였어."

어느덧 시마즈는 휴대전화의 화면을 바꾸어 일정을 확인하고 있었다.

"비어 있네."

시마즈는 표가 든 봉투를 부엌에 걸린 코르크보드에 핀으로 고정했다.

오후 1시에 시작된 회의는 휴식시간을 포함해 네 시간 가까이 계속됐다. 회의가 끝나자 쓰쿠다도 야마사키도 모두 지쳐서 녹초가 됐다.

차기 대형 로켓에 관한 정보 공유라는 명목이었지만, 관계 부서 및 관계사에 전달된 사항은 요컨대 비용의 대폭적인 축소였다.

핵심은 신형 엔진 투입이다.

설계 변경으로 부품 수를 줄이고, 엔진 출력은 향상시킨다. 이날 발표된 계획에서는 현재 1백억 엔이 투입되는 대형 로켓 발사 비용을 절반인 50억으로 축소한다는 대담한 비용 절감책이 제시됐다.

"스타더스트 프로젝트는 실오라기 하나로 겨우 이어가는 느낌이네요."

회의장을 나서자 야마사키가 한숨을 푹 내쉬었다. "도마 사장이 직책을 이어나가기로 결정된 덕분에 겨우 프로젝트 유지가 확정된 셈이니까요. 그런 의미에서는 다윈 프로젝트에 감사해야겠습니다. 《주간폴트》의 기사가 아니었다면 마토바 이사가 사장 자리에 올랐을 테고, 프로젝트 중단이라는 슬픈 소식을 들었어도 이상할 것 없어요."

"정말 그래."

쓰쿠다도 동의하고 그 자리에서 자이젠에게 연락했다.

회의가 끝난 후에 만나자고 자이젠이 미리 말했기 때문이다. 쓰쿠다도 무인 농업로봇이 어떻게 되어가고 있는지 알고 싶었으니 마침가락이었다.

"밖으로 자리를 옮기시지 않겠습니까? 다음 일정이 없으시면 가볍게 한잔 어떠신가요?"

자이젠의 제안을 받아들여 야에스에 있는 차분한 분위기의 술집으로 향했다.

생맥주로 건배한 후 아까 회의에서 논의된 대형 로켓 발사 비용 삭감이 화제에 올랐다.

"경쟁이 심해져서요."

현장을 떠났다고는 하나 우주항공본부 소속인 자이젠은 여전히 그 방면 사정에 훤했다.

"높은 비용이 고스란히 위성 발사 횟수의 감소로 이어진다는 이야기는 들으셨겠지만, 그뿐만이 아닙니다."

자이젠은 여기서만 하는 이야기라며 목소리를 낮추었다. "도마 사장님이 이번에는 사장직을 연임하는 걸로 이야기가 마무리됐지만, 다음에는 어떻게 될지 모르죠. 그사이에 발사 비용을 낮춰서 글로벌 시장에서도 높은 성과를 거두자는 의도입니다."

어떤 프로젝트든 회사 안팎의 복잡한 사정에 휘둘린다. 대형 로켓도 그렇고, 이번의 무인 농업로봇도 그렇다.

"그리고 무인 농업로봇 말인데요, 새로운 움직임이 있습니다."

자이젠이 팸플릿 한 장을 보여주었다.

"오카야마 농업축제군요. 그나저나 이건!"

쓰쿠다가 놀란 것은 거기에 '데이코쿠중공업 VS 다윈 프로젝트'라는 문구가 큼지막하게 박혀 있는 걸 보았기 때문이다.

"처음에는 이런 이야기가 아니었습니다."

자이젠은 당혹스러운 표정으로 이벤트에 참가하기까지의 경위를 들려주었다. "이렇게 자극적인 홍보는 하지 말라고 했습니다만, 조사해보니 저희 담당자의 확인 실수로 이미 팸플릿이 대량으로 유포된 후였습니다."

"하지만 대결이라고 해봤자 시연을 할 뿐이잖아요." 야마사키가 말했다.

"그렇습니다. 다만 널찍한 실험농장에 스탠드를 세워놓고 이벤트의 꽃으로 삼아 방문객들을 끌어모으고 싶다더군요. 노기 교수님도 이벤트장에서 강연을 하시기로 했습니다. 어떠십니까, 쓰쿠다 씨. 괜찮으시면 와주시겠습니까?"

그렇게 말하고 자이젠은 초대권이 든 봉투를 쓰쿠다 앞으로 내밀었다. "무인 주행 시연뿐만 아니라 분명 쓰쿠다 씨께 참고가 될 만한 것들이 있을 겁니다."

쓰쿠다는 부르지 않아도 갈 생각이었다.

데이코쿠중공업과 다윈 프로젝트, 이 두 진영의 시연을 같이 볼 수 있는 기회는 또 없을 것이기 때문이다.

6

오카야마 농업축제의 이벤트장은 사람들로 넘쳐났다. 역과 이벤트장을 오가는 수많은 셔틀버스가 쉴 새 없이 방문객을 실어 날랐다. 쓰쿠다와 야마사키를 포함한 쓰쿠다제작소 사람들도 콩나물시루 같은 버스를 타고 방금 도착한 참이었다.

"엄청 붐비네요."

가을 햇살이 눈부신 듯 에바라가 눈을 깜박이며 말했다. 구름 한 점 없이 맑은 날씨였다.

사람도 많았지만 참가 부스가 많다는 점도 놀라웠다. 최신형 트랙터를 늘어세운 야마타니 등 대규모 농기계 제조사의 부스가 한층 눈길을 끌긴 했지만, 그 외에도 크고 작은 다양한 업체들이 참가해 자사 제품과 서비스를 홍보하고 있었다.

전국에서 찾아온 다양한 분야의 농업 관계자들이나 취미 삼아 원예나 주말농장을 하는 개인들이 부스를 둘러보거나 때로는 부스에 머물며 흥미와 관심을 표출했다.

"내년부터는 우리도 참가하죠. 어쩌면 거래 문의가 들어올지도 모르잖습니까."

에바라가 언급할 것도 없이 쓰쿠다도 그렇게 생각하던 참이었다. 그런 생각이 절로 들 만큼 활기가 넘쳤기 때문이다. 농업 관계자 입장에서는 1년에 한 번 있는 대형 이벤트다.

"요 앞이네요."

안내도를 보던 쓰노가 가리킨 방향으로 나아가자 한층 눈에 띄는 데이코쿠중공업의 간판이 보였다.

다른 업체 네 곳에 해당하는 구획을 독점하고 수많은 전담 스태프를 배치한 대형 부스 한복판에는 라바오렌지색 차체를 반질반질하게 닦아놓은 트랙터 한 대가 놓여 있었다.

무인 농업로봇 알파1 시제품이다.

"이건가. 확실히 크네."

가까이에서 보자마자 야마사키가 말했다.

일본의 논밭에서 활약하는 트랙터 중에서는 가장 큰 타입이라고 할 수 있으리라. 당연히 이걸 사용하는 것은 대규모 농가에 한

정된다.

"사장님, 사장님."

쓰노가 어깨를 툭툭 두드려서 돌아보자 "저거 보십시오" 하고 조금 앞에 있는 부스를 가리켰다.

다윈 프로젝트다.

몹시 두드러지는 노란색과 검정색 부스 간판이 맑은 하늘을 배경으로 한층 돋보였다.

"살펴보시죠."

쓰노를 선두로 데이코쿠중공업의 부스를 나섰지만 다가갈수록 혼잡해져서 앞으로 나아갈 수가 없었다.

"인기가 엄청나네요. 이래서는 가까이 가지도 못하겠습니다."

전시된 차량 앞은 발 디딜 틈도 없을 만큼 사람들로 가득했다.

부스 안에 설치된 커다란 스크린에 운전자 없이 작동하는 트랙터 영상이 비치는 게 멀리서도 보였다. 프레젠테이션을 하는 음성이 밖에 설치된 스피커에서 흘러나왔다.

"이게 이타미 사장이 말한 살아남을 방법이라는 걸까요."

쓰쿠다 옆에 선 야마사키의 표정이 몹시 딱딱해졌다. 다윈의 부스 옆에는 참가 기업 이름이 죽 적혀 있었다. 그중 다이달로스, 기어 고스트, 그리고 키신이 제일 위쪽을 차지하고 있었다.

일찍이 '저가격 1류, 기술은 2류'라고 야유받던 다이달로스가 이제는 시류를 선도하며 쓰쿠다제작소보다 몇 발짝 앞으로 나아가고 있다. 기어 고스트도 마찬가지다. 그리고 어떤 더러운 수단을 쓰든 키신이라는 회사는 아무렇지도 않게 뻗어나갈 것이다.

앞으로 몇 년 더 지나면 일본의 무인 농업로봇 분야는 이 세 회사가 독점할지도 모른다.

"뭐랄까…… 한 방 먹었네."

야마사키가 불쑥 중얼거렸다. 야마사키뿐만이 아니다. 여기에 온 쓰쿠다제작소의 직원 모두가 '우리는 시류를 놓쳤다'라고 생각했을 것이 틀림없다.

그나마 다행이라면 이러한 기술적 흐름을 예견하고 쓰쿠다제작소도 무인 농업로봇에 대응하는 독자적인 기술을 개발해왔다는 것이다. 하지만 그것도 채택해주는 곳이 있어야 비로소 의미가 있다.

"가시죠, 사장님. 강연 시작되겠습니다."

가라키다의 재촉에 쓰쿠다 일행은 묵묵히 그 자리를 떠나 곧 기조 강연이 시작되려는 건물로 향했다.

ICT가 개척하는 일본의 스마트 농업

강사는 홋카이도농업대학의 노기다.

자리를 가득 채운 청중이 노기를 박수로 맞이했다. 그의 강연은 그야말로 이번 이벤트에 딱 어울리는 내용이었다. 슬라이드와 영상을 섞어가며 일본의 농업이 끌어안은 문제점을 지적한 후, 그 해결책으로서 다양한 최첨단 기술을 소개하고 해설을 덧붙였다. 농약을 살포하는 드론, 논물의 수위를 관리하는 전용 센서 등 갖가지 사례가 거론됐다.

화제가 노기의 전문인 비이클 로봇공학 연구에 관한 부분으로 옮겨가자 메모를 해가며 듣고 있던 청중들의 열기가 최고조로 높아졌다.

무인 농업로봇을 이용한 농업 개혁은 산업혁명에 가까운 충격을 안겨준다고 할 수 있었다. 인력에만 의존하고 여성이나 고령자에게는 고된 농사일을 자동화함으로써 효율이 비약적으로 높아지고 세대 수입도 상승한다.

"이건 저희 대학의 실험농장에서 찍은 무인 트랙터 영상입니다."

스크린에 그 영상이 비치자 청중들은 일제히 박수를 보냈다.

이 기술이 농업의 미래를 바꾸어줄 것이다.

모두가 그렇게 기대하고 있었다. 물론 그러려면 해결해야 할 문제가 많은 것도 사실이다. 기술적인 과제의 극복, 농가의 집약화, 그리고 도로교통법 개정 등. 하지만 머지않아 하나둘 문제가 해결돼 농업은 극적인 변화를 이루어나갈 것이 틀림없다. 그러한 미래를 기대하고 확신하기에 충분한 강연이었다.

"훌륭한 강연이었어."

강연 후에도 청중들에게 둘러싸여 다양한 질문에 대답하던 노기와 마침내 이야기를 나눌 수 있게 된 건 강연이 끝나고 30분이나 지나서였다.

"강연은 둘째 치고 문제는 이다음이야."

이마에 맺힌 땀을 닦으며 노기가 말했다.

잠시 후 이벤트의 노른자위인 무인 농업로봇의 시연이 시작된다.

노크 소리와 함께 문 뒤편에서 쓰쿠다도 아는 남자가 얼굴을 디밀었다.

자이젠이었다.

"아, 쓰쿠다 씨. 오셨군요."

자이젠은 웃음을 지었지만 바로 표정을 다잡고 노기에게 말했다. "준비가 끝났으니 안내하겠습니다."

그리고 이어서 쓰쿠다를 향해 제안했다. "혹시 괜찮으시면 쓰쿠다 씨 일행도 같이 가시죠. 데이코쿠중공업 측 텐트입니다. 좌석은 없습니다만 제일 잘 보이니까요."

자이젠의 배려에 감사를 표하고 노기와 함께 혼잡한 이벤트장 끝에 위치한 널찍한 시연장으로 향했다.

물을 댄 진짜 논을 그대로 시연회장으로 꾸몄다. 네모난 논 한편에는 용수로를 배치했고, 그 너머에 천 명 가까운 인원을 수용할 수 있는 스탠드를 설치했다. 그 규모만으로도 눈이 휘둥그레질 정도인데, 더 놀랍게도 이미 스탠드가 사람들로 가득 차 있었다.

스탠드의 반대쪽, 즉 데이코쿠중공업의 작업 텐트 옆에는 내빈석이 있었다.

"사장님, 제일 앞줄을 보십시오."

가라키다가 슬쩍 가리킨 곳으로 눈을 돌린 쓰쿠다는 단정하고 위엄 있는 남자의 옆얼굴을 보고 놀라서 자이젠에게 눈짓으로 물었다. 데이코쿠중공업의 사장 도마였다.

"오카야마현지사가 대학 시절 친구시라는군요."

자이젠이 말했다. "하지만 실제로는 이번 신사업의 성과를 본인 눈으로 확인하고 싶다는 마음이 크지 않을까 싶습니다. 여러 가지 일이 있었으니까요."

대형 로켓을 발사한다는 스타더스트 프로젝트는 도마 체제를 상징하는 일대 사업이지만, 그 이외의 대형 매수, 크루즈, 제트기 등 새로운 사업은 죄다 난항을 겪어 데이코쿠중공업의 경영을 악화시키는 원인으로 작용했다.

자이젠이 말하길 도마는 신규 사업을 너무 부하직원들에게만 맡긴 것을 반성했다고 한다. 자신이 승인한 사업의 진척 상황은 자신의 눈으로 확인하고, 필요하다면 톱다운 방식으로 지시를 내리겠다는 것이다. 어쩌면 배수진을 치고 진두지휘를 하려는 생각일지도 모른다. 그야말로 내가 나서지 않으면 누가 하랴는 마음가짐이다.

"이제 시작이군요."

손목시계를 들여다본 자이젠이 시선을 준 곳에서 빨간 트랙터 한 대가 나타났다.

다윈이었다.

보건대 30마력 정도의 비교적 작은 트랙터다. 스탠드에 앉은 관객들에게는 가장 익숙한 타입일 것이다. 차체는 빨간색이지만 진홍색이라기에는 어쩐지 이탈리아 자동차같이 밝은 분위기가 느껴졌다.

다윈이 먼저 30분간 시연을 한 후에 데이코쿠중공업의 알파1이 등장하기로 했다.

"그럼 여러분이 고대하신 무인 농업로봇의 시연을 시작하겠습니다."

사회자의 안내 멘트에 함성과 박수가 일었다. 휘파람까지 들려오는 스탠드에는 분명 다윈 관계자도 많이 앉아 있으리라. 축구로 말하자면 홈구장에서 응원을 받고 있는 셈이다.

다윈의 차체가 살짝 흔들렸다. 시동이 걸린 것이다.

함성이 잦아들자 쓰쿠다에게도 가벼운 엔진 소리가 확실하게 들렸다.

움직이기 전에 경적이 두 번 울린 건 다윈 측의 연출이리라.

천천히 출발한 다윈은 도로 폭이 2미터도 되지 않는 농로를 천천히 30미터쯤 나아가다 좌회전해서 논으로 들어갔다.

일단 정지해 뒤쪽에 장착된 작업기를 내리자 경운날이 회전하기 시작했다. 그대로 직진하다가 끝에 있는 논두렁 근처에서 빙글 돌아 방향을 바꾸었다.

논 한복판에는 주최 측에서 허수아비를 세워놓았다.

다윈은 허수아비 앞까지 가자 움직임을 딱 멈추었다. 센서로 감지한 것이다. 무인 농업로봇의 과제 중 하나는 안전성이다. 사람 등과 충돌하지 않도록 항상 센서로 모니터링해 장애물을 회피하는 기술이 요구된다.

허수아비를 피해서 돌아간 다윈은 이윽고 들어간 쪽과 반대쪽에 만들어진 출구를 통해 농로로 올라갔다. 스탠드 앞의 직선 주로에서 엄청난 함성을 받는 모습이 자동차 레이스의 우승자가 관객 앞을 한 바퀴 빙 도는 모습을 연상시켰다.

시연에 걸린 시간은 딱 30분. 가끔 엔진이나 트랜스미션의 동작이 불안정하기는 했지만, 그건 쓰쿠다 같은 전문가들밖에 모를 정도였다. 대부분의 관객들 눈에는 완벽한 주행으로 보였으리라.

데이코쿠중공업의 텐트가 더욱 분주해졌다.

스태프가 진지한 표정으로 컴퓨터를 들여다보며 다윈에 이어 알파1을 정해진 위치로 이동시켰다.

"다음은 새로이 농기계 분야에 진출하는 데이코쿠중공업의 무인 대형 트랙터 알파1의 등장입니다!"

사회자의 안내 멘트에 박수 소리가 들렸지만 다윈이 등장했을 때에 비하면 인기가 훨씬 뒤처졌다.

출발하라는 이벤트 스태프의 신호에 데이코쿠중공업 스태프가 컴퓨터를 조작했다.

부릉, 하는 굵직한 엔진 소리가 방금 들렸던 다윈의 것과는 다른 박력을 선사했다.

첫 난관은 출발 직후에 진입하는 농로였다. 다윈보다 차체가 넓어서 아슬아슬해 보이는 농로를 벗어나지 않도록 주의해야 한다. 오차가 몇 센티미터밖에 되지 않는다는 사전 평판을 검증받는 장면이다.

주행을 개시한 알파1이 농로로 들어섰다. 느릿느릿하니 다윈보다 속력이 느렸지만, 그렇다고 여기서 속력을 낼 수는 없는 노릇이다.

스태프들 뒤편에서 트랙터를 바라보는 노기의 긴장감이 전해져서인지 쓰쿠다는 30미터쯤 되는 농로가 이상하게 길게 느껴졌다.

알파1이 직진을 끝내고 멋지게 논으로 내려서자 노기의 옆얼굴이 다소 풀어졌다.

"좋아, 가자!"

누군가가 목소리를 높이는 동시에 트랙터의 속력이 높아졌다. 차체가 큰 만큼 겉보기에서 풍기는 박력은 다윈을 능가했다.

함성과 한숨이 논으로 쏟아져 내렸다. 알파1은 사람들의 주목을 한 몸에 받으며 첫 번째 방향 전환에 성공했다.

쓰쿠다 옆에서 야마사키가 뭔가 하고 싶은 말이 있는 듯한 표정으로 곁에 있는 가루베에게 눈짓했지만, 가루베는 부루퉁한 얼굴로 앞만 바라보았다.

논 끝에서 끝까지 두 번 왕복한 알파1의 진행 방향에 허수아비가 서 있었다.

정지할까, 후진할까. 아니면 다윈처럼 돌아서 갈까.

그런데 그중 어느 것도 아니었다.

"앗!"

쓰쿠다가 작게 소리치는 것과 동시에 알파1에게 짓밟힌 허수아비가 타이어에 말려들었다.

스탠드에서 비명이 들렸다.

내빈석에서 도마 뒤쪽에 있던 남자가 허둥지둥 일어나 쓰쿠다 일행이 있는 텐트로 달려왔다.

"뭐 하는 거야!"

날카롭게 질책한 남자는 마토바 슌이치였다.

"센서가 제대로 작동하지 않은 모양입니다. 진흙이 묻은 것 같은데요."

그걸 변명이라고 하느냐는 듯이 마토바의 얼굴은 분노로 창백해졌다.

치명적인 실수다. 안전성에 문제가 있다는 최악의 평가를 받기에 충분한 추태를 수많은 사람들 앞에서 저지르고 만 셈이다.

알파1은 아직 달리고 있었지만, 누가 보기에도 이 시점에서 시연은 이미 실패였다.

논 끄트머리에 다다른 알파1이 다시 농로로 나갔다. 내빈석 앞을 통과해, 낙담과 실의에 빠진 데이코쿠중공업 측 텐트 앞을 나는 모르겠다는 듯이 공허한 엔진 소리를 올리며 지나갔다. 데이코쿠중공업의 스태프, 노기, 그리고 쓰쿠다 일행도 그저 망연자실하게 바라보는 것이 고작이었다.

알파1은 논을 둘러싼 농로를 우회전해 스탠드 방향으로 향했다.

다윈이 받은 환성은 기대할 수 없을 것 같았다. 남겨진 마지막 직선 주로는 이를테면 패지의 행진이다.

드문드문한 박수 소리가 쓰쿠다에게도 들렸다.

어깨를 축 늘어뜨린 노기가 쓰쿠다를 돌아보고 고개를 절레절레 흔들었다. 쓰쿠다가 노기의 어깨에 손을 얹고 위로하려 했을 때 예상치 못한 사태가 발생했다.

스탠드가 술렁였다.

쓰쿠다가 뒤돌아보자 크게 기울어진 알파1의 차체가 눈에 들어왔다. 좁은 농로에서 바퀴가 길을 벗어난 것이다.

다음 순간 알파1은 용수로로 떨어졌다.

비명과 한숨, 그리고 웃음소리까지 뒤섞여서 들렸다. 이벤트 관계자가 달려갔고, 데이코쿠중공업의 텐트에서도 스태프들이 다급히 뛰쳐나갔다.

"여러분, 죄송합니다. 데이코쿠중공업의 알파1의 상태를 확인한 후, 다시금 시연에 대해 안내해드리겠습니다."

안내 방송을 듣고 스탠드에 앉은 사람들이 줄줄이 일어섰다. 구경하기를 좋아하는 사람들이 알파1의 무참한 구출 작업을 재미있게 바라보았다.

이보다 더 최악의 결과가 있을까.

다윈과의 격차를 과시해 최고의 홍보 효과를 노리려 했건만, 정반대의 결과가 나오고 말았다. 다윈이 찬사와 구매욕의 대상이 된 것에 반해, 데이코쿠중공업의 무인 트랙터에는 비웃음과 모멸, 그리고 연민의 시선이 날아들었다.

무인 농업로봇 분야의 승패를 결정지은 주행 시연이었다.

중소기업이 대기업을 격파했다.

노기는 새파랗게 질린 얼굴로 굳어버렸다. 그 옆에 서 있던 쓰쿠다는 문득 신경이 쓰여서 내빈석에 시선을 주었다.

도마의 옆얼굴이 보였다. 도마는 험악한 표정으로 눈을 감은 채 뭔가를 꾹 참듯이 입술을 깨물고 있었다.

지금 도마의 가슴속에서 과연 무슨 생각이 오가고 있을지 쓰쿠다는 짐작도 가지 않았다. 하지만 엄청난 위기감에 사로잡혀 있으리라는 것은 쉽게 상상이 갔다.

7

"시마즈, 역시 와줬구나."

무인 농업로봇 대결이 예상외의 결말을 맞이한 후, 스탠드에서 이벤트장으로 나왔을 때 누군가 시마즈에게 말을 걸었다.

오랜만에 보는 이타미는 웃음을 머금은 채 승리감에 취한 표정을 짓고 있었다.

"어때, 우리 트랙터. 굉장하지? 네가 보기에는 어땠어?"

이타미는 의기양양한 얼굴로 물었다.

"그럭저럭 나쁘지 않네."

"그건 아니지."

이타미는 어처구니없다는 듯이 말했다. 시마즈의 대답이 마음에 안 든 것은 확실하다 "혹시, 나한테 앙금이 남아서 그래?"

"너하고는 상관없어. 물어보길래 솔직하게 대답했을 뿐이야. 그럼."

"잠깐만!"

걸음을 옮기려는 시마즈를 이타미가 불러 세웠다. "다이달로스와 제휴한 거, 올바른 선택이었잖아. 그건 너도 인정해야 하지 않겠어?"

"어째서? 그저 조금 잘된 것 가지고."

시마즈가 냉랭한 시선을 던지자 이타미는 "뭐, 그럴지도 모르지" 하고 선선히 인정했다. 지금 여기서 시마즈와 말다툼을 할 생각은 없다.

"그것보다 우리 트랙터 보고 가지 않을래? 편지에도 적었지만 네가 설계한 트랜스미션을 탑재했어."

"됐어. 방금 시연 본 걸로 충분해."

시마즈는 다시 걸음을 옮기려 했다.

"시마즈."

이타미가 매달리듯이 말을 걸었다. "한 번 더 나랑 함께 일하지 않을래?"

시마즈가 돌아보자 이타미는 간곡한 눈빛을 던졌다.

"히무로 씨였나? 유능하다고 했잖아."

퇴직할 때 시마즈는 히무로에게 일을 인계했다.

─넌 이제, 필요 없어.

그때 이타미가 한 말은 지금도 시마즈의 기억에 생생하게 남아 있다. 몇 번이고 되풀이해 켜지는 네온사인처럼.

그 이유가 히무로였다. 시마즈 이상으로 유능하고 써먹을 만한 남자.

"녀석은 별로야. 역시 시마즈, 네가 필요해."

간절히 부탁하는 이타미를 시마즈는 말없이 빤히 바라보았다. 그리고─.

"너, 그런 인간이었어?"

시마즈가 말을 이었다. "자기가 믿고 데려온 직원을 그렇게 간단히 쳐내다니. 변했구나, 이타미."

"그런 게 아니야."

이타미는 당혹스러워하며 고개를 저었다. "넌 아직 이 일에 흥미가 있을 거 아냐. 그러니까 여기까지 온 거잖아."

"아닌데. 보고 싶으니까 보러 왔을 뿐이야. 트랙터도 일단 움직이는 모양이니 그걸로 됐잖아."

이타미는 여전히 시마즈를 설득할 말을 찾고 있는 것처럼 보였다. "만약 내가 정말로 필요한 곳이 있다면 가고 싶어. 하지만 그게 네 회사는 아니야. 네가 날 이렇게 원하는 건 난처한 구석이 있기 때문이겠지. 실은 그 트랜스미션이 만족스럽지 않기 때문일거야. 하지만 그건 네가 알아서 해결해야 할 일이지. 나한테 기대지 마."

이타미의 눈이 크게 벌어졌다. 정곡을 찔렀기 때문이리라.

"그럼 잘 있어."

아무 말도 못하고 우두커니 서 있는 이타미를 남겨둔 채 시마즈는 몸을 빙글 돌려 혼잡한 인파 속으로 걸음을 옮겼다.

8

"그 후 조사한 결과 센서에 논의 진흙이 묻어 있었다는 것이 밝혀졌습니다. 본래 그런 게 묻을 리가 없는데요. 이건 불가항력이 작용했다고밖에는 생각할 수 없습니다."

제조부장 오쿠사와의 옹색한 변명이 이어졌다.

오카야마 농업축제 관계자 대기실이었다. 데이코쿠중공업에 할당된 회의실은 당장이라도 뚝 끊어질 것처럼 팽팽한 긴장감에 감싸여 있었다.

디귿자 모양으로 배열된 테이블의 의장석에 앉은 사람은 도마 한 명. 오쿠사와는 그 옆에 서서 땀이 맺힌 이마를 손수건으로 몇 번이나 두드려 닦았다. 노기를 수행하는 형태로 쓰쿠다와 야마사키도 회의실 한구석에 서서 상황을 지켜보고 있었다.

"다음으로 코스 이탈에 대해서 말씀드리자면, 이건 저희들의 기술이 아니라 노기 교수님 쪽의 문제로써…….."

"잠깐만요."

더 이상 못 참겠다는 듯 노기 본인이 끼어들었다. "그것만 보고 제 쪽의 문제라고 단정하는 건 시기상조 같습니다. 데이코쿠중공업의 시스템에 문제가 발생했을 가능성도 있지 않습니까?"

"노기 교수님의 시스템에 어떤 문제가 발생했다는 거지?"

도마가 오쿠사와에게 물었다.

"그건 이제부터 상세하게 조사하겠습니다. 아무튼 저희 쪽은 테스트에 테스트를 거듭했으니까요."

"상세히 조사한 결과, 우리 시스템에 문제가 있었다는 결론이 나오지 않을 거라고 장담할 수 있겠나?"

"어, 그건 그러니까…….."

오쿠사와는 찡그린 얼굴로 말을 삼켰다.

그 태도를 보고 도마는 천천히 일어나서 노기에게 머리를 깊이 숙였다.

"노기 교수님, 결례를 용서해주십시오. 죄송합니다."

도마는 오쿠사와를 다시 매섭게 노려보고 말했다. "자신의 입장을 지키기 위해서라면 거짓말도 서슴지 않다니! 그러고도 자네가 기술자인가? 그런 부하직원을 어떻게 믿고 일을 맡기겠나. 마토바."

도마는 느닷없이 이름을 부르며 오쿠사와 뒤에 있던 마토바에게 시선을 주었다.

"자네한테 한 가지 묻겠는데, 이 프로젝트 내가 승인한 것과는 내용이 다르지 않나?"

날카로운 질문에 마토바가 느끼는 긴장감이 자이젠에게도 전해졌다.

"무슨 말씀이신지요?"

"자네의 신규 사업 계획서에는 가장 범용성이 높은 소형에서 중형 농기계를 주력으로 무인 농업로봇 사업을 추진할 거라고 적혀 있었을 텐데."

마토바는 입술을 깨물고 고개를 숙인 채 다음 말을 기다렸다.

"그런데 알파1은 대형 트랙터 아닌가. 이래서는 기획 의노에서 벗어나는 셈이야. 어떻게 된 건지 설명해보게."

"제조부에서 예전부터 만들어온 엔진의 노하우를 가장 잘 발휘할 수 있는 사이즈입니다. 처음에는 대형 트랙터를 만들고, 서서히 소형화해나갈 생각입니다."

"그 무렵에는 경쟁사에 점유율을 다 빼앗기겠지."

도마의 한마디에 회의실이 얼어붙었다. "자네도 제 한 몸 챙기겠답시고 거짓말을 하는 건가, 마토바! 소형화는 지금 필요해. 그러기 위해서 당초에는 엔진과 트랜스미션을 외주하기로 사업 계획서에 적혀 있었지. 그걸 자네가 자체 생산한다는 방침으로 수정했고. 왜지?"

자이젠이 놀란 표정을 지었다. 분명 자이젠이 기획할 때는 그랬지만, 도마가 그걸 어떻게 알고 있는 것인지 뜻밖이었기 때문이리라.

"엔진과 트랜스미션은 트랙터의 근간입니다, 사장님. 핵심기술은 자체 개발한다는 것이 우리 회사의 암묵적인 방침 아닌가요?"

"그럼 지금 당장 소형 엔진과 트랜스미션을 만들어. 일본의 농업을 구하고 싶어 하는 노기 교수님께 협력을 얻기 위해서도, 그리고 이제는 우리의 라이벌이 된 다원에게 이기기 위해서도 지금 당장 소형화가 필요해. 할 수 있겠나, 오쿠사와?"

오쿠사와는 입술만 깨물 뿐 대답을 하지 않았다.

"실은, 소형 엔진과 트랜스미션은 지금까지 대응해본 적이 없어서요. 조금 시간을 주실 필요가 있을 것으로……."

"됐어."

도마는 오른손을 들어서 오쿠사와의 변명을 막았다. "제조부는 이 프로젝트에서 빠지게."

오쿠사와는 휘둥그레진 눈으로 "하지만 사장님" 하고 반론하려 했다.

"자네들에게 맡겨놨다가는 사업을 망치겠어. 세상의 흐름, 경쟁사의 존재, 시장의 수요. 그런 걸 무시하고 쉽게 가려고만 하잖나! 자신들이 세상의 중심이라고 믿는 자들은 신사업을 추진하지 못해. 나는 지금까지 실패를 통해 그 사실을 뼈저리게 배웠지.

같은 전철을 밟는 것만큼 어리석은 짓은 또 없어. 마토바!"

화살 같은 시선이 마토바에게 날아들었다. "외주로 돌려. 다윈과 겨룰 수 있는 기술력을 보유한 회사에 트랙터를 맡기라고. 일단은 시장의 신임을 얻는 게 최우선이야. 오늘 땅바닥에 떨어진 우리의 신용을 되찾는 데 온 힘을 다하게. 알겠나!"

도마는 말없이 머리를 숙인 마토바에게 결의가 담긴 날카로운 눈빛을 휙 던졌다.

9

"어떻게 보셨어요, 사장님?"

지금까지 골똘히 뭔가 생각하고 있던 야마사키가 물었다.

오카야마에서 도쿄로 돌아오는 기차 안이었다. 오카야마역 매점에서 산 캔 맥주를 홀짝홀짝 마시며 쓰쿠다도 멍하니 생각에 잠겨 있던 참이었다.

"어떻게라니, 데이코쿠중공업의 트랙터? 그건 너무하더군."

"그쪽 말고 다윈 말입니다. 어떻게 보셨어요?"

"아, 그거……."

실은 쓰쿠다도 그걸 생각하고 있었다.

눈을 감자 소형의 빨간 차체가 머릿속에 떠올랐다. 엔진 소리와 차체의 움직임이 엔진과 트랜스미션의 상관관계와 연결되며 머릿속에 재생됐다.

"그럭저럭 보통이었달까. 뭐 그 상황에서 정지하거나 코스에서 벗어나지 않은 것만 해도 합격점일지 모르지만."

"저도 생각해봤는데요. 그 트랙터의 자동조향 기능 말이에요. 조향하는 타이밍이 조금 늦어서 덜컹거리는 모습이 이따금 나왔죠."

"그건 나도 느꼈어."

쓰쿠다도 고개를 끄덕였다.

"이렇게 똑바로 달려가다가 논 가장자리에서 왼쪽으로 돌았죠. 거기서……."

야마사키는 양손으로 그 당시의 움직임을 재현했다. "돌기 전에 멈칫하더라고요. 아마도 트랙터 쪽 정보처리 시스템과 통신이 잘 이루어지지 않은 게 아닐까 싶은데요."

"가능성은 있지. 아니면 프로그램에 근본적인 문제가 있든지."

그뿐만이 아니었다. 차체가 출발하고 가속할 때의 움직임, 작업기 제어 등 아마추어가 보기에는 모르겠지만 쓰쿠다는 다양한 문제점을 찾아낼 수 있었다.

"다윈도 아직 완벽함과는 거리가 멀다는 뜻이야."

"데이코쿠중공업보다는 훨씬 낫지만요."

야마사키는 다음으로 데이코쿠중공업의 알파1에 대해 한바탕 평가했다.

신랄했지만 하나같이 적확한 의견이었다.

"큰 회사는 어렵네요."

야마사키가 새삼스레 탄식했다. "일반적인 옳고 그름을 따지기 이전에, 그 회사 입장에서 옳고 그름을 따지는 이중 잣대가 있으니까요."

"그게 만악의 근원인 셈이지."

쓰쿠다는 캔 맥주를 하나 더 땄다. "세상의 상식과 정의라는 당연한 것들이 자신들의 사정 때문에 옆으로 밀려나고 잊혀지지. 대체 뭐가 원인일까."

야마사키는 잠시 생각했지만, 이윽고 포기한 듯 고개를 저었다.

쓰쿠다는 눈을 감았다. 머릿속에 우두커니 선 노기의 모습이 떠올랐다. 눈을 꾹 감은 도마의 옆얼굴. 그 영민한 경영자는 비범한 안목으로 그 장면이 의미하는 바를 적확하게 꿰뚫어보았다.

"서둘러 상담드리고 싶은 일이 있습니다. 찾아봬도 될까요?"

그다음 날 아침, 자이젠이 격식 있는 말투로 연락을 해왔다.

10

오전 10시가 지나 자이젠을 태운 회사 차가 쓰쿠다제작소의 주차장으로 들어왔다.

"어제 오카야마 농업축제에서는 볼썽사나운 모습을 보여드리고 말았습니다."

쓰쿠다가 야마사키와 함께 마중을 나가 사장실에서 마주 앉자 자이젠은 사과부터 했다.

"도마 사장님의 질책이 있은 후에 사장실 쪽 사람이 귀뜸해주었는데요. 실은 제가 처음으로 작성한 신규 사업 기획서가 사람들 모르게 도마 사장님께 전달된 모양입니다."

"자이젠 씨도 모르게요?"

그럴 수가 있을까. 대기업의 내부에는 고개가 갸웃거려지는 일이 특히나 많다.

"누가 그랬을까요?"

야마사키의 물음에 자이젠은 의미심장하게 뜸을 들였다.

"미즈하라 본부장입니다."

그러고는 직속상사에 해당하는 사람의 이름을 꺼냈다.

"미즈하라 본부장이 왜 그런 일을?"

쓰쿠다는 남을 괄시하는 듯한 미즈하라의 얼굴이 생각나 가슴속에 떠오른 의문을 꺼냈다.

"마토바 이사는 제 기획서를 읽고 자기 기획으로 삼았습니다. 하지만 실은 그렇지 않다는 걸 도마 사장님께 알리려고 했는지도 모르죠."

"미즈하라 본부장 나름대로 반격을 하려고?"

"그래 보여도 미즈하라 본부장은 여간내기가 아닌 책략가거든요. 이번에는 그 책략에 도움을 받았습니다."

자이젠은 그렇게 말하고 새삼스레 허리를 쭉 폈다.

"쓰쿠다 씨, 이 자리에서 다시 한 번 부탁드리겠습니다. 데이코쿠중공업에 엔진과 트랜스미션을 공급해주시지 않겠습니까? 거절할 땐 언제고 이제 와 뻔뻔한 소리냐 싶어 화가 나시겠죠. 하지만 지금 이 상황을 타개할 수 있는 건 쓰쿠다제작소 말고는 없습니다. 제발 부탁드립니다."

쓰쿠다에게는 분명 기쁜 제안이었다. 하지만 이것은 동시에 데이코쿠중공업과 다윈 프로젝트의 개발 경쟁에 쓰쿠다제작소도 다시 참전한다는 걸 의미했다.

야마사키가 묻는 듯한 눈으로 쓰쿠다를 쳐다보았다.

망설임이 깃든 눈이었다.

쓰쿠다제작소는 노기 교수의 협력 아래 엔진과 트랜스미션을 제조해 시험 단계에까지 이르렀다. 하지만 엔진은 몰라도, 트랜스미션은 아직 시장에서 성과를 거둔 바가 없다.

정말로 쓰쿠다제작소 혼자서 다이달로스의 저비용과 기어 고스트의 걸출한 트랜스미션에 맞설 수 있을까.

이 이야기는 자이젠이 당초 제안했을 때와는 차원이 다른 수준으로 세상에 널리 공개되었고 주목도 받고 있다. 실패는 용납되지 않는다.

"무슨 말씀인지는 알겠습니다."

쓰쿠다는 대답한 후 입을 굳게 다물고 사장실 창문에 시선을 던졌다. 가을다운 햇빛이 비치는 창문으로 한없이 맑고 푸른 하늘이 보였다.

"대답하기까지 시간을 좀 주시겠습니까?"

"부디 긍정적으로 검토해주시기 바랍니다. 잘 부탁드립니다."

쓰쿠다의 답변에 자이젠은 공손하게 머리를 숙이고 돌아갔다.

"사장님, 받아들이실 겁니까?"

데이코쿠중공업의 회사 차가 쓰쿠다제작소 앞 언덕길에서 보이지 않기를 기다렸다가 야마사키가 물었다.

"엔진은 괜찮을 것 같은데요. 하지만 우리 품질 수준으로 보면 트랜스미션은 아직……."

"무슨 말을 하고 싶은지는 알아."

가루베를 비롯한 트랜스미션 개발팀의 노력에는 경의를 표한다. 하지만 그저 노력한다고 전부 해결할 수 있을 만큼 만만한 일이 아니다. 노기의 실험농장에서 시험 주행하는 시제품과 온갖 조건 아래 혹사될 실제 제품 사이에는 현격한 차이가 있기 때문이다.

쓰쿠다 생각에 노력과 운만으로는 그 차이를 메우기가 어려울 것 같았다. 경험이 필요하다. 쓰쿠다제작소의 현재 실력으로 경쟁사와의 차이를 메우기 위해서는 아직 몇 년의 시간이 더 필요하리라. 하지만 그래서는 늦는다.

"잠깐 생각 좀 해보고 결론을 내릴게."

그날 저녁, 쓰쿠다는 예정에 없는 외출을 했다.

11

시마즈 유가 사는 맨션은 지유가오카에서 가까운 주택가에 있었다. 근처 오오카야마역에서 걸어서 5분쯤 걸리는 곳에 위치한 저층 맨션의 3층이다.

"느닷없이 찾아와서 미안해."

"아니요. 대접해드릴 만한 건 없지만 들어오시죠."

시마즈는 예전과 다름없이 환히 웃으며 쓰쿠다를 맞아들여 거실의 소파를 권했다. 젊은 기술자들과 사이좋게 지낸 터라 시마즈는 가끔 쓰쿠다제작소에 들르곤 했다. 그 덕분에 쓰쿠다와도 예전보다 친해졌다.

"많이 어질러놨죠? 죄송해요. 제가 정리를 잘 못 하는 성격이라서요."

"어쩐지 시마 씨답네."

여자 혼자 사는 집이라는 느낌은 그다지 들지 않았다. 바닥과 의자에 아무렇게나 쌓아둔 전문서적과 거실에서 보이는 옆방 책상에 펼쳐둔 서류가 눈에 들어왔다.

현장에서 떠난 후에도 최신 엔지니어링과 이상적인 트랜스미션이 시마즈의 머릿속을 가득 채우고 있는 것이다.

"대학교 강사 일은 어때?"

"뭐, 그냥 그래요."

시마즈는 웃음을 지었지만, 그 웃음에는 충족되지 않는 현재 상태에 대한 불만도 배어 있는 것처럼 보였다. 시마즈라면 지금은 아르바이트라도 조만간 자신에게 걸맞은 지위를 획득하겠지만, 아직 그럴 기회가 찾아오지 않은 모양이다.

—역시 현장은 즐거워.

예전에 쓰쿠다제작소를 방문했을 때 시마즈가 한 말이 지금도 쓰쿠다의 가슴속에 진하게 남아 있다.

인상적인 말이었다. 시마즈 유라는 사람의 인생을 나타내는 말이기도 했다.

"시마 씨, 우리랑 함께 일하지 않겠어?"

쓰쿠다는 이날 시마즈를 찾아온 목적을 말했다. "실은 다시 그 부탁을 하려고 온 거야. 우리에게는 시마 씨가 필요해. 트랜스미션 개발팀을 이끌어줘."

빙 둘러서 말하지 못하는 성격인 데다, 귀가 솔깃할 만한 말도 떠오르지 않아서 쓰쿠다는 단도직입적으로 부탁했다.

"다시 한 번 생각해줄 수 없을까?"

"글쎄요……."

시마즈는 당혹스러운 표정을 지었다. 어떻게 거절할지 고민하는 것처럼 보이기도 했다.

그럴 만도 하다 싶어 쓰쿠다는 갑자기 자신감이 없어졌다. 시마즈 정도의 실력이라면 쓰쿠다제작소 같은 중소기업이 아니라 좀 더 큰 무대를 노릴 것이다.

쓰쿠다가 자기 분수도 모르고 이런 부탁을 하러 온 걸 부끄러워하고 있자니 시마즈가 물었다.

"지금 트랜스미션은 어떤 상황인가요? 요전에 놀러갔을 때 슬쩍 보여주신 건 제법 나쁘지 않았는데요."

"많이 좋아지기는 했는데, 실은 오늘 데이코쿠중공업에서 신규 사업에 참가해달라고 요청을 해왔어."

무인 농업로봇에 관련된 사안을 시마즈는 진지하게 경청했다.

"그거, 이타미가 다른 사람들과 함께 진행 중인 다윈 프로젝트의……."

"맞아, 대항마야."

오카야마 농업축제에서 데이코쿠중공업이 참패한 걸 어떻게 설명할지 쓰쿠다는 망설였다. 아니, 쓰쿠다가 설명할 것도 없이 시마즈는 이미 알고 있으리라. 어제 정보 방송과 뉴스에서 영상을 계속해서 내보냈으니까. 다윈의 위풍당당한 모습과 용수로에 빠져서 뒤집어진 데이코쿠중공업의 트랙터. 변두리 동네 연합의 승리는 갈채와 함께 각인되었고, 데이코쿠중공업의 신용과 명성은 이미 땅에 떨어진 것이나 마찬가지였다.

그런 데이코쿠중공업의 무인 농업로봇 사업에 협력하는 걸 시마즈가 어떻게 판단할지 쓰쿠다는 상상할 수 없었다.

승산이 없다고 단박에 거절할까, 어느 정도는 검토할 가치가 있다고 볼까. 그런데—.

"아, 그 이벤트. 저도 보러 갔었어요."

오카야마 농업축제 이야기를 꺼냈을 때 시마즈의 입에서 예상 외의 말이 튀어나왔다.

"실은 거기서 데이코쿠중공업 대 다윈의 주행 시연이 있었는데."

"용수로에 빠졌죠."

시마즈는 당시의 어수선했던 상황을 되새기는 듯한 투로 말했다. "마침 제 바로 눈앞에서 뒤집어졌어요."

"시마 씨, 그 행사는 어쩐 일로?"

쓰쿠다가 놀라서 물었다.

"이타미가 와서 봐달라며 초대권을 보내줬거든요. 기차표와 함께요. 다윈에 사용된 트랜스미션에 저도 관여했다는 이유였죠."

"이타미 씨가……."

예상치 못한 이야기에 쓰쿠다는 할 말을 잃었다.

기어 고스트와는 이제 관계가 끊어졌다고 믿었다. 하지만 아니었던 것이다.

"혹시 기어 고스트가 같이 일하자고 제안했어?"

시마즈는 말을 얼버무렸지만, 아무래도 정곡을 찌른 모양이다. 쓰쿠다는 의기소침해졌다.

기어 고스트와 쓰쿠다제작소의 트랜스미션을 비교하자면 아직 하늘과 땅 차이다.

"그 제안을 받아들일 건가?"

쓰쿠다가 씁쓸한 기분으로 물었다.

"설마요!"

시마즈는 의외의 한마디를 내놓았다. "기어 고스트에 돌아갈 마음은 전혀 없어요. 저는 사람들의 기쁨을 위해 트랜스미션을 만들고 싶어요. 데이코쿠중공업의 마토바 이사에게 복수한다느니 그런 목적을 위해 일할 생각은 없어요."

"그렇다면 우리 트랜스미션 개발팀을 이끌어줄 수 없을까? 이건 나 혼자만의 의견이 아니야. 야마사키, 가루베, 다치바나, 아키, 모두가 시마 씨를 기다린다고. 부탁할게, 우리에게 와줘."

그렇게 말하며 쓰쿠다는 머리를 깊이 숙였다.

"감사합니다."

쓰쿠다가 천천히 고개를 들자 시마즈는 당혹감이 담긴 웃음을 지었다. "그 마음, 기쁘네요. 저도 여러분과 함께 일하고 싶어요.

현장에 나가고 싶어요."

"그럼 같이 일하자!"

쓰쿠다는 확 밝아진 표정으로 재차 청했다.

"조금만 시간을 주시겠어요?"

시마즈가 말했다. "이삼일이면 돼요. 마음이 정리될 때까지요. 꼭 연락드릴게요."

"알았어. 기다릴게. 아, 그리고 이거. 아키가 꼭 가지고 가라더라고."

생초콜릿 상자를 보고 시마즈는 약간 수줍게 목소리를 높였다.

"와아, 역시 아키 씨는 내 마음을 잘 안다니까. 고맙다고 전해주세요."

할 수 있는 일은 다 했다.

시마즈가 어떤 결단을 내릴지는 모른다. 쓰쿠다에게 남은 일은 그저 기다리는 것뿐이었다.

쓰쿠다를 현관에서 배웅하고 거실로 돌아온 시마즈는 깊은 한숨을 내쉬었다.

다시 끓인 커피를 들고 작업실 책상 앞에 앉아 컴퓨터를 켜고 음악 프로그램에서 곡을 선택했다. 〈세헤라자데〉의 무거운 1악장이 흘러나오자 책상 위에 놓아둔 봉투 하나를 집어 들었다.

내용물은 요전번에 2차 면접을 본 대학에서 보낸 최종 면접 통지서였다.

"타이밍이 안 좋네."

홀로 한숨을 쉰 시마즈는 통지서를 봉투에 살짝 집어넣고 책상 앞에 앉은 채 눈을 감고 장엄한 교향곡에 잠시 귀를 기울였다.

12

회의실에는 흥분과 열광이 은밀하게 소용돌이치고 있었다. 그리고 그와 맞먹는 수준의 냉정함과 불안감도.

데이코쿠중공업에서 받은 제안을 어떻게 할 것인가. 영업부와 기술개발부 전원이 쓰쿠다의 이야기에 귀를 기울이고 있었다.

"중심은 어디까지나 농업이야."

쓰쿠다가 말했다. "다윈과의 대결에 눈길이 가기 십상이지만, 그들에게 이기는 게 목적이 아니지. 우리 농업은 고령화와 이농의 증가로 이대로 가다가는 언젠가 맥이 끊길 위기에 처해 있어. 무인 농업로봇은 농업에 종사하는 수많은 사람에게 용기와 힘을 북돋아줄 거야. 농업의 미래를 새로이 개척하기 위해 온 힘을 다해 이 사업에 참가하고 싶어."

제조에 필요한 것은 기술이나 효율만이 아니다.

그 이상으로 중요한 것은 의의다.

무엇을 위해 만드는가. 그 취지에 동감해 대상에 열정을 퍼붓지 못하면 성취를 이루지 못한다. 그리고 제조는 사회에 공헌해야 한다는 것이 쓰쿠다의 지론이었다.

왜냐하면 쓰쿠다제작소 입장에서 제조는 장사라는 측면을 벗어날 수 없기 때문이다. 장사인 이상 그걸 필요로 하는 고객이 있어야 성립한다. 그것이 제조라는 것의 어려운 점이다. 만들고 싶은 걸 자유로이 만들어서 장사가 성립된다면, 그건 단순한 우연에 지나지 않는다.

"처음에는 뒤통수를 맞았지만 우리의 가치가 재인식된 셈이로군요."

영업부의 에바라가 기쁨에 상기된 얼굴로 말했다. "장차 반드시 좋은 수익원이 될 겁니다."

"그 이전에 사업으로서 밀고나갈 가치가 있다고 생각해요."

그렇게 말한 것은 아키였다. "우리 엔진과 트랜스미션이 곤경에 처한 농가에 힘이 될 수 있다니 멋지잖아요."

"드디어 기어 고스트와도 결판을 낼 수 있겠고 말이죠."

가루베가 두고 보자는 듯이 말했다.

"하지만 질 가능성도 있을 텐데. 우리의 트랜스미션이 기어 고스트 것보다 뛰어나다고 진심으로 말할 수 있겠나."

가라키다의 냉정한 한마디에 가루베는 관자놀이를 실룩거렸지만 반론은 하지 않았다.

"요전에 오카야마 농업축제에서 다윈이 시연하는 모습은 봤지만, 그렇게 대단하지도 않던걸요. 우리도 홋카이도농업대학의 실험농장에서는 성공했잖습니까. 충분히 맞붙을 수 있다고요."

영업부의 젊은 직원 무라키가 말했다.

"하지만 트랜스미션 분야에서 사업 실적이 없는 건 솔직히 불안 요소입니다."

고지식한 다치바나가 말한 의견은 결코 쓸데없는 걱정이 아니었다. "어쨌거나 기어 고스트는 참신한 트랜스미션을 만들어서 아이치모터스에 채택된 실적이 있어요. 그 경험만큼은 우리가 넘을 수 없는 벽입니다."

"반대로 말하자면 자이젠 부장은 용케도 트랜스미션을 같이 발주해줬군요."

쓰노가 그런 의견을 내놓았다. "다른 회사에 발주를 했어도 이상할 것 없었습니다. 그러니 그 기대에 부응해야 마땅하지 않겠습니까?"

"자신이 없으면 엔진만 수주하고 트랜스미션은 거절하는 방법도 있잖아."

가라키다가 말했다. "데이코쿠중공업 제조부의 사례를 봐. 제대로 못 만들었다가는 신규 사업의 발목을 잡는 셈이야. 덧붙여 우리의 신용도 땅에 떨어질 테고. 그런 위험 부담을 짊어질 각오가 돼 있나? 어때, 가루베 씨."

평소 냉소적인 가루베의 표정이 험악해졌다. 하지만 부아가 치민다는 듯 혀를 찼을 뿐 대답은 없었다.

"자이젠 부장이 우리 기술력을 높이 사준다는 건 압니다. 그렇다고 해서 일을 섣불리 떠맡으면 안 됩니다. 거절할 거면 지금이에요."

가라키다의 일리 있는 지적에 반론의 말은 좀처럼 나오지 않았다.

"확실히 우리는 트랜스미션을 제품화한 실적이 없어. 그건 사실이야."

쓰쿠다는 인정하고 말을 이었다. "그래서 기어 고스트에 뒤지지 않을 만한 물건을 만들 수 있는 트랜스미션 전문가에게 도움을 받으려고 해."

"조력자요? 트랜스미션 제조사를 퇴직한 사람을 고문으로 모시려고요?"

가라키다가 생각에 잠긴 얼굴로 말했다.

"아니, 고문직이 아니야. 정직원으로 받아들일 거야."

"그렇게 마침맞은 인재가 있을까요?"

중견 엔지니어 우에시마 도모유키가 말했다. "무엇보다 다윈의 트랜스미션은 시마즈 씨의 설계를 토대로 한 겁니다. 시마즈 씨를 뛰어넘을 사람이 어디에 있다는 말씀입니까? 그 사람은 천재라고요."

"그건 나도 동감이야."

쓰쿠다의 대답에 소리 없는 한숨이 흘러나왔다. 낙담과 비슷한 분위기가 감도는 가운데—.

"시마즈 유를 뛰어넘을 사람은 시마즈 유뿐이겠지."

쓰쿠다는 말했다. "그렇다면 시마즈 유에게 부탁하는 수밖에."

침묵이 찾아왔다. 그야 그렇지, 하고 어디선가 작은 목소리가 들렸다.

그런 가운데 다치바나와 아키가 터무니없는 일을 기대하는 눈으로 쓰쿠다를 쳐다보았다.

"정말입니까……? 꿈은 아니겠죠?"

가루베도 고개를 들고 얼떨떨해하며 팔짱을 풀었다. 그 기척은 작은 파동이 번져나가는 것처럼 순식간에 회의실을 감쌌다.

설마.

눈이 휘둥그레진 사람들 앞에서 쓰쿠다가 회의실 밖을 향해 불렀다.

"오래 기다리셨습니다. 들어오세요."

문이 열리고 그 사람이 회의실로 들어왔다. 아주 잠깐 적막이 흐른 후 큰 환호성과 박수가 터져나왔다.

들어온 사람은 시마즈 유였다.

제일 놀란 사람은 시마즈 유 본인일지도 모른다.

시마즈가 엉겁결에 눈을 동그랗게 뜨고 멈춰 서자 쓰쿠다는 천천히 오른손을 내밀었다.

"쓰쿠다제작소에 온 걸 환영해."

5장

재앙과 복의 소용돌이

1

하늘은 보이지 않았다. 하늘을 가득 메우고 빠르게 흘러가는 먹구름이 해를 가려 빛을 빼앗았다. 막 오후 2시가 지났을 무렵인데도 논은 흐릿한 어둠의 바닥에 가라앉아 있었다.

습기를 머금은 묵직한 바람이 미지근한 한숨처럼 도노무라의 목덜미를 어루만진 후, 수확을 앞둔 벼이삭을 흔들고 지나갔다.

트랙터에서 내려 농로에 선 도노무라는 이따금 불어오는 텁텁한 바람에 날아가지 않도록 밀짚모자를 오른손으로 누른 채 하늘을 올려다보았다.

트랙터에 매단 휴대용 라디오에서 흘러나오는 만담은 바람 소리에 지워져 들리지 않았다. 방금 전에 들은 일기예보에 따르면 서쪽 지역에 호우를 퍼부은 저기압이 그 세력을 차츰차츰 간토 지방으로 뻗기 시작했다고 한다.

그때 진지한 표정으로 하늘을 올려다보던 도노무라의 뺨에 빗방울이 뚝 떨어졌다.

그게 신호인 것처럼 바람이 한바탕 휘몰아치더니, 옆에 있는 창고의 함석지붕에 비가 요란스레 떨어지는 소리가 나기 시작했다.

도노무라는 트랙터로 달려가 시동을 걸었다.

운전석에는 작은 지붕이 달려 있지만, 비스듬히 흩뿌리는 비가 대번에 어깨를 적셨고, 곧 장화 속까지 차가운 물로 축축해졌다. 100미터쯤 앞에 있는 집의 지붕이 부옇게 흐려 보일 정도로 거센 비였다.

흠뻑 젖은 도노무라가 집의 창고에 트랙터를 넣었을 때 아버지 마사히로가 집에서 바쁘게 나오는 모습이 눈에 들어왔다. 우산도 쓰지 않고 매서운 표정으로 하늘을 잠시 바라보더니 도노무라에게 고개를 돌리며 말했다.

"배를 내려야겠다."

"설마 비가 그렇게나 내리려고요."

반신반의하는 도노무라는 아랑곳없이 마사히로는 사다리를 타고 올라가 천장에 비끄러매둔 나무배의 로프를 풀기 시작했다.

기누강 유역에 펼쳐진 이 부근은 하천의 범람으로 고통받아온 역사가 있다.

성난 귀신을 뜻하는 그 이름처럼 날뛰며 맹위를 떨친 강은 이따금 농민들의 피맺힌 노력을 비웃기라도 하듯 밭을 수몰시키고, 집을 떠내려 보내며, 논에 토사를 실어 왔다.

그런 까닭에 이 근방의 오래된 농가는 물에 잠기지 않도록 곳간을 높은 지대에 짓는 한편, 배 목수가 만든 배를 헛방이나 창고의 천장에 비끄러매놓고 만에 하나의 사태에 대비한다. 자연과 투쟁하며 쌀농사를 지어온 농민들이 삶 속에서 얻은 지혜였다.

둘이서 신중하게 배를 내려서 일단 콘크리트 바닥에 놓았다. 항구에 정박시키듯 배를 기둥에 붙들어 맨 아버지는 방재 물품을 가져와서 배에 넣고, 장대비가 때리는 창고 처마 밑에서 다시 시커먼 하늘을 올려다보았다.

"전에 사용한 적이 있다고 하셨죠?"

도노무라는 발치에 놓인 배를 보고 아버지에게 물었다.

"내가 어릴 적에 한 번 있었지. 물은 무서워."

70년 전의 이야기다. 어떤 천재지변이 이 땅을 덮쳤을까. 그 당시의 일을 떠올리는 듯 아버지는 이맛살을 찌푸린 채 험악한 표정을 지었다.

"수많은 사람이 죽었어. 나랑 친했던 친구도 죽었지. 집도 수없이 떠내려갔고, 소리가 엄청났어. 순식간에 송두리째 쓸어가 버린다니까."

"우리 집도 피해를 입었나요?"

도노무라도 어릴 적부터 몇 번이나 들은 이야기였다.

"그럼. 논이고 밭이고 다 작살이 나서 막막한 한 해였지. 까딱 잘못했으면 집도 싹 다 잃을 뻔했어."

아버지는 비에 젖는 것도 개의치 않고 처마 밑에서 나와서 굵은 비를 얼굴에 맞으며 하늘을 노려보았다.

"오랫동안 별일 없었다고 해서 이번에도 괜찮을 거라고 여기다간 큰코다쳐. 언제든지 대비해야 해, 나오히로. 고작 배 한 척이지만 이걸로 가족의 목숨을 구할 수 있으니까."

"네, 알았어요."

아버지의 이상하리만치 강한 경계심에 도노무라는 온몸이 부들부들 떨리는 걸 느꼈다.

농사는 인간이 자연의 섭리를 이용해서 벌이는 작은 활동에 지나지 않는다. 자연은 농사에 은혜를 베풀어주는 한편으로, 가끔은 인정사정없이 송곳니를 드러낸다. 그 힘 앞에 인간은 너무나도 무력하다. 인간의 무력함을 아는 것은 살아남기 위해 꼭 필요한 지혜다.

"그때 날씨가 꼭 이랬어."

하늘은 미친 듯이 꾸물거렸다.

바람이 한층 강해진 것 같았다. 빗발은 간헐적으로 강해졌다 약해졌다를 되풀이했지만 그칠 낌새는 없었다. 이래서야 내일 작업은 무리다.

아버지는 창고를 둘러보고 비교적 비싼 기계류를 끌어내더니 창고에서 부지 내에 있는 곳간으로 옮겼다. 도노무라도 아버지를 도와 곳간에 들어갈 수 있는 건 모조리 넣었다.

트랙터와 이앙기, 콤바인은 창고 안에 놔두는 대신 안쪽에 쌓아둔 흙 부대를 가져와서 입구에 쌓았다. 골판지 상자와 사료, 기재는 창고의 선반에 올렸다. 집이 떠내려갈 정도의 탁류가 밀려오면 어림도 없겠지만, 바닥이 침수되는 정도라면 피해를 최소한으로 막을 수 있을 것이다.

이제 남은 일은 하늘에 맡기는 수밖에 없다.

2

작업에 몰두하던 다치바나가 문득 창문을 본 순간, 의식의 어딘가에서 들리던 소리가 현실로 바뀌어 시야에 들어왔다.

"비가 엄청 오네."

아키가 창가까지 보러 가서 "길이 무슨 강 같아요" 하자 가까이에 있던 가루베도 일어서서 내려다보았다.

"하늘에 구멍이라도 뚫렸나."

가루베가 혀를 내두르며 말했다.

다치바나도 내다보자 거세게 퍼붓는 비가 가미이케다이의 주택가 지붕에 물보라를 무수하게 일으키고, 도로에는 작은 물줄기가 빠르게 흐르고 있었다.

이미 이틀이나 비가 계속 내려 각지에서 침수 등의 피해가 일어나고 있었다.

"저기압의 이동 속도가 느리다는 모양이에요."

아키가 불안한 듯 하늘을 보았다. "집에 갈 때 전철 괜찮으려나."

그런 와중에 시마즈는 자기 자리의 컴퓨터 앞에 앉아 주변의 대화는 전혀 귀에 들어오지 않는 것처럼 집중하고 있었다. 감탄을 자아낼 정도의 집중력이었다. 점심도 거르고 몰두하는가 싶더니, 갑자기 역 앞 슈퍼에서 도시락과 과자를 사와서 생각에 골몰한 채 먹었다.

임원 대우 정직원으로 쓰쿠다제작소에 입사한 시마즈에게는 트랜스미션 개발팀을 이끄는 책임자 역할이 주어졌다.

이의를 제기하는 사람은 없었다. 성과와 실력을 누구나 인정했기 때문이다.

그런 시마즈가 쓰쿠다제작소에 와서 제일 기뻐한 건 제조 현장이 있다는 점이었다. 일찍이 시마즈가 일했던 기어 고스트는 기획 설계에 특화돼 모든 제조를 아웃소싱, 즉 외주로 돌렸다. 경쟁입찰로 선정한 외주 업체에 설계 데이터를 넘겨 필요한 부품을 제작하게 하는 방식이다. 조립도 외주였다.

그것이 적은 인원으로 트랜스미션을 만들기 위한 뛰어난 비즈니스 모델임은 틀림없다.

그러나 시마즈가 거기에 만족했느냐 하면, 그렇지는 않았다. 스스로 제조에 관여해 세부까지 확인하는 것이야말로 시마즈가 오랜 세월 바라온 이상적인 제조 방식이었기 때문이다.

그리고 지금 시마즈는 그 이상을 손에 넣은 것이다.

"가루베 씨. 이 부분의 설계, 변경할 수 없을까?"

시마즈의 말에 어디 보자는 듯이 가루베가 들여다보았다. 거기에 다치바나와 아키 등도 가담해 시마즈의 의견을 듣고 토론하며 설계를 재검토했다.

시마즈가 오고 나서 한 달여 만에 개선해야 한다고 지적을 받은 곳이 100군데가 넘었다. 자잘한 것부터 구조의 근간에 관련된 것까지 다양했다. 그 덕분에 쓰쿠다제작소가 개발 중인 트랜스미션의 성능과 신뢰성은 단숨에 향상됐고, 아직도 향상되는 중이다.

"다윈 프로젝트가 또 움직이기 시작했어."

비가 억수같이 퍼붓는 가운데 영업을 나갔던 에바라가 바지 자락을 축축히 적신 채 나타났다.

"뭐야, 또 방송에라도 등장했나?"

가루베가 물었다. 다윈은 프로젝트 발표 이후 텔레비전과 신문, 잡지 등 온갖 대중매체에 거론되고 있었다. 마케팅 전략에서 데이코쿠중공업 측이 압도적으로 뒤처진 상황이었다.

"전국의 농가를 대상으로 다윈의 모니터를 모집하는 중이래. 합쳐서 서른 대. 지금부터 제조해서 내년부터 모니터링 기간에 들어간다는 모양이야."

"이러다 트랙터 출시까지 뒤처지면 큰일인데요. 우리도 빨리 따라잡아야 해요."

다치바나가 초조함을 드러냈다.

"어디까지나 모니터링이니까 우리도 할 수 있지 않을까?"

팀의 일원인 우에시마가 말했다.

"아직 일러."

지금까지 등진 채 듣고 있던 시마즈가 의자를 빙글 돌리고 말했다.

"하지만 이대로는……."

"아직 테스트도 충분히 못 했는데 농가 사람들한테 트랙터를 사용하게 한다고?"

우에시마가 반론에 나섰다가 시마즈의 날카로운 한마디에 말을 삼켰다. 지금 시마즈의 얼굴에 맺혀 있는 것은 평소의 수더분한 표정이 아니라 타협을 용납하지 않는 기술자의 표정이었다.

"이 트랜스미션에 결정적으로 부족한 건 테스트 주행의 절대적 시간이야. 실제 농토는 홋카이도농업대학의 실험농장과는 달라. 일단은 진짜 논에서 철저하게 굴려서 개선점을 모조리 찾아내야 해. 모니터링을 하는 건 그 후야. 어중간한 걸 내보냈다가는 끝이라고."

반론은 용납지 않겠다는 듯 시마즈가 서슬 퍼렇게 말했다.

"뭐, 시마 씨 말이 옳아. 허둥대봤자 잃는 건 있어도 얻는 건 없으니까."

가루베가 말했을 때 쓰쿠다가 계단을 뛰어올라와 기술개발부에 나타났다.

"이봐, 다들! 호우경보가 내려졌어. 오늘 야근은 중지야. 전철이 끊기기 전에 얼른 집에들 가."

오후 5시가 조금 넘은 시간이었다. 쓰쿠다의 말에 여기저기서 한숨이 새어 나왔고, 몇 명이 원망스럽다는 듯 창밖을 바라보았다.

하늘은 비구름에 뒤덮여 시커멨다. 벌써부터 켜진 가로등 불빛에 길게 늘어지는 빗발이 은색으로 빛났고, 한층 강해진 빗소리가 들려왔다.

3

다음 날 아침.

쓰쿠다가 평소처럼 식당으로 내려가자 어머니와 리나가 걱정스럽게 텔레비전을 보고 있었다.

"얘야, 좀 보렴. 야단났구나. 도노무라 씨는 괜찮으려나."

"도노가 왜요?"

"기누강이 범람했대. 이거 도치기현의 영상이라는데."

텔레비전 화면 속에서 탁한 갈색 물이 미친 듯이 날뛰고 있었다. 무너진 제방을 넘어 흘러든 물이 나무와 집을 쓰러뜨리고, 강유역에 펼쳐진 논 지대에 밀어닥쳤다고 한다.

"이거 심각한데."

바로 도노무라에게 전화를 걸었지만 연결되지 않았다.

쓰쿠다가 재빨리 아침을 먹고 회사로 가자, 출근한 직원들이 뉴스가 나오는 텔레비전 앞에 모여 있었다.

"사장님, 알아봤는데 이 영상에 나오는 곳이 도노무라 씨 집 근처인 모양입니다. 연락해봤지만 집 전화도 휴대전화도 받질 않습니다."

쓰노가 걱정스러운 듯 텔레비전과 쓰쿠다를 번갈아 보았다.

헬리콥터에서 촬영한 영상이었다. 탁류에 삼켜져 구르듯이 떠내려가는 집과 옆으로 자빠진 채 나무에 걸려 있는 자동차가 비쳤다. 원래 같으면 논이 한가로이 펼쳐지고 집들이 드문드문 서 있어야 할 곳이다.

"괜찮을까요, 도노무라 씨."

에바라가 걱정스럽게 말하고 "구호물자가 필요하지 않을까요?"하며 쓰쿠다의 지시를 바랐다.

"지금은 무리일 테고, 우리 같은 사람이 가봤자 도리어 구호 작업에 방해만 될 겁니다."

가라키다의 의견에 쓰쿠다는 고개를 끄덕인 후 입술을 깨물었다.

"아직도 비가 안 그쳤나?"

"오전 내내 내릴 거라고 아까 방송에서 그러더군요."

에바라의 대답에 쓰쿠다는 탄식했다.

무사해야 해, 도노.

쓰쿠다는 텔레비전 영상에 시선을 고정한 채 기원했다.

4

기누강이 범람 위험 수위에 도달했다는 소식이 들어온 것은 선날 밤 9시 무렵이었다.

도노무라가 사는 지역에도 대피 지시가 떨어졌다. 도노무라는 늙은 부모님을 모시고 대피 장소로 지정된 고지대의 초등학교로 향했다.

남겨두고 온 집과 논을 위해 도노무라가 할 수 있는 일은 더 이상 없었다. 부모님과 함께 있으면서 돌봐드릴 수 있는 것이 그나마 다행이었다.

이대로 무사히 지나가면 좋으련만.

날짜가 바뀐 지 얼마 지나지 않아 도노무라의 바람을 허무하게 박살내는 정보가 들어왔다. 경계 중이던 지역 소방단이 기누강의 제방이 무너졌다는 소식을 알린 것이다.

"얘야, 어디 가니."

도노무라가 벌떡 일어서자 심상치 않은 낌새를 느꼈는지 잠에서 깬 아버지가 불렀다. "가지 마라. 여기 있어. 가지 마."

"비가 얼마나 내리는지만 좀 보고 올게요."

도노무라가 입구에 있던 비닐우산을 쓰고 체육관을 나서자 땅울림 같은 소리가 들렸다. 살면서 처음 들어보는 소리였다. 마치 대지가 움직이듯 으스스한 진동을 동반했다.

도노무라는 세찬 비를 맞으며 저지대가 내려다보이는 운동장 끝까지 걸어갔다. 차가운 비가 비스듬히 흩날려서 우산을 써도 소용없었다. 대번에 온몸이 흠뻑 젖었다.

운동장 끝에 서자 빨려들 것처럼 칠흑 같은 어둠이 눈앞에 펼쳐졌다. 평소 같으면 점점이 켜져 있을 집들의 불빛은 어디에도 찾아볼 수 없었고, 야수의 무리가 계곡 바닥에서 포효하며 질주하는 듯한 소리와 진동이 고지대에 서 있는 도노무라의 발치까지 기어올라왔다.

그것이 집들을 집어삼킨 탁류 소리라는 것을 알아차렸을 때 도노무라가 느낀 것은 공포였다.

지금 이 암흑 속에서 파괴돼 떠내려가고 있는 것들이 얼마나 소중한 것들인지 도노무라는 잘 안다. 오랫동안 가꾸고 쌓아온 것들이 지금 이 순간, 짓밟히고 수탈당하고 있었다.

어찌할 방도도 없이.

과연 이 밤이 지났을 때, 눈 아래에 얼마나 무참한 광경이 펼쳐질까. 올 한 해 동안 공들여 키운 도노무라 집안의 벼들은 얼마나 비참한 꼴을 당했을까.

빗속에 선 도노무라는 솟구치는 울음을 주체할 수가 없었다.

"나오히로."

뒤에서 목소리가 들려 도노무라는 정신을 차렸다.

아버지가 비에 젖는 것도 아랑곳없이 도노무라 옆에 서서 눈 아래 암흑을 내려다보았다.

300년 간, 도노무라의 집이 농사를 지어온 비옥한 땅이 있던 곳에 시선을 모았다.

"어쩔 수 없지."

아버지는 스스로를 타이르듯이 말했다. "어쩔 수 없어. 자연을 상대하는 이상 이런 일도 있는 법이야. 그게 농사꾼의 삶이지."

확실히 그러하리라.

하지만 그래서 뭐 어쩌라는 말인가.

비극을 운명으로 받아들이기는 쉽다. 그러나 그게 운명이라면, 극복하려 하는 것이 인간 아닐까.

"제기랄!"

도노무라가 내뱉은 절규는 순식간에 어둠에 녹아 탁류 소리에 삼켜졌다.

다음 날 아침, 도노무라의 눈에 들어온 것은 온 천지에 가득한 물이었다.

아직 비가 줄기차게 쏟아지는 가운데, 체육관으로 대피한 사람들이 운동장으로 나와서 그 광경을 보고 할 말을 잃었다. 다들 눈물을 흘리며 그저 우두커니 서 있었다.

그날 오후에야 드디어 빗발이 약해져서 집 근처까지 돌아갈 수 있었다.

침수된 도로의 일부가 복구돼 차로 갈 수 있는 곳까지는 갔지만, 그 후로는 걸어야 했다. 20분 가까이 걸었을까.

멀리 보이는 집의 지붕을 보고 그래도 건물은 무사했구나 싶어 안도한 것도 잠깐, 다가갈수록 도노무라는 할 말을 잃고 결국에는 양쪽에 펼쳐진 참담한 광경에 절망해 어느덧 눈물을 줄줄 흘렸다.

시야에 들어오는 논은 모조리 수몰돼 벼 이삭이 물 아래에 잠겼다. 어디선가 떠내려온 나무는 벼를 짓뭉갰고 부러진 나뭇가지가 수면 위로 튀어나와 있었다.

도노무라는 무릎에 힘이 빠져 아직 물이 남아 있는 도로에 주저앉았다. 일어설 기력도 없었다. 어깨를 축 늘어뜨린 도노무라는 그 자리에 홀로 웅크려 앉아 그저 펑펑 울었다.

5

오늘 아침에야 간신히 도노무라와 연락이 됐다.

"사장님, 가실 겁니까?"

"논이 물에 잠겼대. 일단 다녀올게."

물과 식료품 등의 구호물자는 어제 직원들이 다섯 상자 정도의 분량을 준비해놓았다. 도노무라뿐만 아니라, 집에 돌아가지 못하는 이재민이 있다는 정보를 듣고 조금이라도 도움이 되고자 마련한 물자였다.

"저도 같이 가겠습니다."

야마사키가 말을 꺼내자 "아냐, 야마는 여기 있어. 회사를 부탁해" 하고 쓰쿠다는 만류했다. 대신에 에바라를 비롯한 젊은 영업부 직원들을 데려갔다.

정오 무렵 쓰쿠다 일행은 회사 차인 밴에 타고 도호쿠자동차도로에 진입했다.

도노무라의 집 몇 킬로미터 앞에서부터 통행금지라 도로 옆 공터에 주차한 후, 구호물자를 담은 배낭을 메고 걸어갔다.

다가갈수록 점차 드러난 참상은 텔레비전으로 본 것과는 비교가 되지 않았다. 떠내려온 물건들이 사방에 어지러이 흩어져 있었고, 엉뚱한 곳에 차나 집의 일부로 추정되는 것이 놓여 있었다.

약 한 시간쯤 걸어서 도노무라의 집에 도착하자 역사가 느껴지는 토담이 무릎 높이까지 갈색으로 변색되어 있었다. 물에 잠긴 흔적이다.

비가 그치자 두꺼운 구름 사이로 드디어 푸른 하늘이 보이기 시작했다.

쓰쿠다가 부지로 들어가자 진흙에 묻힌 정원과 셔터를 올린 창고 속에서 오로지 삽만을 움직이고 있는 남자의 모습이 보였다.

"도노!"

도노무라가 천천히 삽을 내리고 이쪽으로 공허한 눈빛을 던졌다.

"아, 사장님. 아아, 다들……. 일부러 여기까지 와주시다니."

"암, 와야지."

쓰쿠다는 큰 소리로 말했다. "다치지는 않았어, 도노? 괜찮아?"

쓰쿠다가 달려가자 "저는 무사합니다" 하고 도노무라는 진흙 투성이가 된 작업복 차림으로 양손을 펼쳤다. "다만 보시다시피 이 꼴이라."

"부모님은?"

"정전된 게 아직 복구되지 않아서 대피소에 계세요. 그쪽이 안전하니까요."

도노무라의 얼굴에는 짙은 피로의 빛이 역력했다. 분명 잠을 거의 자지 못한 것이리라.

"도노무라 부장님, 도와드릴게요. 좀 쉬세요."

에바라는 그렇게 말하고 사양하는 도노에게서 삽을 빼앗았다. 그리고 다른 직원들과 분담하여 창고와 집 현관까지 밀려든 진흙을 쳐내기 시작했다.

"물과 식료품을 가지고 올 수 있는 만큼 가져왔어. 뭔가 부족한 게 있으면 서슴없이 말해."

"감사합니다, 사장님. 정말…… 감사합니다."

도노무라가 눈물이 가득한 눈으로 속상하게 하늘을 노려보는 모습을 쓰쿠다는 그저 묵묵히 지켜보는 수밖에 없었다.

6

"사장님, 이거 부탁드립니다."

경리부 사코타가 문을 두드리고 들어와 쓰쿠다 앞에 상자를 내밀었다.

"이게 뭔데?"

"에바라의 제안으로 도노무라 부장님을 위해 모금을 하기로 했거든요."

"그렇구나. 참 고맙군. 잠깐만."

쓰쿠다는 지갑에서 만 엔짜리를 꺼내 "잘 부탁할게" 하고 상자에 넣었다. 사코타가 상자를 들고 나갔다.

"이제 어떻게 해야 한담."

쓰쿠다는 도노무라의 상태에 대해 한동안 생각에 잠겼다.

이게 자연을 상대로 하는 일의 숙명이라고 한다면 그건 그렇다. 그 일을 선택한 이상 어쩔 수 없다고도 말할 수 있으리라.

하지만 어쨌든 쓰쿠다는 궁지에 처한 도노무라를 구하고 싶었다. 어떻게든 실의의 밑바닥에서 일으켜 세우고 싶었다.

─벼농사는 거의 전멸입니다.

이틀 전에 그런 연락이 왔다.

바로 위문금을 도노무라에게 보내고, 주저하면서도 제안을 하나 했다.

─도노무라, 회사에 돌아오지 않겠어?

전화 저편의 침묵이 무엇을 의미하는지 쓰쿠다는 알고도 남왔다.

경제적인 문제를 고려한다면 돌아오고 싶을 것이다. 하지만—.

—저는 회사를 그만뒀습니다, 사장님. 이쪽이 망했다고 해서 쉽게 돌아갈 수는 없어요. 농사를 짓겠다고 결정한 건 저니까요.

도노무라는 완고한 답변으로 쓰쿠다의 제안을 거절했다.

경제적인 사정도 그렇거니와, 지금 도노무라는 정신적으로도 큰 타격을 입었을 게 틀림없다.

1년간 쏟은 노력을 하룻밤 만에 잃어버렸다.

탁류에 삼켜진 소중한 논을 보았을 때 얼마나 충격을 받았을지는 상상도 되지 않는다.

"어떻게 해줄 수 없을까."

쓰쿠다는 자기 자리에서 홀로 고민했다. 소중한 친구가 위기에 처했는데 도움도 제대로 못 준다는 것이 안타까웠다.

"이럴 때를 위해 공제에도 가입했고, 모자란 돈은 대출을 받아서 해결하겠습니다. 다들 그러니까요. 저만 못 견딜 리 없어요."

연락할 때마다 꿋꿋하게 대답하는 도노무라가 오히려 애처로워서 쓰쿠다는 가슴이 아팠다.

"사장님 실은 상담드릴 일이 있는데요."

그로부터 며칠 후 야마사키가 와서 말을 꺼냈다. 여느 때 없이 진지한 표정의 쓰노도 함께였다.

"실은 도노무라 씨 일인데요."

쓰쿠다가 두 사람을 사장실로 데려가자 야마사키가 그렇게 말했다.

"500만 엔이라."

도노무라가 지참한 서류를 훌훌 넘겨본 요시이는 카운터 너머에서 의자에 몸을 깊게 묻고 다리를 꼬았다.

"부탁드립니다. 이번 수해로 벼가 거의 전멸했어요. 논을 복구할 비용과 운영자금이 필요합니다. 이대로는 내년에 모와 비료를 살 돈도 마련할 수 없을지 모릅니다."

"도노무라 씨도 참 뻔뻔하시네요."

요시이는 심보가 고약한 눈으로 도노무라를 보았다. "그렇게 자기 마음대로 설치다가 곤란해지니 돈을 빌려달라, 그겁니까?"

"대출 조건은 충족시켰습니다. 제발 좀 부탁드립니다."

"조건만 충족시키면 돈이 나온다고 생각하는 겁니까? 도노무라 씨, 은행원이었죠? 그럼 그 정도는 잘 아실 텐데. 대출을 해줄지 말지는 이쪽에서 결정하는 거예요."

"그런…… 대출을 못 받으면 농사를 지을 수가 없어요. 부디 긍정적으로 검토해주시면 안 되겠습니까?"

"그럼 태도를 바꾸는 게 어때?"

갑자기 요시이의 말투가 거칠어졌다. "맘대로 자기 브랜드 같은 거나 만들고 말이야. 그러면 민폐라니까! 대출해주면 그만둘 건가? 그럼 긍정적으로 검토해줄 수도 있는데."

요시이는 도노무라가 제출한 서류를 손끝으로 탁탁 두드렸다.

"대출 조건으로 그런 요구를 하는 건 이상하지 않습니까? 이건

재해가 발생했을 때를 위한, 이른바 긴급자금이라고요."

도노무라는 입술을 깨물고 반론을 시도했다.

"재해지원용이라도 심사 없이 통과하는 건 아니니까요. 도노무라 씨도 그 정도는 알 텐데요."

요시이는 교활하게 웃었다. "이나모토 씨의 농업 법인에 들어갔으면 됐을 것을. 그걸 거절하니까……."

"그게 재해랑 무슨 상관입니까?"

"농업 법인이면 이쪽 심사에도 통과하기 쉽다는 뜻입니다. 이제 '도노무라네 쌀'은 그만두는 게 어떻겠습니까?"

'도노무라네 쌀'은 아버지가 신념을 가지고 시작해 키워온 브랜드다. 전국에 그 쌀을 구매하는 고객이 있고, 수해 뉴스를 보고 기부금이나 구호물자를 보내준 사람도 있었다. 그렇게 쉽게 그만 둘 수는 없었다.

"생각해보겠습니다."

도노무라는 대출 신청 서류를 들고 일어섰다. "그럼 이만 실례하겠습니다."

요시이는 기가 찬다는 듯 양손을 들며 아니꼬운 포즈를 취했다.

도노무라는 대출이라는 표찰이 매달린 창구에서 물러나 서둘러 농림협 건물을 나섰다. 농림협이 틀렸다면 다른 금융기관을 찾아갈 작정이었다. 거래는 없지만, 이번 상황을 감안하면 대출해줄 가능성은 있을 터였다.

앞을 똑바로 보고 복잡한 표정으로 걷고 있자니 누가 말을 걸었다.

"오, 도노무라 아니야."

돌아보자 이나모토가 히죽거리는 얼굴로 서 있었다.

"이번 홍수 피해는 정말 장난 아니더라."

심각한 도노무라와는 달리 이나모토는 어쩐지 남의 일 같은 말투였다. "너희 논은 전멸이야?"

"응. 너는 어때?"

"우리는 무사했어."

"그거 다행이군."

부러워할 여유도 없는 도노모라에게 이나모토가 말을 이었다.

"법인에 소속된 멤버들의 논도 큰 피해 없이 지나갔지."

이나모토는 서류를 손에 든 도노무라를 새삼 훑어보고 "돈 빌리러 왔어?" 하고 눈치 빠르게 물었다.

"뭐, 그렇지."

"그렇구나. 빌려주겠대?"

"아니. 어려운 조건을 내걸더라고."

이나모토는 뭐가 즐거운지 헤벌쭉 웃었다.

"뭐, 힘내라."

이나모토가 도노무라의 어깨를 탁탁 두드렸다. "아무래도 너한테 고마워해야겠다."

"고맙다고?"

무슨 소리인지 몰라 도노무라가 물었다. "갑자기 무슨 소리야?"

"그게, 네가 만약 우리 농업 법인에 들어왔다면 너희가 농사를 싹 말아먹어서 우리 역시 큰 적자를 볼 뻔했어. 네가 거절해준 덕분에 살았네."

이나모토는 도노무라가 굴욕과 분노로 주먹을 움켜쥐는데도 아랑곳없이 껄껄 웃으며 등을 돌렸다. 그리고 지금 도노무라가 나온 살풍경한 농림협 건물로 들어갔다.

"망할!"

주차장에 세워둔 소형 트럭에 올라탄 도노무라는 양손으로 운전대를 힘껏 내리쳤다. "망할, 망할!"

손이 아픈 것도 무시하고 몇 번이고 미친 듯이 운전대를 내리쳤다. 억제된 감정이 격류처럼 치밀어 올라 눈물이 쏟아졌다.

얼마나 그러고 있었을까. 도노무라는 힘이 다 빠진 것처럼 고개를 축 늘어뜨린 채 잠시 움직임을 멈추었다.

그때 전화벨이 울렸다.

도노무라는 넋 나간 듯한 표정으로 고개를 들고 가슴 주머니에서 휴대전화를 꺼냈다.

곧 전화 건 사람을 확인하고 통화 버튼을 눌렀다.

"도노, 할 이야기가 있어. 얼굴 좀 보자."

흘러나온 것은 쓰쿠다 고헤이의 목소리였다.

"도노무라가 왔었나?"

이나모토는 창구 앞에 앉아서 물었다.

"네. 방금 돈 빌리러."

요시이는 대답한 후 일그러진 웃음을 흘렸다.

"어려운 조건을 내걸었다면서?"

221

"무슨 말씀을."

요시이는 정말 뜻밖이라는 듯 가슴 앞에다 대고 손을 내저었다. "그저 평범하게 농사를 지으라고 부탁했을 뿐인걸요."

"그 녀석이 뭐래?"

"생각해보겠다며 서류를 들고 돌아갔습니다. 자업자득이죠."

요시이는 실실 웃었다. "조만간 어떻게든 좀 해달라고 울고불고 매달리지 않겠습니까?"

"그렇겠지. 그때는 우리 법인에 넣어줄까. 애당초 회사를 때려치우고 돌아온 아마추어가 쌀농사를 어떻게 짓겠어. 농사는 아무나 짓는 줄 아나."

부아가 치민다는 듯이 말한 이나모토는 "이거, 요전에 말한 대출 서류" 하고 가져온 파일을 요시이에게 건넸다.

"빌려줄 거지?"

"최우선으로 처리하겠습니다."

붙임성 있게 웃은 요시이는 익숙한 손놀림으로 서류를 확인하기 시작했다.

8

아버지 마사히로가 불쾌한 표정으로 방석에 책상다리를 하고 앉아 있었다.

"우르르 몰려와서 죄송합니다."

쓰쿠다는 고개를 숙여 사과한 후 "거두절미하고" 하며 도노무라 앞으로 제안서 한 부를 내밀었다.

도노무라네 집의 안방이다.

낡고 커다란 테이블을 사이에 두고 도노무라와 마사히로가 도코노마˙ 앞에, 그 맞은편에는 쓰쿠다를 비롯해 야마사키, 시마즈, 데이코쿠중공업의 자이젠, 거기에 홋카이도농업대학의 노기까지 주르르 앉아 있었다.

"아실지도 모르지만 저희 회사에서 신규 사업으로 무인 농업 로봇을 개발하고 있습니다."

자이젠이 그렇게 말한 후 테이블에 놓아둔 태블릿 PC로 실험 농장에서 무인 트랙터가 주행하는 영상을 보여주었다. 홋카이도 농업대학에서 찍은 영상이다. "이거 대단하군요" 하고 흥미를 보인 도노무라와는 대조적으로 마사히로는 미동도 없이 딱딱한 표정을 유지했다.

"이 무인 트랙터는 현재 제품화하기 전 단계까지 와 있습니다. 앞으로는 실제 논밭에서 내구성, 안정성, 주행 성능, 작업기의 작동 정확성 등을 확인할 예정입니다. 지금까지는 여기 노기 교수님이 계시는 홋카이도농업대학의 실험농장과 오카야마에 있는 저희 실험농장 등을 사용했습니다만, 왕복에 걸리는 시간과 수고를 고려하면 좀 더 가까이에 그러한 장소를 확보하는 것이 최고입니다. 덧붙여 실제로 농사를 지어 쌀을 생산할 수 있는 환경이라면 더욱 좋고요. 그래서 이렇게 부탁드리는데요, 도노무라 씨."

˙ 다다미방의 바닥을 한층 높여 도자기 등을 장식해 두는 곳으로, 그 앞이 상석이다.

자이젠은 도노무라 부자를 다시금 바라보았다. "댁의 논을 이번 테스트를 위해 빌려주시지 않겠습니까?"

마사히로는 아무 대답이 없었다.

"아버지, 괜찮지 않아요? 곧 농한기겠다, 올해는 여러모로 탈도 많았으니까."

"뭘 하려는지는 모르겠지만, 논은 운동장이 아니야. 트랙터로 이리저리 헤집고 다니면 못 써."

도노무라가 설득하자 마사히로는 반대 의견을 내놓았다.

"주행 시험을 할 때는 논을 달리긴 하겠지만, 땅을 잘 갈아놓는 건 물론이고 이후에 쌀농사에 영향이 가지 않도록 세심하게 주의를 기울이겠습니다."

도노무라가 고개를 끄덕이며 물었다.

"사장님, 기간은 어느 정도로 생각하면 될까요? 저희로시는 농한기 때만이라면 좋겠습니다만."

"좀 말하기가 어려운데." 쓰쿠다는 몸을 내밀었다. "올해부터 내년 말까지 빌려줄 수 없을까? 전부 다는 아니고 절반만이라도. 아니, 3분의 1도 괜찮아. 부디 생각해보시기 바랍니다."

마지막은 아버지 마사히로에게 한 말이었지만, 마사히로는 내년이라는 말에 고개를 홱 돌렸다. 마사히로에게 논은 목숨 다음으로, 아니 목숨과 똑같이 소중한 것이다. 그걸 시험과 테스트를 위해 빌려달라는데 쉽게 고개를 끄덕일 리 없다.

그건 오기 전부터 예상한 바였지만, 마사히로는 쓰쿠다의 예상 이상으로 완고한 태도를 보였다.

"소중한 논을 사업을 위해서 함부로 빌려줄 수는 없다는 마음이시겠죠."

쓰쿠다는 마사히로의 심정을 헤아려 말했다. "무례한 제안을 드려서 정말로 죄송합니다. 이번 무인 농업로봇의 근간을 이루는 자율주행 제어 기술은 여기 있는 노기 교수가 오랜 세월 연구 끝에 개발한 겁니다. 사실 노기 교수와 저는 대학 시절부터 친구인데요."

마사히로가 약간 놀란 듯이 이쪽을 보았다.

"지금 우리 농업은 다양한 문제에 직면해 있습니다. 농업에 종사하는 인구의 연령은 해마다 높아지고, 농사를 그만두고 떠나는 사람들도 끊이지 않죠. 이대로 나아가면 농업은 토대를 잃고, 그리 머지않은 미래에 쌀농사는 위기 상황에 직면할 겁니다. 이 무인 농업로봇은 낮이고 밤이고 일할 수 있습니다. 오차 몇 센티미터로 땅을 갈고 고르고, 모내기를 하고, 수확까지 가능해요. 저희가 농업로봇에 도전하는 건 돈벌이 때문만은 아닙니다. 농업에 힘이 되고 싶다는 큰 목표 때문입니다. 저도 노기도 그리고 데이코쿠중공업도 마음가짐은 똑같습니다. 물론 이것만으로 위기에 처한 농업을 구할 수 있을 거라고는 생각지 않습니다. 농업에 산적한 다양한 문제를 하나씩 해결해나가지 않고서는 미래의 문이 열리지 않겠죠. 이 로봇은 그 미래의 문을 열 효과적인 수단 중 하나입니다. 노기 교수의 연구에 따르면 농업로봇을 도입함으로써 작업 효율이 현격하게 향상돼 연 수입을 크게 끌어올릴 수 있다는군요. 농업에 흥미가 있지만, 경제적인 이유로 발을 들여놓지 못하는 젊은이들에게도 더없이 좋은 소식입니다. 이 기술은 분명 농업의 환경을 변화시켜 이농에 따른 농업인구 감소에 제동을 걸어줄 겁니다. 젊은이들을 농업으로 이끌기 위해, 농업의 토대를 강화시켜 위기에 처한 농업을 구하기 위해, 이 시험은 꼭 필요합니다."

마사히로는 말없이 눈을 감고 쓰쿠다의 이야기에 귀를 기울였다.

"아버님, 승낙해주시면 안 되겠습니까? 이렇게 부탁드립니다."

쓰쿠다는 테이블에 양손을 짚고 부탁했다.

"아버지, 뭐라고 말씀 좀 해보세요."

도노무라가 간청하는 눈으로 쳐다보았을 때, 마사히로가 눈을 뜨고 천천히 몸을 일으켰다. 그때까지 앉아 있던 방석을 치우고 다다미에 꿇어앉아 쓰쿠다와 자이젠, 그리고 나머지 사람들과 정면으로 마주 보았다.

"나도 같은 마음이었소, 쓰쿠다 씨."

마사히로가 허리를 쭉 폈다. "이대로는 쌀농사가 끝장이 날 텐데 무슨 방도가 없을까 줄곧 생각했지. 하지만 나 같은 늙은이의 머리에서 나오는 생각에는 한계가 있어서 말이오. 한심하게도 이미 포기했지. 쌀농사는 내 대에서 끝이라고 생각했다오."

마사히로의 말에는 쌀농사에 대한 깊은 애정이 배어났다. "하지만 지금 쓰쿠다 씨의 이야기를 들으니 얼마나 기쁜지 몰라. 나랑 똑같은 뜻을 가지고 쌀농사를, 농업의 미래를 진심으로 걱정하는 사람이 있다니. 동료가 있었던 거야. 그 동료가 멋진 지혜를 내서 농업을 구하려고 애쓰고 있지. 이렇게 기쁜 일이 또 어디 있겠소. 쌀농사를 못 지으면 살아서 무엇 하나 생각했지. 하지만 지금은 달라. 살아 있길 잘했어. 여러분과 만날 수 있어서 다행이야."

그것은 마사히로의 진심에서 우러난 말이 틀림없었다.

예상치 못한 말에 쓰쿠다 일행은 눈을 깜박이는 것조차 잊고서 마사히로를 빤히 바라보았다.

"농업을 위해 우리 논이 보탬이 된다면, 그보다 기쁜 일은 없겠지. 부탁드리겠소. 부디 쌀농사를, 농업을 구해주시오."

마사히로는 눈물을 흘리며 고개를 깊이 숙였다.

6장
농업로봇을 둘러싼 정치적 의도

1

맑은 가을 하늘 아래 트랙터 한 대가 논을 달리고 있다.

바람이 불었다. 겨울바람이 불기에는 아직 이르지만, 늦가을의 맑은 한기를 머금은 바람이었다.

트랙터 뒤에 달린 작업기 속에서 경운날이 회전하자, 피어오른 흙먼지가 낙하산을 펼친 것처럼 퍼져 나갔다.

지금 도노무라네의 논에서 테스트 중인 무인 농업로봇은 다섯 대. 농로 옆의 공터에 작은 관리동을 지어 데이코쿠중공업과 쓰쿠다제작소의 스태프가 상주하는 체제였다.

논두렁길에 서서 데이코쿠중공업의 무인 트랙터 알파1의 시험 주행을 지켜보는 시마즈 옆에는 도노무라와 그의 아버지 마사히로가 있었다.

"전부터 물어보려고 했는데, 왜 무인 트랙터에 운전석을 만든 거지?"

"일단 이유는 두 가지예요."

시마즈는 오른손 손가락을 두 개 세웠다. "첫 번째는 무인이라지만, 혹시나 움직이지 못하게 되었을 때 긴급 대응하기 위해서죠. 사람이 작동시킬 수 있게 해놨어요. 두 번째는 도로교통법 때문이에요. 현재 법률상 공도(公道)를 주행하는 차량은 사람이 운전하도록 되어 있거든요. 집에서 논으로 나갈 때 기술적으로는 무인 주행이 가능해도, 법률상으로는 그게 안 된다는 거죠."

"불편하기 짝이 없군."

마사히로는 턱을 쓰다듬으며 불만스럽게 말했다. "정말이지 윗사람들 머리가 굳은 탓에 농업이 쇠퇴하면 어쩌려고 그러는지 원."

"어려운 문제도 있어요."

시마즈가 설명했다. "예를 들어 아무도 타지 않고 무인 주행하던 트랙터가 사고를 일으켰을 경우, 그 책임을 제조사가 지느냐 소유자가 지느냐 그런 거요. 한편 무인 운전 기술도 아직 발전하고 있는 중이라 아직 미숙한 부분이 있고요. 이런 상황에서 법률을 빨리 개정하라고 해도 실제로는 어렵겠죠."

시마즈는 눈앞을 가로지르는 트랙터를 가리키며 화제를 바꾸었다. "그런데 도노무라 씨, 저 트랙터 좀 보세요. 뭔가 다른 점 모르시겠어요?"

무인 트랙터가 시선을 모은 도노무라 부자 앞을 가로질렀다.

"작업기 모양이 다르군."

마사히로가 먼저 알아차렸다.

"확실히 그러네요."

도노무라가 돌아보았다. "경운용 로터*가 아닌가요?"

• 트랙터에 부착하는 작업기에서 회전하는 부분.

"이걸 보세요."

도노무라 부자는 시마즈의 스마트폰을 들여다본 후 신기하다는 듯 얼굴을 마주 보았다.

"뭡니까, 이건?"

"저 작업기에 장착된 센서가 토양의 질을 조사해요. 센서가 분석한 내용이 이렇게 모바일 기기로 전송되죠."

도노무라 부자가 탄성을 질렀다.

"토양의 질을 조사해서 어떤 종류의 쌀이 잘 맞는다든가 어느 토양에 어떤 비료를 쓰면 좋다든가, 세세하게 관리할 수 있죠. 지금은 토양의 질을 보여주지만 센서를 교체하면 다른 부분도 다양하게 관찰할 수 있답니다."

"드론을 띄워서 파악하는 방법은 들어봤는데요."

도노무라의 지적에 시마즈는 고개를 끄덕였다.

"그것보다 정밀도가 높은 정보를 얻을 수 있어요. 앞으로는 그 정보에 근거해 무인 농업로봇이 자동으로 비료 양과 농도를 바꿔가며 뿌릴 수 있게 되겠죠."

"굉장하군요. 어떻게 생각해낸 겁니까?"

"왜, 요전에 논두렁을 새로 만들었잖아요."

둑이 무너져 강물이 대량으로 흘러든 결과, 도노무라네 논은 수몰됐고 토사가 쌓였으며 논두렁까지 많이 망가졌다.

논을 빌린 쓰쿠다제작소와 데이코쿠중공업은 일단 토사를 제거하고 논두렁부터 새로 만들어야 했는데, 수작업으로 하기에는 너무 중노동이고 시간도 걸린다.

"어떻게 할지 다 함께 상의했는데 영업부의 에바라 씨가 오카야마 농업축제에 논두렁 조성기가 나왔었다는 거예요."

전자동 논두렁 조성기를 개발한 곳은 오카야마에 있는 도바시공업이라는 회사였다. 원래는 트랙터 등에 장착하는 작업기 제조사로, 경운날 분야에서 국내 점유율이 약 50퍼센트에 달한다고 한다.

"그 논두렁 조성기 덕분에 논두렁을 빨리 원상 복구했는데요. 그때 도바시공업의 사장님이 우리 무인 농업로봇에 대해서 알고서, 실은 자기도 생각하는 바가 있으니 꼭 프로젝트에 참가시켜 달라고 했어요."

도바시공업의 참가는 무인 농업로봇 개발에 중요한 의미가 있었다. 어떤 트랙터든 트랙터만으로는 아무 소용이 없기 때문이다. 트랙터는 경운용 로터 등 작업기를 장착해야 비로소 써먹을 수 있게 된다.

"트랙터와 작업기는 원래 떼려야 뗄 수 없는 관계인데, 그동안 무인 주행을 너무 우선하다 보니 작업기에 소홀했었죠. 트랙터에 ICT의 부가가치를 덧붙임으로써 무인 농업로봇의 작업효율을 더욱 향상시킬 수 있답니다."

도노무라도 마사히로도 시마즈의 설명을 그저 멍하니 듣는 것이 고작이었다.

"정말 놀랄 노 자로구먼."

마사히로는 두 손 다 들었다는 듯이 고개를 절레절레 흔들었다. "못하는 게 없군그래."

"그런 건 아니에요."

시마즈는 말했다. "무인으로 움직이는 로봇도, 시시각각 정보를 제공하는 ICT 기술도 사용하는 사람이 있어야 비로소 의의가 생기거든요. 쌀농사를 위해 정말로 필요한 순서와 지식은 실은 어르신의 머릿속에 있어요. 어르신은 우수한 쌀을 만들기 위한 노하우를 가지고 계시죠. 다른 농가가 흉내 내지 못할 노하우를요. 하지만 그걸 어르신 혼자만 알고 계시면 쌀농사의 미래는 발전하지 않을 거예요."

"내 경험과 지식을 털어놓으란 말인가?"

놀란 듯이 마사히로의 눈이 휘둥그레졌다.

"전부 공개할 필요는 없겠지만, 최소한의 필요한 정보는 열람이 가능한 형태로 만들어두면 좋지 않을까요?"

"하긴! 농가는 입에서 입으로 전해지는 데 의존한 구석이 많았으니까."

마사히로가 말했다. "그걸 정확하게 교재로 만들라는 건가. 가슴이 찔리는 이야기로군."

"하지만 보람은 있겠어요."

도노무라가 고개를 끄덕였다. "심한 노동은 무리겠지만 아버지에게도 아버지만 할 수 있는 일이 아직 남아 있었네요. 그렇죠, 시마즈 씨. ……시마즈 씨?"

시마즈는 눈 한 번 깜박이지 않고 논 한곳을 가만히 바라보고 있었다. 도노무라도 다급히 그 시선을 좇다가 "앗" 하고 작게 소리를 질렀다.

아까까지 움직이고 있던 알파1이 논 한복판에 멈춰 있었다. 다섯 대 중 한 대였다.

"죄송합니다. 실례할게요."

시마즈는 부리나케 관리동으로 달려갔다.

"결국 원인은 뭐였어?"

다음 날 아침, 기술개발부 회의에서 쓰쿠다가 물었다.

"그걸 아직 모르겠습니다."

시마즈는 시원치 못한 표정으로 대답했다.

"트랙터 쪽은 대부분 살펴봤는데, 통신 계통에 말썽이 생긴 것 아니려나."

가루베의 의견은 추측의 영역을 벗어나지 못했고, 시마즈도 판단이 잘 서지 않는 모양이었다.

"그냥 멈췄을 뿐이라면 그럴 수도 있겠죠. 하지만 시동까지 꺼져버렸으니."

통신이 두절됐을 때 트랙터는 정차하도록 프로그래밍해두었다. 15분 이내에 통신 상황이 개선되지 않으면 자동으로 시동이 꺼지지만, 정차와 동시에 시동이 꺼졌으니 프로그램에 따른 동작은 아니다.

"노기 교수님께 연락해서 확인해봤는데요. 적어도 지난 2년 동안 시험 주행 때 느닷없이 시동이 꺼져서 멈추는 상황은 없었답니다."

다치바나의 보고에 시마즈는 더욱 곰곰이 생각에 잠겼다.

"원인은 어쨌거나 뭔가 문제가 있는 것을 알아낸 자체는 나쁘지 않아. 그러려고 시험 주행을 하는 거니까."

쓰쿠다는 격려했다. "단 시장에 출시하고 나서는 늦어. 개선해야 할 점은 지금 개선해 나가자고."

말할 필요도 없이 제품 개발은 판매하는 시점까지 승부다. 그 사이에 어디까지 품질을 추구할 수 있느냐가 제조사에게 주어진 목표다. 제품을 출시한 후 문제가 발생하면 리콜 대상이 되어 거액의 비용이 들어간다. 제품의 신뢰성에도 관련된 문제다.

그로부터 2주쯤 지난 날 밤이었다.

여느 때 없이 일이 겹쳐 퇴근이 늦어진 쓰쿠다가 3층을 들여다보자 시마즈 혼자 남아 컴퓨터와 씨름하고 있었다.

"아직도 일하고 있어, 시마 씨? 밥이라도 먹으러 갈까?"

"아, 감사합니다. 요전에 일어난 문제에 대해 생각난 게 있어서요."

집중하고 있는 중인지 시마즈는 맹하니 건성으로 답했다.

쓰쿠다가 시마즈의 자리까지 가서 컴퓨터 화면을 들여다보자 트랜스미션 설계도의 일부가 떠 있었다.

"아마도 이게 시동이 꺼진 원인인 것 같아요."

그렇게 말하며 시마즈는 볼펜 끝으로 설계도 한군데를 가리켰다.

무단 변속을 가능케 한 트랜스미션의 부품 중 하나, 샤프트* 주변에 배치된 여러 개의 기어다.

* shaft. 회전하는 물체의 중심축을 가리킨다.

"그래서 기어의 모양과 배치를 새롭게 궁리해봤는데요."

시마즈는 팔짱을 끼고 생각에 잠겼다.

"다른 가능성은?"

"생각나는 건 이것뿐이에요. 다른 부분은 익숙한 부품의 익숙한 조합이라…… 이 주변부의 설계를 과감하게 변경해도 괜찮을까요? 그리고……"

시마즈는 진지한 얼굴로 쓰쿠다에게 말했다. "시험 주행에서 문제가 해결되면 이 신기술에 특허를 신청하고 싶어요."

"특허라……"

쓰쿠다는 턱에 손을 대고 생각했다. 시마즈가 그렇게까지 말하는 이상, 그만한 가치가 있는 것이리라.

"알았어. 설계는 시마 씨의 판단에 맡길게. 특허 신청은 가미야 변호사님과 상의해서 진행해주겠어?"

가미야 슈이치는 변리사 자격증도 가지고 있는 쓰쿠다제작소의 고문변호사다. 지식재산 분야에서는 국내 최고 수준의 변호사로 명성이 높다.

"좋아, 이제 됐다."

시마즈는 컴퓨터를 끄고 책상을 정리하기 시작했다. "아, 배고프다. 밥 먹으러 어디로 갈까요?"

2

"말썽?"

이타미는 눈살을 찌푸렸다.

홋타가 올린 보고는 미야자키현의 모니터 농가에서 들어온 소식이었다. 에비노시는 미야자키현과 가고시마현의 경계에 자리한 기리시마산이 저 멀리 보이는 곡창 지대다. 문제가 된 것은 전국 쌀 경연대회에서 '특A'를 받은 고시히카리 쌀을 생산하는 농가에 빌려준 트랙터였다.

기어 고스트의 회의실에서 열린 다윈 프로젝트 회의석상이다.

"무인 운전 중에 아무런 이유도 없이 작동이 멈췄답니다. 프로그램을 리셋했더니 원래대로 돌아왔다네요."

히무로는 묵묵부답이었다. 긴 머리를 좌우로 늘어뜨리고 뿔테 안경을 쓴 히무로는 그야말로 딱딱한 연구자 같은 분위기를 자아내고 있었다.

"뭔가 짐작 가는 구석은 없나?"

이타미가 히무로에게 묻자 "통신 장애겠죠"라는 대답이 바로 돌아왔다. 이타미는 그렇게 단정하는 것은 바람직하지 않다고 생각했다. 아니나 다를까.

"근거 없는 이야기는 하지 말았으면 하는데."

회의용 테이블을 둘러싸고 앉은 도가와가 물고 늘어졌다. 통신 계통은 자율주행 제어 시스템을 제공하는 키신이 담당한다. 도가와는 발끈한 얼굴로 히무로를 쏘아보았다.

분위기가 날카로워지자 훗타가 거북한 듯 몸을 움찔거렸다.

"그 밖에도 비슷한 내용의 보고가 있었어?"

이타미가 묻자 "작동이 멈췄다는 보고는 몇 건 있었습니다" 하고 훗타가 대답했다. "다만 다른 경우는 사용법 등에 문제가 있었어서 기계의 원인이라고는 볼 수 없었습니다. 프로그램 설정 순서를 틀려서 이쪽에서 설명해준 뒤로는 정상적으로 작동했거든요."

"이번 말썽은 그런 것과는 다르다는 건가?"

묵묵히 듣고 있던 시게타가 물었다.

"자세하게 들어봤지만 사용법에는 문제가 없었고, 상대방도 이쪽 문제라고 주장하고 있습니다."

"사들일 돈이 없어서 생트집 잡는 거 아니야? 신용할 수 있는 곳인가?"

히무로가 농가를 의심하기 시작했다.

모니터링을 위해 제공한 다윈은 전부 서른 대. 1년간 모니터링 후, 문제가 없으면 할인 가격으로 구입한다는 계약을 맺었다.

"에비노시에서도 손꼽히는 농가입니다."

훗타는 손에 든 자료를 보고 난 후 "사들일 돈이 없을 것 같지는 않은데요" 하고 말하며 무턱대고 상대 탓으로 돌리려는 히무로의 태도에 이맛살을 찌푸렸다.

"트랜스미션에 문제가 있을 가능성은?"

시게타의 물음에 히무로가 노골적으로 언짢아했다.

"없습니다. 그것보다 엔진을 의심하는 게 어떨까요? 베트남 공장이었던가요? 저가격 일류, 기술은 뭐라더라. 아무튼 그런 이야기를 듣고 있지 않습니까?"

"자자!"

시게타의 눈에 분노가 깃든 걸 보고 이타미가 끼어들었다. "명확한 문제가 발생했다고 보고가 들어온 건 이 한 건뿐이야. 좀 더 상황을 보자고."

시게타도 히무로도 대답은 없었다. 도가와도 마찬가지였다.

다윈 프로젝트는 한 달에 한 번 주요 회사의 멤버들이 회의를 열어 다양한 시책을 강구하는 동시에 모니터 농가가 바라는 개선점 등에 대해 이야기를 나눈다.

"일단 우리도 설계 등을 확인해볼 테니까, 기어 고스트랑 키신도 확인해봐. 만약을 위해서야. 시간이 흐르면 흐를수록 대응하기가 힘들어져."

시게타가 이야기를 정리한 후 옆에 앉은 기타호리에게 발언을 재촉했다.

눈을 감은 채 살벌한 논쟁에 귀를 기울이고 있던 기타호리는 자신이 발언할 차례가 되자 지금까지 꾹 참고 있었다는 듯이 얼굴 가득 웃음을 지었다.

"좋은 소식이 있어."

기타호리가 준비한 자료를 사람들에게 나누어주자 분위기가 싹 바뀌어 기대와 기쁨이 차올랐다.

"비밀리에 얻은 정보인데 총리가 주도하는 ICT 농업 추진 프로그램에 다윈 프로젝트가 선정된 모양이야. 이걸로 정부의 보증을 받은 셈이지. 내일 시게타한테 정식으로 연락이 갈 거야."

이때만큼은 모두가 박수를 쳤다.

"네 덕분이야, 기타호리. 인지도가 오르지 않았다면 이런 쾌거는 거두지 못했겠지."

시게타가 감사를 표했다.

"뭐, 그렇게도 말할 수 있겠지만, 정치적인 사정도 여러모로 작용했다고 해야겠지."

기타호리는 일의 내막을 밝혔다. "우리 선거구에서 선출된 하기야마 히토시가 다원을 하마하타 총리에게 판 거야. 하마하타 총리도 표밭에서 인기를 끌려고 ICT 농업을 추진하겠다고 했지만, 사실 구체적인 방안이 없어서 공수표가 될 판국이었거든. 하기야마 입장에서는 자신을 선전할 절호의 기회였고, 총리 입장에서도 점수를 따기에 좋은 방법이었던 셈이지. 덧붙여 이 점이 우리한테는 중요한데, 선발되면 보조금도 나와."

"굉장한데!"

시게타가 활짝 웃으며 들뜬 목소리로 말했다. "이걸로 데이코쿠중공업과 더욱 격차를 벌릴 수 있겠군."

"아니, 그게."

기타호리가 웃음을 거두었다. "실은 데이코쿠중공업의 무인 농업로봇도 이 프로그램에 선정됐어."

약간의 실망감이 회의실에 퍼져나갔다.

"다들 실망하지 마. 오히려 그 반대니까."

"반대라니, 그게 무슨 말입니까?"

이타미가 의문을 제기하자 기타호리는 말을 이었다.

"이로써 앞으로 툭하면 데이코쿠중공업의 트랙터와 비교될 기회가 생긴다는 거지. 요전에 오카야마 농업축제 때처럼 말이야. 우리의 다윈이 얼마나 뛰어난지 과시할 기회라고 생각하면 돼."

그리고 다윈 프로젝트의 성과를 기타호리의 회사에서 뉴스 영상으로 만들어 각 언론에 뿌려 지명도를 더욱 높인다.

다윈은 서민의 편. 반면에 데이코쿠중공업의 알파1은 서민의 노력을 막아서는 공공의 적. 기타호리는 그런 대립 구도를 텔레비전 및 라디오 뉴스와 정보 방송 등에 교묘하게 숨겨서 세상에 각인시켜 나갈 작정이리라.

기타호리의 정치 성향으로는 여당도 '가상의 적'이지만, 이번 ICT 농업 추진 프로그램에서도 볼 수 있듯이 사용할 수 있는 건 사용하는 유연성이 이 남자의 뛰어난 점이다.

"앞으로 하마하타 총리는 자신이 농업 분야를 위해 얼마나 열심히 애쓰고 있는지 오만 곳에서 선전하려 들겠지. 그럴 때마다 다윈이 언급돼서 세상 사람들에게 인식될 거야. 즉, 이것으로 다윈은 변두리 중소기업에 국한된 프로젝트가 아니라 국가 수준의 프로젝트로 격상된 셈이지. 우리는 마침내 국가에게 능력을 인정받은 거라고."

이는 동시에 데이코쿠중공업의 무인 농업로봇을, 아니 마토바 슌이치를 추락시킬 준비가 됐다는 뜻이다.

시게타의 눈에 살기가 감돌았다.

"오카야마 농업축제에서 우리는 성과를 올렸지만, 그건 아직 농업 분야 안에서의 평가에 머물렀어. 하지만 이제부터는 달라.

다윈의 새로운 '진화'가 시작되는 거야."

기타호리의 열변은 그 자리에 있는 모두의 기분을 고무시키고 사기를 북돋우기에 충분했다. 그런 가운데 자료 배부 등 잡일을 하기 위해 말석에 앉아 있던 기어 고스트의 구매 담당 가시와다 혼자만 표정이 시원치 않았다.

"홋타 씨, 오늘 이야기 정말로 괜찮을까요?"

회의가 끝나 뒷정리를 하던 가시와다는 가까이에 있던 홋타에게 물었다.

"괜찮냐니 뭐가?"

"기타호리 사장님의 마케팅 전략이 뛰어나다는 건 알겠는데, 너무 붕붕 띄우는 건 아닐까 싶어서요."

"말썽도 생겼고 말이지."

홋타도 신경이 쓰이는지 프로젝터를 정리하던 손을 멈췄다.

"그것도 그렇지만 데이코쿠중공업의 무인 농업로봇에 쓰쿠다제작소가 가담했잖아요."

그 정보는 이미 다윈 진영도 알고 있었다. 데이코쿠중공업 사장 도마의 한마디로 제조부가 빠지고, 지금까지 유지해왔던 대형 트랙터 노선이 수정됐다는 이야기다.

이에 대해 시게타와 이타미는 '두려워할 것 없다'고 판단했다.

쓰쿠다제작소의 소형 엔진은 고성능이 무기지만 비용에서는 다이달로스를 당해낼 수 없다. 한편 트랜스미션은 사업에 진출한 지 얼마 되지 않았고, 제품화한 실적도 없다. 다윈이 질 리 없다는 것이 두 사람의 일치된 의견이었다.

"실은 오늘 센조쿠공업의 아다치 사장님께 좀 마음에 걸리는 이야기를 들었거든요."

센조쿠공업은 기어 고스트가 외주를 주고 있는 회사 중 하나다. "거기, 쓰쿠다제작소에도 드나드는데 최근에 시마즈 씨를 봤답니다."

"정말이야?"

홋타가 고개를 들었다.

"게다가 쓰쿠다제작소의 작업복 차림이었대요. 혹시 시마즈 씨가 쓰쿠다제작소에 입사한 것 아닐까요?"

"설마! 대학 강사로 일하는 거 아니었나?"

"그건 저도 들었어요. 하지만 아르바이트 강사였잖아요. 그러니 쓰쿠다제작소가 후하게 대우해서 스카웃할 가능성도 있지 않겠습니까?"

표정이 변한 홋타가 사장실을 흘끗 보았다. 회의는 끝났지만 아직 시게타와 기타호리가 남아 있었다. 이제 셋이서 밥이라도 먹으러 나가려는 모양이었다.

"그거 사장님께는 보고했어?"

"아니요, 아직요. 이야기를 듣고 돌아오니 보고할 틈도 없이 회의가 시작돼서."

"너, 쓰쿠다제작소의 다치바나랑 사이가 좋았지?"

홋타의 의도는 뻔했다. 가시와다에게 확인시키려는 것이리라. 하지만 가시와다는 고개를 저었다.

"그런 말씀 마세요. 이제 와서 어떻게 물어본단 말입니까."

이타미는 은혜를 베푼 쓰쿠다제작소를 냉대하고 쓰쿠다제작소의 라이벌인 다이달로스와 자본 제휴를 맺었다. 소송에 휘말렸을 때 쓰쿠다제작소가 협력해주지 않았다면 거액의 배상금을 지불해야 했을 텐데도 말이다. 게다가 경쟁입찰 결과 쓰쿠다제작소에 밸브를 발주하기로 했던 것도 야마타니와 교섭한 끝에 백지화했다. 쓰쿠다제작소에게 기어 고스트는 은혜를 원수로 갚은 배신자에 지나지 않는다.

그때 이야기할 틈도 없이 이타미 일행이 사무실을 나섰다.

결국 홋타는 다음 날 아침에야 시마즈에 대해 이타미에게 보고했다. 홋타가 몰래 숨을 삼킨 건 이타미가 명백히 동요했기 때문이었다.

"시마즈가 쓰쿠다제작소에?"

안색이 바뀐 이타미는 충격을 받은 기색이 역력했다.

공동경영자였던 시마즈는 직원들에게 '경영 방침에 대한 견해에 차이가 있다'고만 설명하고 회사를 떠났다.

그 후 이타미와 시마즈 사이에 어떤 대화가 있었는지, 아니면 없었는지는 모른다. 하지만 충격을 받은 이타미의 표정은 홋타가 한 가지 가설을 세우기에 충분했다.

이타미는 시마즈를 기어 고스트로 다시 불러들이려고 했던 것 아닐까.

짚이는 구석은 있었다.

히무로다. 시마즈의 후임으로 삼고초려 끝에 맞아들인 히무로가 기대에 부응하는 인재가 아니라는 것은 이미 명백해진 사실이었다.

자존심이 강하고 경력도 나무랄 데 없다. 하지만 히무로에게는 경험과 실적은 있을지언정 시마즈 같은 반짝이는 아이디어와 직감이 없었다. 천재라 불린 시마즈는 그렇게 불릴 만한 '뭔가'를 가지고 있었다.

"쓰쿠다제작소에……?"

나지막하게 중얼거린 이타미는 날카롭게 혀를 차는 동시에 숨을 짧게 후, 내뱉었다. "정말이지 무슨 생각이람."

이타미의 시선이 힘없이 흔들렸다.

"죄송합니다. 일단 사장님께도 말씀드리는 편이 좋을 것 같아서요."

사장실을 나선 홋타는 희미한 불안감에 휩싸였다.

다윈의 약진은 눈부시지만, 그게 모든 면에서 성공했다는 뜻은 아니다. 오히려 보이지 않는 곳에서 느슨함과 문제점이 얼굴을 드러내기 시작한 것은 아닐까.

홋타의 가슴속에 작은 얼룩처럼 자리 잡은 그 생각은 좀처럼 지워지지 않았다.

3

자이젠의 연락은 낭보였다.

"실은 어제 연락이 왔는데요. 무인 농업로봇 사업을 ICT 농업 추진 프로그램의 일환으로 인정받았습니다."

"그거 잘됐군요. 축하드립니다."

축하하던 쓰쿠다는 문득 생각이 나서 물었다. "그런데 다윈도 선정됐습니까?"

"그렇습니다. 그쪽도 동시에 인정받았다는군요. 총리 입장에서는 화제성이 높은 다윈을 포함시킴으로써 자신이 주도한 시책을 국민에게 널리 알리고자 하는 의도가 있는 게 아닐까 싶습니다."

자이젠은 말을 이었다. "덧붙여 개발 상황을 시찰할 수 있느냐는 문의가 있었는데요."

"그거라면 논에서 무인 주행 시험을 하는 걸 보러 가면 어떨까요? 매일 하고 있거든요. 제법 완성도가 높은 시연을 보여드릴 수 있을 겁니다."

"일단 제안해보겠습니다. 다만 총리의 일정 조정이 아주 어려운 데다 경호 등의 문제가 있을 테니, 상세한 내용이 정해지면 또 연락 드리겠습니다."

자이젠이 그 일로 다시 연락한 건 사흘 후였다.

"요전번에 말씀드렸던 총리의 시찰 말인데요. 기타미자와에서 할 수 없겠느냐는 타진이 있었는데, 어떠십니까?"

"기타미자와요?"

삿포로에 가까운 홋카이도의 한 도시다. 뜻밖의 장소가 지정됐다. "왜 기타미자와에서?"

"듣자니 기타미자와시가 지자체 차원에서 ICT 농업을 지원하고 있다는 모양입니다. 그러한 지원 자체도 ICT 농업 추진 프로그램의 일환으로 인정됐다는데요. 기타미자와시를 시찰하는 일정에 맞춰서 무인 농업로봇을 시연해줄 수 있느냐는 이야기였습니다."

"아, 그렇군요."

쓰쿠다는 납득했지만 실은, 하고 자이젠이 말을 이었다. "거기에 다윈 측도 참가한답니다. 기타미자와시도 이벤트화해서 분위기를 띄우고 싶다는군요."

생각지도 못하게 다윈과의 재대결이 결정됐다.

"하마하타 총리가 주도하는 프로그램에 선정됐다면서. 어떻게 결판을 낼 작정인가, 마토바?"

데이코쿠중공업 회장 오키타의 물음은 차분했지만, 그 속에 담긴 부정적인 감정은 여실히 드러났다.

오키타가 좋아하는 롯폰기의 고급 이탈리안 레스토랑이었다. 세련되기는 했지만 메뉴도 가격표도 없다. 전채요리부터 주요리, 거기에 디저트까지 대량의 식재료를 왜건 하나에 늘어놓고 고르게 하는 스타일은 마토바가 보기에 비효율의 극치였다. 그 탓에 평범한 레스토랑이라면 두 시간 만에 끝날 코스 요리가 세 시간이 지나도 끝나지 않았다.

방에는 오키타와 마토바 외에 제조부장 오쿠사와도 있었다. 오쿠사와는 화제가 무인 농업로봇으로 옮겨간 순간 시무룩해져 입을 다물었다.

"다윈에는 반드시 이길 테니 안심하십시오."

마토바가 그렇게 대답하자 "그런 걸 묻는 게 아니잖나" 하고 오키타의 짜증 섞인 질책이 날아들었다.

"아직도 제조부가 빠진 상태라니 어떻게 된 거냐고 묻고 있는 걸세."

"송구합니다."

뱃속에서 분노가 부글부글 끓어 불그레해진 얼굴로 마토바는 사과의 말을 꺼냈다. "도마 사장의 참견으로 현장이 혼란스러워졌습니다."

"그럼 그걸 바로잡는 게 자네의 역할이겠지. 대체 자네는 뭣 때문에 이 사업을 맡은 건가!"

오키타는 상대가 심복일지라도 비판할 때는 인정사정 봐주지 않는다. 아무렇지도 않게 싫은 소리를 해대는데, 지금 마토바를 차갑게 응시하는 눈에는 모멸의 빛까지 깃들어 있었다.

"일시적으로 외부에 발주했습니다만, 기회를 봐서 내부로 거두어들일 테니 잠시만 기다려주십시오. 현재 제조부에서 소형 엔진과 트랜스미션 개발을 서두르고 있습니다."

"과연 어느 세월에 될는지. 자네와 내가 데이코쿠중공업의 임원 자리에서 내려가기 전에 부탁하지."

입바른 소리를 할 때 오키타는 이야기하는 도중에 속에서 화가 타오르는 타입이다. "그리고 하나 더. 언제까지 그놈들이 제멋대로 설치게 놔둘 건가!"

다윈 프로젝트를 두고 하는 말이다. "잘 듣게. 자네는 자네만 주간지에서 흠을 잡힌 피해자라고 생각할지도 모르지만, 틀렸어.

세상에서 악당 취급당하는 건 자네뿐만이 아니야. 데이코쿠중공업도 마찬가지라고. 시게타라는 작자가 한 짓은 우리 회사에 대한 선전포고일세. 듣자니 그자들에게 트랜스미션을 만들어주는 건 자네에게 내쳐진 끝에 퇴직한 남자라더군. 그런 자들에게 우리 데이코쿠중공업이 비웃음을 당하다니 언어도단이야. 다윈인지 뭔지 모르겠지만 박살내. 알겠나!"

오키타가 시키지 않더라도 당연히 그럴 작정이었다. 하지만 쓸데없는 소리를 했다가는 불에 기름을 붓는 격이다.

"알겠습니다."

오키타가 또 뭔가 말하려 했을 때 문이 열리고 왜건이 들어왔다. 마토바는 안도감에 가슴을 쓸어내렸다. 이때만큼은 이 가게의 비효율성이 고마웠다.

4

기어 고스트의 홋타는 아무도 없는 사무실에서 홀로 모니터에 띄운 설계도를 노려보고 있었다.

과연 얼마나 그러고 있었을까. 퍼뜩 정신을 차린 건 현관에서 소리가 났기 때문이었다.

이미 밤 10시가 지났다.

홋타는 조명을 끈 쇼룸을 지나 들어오는 사람을 눈으로 좇았다. 이윽고 그 모습이 사무실 불빛 아래 드러나자 작게 한숨을 내쉬었다.

"누군가 했네. 어쩐 일이세요?"

"모니터 농가에서 메일이 왔잖아."

역시 그건가.

히무로는 오후 5시가 지나 거래처와 회식을 하러 회사를 나섰다. 행선지는 듣지 못했지만 아마 식사 중에 메일이 온 것을 알고 손님과 헤어진 후 회사로 돌아온 것이 틀림없다.

다윈을 모니터링하는 농가에서 날마다 보고하는 정보를 종합하는 역할은 기어 고스트가 맡았다. 홋타가 책임자로서 관리하는 메일 폴더에 수신되는 메일은 다이달로스와 키신 등 관계자에게 공유되며, 중요한 사항은 회의에서 의제로 삼아 대책을 세운다.

그 메일은 히무로가 외출한 후 저녁 6시 무렵에 수신됐다.

발신자는 니가타에서 쌀농사를 짓는 농가였다. 이날 다윈이 운행 중에 갑자기 정지하더니 시동이 꺼졌으며, 다시 시동을 걸었지만 반응이 없었다고 한다. 메일에는 당시 날씨와 기온 등을 포함한 상세한 작업 정보 외에 논 한가운데 서 있는 다윈의 사진도 열 장 정도 첨부되어 있었다.

히무로는 자기 자리로 가서 컴퓨터를 켜고 미간에 주름을 잡은 채 신경질적인 표정으로 모니터를 노려보았다.

"역시, 엔진이나 트랜스미션에 구조적인 결함이 있는 거 아닐까요? 설계를 재검토하는 편이 나을 것 같은데요."

"쉽게 말하지 마."

가시 돋친 말이 날아들어 홋타는 말을 삼켰다. 불량이 발생했다는 정보를 접해도 히무로는 엔진이나 자율주행 제어 시스템에만 의문을 제기할 뿐, 트랜스미션 설계는 좀처럼 재검토하려 들지 않았다.

그런 자세는 히무로가 기술자로서 성장해온 환경에 크게 영향을 받은 것이 아닐까 하고 홋타는 짐작했다.

히무로가 커리어를 쌓은 회사, 대규모 트랜스미션 제조사 도미쓰는 설계 부문이 강하다. 도미쓰의 독창성 높은 트랜스미션을 지탱하는 것은 설계 부문이고, 일단 승인된 설계가 수정되는 일은 어지간해서 없다는 것이 업계의 소문이다.

"원인을 모르겠네요. 히무로 씨, 만약 우리 트랜스미션에 결함이 있다면 어쩌실 겁니까?"

홋타는 위기감을 담아 반론했다.

"트랜스미션을 설계한 건 전임자야. 만약 결함이 있더라도 내 책임은 아니잖아."

히무로는 요점에서 빗나간 대답을 내놓았다. 그런 핑계로 제 한 몸을 지킬 수 있으리라 생각하는 건가. 아니, 애당초 그런 소리를 할 상황인가.

홋타의 가슴속에 암담한 기분이 속수무책으로 퍼져 나갔다.

"물론 이건 시마즈 씨가 설계한 겁니다. 하지만 결함을 지적받으면 곤란한 건 우리라고요."

"결함이 있다면 그렇겠지."

자존심이 센 히무로의 강경한 태도는 속에 감추어진 위기감의 반작용으로 나타나는 결과가 아닐까. 훗타는 문득 그런 생각이 들었다.

"그때는 히무로 씨뿐만 아니라 저한테도 책임 소재가 있습니다. 전임자인 시마즈 씨가 설계한 내용을 히무로 씨는 인정하고 이어받았으니까요. 저도 그렇고요. 설계도도 검토했고, 설계는 완벽하다고 생각했습니다. 하지만 뭔가 있을지도 모르죠. 다시 한 번 꼼꼼히 살펴봐야 합니다."

훗타는 화면에 띄워둔 설계도를 가리켰다. "히무로 씨도 뭔가 이상하다고 생각했으니까 돌아온 것 아닙니까?"

보안 때문에 다윈에 관한 정보를 열람할 수 있는 단말기는 지정돼 있다. 스마트폰으로 확인 가능한 건 메일의 첫머리뿐이다. 전체 내용을 알려면 회사에 있는 자신의 컴퓨터를 켜야 한다.

"아닌데. 그냥 궁금해서 돌아왔을 뿐이야. 요전에도 불량이 보고됐으니까."

에비노시의 농가에서 발생한 불량 이야기다. 결국 그 후에 그 농가에서 불량이 발생했다는 보고는 올라오지 않았다.

"이번 불량은 요전보다 더욱 심각합니다. 시동이 다시 걸리지 않았다고 하니까요. 통신 시스템이나 자율주행 제어만 원인이라고 단정하기는 힘들어요."

지난번에 히무로는 통신 시스템이 원인일 것이라고 주장했다. 근거도 없이 그저 책임을 떠넘기는 듯한 발언에 훗타는 내심 히무로를 경멸했다.

히무로는 대답 없이 모니터를 가만히 들여다보았다. 아무래도 메일 내용을 곱씹어보는 모양이다.

"내일 문제가 된 트랙터를 수리하러 갈 겁니다. 이대로는 모니터 농가에 폐를 끼칠 테니까요. 같이 가시겠습니까, 히무로 씨?"

"난 사양할게."

애초부터 그럴 마음이 없었다는 건 태도만 봐도 알 수 있었다.

"만에 하나 트랜스미션에 문제가 있다는 게 증명된다면 그 후에 가도 충분해. 그건 그렇고 홋타."

히무로가 날카로운 눈빛을 던졌다. "이 일, 절대로 발설하지 않도록 그 농가를 잘 구슬리도록 해. 알겠지!"

5

"ICT 농업 추진 프로그램의 시찰 말씀인데요. 사전에 통보받은 것보다 규모가 커질 것 같습니다."

전화로 알린 자이젠의 말투에서 긴장감이 전해졌다.

"규모가 커질 것 같다니, 어떻게요?"

쓰쿠다는 오카야마 농업축제에서 있었던 시연이 떠올랐다. 거기서 데이코쿠중공업의 알파1이 보인 추태는 충격적이었지만, 그게 도리어 쓰쿠다제작소가 이 사업에 복귀하는 계기가 되었으니 아이러니한 이야기였다.

"총리뿐만 아니라 사노 도모미와 모치즈키 쇼고 등 다른 정치인도 동행한답니다."

"그 두 사람이 왜요? 홋카이도 출신인가요?"

둘 다 여당의 거물 정치인이다.

"그 지역 선거구는 아닙니다만, 둘 다 농림족*으로 날렸던 거물입니다. 총리의 ICT 농업 구상에 편승해서 이름을 알리려는 거겠죠. 그리고 홋카이도지사도 수행을 한답니다. 이만한 멤버가 시찰을 한다면 당연히 언론에서도 주목하겠죠. 이건 우리에게 기회입니다."

자이젠은 말했다. "오카야마 농업축제에서는 아쉬운 결과가 나왔지만, 이번에 실속 있는 주행 시연을 한다면 상당한 홍보가 되겠죠. 어쩌면 이게 제품화하기 전의 가장 큰 기회일지도 모릅니다."

"어떻게든 성공시킵시다."

그렇게 말하고 전화를 끊었지만, 쓰쿠다는 무거운 한숨을 내쉬었다. 일은 그렇게 간단치가 않다. 대기업인 데이코쿠중공업은 이겨야 본전. 한편 다윈이 데이코쿠중공업을 능가하면 그건 큰 업적이다.

이기는 게 당연하다.

"승부의 세계에서 이것보다 더 어려운 건 없지."

쓰쿠다는 사장실 창문 앞에 서서 홀로 중얼거렸다.

"재미있군."

회의 때 다이달로스의 시게타는 기타미자와시에서 총리가 시

* 농림업 정책에 영향력을 가지고 농림업의 이익을 대변하는 국회의원.

찰을 한다는 이야기를 듣고 바라던 바라는 듯 웃음을 지었다.

"오카야마 농업축제를 재현시켜주는 거야."

기타호리가 즐겁게 말했다. "내밀하게 얻어들은 바로는 하마하타 총리가 다윈을 아주 마음에 들어한다는군. 그야 그렇겠지. 일국의 총리로서 데이코쿠중공업보다 다윈을 응원해야 일반 서민의 지지를 얻을 수 있을 테니까 말이야. 이봐, 시게타. 만약 총리가 말을 걸면 다윈에 타보지 않겠느냐고 물어봐. 총리가 다윈에 올라타고 만족하는 사진이 찍히면 그것만으로도 신문과 인터넷에 상당수 노출이 될 거야."

기타호리의 이미지 마케팅은 멈출 줄 몰랐다. 다윈의 로고 스티커, 손수건, 메모장, 볼펜 등의 홍보용 기념품으로 시작해, 대성공을 예상하고 다큐멘터리용 기록 영상까지 촬영하는 세심함을 보였다.

"잠깐 자리 좀 비켜주시죠."

다큐멘터리를 위해 이 회의를 촬영하고 있는 카메라맨에게 그렇게 말한 사람은 기어 고스트의 이타미였다.

"요전번 니가타의 모니터 농가에서 불량이 발생했어요. 우리 직원이 현지에 가서 고장 상황을 조사해 왔습니다. 그 보고를 들어보시죠."

회의석상에는 평소의 멤버가 모여 있었다. 기어 고스트의 홋타가 약간 긴장한 표정으로 이타미의 말을 이어받았다.

"다이달로스의 야나기모토 씨, 키신의 다케우치 부장, 그리고 저, 셋이서 현지에 가서 해당 차량을 살펴보고 왔습니다. 엔진룸을 열고 조사해봤지만 원인을 알 수가 없어 농가에 사정을 설명하고 고장 난 트랙터를 일단 돌려받기로 했습니다."

"뭐야, 괜찮은 거지?"

기타호리가 눈살을 찌푸렸지만 대답할 수 있는 사람은 없었다.

"내일 저희 회사로 트랙터가 운반될 테니 각 회사에서 담당한 부분을 자세하게 조사해주시기 바랍니다."

시게타와 도가와가 애매모호한 목소리로 승낙했다.

"다른 모니터 농가에서 비슷한 불량이 발생했다는 보고는 없었나?"

기타호리가 걱정스럽게 물었다.

"네, 이것뿐입니다."

홋타가 대답했다. "제가 모든 모니터링 상황을 파악하고 있는데요. 조사해보니 해당 트랙터에는 눈에 띄는 특징이 있었습니다. 주행 거리가 월등하게 길더군요."

"즉, 내구성에 문제가 있다는 건가."

기타호리가 중얼거리더니 나지막하게 앓는 소리를 내며 팔짱을 꼈다.

그것은 앞으로 다른 농가에서도 비슷한 불량이 발생할 가능성이 있다는 의미였다.

"불량이 발생해도 제품화하기 전에 고치면 아무 문제 없어. 여러분!"

기타호리는 어디까지나 긍정적이었다. "지금 철저하게 조사해서, 총리 시찰 때는 전 국민에게 좋은 모습을 보여줘. 변두리의 기술력을 전국에 떨쳐보자고!"

기타호리의 활기찬 말에 참석자들은 어쩐지 미진함이 남는 모호한 웅얼거림으로 답했다.

6

방금 전, 기어 고스트의 좁은 작업 공간에 자리한 작업대에 트랜스미션 한 대가 올려졌다.

니가타에서 도착한 트랙터의 엔진룸에서 엔진은 다이달로스의 담당자에게 넘겼고, 그에 앞서 키신의 직원이 통신 계열 시스템을 가지러 왔다.

"눈에 띄는 손상은 딱히 없는 것 같은데요."

몸을 구부려가며 은색 트랜스미션 케이스를 자세히 관찰한 가시와다가 홋타를 보았다. "부딪친 흔적 같은 것도 없습니다."

가시와다가 공구를 꺼내 케이스를 벗기자 복잡한 내부 구조가 드러났다.

"히무로 씨, 분해하겠습니다."

홋타의 말에 책상에서 뭔가 일을 하고 있던 히무로가 일어나서 다가왔다. 내키지 않는 기색이 역력했다.

그런 히무로 앞에서 홋타와 가시와다는 천천히 부품을 분해해 형태를 하나하나 확인하고 작업대 위에 늘어놓았다.

작업은 숨 막힐 듯한 침묵 속에서 진행됐다. 이따금 가시와다와 홋타가 뭐라고 중얼거렸지만, 그 이외에는 금속끼리 부딪치는 소리만 실내에 내려 쌓였다.

잠시 후 가시와다가 놀라서 작게 소리를 질렀다.

지금 한 부품을 신중하게 분해해 다른 것과는 따로 작업대 위에 내려놓은 참이다. 유성기어*라는 명칭의 부품과 관련이 있는 부분이다. 트랜스미션의 기어변속을 제어하는 중요한 부품 중 하나다. 자세히 보니 모양이 부자연스럽게 변형되어 있었다.

"왜 변형된 거지?"

그렇게 말하며 주변 부품을 관찰하던 홋타는 얼마 지나지 않아 유성기어 자체가 마모됐음을 알아차렸다. 그리고 가시와다가 변속시프트 쪽에 이상이 있음을 지적했다. 아무래도 불량의 원인은 트랜스미션이 확실한 듯했다.

"이렇다면 빼도 박도 못하겠는데요. 우리 트랜스미션 탓입니다."

가시와다가 깜짝 놀라서 표정을 찡그렸다. "그런데 왜 이런 일이⋯⋯."

"뭔가와 서로 간섭이 있던 거 아닌가?"

홋타가 가시와다 대신에 그 주변 부품을 분해하기 시작했다. 이윽고 끙, 하고 작게 소리를 내며 고개를 갸웃했다.

"어떻게 생각하십니까?"

히무로를 향한 질문이었다.

대답은 없었다. 히무로는 그저 무서우리만치 강렬한 눈빛을 부품에 쏟아부었다. 경험이 풍부한 히무로도 원인을 파악할 수 없

* 고정된 기어 주위를 회전하면서 동력을 전달하는 기어.

었던 것이다.

"소재의 문제일까?"

스스로 가설을 꺼냈지만 그럴 가능성은 거의 없을 거라고 훗타는 바로 생각을 바꾸었다. 다른 트랜스미션에도 같은 소재를 사용 중이지만 이런 문제가 발생한 적은 없었다. 뭔가 다른 원인이 있을 터였다.

"그 밖에 이상한 점은 없군."

마지막까지 분해해 밸브의 동작까지 체크한 후 훗타는 깊은 한숨을 내쉬었다.

"왜 이런 일이 생긴 거야!"

마침 외출에서 돌아온 이타미는 사정을 듣고 안색이 변했다.

"히무로, 모르겠나?"

"이것만으로는 아무래도 좀."

히무로는 감정을 잃은 눈으로 변형된 부품을 바라보며 공허한 목소리로 말했다. "훗타, 이 트랜스미션을 설계할 때 너도 도왔잖아. 그럼 뭔가 알아차릴 수도 있을 것 같은데."

"알면 말했겠죠."

고개를 들고 따지듯이 대답한 훗타의 목소리에는 히무로에 대한 짜증이 묻어 있었다.

"문제가 있었으니까 이렇게 된 거 아냐. 좀 더 겸손한 태도를 갖는 게 어때!"

히무로는 싸늘하게 말을 내뱉었다.

"남의 일 대하듯 말하지 마십시오. 히무로 씨는 뭣 때문에……."

"원인을 알아내, 홋타. 지금 당장."

이타미가 홋타의 말허리를 끊고 반박을 용납지 않는 어조로 명령했을 때, 어디선가 수신음이 울리기 시작했다. 이타미의 휴대전화였다.

이타미는 혀를 차면서 전화를 받았다.

"뭐라고요?"

이타미는 휴대전화를 귀에 댄 채 홋타를 보고 제지하듯 오른손을 들었다. 통화가 끝나자 이타미의 표정은 약간 창백해 보였다.

"키신의 도가와 씨야."

이타미가 알렸다. "프로그램에 버그가 있었던 모양이야."

자율주행 제어 프로그램의 결함이라고 한다.

"변속을 지시하는 커맨드가 폭주할 가능성이 있었다는군."

"폭주라고요? 구체적으로 어떤."

가시와다가 물었다.

"자동차에 비유하면 의미 없이 1단에서 2단을 넣는 지시를 1분에 수십 번이나 트랜스미션에 내렸을 가능성이 있다나 봐. 그래서 이쪽 상황을 물어보더라고."

모두의 시선이 변형된 부품으로 쏠렸다.

"그게…… 원인?"

중얼거린 순간 홋타는 갑자기 힘이 쭉 빠진 것처럼 양팔을 축 늘어뜨렸다.

"정말 사람 식겁하게 만드는 족속들이군."

히무로가 소리 높여 말하고 그 자리에서 물러났다.

"미안해, 홋타. 가시와다도 수고했어."

이타미도 피로로 가득한 한숨을 내쉬고 떠났다.

"1분에 수십 번의 무의미한 변속 커맨드라."

가시와다도 어처구니없는 표정이었다. 하지만 얼굴을 홋타에게 돌리며 고개를 살짝 갸웃했다. "그 정도로 망가질까요?"

그건 홋타에게 던졌다기보다 정처 없는 혼잣말 같았다.

7장

시찰 게임

1

기타미자와시는 삿포로에서 동쪽으로 약 50킬로미터 거리에 위치한 인구 10만 명 규모의 도시다.

쓰쿠다 고헤이는 어제 오후 홋카이도농업대학의 노기와 함께 기타미자와시에 도착했다. 실은 그 사흘 전에 야마사키와 시마즈를 비롯한 기술개발부 직원들이 먼저 와서 데이코쿠중공업 직원들과 함께 총리 시찰에 대비해 주행 시연을 준비하고 있었다.

그리고 어제 저녁, 한발 늦게 데이코쿠중공업의 자이젠이 도착하자, 시내 레스토랑에서 회의를 겸한 조촐한 회식을 가졌다.

상쾌한 5월의 하루다. 지평선 저편까지 이어지는 비옥한 대지에 초여름이 느껴지는 햇살이 쏟아졌다.

총리가 도착하기로 한 시간은 오후 1시 45분. 시내에서 다른 사업을 시찰하고 이쪽으로 와서 일단 기타미자와시장에게 ICT 농업의 전반적인 진척 상황에 대해 설명을 들은 후, 오후 2시부터 데이코쿠중공업과 다인 프로젝트가 각 25분씩 주행 시연을 실시할 예정이었다. 총리는 그 후 도쿄에서 열리는 회합에 참석하기 위해 공항으로 가야 하므로 상당히 빡빡한 일정 속에서 열리는 이벤트인 셈이다.

아침부터 기재 반입으로 시작해 주행 경로와 프로그램 확인, 텐트 설치, 배부 자료와 팸플릿 준비 등으로 쉴 틈이 없었지만 정오가 지나자 전부 완료돼 총리의 도착만 기다리고 있었다.

"이제 30분인가."

손목시계로 시간을 확인한 야마사키가 사흘간의 야외 작업으로 볕에 탄 얼굴을 약간 긴장시키며 기도하듯이 중얼거렸다.

"제발 아무 일도 없이 무사히 끝나길."

"할 수 있는 일은 다했어. 이제 우리의 기술을 믿는 수밖에."

쓰쿠다는 그렇게 말한 후 동의를 구하듯 옆에 선 노기를 보고는 문득 말을 삼켰다.

노기의 옆얼굴이 예상외로 굳어 있었기 때문이다. 노기의 시선은 인접한 가설 텐트에 꽂혀 있었다.

다윈 프로젝트의 텐트다.

"왜 그래, 노기?"

"그 녀석이야."

노기가 말했다. "키신의 도가와. 앞쪽에 양복 입은 남자 보이지?"

쓰쿠다는 그 남자를 멀리서 살그머니 관찰했다.

30대 후반으로 보이는 덩치 작은 남자였다. 짙은 감색에 줄무늬가 들어간 양복에 화려한 넥타이 차림으로 스태프들과 담소를 나누고 있었다.

"노기 교수님의 기술을 훔쳤다는 놈입니까?"

다치바나가 이맛살을 찌푸리고 쳐다봤을 때 이쪽의 기척을 느꼈는지 도가와가 돌아보았다.

눈이 마주친 것 같았다. 하지만 그것도 한순간이었다. 누군가가 농담을 했는지 몸을 젖히며 요란스레 웃는 것이 도가와는 노기와 쓰쿠다제작소 측을 전혀 신경 쓰지 않는 것처럼 보였다.

"인사 겸 야유라도 한마디 퍼부어주고 오겠습니다."

가루베가 걸음을 옮기려 했다.

"아니요, 됐습니다."

노기가 급히 만류했다. "이제 괜찮아요. 고맙습니다, 가루베 씨."

가루베는 말을 얹으려는 듯 노기를 돌아보았지만, 노기의 얼굴에 결의와 비슷한 감정이 서린 것을 보고 말을 꿀꺽 삼켰다.

"그가 훔쳐간 개발 소스는 제가 20년 가까이 연구하며 만들어낸 겁니다."

노기가 말했다. "하지만 가루베 씨, 훔쳤을지언정 그 프로그램만으로는 무인 농업로봇을 자유자재로 움직일 수 없답니다. 그로부터 6년이라는 세월이 지났어요. ICT에서 6년이란 시간은 일반적인 산업에서 30년, 아니 50년에 해당한다고 봐도 되겠죠. 도둑맞은 개발 소스는 6년 전 환경에는 맞았겠지만, 이제는 너무 낡았습니다. 아시겠지만 현재 환경에 적응하려면 새로운 프로그램이 필요해요. 그런 프로그램을 만들려면 기술에 대한 깊은 이해도와 노하우가 필요하죠. 과연 그들에게 그게 있을까요? 그 대답은 곧 모두의 눈앞에서 명백해질 겁니다. 무인 농업로봇의 사용자, 더 나아가 온 세상이 그들에게 평가를 매기겠죠. 그 평가야말로 전부입니다."

노기는 계속 진화를 거듭하고 있다.

벤처기업 키신은 부당한 방법으로 입수한 개발 소스를 이용해 일시적으로 약진했지만, 그 기술력은 단순한 겉발림이다. 개발 소스를 진화시키고 개량하기 위해서는 오랜 세월 연구해온 노기의 뛰어난 견식이 필요하다. 과연 도가와의 회사에 그 정도 인재가 있을까. 얼핏 보기에는 트랙터가 전부 똑같이 움직이는 것 같아도 성능에는 꽤 많은 차이가 나리라고 쓰쿠다는 생각했다.

"세상이 평가해줄 거라는 생각, 저는 마음에 들어요. 분명 그럴 거예요."

시마즈가 그렇게 말하고 약간 서글프게 고개를 끄덕였다.

그렇게 말하는 건 시마즈 본인이 일찍이 데이코쿠중공업에서 트랜스미션을 개발하면서 억울한 경험을 당했기 때문이리라.

데이코쿠중공업 시절에 부정당한 시마즈의 트랜스미션은 그 후에 아이치모터스의 소형차에 채택돼 확고한 실적을 올리기에 이르렀다. 회사에서는 제대로 된 평가를 받지 못하고 현장에서 쫓겨난 시마즈를 사회가 올바로 평가해준 것이다.

"기술자에게 그 이상의 훈장은 없지."

쓰쿠다는 말했다. "결국 사내 정치나 홍보를 잘하고 못하고가 아니라 제품이 전부야. 제품을 사용하는 사람들이 좋아서 필요하다고 여기는 것만 살아남지. 그런 의미에서 우리가 상대하는 건 다윈이 아니야. 전국의 농가지. 어차피 이런 대립 구도는 언론이 부채질하는 촌극일 뿐이야."

"그런 것에 휘둘린다고 생각하니 참 유감스럽습니다만."

야마사키가 한숨을 섞어 말했다.

"그렇지만 이깁시다."

가루베가 기세등등하게 한마디 던졌다. "저는 다윈에 질 마음 없으니까요."

"저도요."

고지식한 다치바나도 웬일로 의연히 말했다. "반드시 이기겠습니다. 이겨야 해요. 노기 교수님을 위해서라도."

직원들의 마음이 하나로 똘똘 뭉쳤다.

쓰쿠다는 참 뜨거운 녀석들이라고 늘 생각한다.

그리고 좋은 녀석들이다. 이 사람들과 일을 하다 보면 진심으로 기쁠 때가 있다. 지금 이 순간처럼.

그때 쓰쿠다의 귀에 가벼운 엔진 소리가 들려왔다.

쳐다보니 마치 꽃가마 행차하듯 빨간 트랙터 한 대가 몇몇 남자를 뒤따라 이쪽으로 다가오는 참이었다.

그중에 아는 얼굴이 있었다.

이타미, 그리고 다윈 프로젝트를 시작한 시게타였다. 또 뉴스에라도 내보내려는지 카메라맨을 대동했다. 대중매체는 처음부터 다윈에 주목했다. 언젠가는 사회가 정당한 평가를 내린다고 할지라도, 현 시점에서는 이것이 명백한 세상의 평가였다.

"쓰쿠다 씨."

부르는 소리에 다윈에서 시선을 돌리자 마토바를 맞이하러 갔던 자이젠이 서 있었다. 그 뒤에 있는 사람을 보고 쓰쿠다 일행은 가볍게 고개를 숙였다.

"준비는 다 끝났나?"

마토바 순이치가 누구에게랄 것도 없이 물었다.

"완료했습니다."

자이젠의 대답에 마토바는 고개를 살짝 끄덕이고 말했다.

"트랙터를 좀 봐야겠군."

그리고 무인 농업로봇 알파1을 향해 걸어갔다.

총책임자라는 위치에 있지만 마토바는 현장에 거의 오지 않았다. 쓰쿠다가 알기로 오카야마 농업축제를 포함해 오늘로 겨우두 번째다. 협의하는 자리에도, 논에서 주행 시험을 할 때도 얼굴을 내민 적이 없다.

열의 없는 군림. 마토바에게 무인 농업로봇 사업은 그저 출세의 도구에 불과한 것이다.

하지만 다윈 프로젝트의 출현으로 그 도구는 스스로도 상처 입을 수 있는 양날의 검이 되었다. 주간지의 스캔들 기사와 오카야마 농업축제에서의 실패는 호시탐탐 사장의 자리를 노리는 마토바에게 한스럽기 그지없는 오점이었다.

이번 총리 시찰로 마토바에게 드디어 오명을 씻을 기회가 찾아온 것이다.

마토바는 데이코쿠중공업의 텐트 옆에 놓인 알파1 앞에 섰다.

"아주 작아졌군."

그런 감상과 함께 마토바는 알파1을 유심히 들여다보았다. "요전 것보다 이게 좋다니, 나는 아무래도 납득이 안 가는군. 이러면 저거랑 별반 차이도 없잖아."

마토바는 저편에 보이는 다윈을 턱으로 가리켰다.

"크기는 똑같지만 쓰쿠다제작소가 만든 엔진과 트랜스미션은 성능에서 다윈을 앞섭니다."

자이젠이 설명했다.

"어떤 트랜스미션인데?"

마토바 뒤에 서 있던 남자가 물었다. 제조부장 오쿠사와다.

"이 트랙터 전용으로 개발한 무단 변속 트랜스미션입니다."

자이젠이 대답했다.

"무단 변속?"

오쿠사와는 찌푸린 얼굴로 부정적인 반응을 보였다. "그럴 바에야 우리가 탑재한 트랜스미션이 훨씬 안정적일 텐데. 작으면 그만인 건가."

"그건 기본 설계가 너무 낡아서 사용하기 어려울 텐데요."

목소리가 들린 쪽을 휙 돌아본 오쿠사와가 의아하다는 듯한 표정을 지었다.

"자네는?"

"쓰쿠다제작소의 시마즈라고 합니다. 기억 못 하시겠지만, 예전에 데이코쿠중공업의 트랜스미션 부문에 있었습니다."

"아아, 누군가 했더니만."

드디어 기억이 났는지 오쿠사와는 실소했다. "우리 회사를 퇴직했다는 말은 들었는데, 이런 곳에서 만날 줄이야. 뭐, 우리 하청업체에 있는 게 자네에게는 잘 어울리는군."

"회사가 작아도 좋은 제품은 만들 수 있습니다."

시마즈는 말했다. "하지만 데이코쿠중공업에서는 제게 그럴 기회가 없었죠. 지금 이렇게 최신형 트랜스미션이 세상의 평가를 받을 수 있어서 행복하네요."

"최신형이라. 입만 살아가지고."

무시하듯이 말한 오쿠사와는 "마토바 이사님, 이런 치들에게 엔진과 트랜스미션을 맡겨야 하다니 비극이로군요" 하고 툴툴거렸다.

"정말로 비극이지. 그런데 그 비극은 도마 사장의 시나리오거든. 늙어서 감이 떨어졌는지 최근에 그분이 참견하고 나선 사업이 잘된 예가 없어. 만약 이번 소형화가 실패로 돌아가면 이건 다름 아닌 도마 사장의 실수야."

마토마는 증오로 가득 찬 눈빛을 트랙터에 날리고 휙 등을 돌려 그 자리를 떠났다.

"진짜 더럽게 재수 없네."

가루베가 툭 내뱉듯이 말했다. "결국 우리가 하는 일은 저 자식 출세를 도와주는 건가."

"뭐 어때."

시마즈는 방금 전 대화를 그다지 신경 쓰지 않는 기색이었다.

"누가 출세하든 상관없어. 좋은 제품을 만들어서 농가 사람들에게 기쁨을 주자. 우리의 목표는 그거니까."

"뭐, 시마 씨 마음이 그렇다면 상관없지만."

가루베가 손가락으로 코언저리를 문지르며 말했을 때였다.

"사장님, 좀 늦는 것 같지 않습니까?"

야마사키가 손목시계를 들여다보며 말했다. "시간상으로는 하마하타 총리가 이미 왔어야 하는데요."

그 말을 듣고서야 쓰쿠다는 총리가 도착하기로 한 시각이 10분쯤 지났음을 깨달았다.

"제가 시청 사람한테 확인해볼게요."

아키가 달려갔다가 잠시 후에 돌아왔다. "도쿄에서 비행기 출발이 30분쯤 지연돼서 일정이 밀린 모양이에요."

아키의 보고에 "그런 건 빨리 말해줘야지" 등의 말이 스태프들의 입에서 새어 나왔다.

"하마하타 총리님께서 입장하십니다."

그로부터 20분이나 더 지나서야 드디어 시청 직원이 알리러 왔다.

2

가까이에서 본 하마하타 데쓰노스케는 왜소하지만, 얼굴에서 빛이 나는 것이 아닐까 싶을 만큼 기운이 넘치는 인상이었다.

마주치는 사람들에게 웃음을 던지다가도, 말을 걸면 진지한 표정으로 대답하며 힘 있게 악수를 나누었다.

정치가 중에는 부모에게 선거구를 물려받는 사람이 많지만, 하마하타는 부모에게 물려받은 정치적 유산이 없다. 그가 고생하며 학업을 마친 후 정치가의 비서로 정계에 입문했다는 것은 유명한 이야기다. 누구에게나 싹싹하게 말을 붙이고, 기차에서 옆자리에 앉은 사람이 부모님 병문안을 간다고 하면 병원 이름을 물어보고 꽃을 보낸다. 그런 일화만 들으면 케케묵은 유형의 정치가와 크게 다를 바 없지만, 하마하타를 총리 자리까지 밀어올린 가장 큰 원동력은 '후각'이다.

더 자세히 설명하자면 우승마를 골라내는 후각이다. 철새라는 조롱을 들어도 본인은 전혀 개의치 않는다.

뒷배도 돈도 없는 남자가 노회한 너구리들이 득시글거리는 정계에서 살아남으려면 가장 큰 무기는 기회를 민감하게 파악하는 감각이다. 그리고 하마하타는 날카로운 선별력과 판단력으로 적이 될 만한 사람들을 쳐내는 냉혹함도 갖추고 있었다.

"시작할 수 있도록 준비하게."

자이젠의 한마디에 텐트 내부가 단숨에 분주해졌다.

"죄송합니다, 책임자 계십니까?"

그때 완장을 두른 시청 직원이 텐트 안으로 뛰어 들어왔다.

"저입니다만."

자이젠이 나서자 직원은 숨을 헐떡이며 미안한 듯한 표정으로 알렸다.

"지금 하마하타 총리님이 도지사님과 환담 중이신데요. 사실 시간이 많이 지체됐습니다. 이제 무인 농업로봇 시찰에 들어가실 텐데, 당초 예정된 시간의 절반도 남지 않은 상황이거든요. 죄송합니다만 총리님께 선보일 시연을 하나로 줄여야겠어요. 총리님의 요청도 있고 하니 이번에는 다윈만 시연하는 걸로 하겠습니다."

예상외의 사태에 자이젠은 물론이고 그 자리에 있던 모두의 안색이 달라졌다.

"그건 말도 안 됩니다. 정 그렇다면 15분씩 시간을 나누거나 함께 시연하는 방법도 있을 텐데요."

"죄송합니다만 총리님의 의향이라서요. 다윈 쪽에는 이미 부탁드렸습니다."

자이젠이 항의했지만 씨알도 먹히지 않았다.

"이봐, 그런 게 어디 있나!"

갑자기 어디선가 마토바가 나타나 화난 표정으로 시청 직원을 닦아세웠다. "이번 시연을 위해 우리는 사흘 전부터 준비했단 말이야. 생각이 있는 거야 없는 거야!"

"총리님이 돌아가신 후에 하는 건 어떻겠느냐고 시장님이 말씀하셨는데요."

"그딴 헛소리를 잘도 하는군."

마토바가 벌컥 화를 냈을 때 근처에서 환성이 일었다. 쳐다보니 방송국 카메라를 대동한 하마하타가 경호원들에 둘러싸여 천천히 걸어오고 있었다. 하마하타가 발걸음을 멈춘 곳은 다윈 텐트 앞이었다. 먼저 말을 건 하마하타는 시게타의 안내를 받아 근처에 세워진 트랙터로 향하더니, 아주 만족스러운 표정으로 트랙터 운전석에 올라타는 퍼포먼스를 보여주었다.

"빌어먹을!"

홧김에 욕을 내뱉은 마토바는 스태프를 밀어젖히고 텐트 앞으로 나가더니, 하마하타가 다가오기를 기다렸다가 먼저 말을 건넸다.

"하마하타 총리님, 데이코쿠중공업의 마토바라고 합니다."

몸을 비스듬히 구부린 마토바는 부하직원이나 거래처 관계자 앞에서는 절대 보여주지 않는 사근사근한 웃음을 띤 채 "혹시 괜찮으시다면 저희 무인 농업로봇의 시연도 보시지 않겠습니까" 하고 밑져야 본전이라는 식으로 요청했다.

"아이고, 그게 참, 오늘은 시간이 없어서요."

하마하타는 왼팔에 찬 시계를 가리키더니 "당신이 마토바 이사군요" 하고 놀랍게도 마토바의 이름을 꺼냈다.

"네. 잘 부탁드립니다."

분명 사전에 설명을 들었으리라. 하마하타는 마토바를 빤히 쳐다보며 입을 열었다.

"부탁은 이쪽이 드려야겠네요. 중소기업을 너무 괴롭히지 말아주십시오."

예상치 못한 말이 나오자 주변에서 웃음이 터졌다.

마토바의 표정이 굳어졌다.

하마하타는 그런 마토바의 앞을 지나쳐 시에서 준비한 특별석으로 태연하게 걸음을 옮겼다.

그 뒤에는 분노와 굴욕을 참는 마토바만 남았다. 총리의 한마디는 당연히 《주간폴트》의 기사에서 비롯된 것이다. 오쿠사와도 할 말을 잃고 그저 우두커니 서 있었다.

"마토바 씨."

그때였다. 멀찍이서 이 광경을 구경하던 사람들을 헤치고 한 남자가 천천히 다가왔다.

능글맞은 웃음을 지으며 마토바 앞에 선 남자는 다이달로스의 시게타였다.

시게타의 얼굴을 본 순간 마토바는 숨을 헉 삼켰다.

"다윈 프로젝트의 시게타입니다. 시게타공업의 시게타라고 해야 기억이 나시려나요. 그때는 참 신세 많이 졌습니다."

통렬한 야유다. 마토바는 분노가 깃든 시선을 시게타에게 고정한 채 대꾸하지 않았지만, 그 옆에 있는 남자를 알아보고 눈살을 찌푸렸다.

"이타미, 네놈도."

"오랜만이네요. 당신한테 토사구팽당하고 난 후에 시게타 사장님과 손을 잡았습니다."

마토바와 대치하는 이타미를 보고 쓰쿠다는 몰래 숨을 삼켰다. 그에게서 끝없는 증오의 빛이 엿보였기 때문이다.

"과연, 그렇단 말이지. 재미있군!"

두 사람을 번갈아 바라본 마토바는 느닷없이 크게 웃었다. "그래서? 이런 걸로 내게 앙갚음이라도 하겠다 그건가. 자네 회사가 망한 것도, 네가 기계사업부에서 쫓겨난 것도 전부 본인들 잘못이잖아. 남의 탓으로 돌리다니 정말 어처구니가 없군. 무슨 소리를 해도 패배자의 개소리로밖에 들리지 않아. 그럼 실례."

마토바가 등을 돌리려 했을 때였다.

"하고 싶은 말은 그것뿐인가."

시게타의 나지막한 목소리가 마토바의 움직임을 막았다.

"우리는 당신을 철저하게 박살낼 거야. 잘 기억해둬."

그 매서운 한마디를 등으로 받은 마토바는 흥, 하고 코웃음치고 그 자리를 떠났다.

3

빨간색 트랙터가 논을 달리고 있다.

다윈이다.

농로를 천천히 나아가 하마하타 총리 일행이 있는 텐트 앞에서 일단 정지했다. 총리와 홋카이도지사를 포함한 손님들의 박수를 받으며 농로를 따라 나아가다 논으로 들어간 후 보여준 퍼포먼스는 지난번 오카야마 농업축제 때와 동일했다.

"쳇! 좀처럼 빈틈이 없군."

말썽이 일어나기를 기대한 듯한 투로 가루베가 말했다.

"제발 멈춰라."

대놓고 그런 소리를 하는 스태프도 있었다. 하지만 다윈은 기대와 달리 멈추지 않았다. 논에 배치한 장애물을 피해 두둑도 부수지 않고 정확하게 주행했다.

그 모습을 아까 전부터 시마즈가 진지한 표정으로 관찰하고 있었다. 말 한마디도 없이 가만히 트랙터의 움직임을 주시하며.

이윽고 논에서 올라온 다윈이 다시 농로로 돌아왔다.

몇몇이 은근히 기대한 말썽도 수상쩍은 낌새도 없이, 프로그래밍한 대로 멋지게 주행을 마치고 본부로 귀환해 다윈은 25분간의 여행을 완벽하게 마쳤다.

성대한 박수가 터져 나왔다.

하마하타 총리도 일어서서 박수를 쳤다. 그 옆으로 다가온 시게타와 악수하고 몇 마디 말을 나눈 후, 하마하타는 가볍게 오른손을 들어 인사하고는 텐트에서 모습을 감추었다.

"열 받지만 대성공이네요."

그 모습을 멍하니 바라보며 야마사키가 깊이 탄식했다.

총리가 시연회장을 뒤로하자 논을 둘러싸고 있던 손님들도 자리를 뜨기 시작했다. 보고자 했던 다윈의 시연이 끝났으니 돌아가는 것이다.

"데이코쿠중공업 시연 준비 부탁드립니다."

시청 담당자가 와서 말하자 원격 조작 컴퓨터에 노기가 출발 시간을 입력했다.

별 기대도 주목도 받지 못한 채 데이코쿠중공업의 알파1이 쓰쿠다 일행의 텐트 앞으로 나와서 아무도 남아 있지 않은 관람석 앞을 통과해 논으로 향했다.

시마즈는 방금 전과 똑같이 알파1을 주시하고 있었다. 엄격함을 띤 제작자의 눈빛으로.

알파1이 논에 들어갔다.

토양 센서가 달린 로터가 돌아가자 미리 준비한 모니터에 성분표시가 시시각각 수신됐다.

얼마 안 되는 손님들 사이에서 감탄하는 목소리가 들렸지만, 당초 기대했던 것에 비하면 없는 것이나 마찬가지였다.

"이게 무슨 꼴이람. 부전패야."

시연이 끝나자 가루베가 푸념했다.

"하지만 완벽하게 성공했는걸."

두 트랙터의 시연을 꼼꼼히 관찰한 시마즈는 밝게 말했다. "정말 좋았어. 다윈보다 훨씬 나아."

의외일 정도로 확신에 찬 말투와 평가였다.

가루베, 다치바나, 아키 등이 시마즈의 얼굴을 뭔가 신기한 것이라도 보듯이 바라보았다.

천재 시마즈의 인상 깊은 그 평가의 말이 쓰쿠다의 가슴속에도 뚜렷하게 새겨졌다.

철수가 시작되고, 축제가 끝나고 난 후의 어수선한 시간이 찾아왔다.

시연회장에 줄줄이 늘어선 노점도 슬슬 장사를 끝낼 즈음, 근처 노점에서 콜라를 산 시마즈는 쓸쓸함이 감도는 이벤트 뒷정리 작업을 멍하니 바라보고 있었다.

"시마즈."

그때 누군가 말을 걸었다.

이타미 다이가 옆에 서 있었다. 조금 볕에 탔고, 예전과 달리 눈빛이 날카로워졌다. 뭔가와 싸우는 눈이라고 시마즈는 생각했다. 아니면 실패가 용납되지 않는 일상 속에서 압박을 당하고 있는 남자의 눈일지도 모른다. 그리고 지금 그 눈은 어쩐지 자랑스러워 보이기도 했다.

"어땠어, 우리 트랙터. 괜찮았지?"

시마즈는 바로 대답하지 않고 콜라를 한 모금 마셨다.

"정말로 그 트랙터를 판매할 거야?"

분명 뜻밖의 질문이었으리라. 무슨 뜻인지 헤아리려는 듯 이타미가 가느스름하게 뜬 눈으로 시마즈를 보았다.

"그게 무슨 소리야?"

"그 트랙터의 트랜스미션, 내가 설계한 거잖아."

"아, 그 얘기였구나."

이타미는 드디어 이해했다는 것처럼 난감한 웃음을 지으며 허리에 손을 댔다. 고개를 숙이고 어떻게 답할지 고민하듯 드문드문해진 손님들의 모습에 시선을 준 후 다시 시마즈를 보았다.

"분명 그건 네가 설계한 거야. 하지만 그 트랜스미션의 모든 권리는 우리가 가지고 있어. 연구개발비도 우리가 댔잖아. 특허도 회사가 소유하도록 되어 있고."

"그런 말이 아니야."

시마즈는 그렇게 대꾸하고 다시금 이타미를 쳐다보았다.

"이타미, 결국 아무것도 모르는구나. 경영자일 뿐 역시 기술자는 아니야."

"그건 또 무슨 소리야?"

이타미의 얼굴이 굳어지고 눈빛이 더 날카로워졌다.

"그 말 그대로야. 정말 그 정도로 괜찮다고 생각해?"

이타미는 아주 잠깐 시마즈를 응시했다.

"아무것도 모르는 건 시마즈, 너야. 넌 지는 쪽에 붙은 거라고."

그리고 시선을 철수 중인 데이코쿠중공업 텐트로 돌렸다. "데이코쿠중공업도 쓰쿠다제작소도 무인 농업로봇으로는 우리를 당해내지 못해. 시마즈, 쓰쿠다제작소에 들어갔다면서? 대학 강의실에서 현장으로 돌아온 건 환영해. 하지만 쓰쿠다제작소에 있으면 따분하기만 할걸."

"따분하기는. 난 즐겁게 지내고 있어."

시마즈는 딱 잘라 말했다. 이타미가 또 뭔가 말하려 했을 때, "시마 씨, 이것 좀 봐주세요" 하고 텐트 쪽에서 다치바나의 목소리가 들렸다.

"지금 갈게!"

대답한 시마즈는 손만 한 번 흔들고 바로 이타미에게 등을 돌렸다.

4

"뭐야, 텔레비전에 나올 테니 기대하라고 했으면서 다윈밖에 안 나오잖아."

그다음 날 아침, 텔레비전 채널을 돌리면서 쓰쿠다의 딸 리나가 불평했다.

"우리가 시연하기 전에 총리가 돌아갔으니 그럴 수밖에."

"다윈만 보고?"

쓰쿠다의 대답에 리나는 어이없다는 듯 말하더니 "그래가지고 내년 출시 괜찮겠어?" 하고 걱정스럽게 눈썹을 모았다.

"이제부터 홍보비를 투입해서 데이코쿠중공업 제품의 우수성을 알리는 수밖에 없겠지."

홍보비를 넉넉히 사용할 수 있는 것이 데이코쿠중공업의 장점이다. 한편 다윈은 홍보비가 부족한 대신, 언론을 잘 이용해 공짜로 광고 효과를 보고 있는 셈이다.

"우리 회사는 아무래도 세상 물정을 모르는 구석이 있단 말이지."

리나도 데이코쿠중공업에 다니면서 뭔가 절실히 느끼는 바가 있는 것이리라. "회사끼리의 거래는 잘하지만, 일반 소비자에 대한 감각이 없다고 할까."

"그렇지만 이번 사업은 자이젠 씨 담당이니까 어떻게든 하겠지."

"마토바 이사가 문제야. 그 사람에게는 제품을 판매하는 노하우는 없어. 있는 건 사내 정치력뿐이라고."

쓰쿠다의 말을 리나는 제법 그럴싸하게 받아쳤다. "게다가 이번 무인 농업로봇 사업이 마토바 이사에게 도망칠 구멍을 만들어 줬어."

"그건 무슨 소리야?"

흘려들을 수 없는 이야기다.

"왜, 오카야마 농업축제에서 제대로 창피당한 후에 도마 사장이 방향성을 수정했잖아. 그 때문에 만약 실패해도 도마 사장이 시장의 요구를 잘못 파악했기 때문이라고 변명할 수 있거든. 실제로 마토바 이사는 이미 주변에 그런 소리를 하고 다닌다나 봐.

사장이 참견하면 제대로 되는 일이 없다고."

마토바라면 충분히 그럴 법하다.

"리나, 마토바 순이치는 대체 어떤 사람이야?"

쓰쿠다는 새삼스레 물었다. 그 정도까지 탐욕스럽게 출세를 노리는 남자의 본성은 무엇일까.

"나도 들은 이야기인데."

리나는 그렇게 서론을 깔고, 자신이 알고 있는 마토바 순이치의 내력을 이야기했다.

마토바 순이치는 도쿄 시부야의 관사에서 태어나고 자랐다.

원래 마토바의 집은 예로부터 니혼바시에서 섬유 도매상으로 번성한 장사꾼 집안이었다. 그런 집안의 셋째 아들로 태어난 마토바의 아버지는 오로지 성실하게 학업에만 정진한 사람으로, 당시 명문 중의 명문이었던 히비야고등학교를 졸업하고 도쿄대학교 법학부에 진학한 전형적인 수재였다.

매사에 엄격한 아버지는 마토바를 늘 엄하게 대하며 칭찬하는 일이 거의 없었다. 시험에서 90점을 받으면 왜 만점을 못 받았느냐고 야단쳤고, 운동회에서 계주 주자가 됐다고 해도 건성으로 대답했다.

아버지는 머리는 빼어나게 좋았지만 스포츠에 털끝만큼도 흥미가 없어서 야구 중계방송조차 한 번도 본 적이 없을 정도였다. 발이 빨라봤자 뭐하나, 진심으로 그렇게 생각하며 굳이 그런 본심을 숨기려고도 하지 않았다. 아들을 칭찬하거나 격려하는 짓따위는 하지 않는다는 신념 같은 것을 가지고 있었다.

"슌이치가 좋아하니까 칭찬 좀 해줘요."

어머니가 타이르면 근엄한 얼굴로 이렇게 말하곤 했다.

"자식의 비위나 맞춰서 어쩌자는 거야!"

그런 아버지는 옛 대장성, 현재로 치면 재무성의 고위 관료였다. 그곳은 엘리트 의식에 절어 있는 말과 행동이 고스란히 통하는 일터였다.

장차 차관 후보로 거론될 만큼 기대를 받던 아버지는 출세의 계단을 순조롭게 올라갔다.

아버지가 생각하기로 세상 속 권력 피라미드의 정점에 있는 건 도쿄대학교 출신의 대장성 관료였다. 자신들은 의심할 여지없이 이 나라의 지배계급이며, 아랫것들을 이끈다. 민영기업은 자신들에 의해 좌지우지되는 하층계급에 지나지 않는다.

"민영기업 놈들은 닥치고 우리가 하라는 대로 따르면 돼."

그런 말을 서슴없이 내뱉는 아버지에게 마토바는 학업 성적이 시원치 못하고, 하나부터 열까지 기대에 어긋난 아들이었다.

사실 마토바는 공부를 못하는 편이 아니었다. 아버지가 너무 뛰어났을 따름이다.

그런 아버지에게 분명하게 적의를 품은 건 마토바가 게이오대학교에 진학하기로 결정했을 때였다.

"뭐야, 사립? 상사에게 고개를 못 들겠군. 꼴도 보기 싫다."

─꼴도 보기 싫다.

그 한마디는 마토바의 가슴속에 영원히 지워지지 않는 상처로 남았다. 아버지에게 자신은 그저 생물학적인 자식에 불과하며, 가치 없는 경멸의 대상에 지나지 않는다.

아버지에게 강렬하게 대항하고자 하는 의식이 싹튼 것도 이때였다.

"언젠가 본때를 보여주겠어, 반드시."

아버지에게 품은 반골 정신은 이윽고 억제할 수 없는 증오로 바뀌어갔다.

마토바는 더 이상 아버지와 말 한마디 하지 않았고, 대학에 입학하자 가쿠게이대학역 근처에 하숙집을 구해 집을 나왔다.

시간이 흘러 대학교 4학년 여름, 아버지가 출세길에서 미끄러진 것을 알았다.

그 소식을 마토바에게 몰래 알려준 사람은 어머니였다.

"기운이 없으시니까 가끔 들르고 그러렴."

관료에게는 인사행정이 전부다. 대장성 차관을 노리던 남자가 처음 맛본 좌절이리라.

마토바는 기꺼이 어머니의 부탁을 받아들여 그다음 주 일요일에 분쿄구에 있는 관사로 향했다.

출세가도를 똑바로 달려온 아버지. 학벌과 관료의 가치관이 전부라고 믿었던 남자는 과연 얼마나 낙담했을까. 아버지의 낙담이 심하면 심할수록 마토바는 희열에 젖어 만족스러울 것 같았다.

한편 마토바도 알릴 일이 하나 있었다. 직장을 구한 것이다.

집에 도착하자 1월에 한 번 보고 반년 만에 보는 아버지는 거실 테이블 앞에 앉아 조용히 책을 읽고 있었다. 마토바의 집은 늘

조용하니 텔레비전을 켜놓은 적이 없다. 이때도 그랬다.

"어머니한테 들었어요. 안됐네요."

다소나마 안타까워하는 척하려 했지만, 마토바의 입에서 나온 말에는 억누를 수 없는 비웃음이 섞여 있었다.

흥, 하고 콧방귀를 뀔 뿐 아버지는 대답하지 않았다.

하지만 그 옆얼굴에 숨길 수 없는 불편한 심기가 서려 있는 것을 보고 마토바는 속으로 쾌재를 불렀다.

정상을 노리고 달려온 아버지에게 이제부터 일터는 매력 없는 무채색 세상일 것이다. 권력욕이 강한 사람이 권력을 놓치는 건, 삶을 부정당하는 것이나 마찬가지다.

실의의 구렁텅이에 빠진 아버지를 보고 마토바는 이날 품고 온 소식을 알리기로 했다.

"저, 데이코쿠중공업에 취직했어요."

"와, 데이코쿠중공업이라니. 정말 잘됐구나."

커피를 타 온 어머니가 말했을 때 또 흥, 하고 아버지가 무시하듯 콧방귀를 뀌는 소리가 들렸다.

"민영기업이나 가다니."

"왜요, 그게 뭐가 잘못됐는데요!"

내뱉듯이 말한 아버지에게 마토바는 분노의 화살을 향했다.

"얘야."

어머니가 타이르듯 말했지만 마토바는 분노가 타오르는 눈으로 아버지를 계속 노려보았다.

"관료가 대단하다고 생각하는 건 관료들뿐이에요."

"세상 물정도 모르는 녀석이 입만 살아가지고."

마토바가 일침을 가하자 아버지는 냉소를 던졌다. 출세의 계단에서 발을 헛디뎠어도 아버지의 엘리트 의식은 여전히 건재했다.

"데이코쿠중공업도 관료가 정한 규칙을 따라야 해. 허가가 나지 않으면 아무것도 못 하지. 민영기업은 그런 법이야."

"아버지, 정말로 자기가 그렇게 대단하다고 생각해요?"

마토바는 심술궂은 질문을 던졌다. "심보가 그러니까 사람들이 관료를 싫어하는 거라고요. 하기는 소견이 그렇게 좁으니까 출세를 못 한 건지도 모르지만."

"뭐라고!"

미움에 찬 목소리가 아버지의 입에서 튀어나왔다. 아버지는 읽고 있던 책을 내려놓고 화가 나서 새하얗게 질린 얼굴로 마토바를 노려보았다.

"난 데이코쿠중공업에서 반드시 출세할 거예요. 아버지 같은 관료가 얼마나 고리타분한 인간인지 관료의 세상 밖에서 가르쳐 드리죠."

아버지는 다시 책을 들더니, 마치 그 자리에 마토바가 없는 것처럼 한마디도 하지 않았다.

데이코쿠중공업에 입사한 마토바는 엘리트들만 모이는 기계사업부에 배치돼, 화려한 성과를 올리며 동기들 중에서 제일 앞서 출세의 계단을 하나하나 올라갔다. 성과를 위해서는 인정사정 없이 방해물을 제거했고, 동료조차 거들떠보지 않았다.

그 원동력은 아버지에게 품은 증오였다. 아버지의 굳어버린 가치관을 깨부수기 위한 반란이었다.

아버지는 마토바가 기계사업부 부장이 된 해에 뇌출혈로 덧없이 세상을 떠났다.

일가친척과 친구 몇 명만 참석한 조촐한 장례식은 담담하게 진행됐다.

예상치 못한 일이 일어난 건 관 뚜껑을 닫기 전, 마지막으로 작별을 고할 때였다. 관 속에 잠든 늙은 아버지의 얼굴을 보자 마토바는 믿기지 않게도 느닷없이 솟구친 슬픔과 분노를 억누르지 못하고 울음이 터져 나왔다.

끝날 줄 모르는 오열에 일가친척이 놀랄 정도였다. 그야말로 통곡이라는 말이 어울렸다.

마토바를 뒤흔든 건 단순한 슬픔이라기보다 무엇에도 비할 바 없는 상실감이었다.

아버지에게 품은 증오를 밑거름 삼아, 본때를 보여주고 말겠다는 일념으로 살아왔다. 하지만 아버지는 마지막까지 마토바의 삶에 아무런 평가를 해주지 않았다.

승진할 때마다 마토바가 넌지시 어머니에게 알렸으니, 어머니가 아버지에게 그 소식을 전하지 않았을 리 없다. 하지만 아버지가 반응을 보인 적은 단 한 번도 없었다. 마토바가 살아온 방식을, 그 노력을 어떻게 여기는지 한 번도 말하지 않고 결국 세상을 떠난 것이다.

도대체 아버지에게 나는 뭐였을까.

도대체 나는 어떻게 살아야 했을까.

마토바는 아버지의 죽음과 함께 자신의 인생 자체에 의미를 잃고, 방향감각을 상실한 채 표류하기 시작했다.

한마디라도 좋으니 마토바의 경력과 삶을 인정한다고 말해주었더라면. 하지만 아버지가 돌아가심으로써 그건 영원히 이루어지지 않을 꿈이 되고 말았다.

장례식이 끝나고 화장장에서 기다리는 내내 마토바는 넋을 놓은 상태였다. 유골함을 끌어안고 어머니와 함께 아버지가 퇴직 후에 산 작은 맨션으로 돌아와서야 정처 없이 떠돌던 정신을 붙잡았다.

"결국, 아버지는 날 어떻게 생각한 걸까."

마토바는 유골함을 작은 불단 앞에 놓고 말했다. 어머니에게 물어봤다기보다는 혼잣말이었다.

"아무렇게도 생각 안 했어."

어머니는 지친 표정으로 염주를 움켜쥔 채 두 손을 모았다. "너에 대해서도 나에 대해서도 아무 생각도 안 했지. 결국 자기 생각밖에 안 한 거야, 너희 아버지는."

마토바는 깜짝 놀라 어머니를 뚫어져라 바라보았다.

어머니가 아버지를 나쁘게 말하는 건 처음이었다.

어머니는 관료의 아내로서 평생 헌신적으로 아버지를 내조했다. 그런 어머니가 본심을 꺼내놓은 것이다.

"넌 지금까지처럼 하면 돼."

어머니는 불단을 똑바로 보고 앉은 채 염주를 든 손을 무릎에 얹었다. 한 여자의 의연한 옆얼굴이 마토바의 눈에 들어왔다.

"이제 와서 살아가는 방식을 바꿀 수는 없지. 어떻게 바꾸겠니. 인생은 어차피 다 그런 법이란다. 나답지 않다고 여긴 삶이 의외로 나다운 삶일 때도 있어."

어머니의 말은 마토바의 괴로움과 슬픔을 깡그리 지워버리고도 남을 만큼 충격적이었다.

그건 동시에 마토바 슌이치가 마토바 슌이치답게 살기로 결정지은 순간이기도 했다.

"아버지에게 품은 증오가 일하는 원동력이라. 그야말로 비극이로군."

리나의 이야기가 끝나자 쓰쿠다는 피곤한 표정으로 고개를 저었다.

"그런데 리나, 그런 이야기는 어디서 들었니?"

"직장에 마토바 이사랑 같이 일했다는 사람이 있는데, 취하면 그런 이야기를 한다나 봐. 듣는 부하직원들은 고역이겠지."

"동정받고 싶은 걸까?"

"자기 방식을 이해해주기 바라는 거겠지. 뭐, 이해는 해도 결코 공감은 못 하겠지만."

리나는 그런 말을 남기고 회사에 갔다.

그러고 보니 자이젠도 한때 마토바 밑에 있었다는 이야기가 떠올랐다. 쓰쿠다에게 그 이야기를 했을 때 자이젠의 표정이 복잡했던 건 분명 마토바의 이러한 내력을 알기 때문이리라.

그로부터 한 달쯤 지났을 무렵, 자이젠이 무인 농업로봇 판매 계획이 결정됐다고 알렸다.

"출시일이 정식으로 결정됐습니다. 올해 10월부터 수주를 개시하고, 출하는 내년 7월부터입니다."

"마침내 결정됐군요."

쓰쿠다는 표정을 다잡았다. 생산 계획은 벌써 결정돼 쓰쿠다제작소의 우쓰노미야 공장도 양산 준비에 들어갔다.

알파1의 테스트도 최종 단계에 돌입했으며, 제품화에 필요한 과제는 대부분 해결한 상태다. 그런 상황에서 올해 10월이라는 수주 시기는 고려할 수 있는 최단 일정이었다.

"한 가지, 문제가 있습니다."

그러나 데이코쿠중공업의 회의실에서 자이젠은 어두운 표정을 지었다.

"실은 이틀 전에 마케팅 담당이 야마타니 계열 대리점에서 들은 이야기인데요. 다윈이 출하를 석 달쯤 앞당긴다는군요."

"같은 7월 아니었습니까?"

사전 정보로는 그랬다. 데이코쿠중공업도 라이벌의 동향을 파악하고 판매 계획을 세웠다는 이야기였다.

"다윈은 아무래도 4월부터 출하한다는 모양입니다."

"그거 큰일인데요."

쓰쿠다도 무심코 미간을 찌푸렸다.

안 그래도 인기로 우위에 선 다윈이 출하 시기도 앞선다면 설령 수주 시기를 맞추어도 고객을 빼앗길 가능성이 있다.

"저희로서도 그에 맞추어 앞당길 수 없을지 검토했습니다만."

쓰쿠다도 공장의 생산 계획을 떠올렸다. 4월에 출하하려면 생산 계획 자체를 대폭 변경할 필요가 있다. 하지만 현재 상황에서 계획 변경에 대응할 만한 여력을 확보하기는 불가능하다.

"이건 제 추측입니다만."

그렇게 서론을 깔고 자이젠은 말을 이었다. "어쩌면 한 방 먹은 게 아닐까 싶기도 하네요."

"즉, 처음부터 다윈 쪽은 4월에 맞추어 움직이고 있었다는 뜻입니까?"

쓰쿠다가 놀라서 묻자 자이젠은 고개를 끄덕였다.

"가능성은 있습니다. 사전 정보로는 분명 내년 7월 출하였습니다만, 얼마 전에 갑자기 4월로 앞당긴다고 대리점에 통보를 했답니다. 저희 회사가 어떻게 나오는지 확인하고 대응에 나선 것 아닐까요?"

물론 정확한 사정은 알 수 없다.

그러나 다윈은 만만치 않다. 허허실실을 이용한 양동작전으로 데이코쿠중공업의 판매 전략을 휘젓더라도 이상할 건 없다.

"아무튼 출시 시기가 결정된 이상 대대적으로 홍보할 생각입니다. 잘 부탁드립니다, 쓰쿠다 씨."

과연 그걸로 얼마나 많은 고객을 붙잡아둘 수 있을까.

그건 쓰쿠다도, 당사자인 자이젠도 뚜껑을 열어보기 전까지는 모르는 일이었다. 그런데—.

5

"무인 농업로봇 수주가 시원치 않다던데. 어떻게 된 건지 이유를 설명해주겠나?"

임원회의에서 상무이사 오다가 마토바에게 질문을 던졌다. 늘 어앉은 임원들의 시선이 집중되자 "죄송합니다" 하고 마토바는 작게 사과했다.

"실은 예상과 달리 경쟁사의 출시 시기가 앞당겨졌습니다. 그래서 당초 저희 제품을 구입할 것이라 예측된 농가의 수요가 그쪽으로 흡수된 것 같습니다. 다원은 농림협에서 판매하는 것 외에도, 대규모 농기계 제조사인 야마타니의 협력으로 전국에 깔린 유통망이 대리점 기능을 하고 있습니다. 한편 저희는 판매사로 설립한 데이코쿠농업판매의 유통망이 아직 충분히 자리 잡지 못해서, 실질적인 판매는 농림협에만 의존하고 있는 상태입니다. 이 차이도 크지 않을까 싶습니다."

이유야 어쨌든 초반전은 참패다. 하지만 그저 졌다는 사실에 수긍하고 넘어갈 임원들이 아니다. 그래서 마토바는 곧바로 말을 덧붙였다.

"또한 당초 저희는 대형 농업로봇을 기획했습니다만, 도중에 다원과 경쟁할 소형 트랙터로 변경했습니다. 이런 과정에서 발생한 혼란도 생산이 늦어진 원인이라고 보고받았습니다."

임원 몇 명이 슬쩍 도마를 보았다. 이로써 마토바를 비판하는 분위기는 수그러졌다.

"아직 판매를 시작한 지 얼마 되지도 않았잖나."

그때 도마가 딱딱한 표정으로 말을 꺼냈다. "많은 농가가 무인 농업로봇의 성능을 알면서도 살지 말지 상황을 지켜보고 있을 거야. 도로교통법 문제와 농림수산성*의 관리 단속도 있을 테니 현재 상태로서는 무인 농업로봇의 성능을 백 퍼센트 발휘할 수 있는 환경이 아니거든."

그건 도마의 말대로였다. "승리를 판가름하는 진정한 싸움은 그런 문제가 해결된 후에야 시작되겠지. 그때까지 자네는 우리 회사의 유통망 구축을 서두르게. 그리고 데이코쿠중공업에서 개발한 제품의 평가를 높여야 해. 이건 단기전이 아니야."

초반전의 실패를 책망당하지 않아 마토바는 한숨 돌렸지만, 회의가 끝난 후에 오키타 회장에게 질책을 받았다.

"나사가 빠졌군!"

마토바를 회장실로 호출한 오키타는 불쾌하기 짝이 없다는 표정으로 그렇게 단언했다.

"자네는 차기 사장 후보야. 그런데 뭐야, 법 정비를 기다린다느니 장기전이라느니 그렇게 느긋하게 굴어서야 되겠나! 그래서는 도마의 노선을 은연중에 인정하는 꼴이 아니냔 말이야."

공손한 자세로 듣고 있던 마토바는 아픈 곳을 찔려 입술을 깨물었다.

"내가 자네를 사장이 될 만한 그릇이라 평가한 건, 타협 없이 전체를 휘어잡는 수완을 높이 샀기 때문일세. 나뿐만이 아니라

---

* 한국의 농림축산식품부와 해양수산부에 해당하는 일본의 행정기관.

모든 임원이 자네의 수완에 주목하고 있어. 이 흐름을 잘 이용하게. 열세일수록 성공을 거두면 경영자로서 자네는 확실한 평가를 받겠지. 막무가내든 전례가 없든 상관 말고 어떻게 해서라도 길을 뚫어내."

오키타는 가슴속에 푹푹 찔러 넣듯이 마토바를 질타했다. "그게 마토바 슌이치라는 사내 아닌가? 자기가 어떤 인물인지 생각해내."

오키타는 머리끝까지 화가 난 모양이었다. 하지만 그 질타는 보이지 않는 곳에서 불시에 날아온 강력한 화살처럼 마토바의 가슴을 꿰뚫었다.

그 말이 옳다.

자신에게 중요한 것은 단 하나, 마토바 슌이치답게 살아가는 것이었다. 그것이 바로 그날, 아버지의 영정사진 앞에서 도달한 깨달음 아니었던가.

"어려운 국면입니다만, 어떻게든 활로를 열겠습니다."

마토바는 오키타에게 머리를 깊이 숙였다. 그때 이미 가슴속에 방책이 하나 떠올랐다. 그야말로 마토바 슌이치다운 방책이.

회장실을 나선 그 길로 마토바는 제조부장 오쿠사와의 집무실로 향했다.

"제조부의 하청업체 중에서 다윈에 관여하고 있는 회사를 싹다 찾아내."

집무실에 들어오자마자 쪼아대는 마토바에게 놀란 듯 오쿠사와는 엉거주춤 일어섰다.

"그 목록을 작성해서 뭘⋯⋯."

오쿠사와의 어중간한 질문에 돌아온 것은 작심한 마토바의 눈빛이었다.

"우리 경쟁자에게 가담한 회사가 돈을 벌어서야 쓰겠나."

"잘라내라고요?"

오쿠사와가 당혹스러움을 감추지 않고 물었다. 현장에 혼란을 야기하지 않겠느냐는 불안감이 제일 먼저 밀려왔겠지만, 그건 마토바도 잘 안다. 마토바는 물불 가리지 않고 기필코 파워게임을 벌일 생각이었다.

"거래 조건을 철저하게 재검토해."

마토바는 말했다. "단가를 낮추고, 응하지 않는 회사가 있으면 수주처를 바꿔."

마토바의 명령에 '부정'은 용납되지 않는다.

"당장 조사해서 목록을 작성하겠습니다."

부탁한다는 한마디를 남기고 마토바는 왔을 때와 똑같이 바쁘게 일어서서 오쿠사와의 집무실을 뒤로했다.

6

다윈의 출시를 기념해 개최된 파티는 대성황이었다.

파티 참석자는 프로젝트에 힘을 보태준, 게이힌 지역의 영세중소기업 약 300곳의 대표자들이다.

"경이로운 출발입니다! 수주를 받은 다윈의 수가 천 대를 돌파했습니다. 다 여러분께서 지원해주신 덕분입니다. 정말 감사드립니다."

단상에서 열변을 토하고 있는 사람은 다이달로스의 시게타 도시유키였다. "그러나 싸움은 이제부터입니다. 우리에게 돈은 없습니다. 대신에 지혜와 재치라는 무기가 있죠. 앞으로 더욱더 우리 중소기업의 기술력을 전국에 널리 알립시다!"

뒤쪽 스크린에 떠 있던 사진이 바뀌어 다윈의 위풍당당한 모습이 커다랗게 비치자, 홀을 가득 채운 참석자들이 환성과 박수를 보냈다.

중의원 의원 하기야마 히토시가 건배사를 하러 일어섰다.

"일본의 산업을 지탱해온 저희 게이힌 지역의 장인들이 드디어 주역의 자리에 섰습니다. 이 약진에 전국이 갈채를 보냈고, 마침내 하마하타 총리님의 마음까지 움직여 ICT 농업 추진 프로그램에도 선정됐습니다. 이건 쾌거입니다. 이 기세를 몰아 꼭 여러분의 기술력을 전국에, 그리고 세계에 떨쳐주시기 바랍니다. 다윈 프로젝트의 대성공과 여러분의 건승을 기원하며 건배!"

이어서 스크린에 다윈이 주행 시연을 하는 모습이 비쳤다.

하마하타 총리의 등장으로 기타미자와시에서 찍은 영상임을 알 수 있었다. 그다음에는 오카야마 농업축제에서 찍은 주행 시연 영상으로 바뀌었다. 데이코쿠중공업의 트랙터가 수로에 떨어지는 장면이 나오자 파티장의 분위기가 더욱 들끓었다.

"라이벌 기업의 트랙터는 물놀이가 특기입니다. 저는 논에서

헤엄치는 연습을 하는 걸 처음 봤습니다."

다음으로 단상에 오른 지역 구청장의 멘트에 사람들은 폭소를 터뜨렸다.

파티는 이미 완벽한 승리를 축하하는 모양새였다.

다윈을 영상으로 소개한 뉴스와 정보 방송이 차례차례 등장할 때마다 사람들은 열광했다. 박수가 끊이지 않았고, 요 한 달 간 다윈의 수주 실적을 나타내는 우상향 그래프가 등장하자 감탄하는 목소리가 여기저기서 새어 나왔다. 슬라이드를 작성한 기타호리가 비교 대상으로 포함시킨 데이코쿠중공업의 수주 실적을 보면 다윈의 압도적인 우위는 명백했다.

"완전히 흥분의 도가니로군요."

파티장 한구석에서 기어 고스트의 가시와다가 기죽은 듯이 말했다.

훗타는 파티장을 가득 채운 열기와 낙관적인 분위기와는 정반대의 냉철한 눈빛을 사람들에게 던졌다.

"이게 헛소동으로 끝나지 않으면 좋으련만."

"그 일 말씀이세요?"

파티장이 시끄러워 가시와다의 목소리는 띄엄띄엄 끊겨서 들렸다. 하지만 훗타는 알아들은 모양이었다.

이날, 한 모니터 농가에서 전화로 새로운 보고가 들어왔다.

—어째 갑자기 움직이질 않더라고. 어떻게 조치해줄 거야? 오늘 작업 못 하면 늦는다고.

지바현의 채소 농가였다.

전화로는 해결할 수 없었기에 대체할 기기를 실은 트럭을 몰고 급히 현장으로 향한 사람은 홋타 본인이었다.

그 자리에서 해결할 수 있기를 바랐지만 너무 안이한 생각이었다. 한 시간의 점검 끝에 문제가 생긴 트랙터를 회수해 기어 고스트로 싣고 왔다.

"키신의 자율주행 제어 프로그램은 버그를 수정했을 텐데."

고개를 갸웃거리는 가시와다에게 홋타는 아무 대답도 하지 않았다.

승리를 축하하는 파티 분위기가 달아오르면 달아오를수록 홋타의 마음은 식어갈 뿐이었다.

뭔가 있는 것 아닐까.

모니터링 단계부터 생긴 그 의문을 홋타는 지금까지 해소하지 못했다.

"데이코쿠중공업의 트랙터도 멈추고는 할까요?"

"글쎄."

홋타는 고개를 갸웃한 후, 손님 중 한 명과 환담을 나누고 있는 히무로의 젠체하는 옆얼굴을 몰래 관찰했다. "하지만 저쪽에는 시마즈 씨가 있어. 만약 시마즈 씨라면 지금쯤 이런 곳에서 태평하게 술이나 마시고 있지 않겠지. 분명 트랜스미션을 분해해서 납득이 갈 때까지 원인을 규명할 거야."

홋타는 "이만 가야겠다"라고 말하자마자 그때까지 마시고 있던 오렌지주스 잔을 테이블에 내려놓았다.

"벌써 집에 가시게요?"

가시와다가 놀라서 물었다.

"회사에 갈 거야. 아무래도 마음에 걸리는 게 있어서."

파티장을 나선 훗타는 큰길로 나가서 택시를 잡아타고 시모마루코에 있는 회사 주소를 말했다.

7

이듬해 4월. 드넓은 밭을 트랙터 두 대가 앞뒤로 달렸다.

앞서가는 한 대는 무인 트랙터다. 로터가 회전해서 흙을 갈아엎고, 그 10미터쯤 뒤를 달리는 트랙터가 무슨 씨앗을 뿌리는 모양이다. 뒤쪽 트랙터를 운전하는 사람은 도노무라도 알고 지내는 이웃 농가의 둘째 아들이다. 최근에 그 농가도 이나모토가 주도하는 농업 법인에 참가했다는 이야기를 들었다.

이나모토가 주도하는 농업 법인이 재빨리 다윈을 구입했다는 소문은 아무래도 사실인 모양이었다.

분명 앞을 달리는 빨간색 트랙터가 틀림없다. 운전자가 없는데도 밭 가장자리까지 가면 천천히 방향을 바꿔 돌아온다.

농림수산성은 안전성이라는 관점에서 무인 트랙터의 단독 주행을 제한하고 있으므로, 이렇게 '합동 주행'을 해야 하는 등 현재 시점에서는 사용법에 제약이 있다.

"저게 다윈이라는 놈이냐?"

농로에 멈춘 소형 트럭 조수석에서 아버지 마사히로가 말했다.

병원에 다녀오는 길이다. 잠시 바라보던 마사히로는 "쓰쿠다 씨네가 추월당했구먼" 하고 속상하다는 듯이 중얼거렸다.

"7월에 나온다나 봐요."

도노무라는 소형 트럭을 출발시키며 요전에 쓰쿠다에게 들은 이야기를 해주었다.

"우리한테는 논을 빌려준 답례 겸 공짜로 빌려주겠다던데요."

"뭐야, 주는 게 아니고? 쩨쩨하기는."

"빌리는 게 낫죠. 빌리면 유지보수도 저쪽 부담이니까. 신경 써주는 거라고요."

"그렇구나. 과연 쓰쿠다 씨야."

마사히로는 감탄한 듯이 말했지만 표정은 시원치 않았다. "하지만 출시가 좀 늦는 거 아니냐?"

아니나 다를까 그런 감상이 새어 나왔다. "안 그래도 평판에서 밀렸잖니. 먼저 먹는 놈이 임자라고, 하다못해 먼저 출시하기를 바랐는데."

"다윈 쪽이 출시 시기를 끝까지 덮어놓았던 모양이에요. 좀 더 늦게 출시한다는 미끼를 물게 만들려고요."

"이야, 중소기업 사장님들의 실력이 제법인걸."

마사히로의 반응에는 감탄과 야유가 섞여 있었다.

"아버지, 다윈은 싫으세요?"

도노무라 부자가 논을 데이코쿠중공업에 실험농장으로 빌려줬다는 이야기는 이 부근에서 유명하다.

텔레비전 방송의 영향으로 다윈의 인기가 높다 보니 대기업인 데이코쿠중공업을 도와주는 도노무라 부자를 싸늘하게 보는 시선도 있다.

그뿐만이 아니다. 수해로 많은 농가가 막대한 피해를 입은 가운데, 도노무라네는 논을 데이코쿠중공업에 실험농장으로 제공해서 경제적 손실을 메꿀 수 있었다. 그건 전적으로 쓰쿠다의 재치와 온정에서 비롯된 일이지만, 그 일 자체를 시샘하는 사람도 적지 않다.

도노무라가 생각하기에 꼭 시골이기 때문은 아니다. 도시에서도, 회사라는 조직에서도 같은 일은 일어난다. 직장인으로 오래 지내온 도노무라는 수없이 비슷한 경험을 했다.

뒷담화를 하는 사람은 하게 놔두면 된다.

인간은 역사 속에서 다양한 차별 및 편견과 싸워왔다. 하지만 그건 결코 없어지지 않는다. 기껏해야 남들 앞에서 대놓고 그러지 않는 사회성을 배우는 정도다.

"딱히 싫은 건 아니다만 마음에 안 들어."

"그게 그거잖아요."

도노무라가 어이없어하자 아버지는 활짝 열어둔 창문을 닫더니 셔츠 주머니를 들여다보고 인상을 찌푸렸다. 담배를 피우려다 의사의 지시로 금연 중이라는 것이 떠오른 모양이다.

"텔레비전에서 치켜세우는 게 아무래도 비위에 거슬려. 연예인도 아닌데 끝내는 일국의 총리까지 나서서 알맹이를 잘 알아보지도 않고 인기를 얻기 위한 도구로 삼다니, 그게 뭐람."

"데이코쿠중공업은 언론에서 화제조차 삼지 않는데 말이죠."

"주문이 거의 안 들어온다는구나."

아버지가 그런 것까지 알고 있어서 도노무라는 놀랐다.

"농림협 직원에게 물어보니 그러더군. 게다가 농림협에서도 다윈을 추천한대. 총리가 보증한 제품이라면서."

성능은 데이코쿠중공업 쪽이 높을 텐데.

그러나 그것으로 세상의 평가가 변동되란 법은 없다. 이건 성능의 고저를 떠나, 호불호의 문제이기도 하기 때문이다.

"부디 힘냈으면 좋겠구나."

농림협까지 가서 데이코쿠중공업 트랙터의 수주 상황을 물어보다니. 마사히로는 어느덧 도노무라보다 더 데이코쿠중공업의, 아니 쓰쿠다제작소의 열렬한 지원자가 되었다.

도노무라는 전부 쓰쿠다 고헤이라는 남자의 매력에 빠졌기 때문이라고 생각했다.

쓰쿠다제작소의 열정적인 직원들과 만나서 이야기를 나누면 누구나 그들을 좋아하게 된다.

이제부터야. 힘내.

도노무라도 운전대를 잡으며 속으로 진심 어린 성원을 보냈다.

8장
데이코쿠중공업의 반격과 패러다임 시프트

1

다윈에 뒤처지기를 3개월. 데이코쿠중공업의 생산라인에서 완성된 무인 농업로봇을 주문한 농가가 인수한 것은 7월 초였다.

출시되면서 개발 코드네임 알파1의 제품명은 '랜드크로우'로 정해졌다.

준천정위성 야타가라스에서 따온 이름이라고 한다. 일단은 무인 트랙터, 그리고 여름 끝자락에 무인 콤바인을 출시할 예정이다. 잇따른 투입은 시간적 격차를 조금이라도 만회하려는 데이코쿠중공업의 의지를 나타냈다. 그러나—.

랜드크로우의 판매 실적은 수주를 시작했을 때부터 당초 계획을 크게 밑돌았고, 여태 회복될 조짐이 보이지 않는다. 이런 판매 부진은 하청기업인 쓰쿠다제작소의 실적에 직결된다.

"좀 더 홍보를 해야 합니다. 이래서야 시장은 조금도 반응하지 않을 거예요."

영업부의 쓰노 말에도 일리가 있지만, 홍보와 광고 전반은 데이코쿠중공업 담당이라 쓰쿠다제작소가 참견할 수 있는 입장이 아니다.

어느 정도 고전은 예상했지만 기대가 컸던 만큼, 회사 내부의 실망감도 컸다. 이대로 가다가는 다윈이 시장을 석권하지 않을까. 모두가 그런 위기감을 품었지만, 한편으로 예상치 못한 '소문'이 귀에 들어온 것도 이때였다.

"다윈 말인데요, 문제가 보고되고 있는 것 같습니다."

소문을 얻어듣고 온 사람은 영업부의 노무라였다. "느닷없이 멈추는 사례가 제법 많은 모양이에요."

다윈 프로젝트에 참가한 거래처에서 얻은 정보라고 한다.

"농림협이 회수한 트랙터 몇 대가 기어 고스트로 옮겨졌다는 이야기였습니다."

"그쪽도 뭔가 문제가 있다는 건가."

쓰쿠다가 말했을 때였다.

"저기……."

영업부의 무라키 아키오가 손을 살짝 들었다.

"고장과 관련된 건 아니지만, 다윈 프로젝트에 참가한 기업에서 신경 쓰이는 이야기를 들었습니다. 프로젝트에 참가한 회사 몇 곳이 최근에 이탈했다고 합니다."

무라키가 물어온 그 정보는 회의실에 의아함이 담긴 침묵을 불러왔다.

"뭘까요?"

쓰노가 납득이 가지 않는 표정으로 말했다.

"내부에서 말썽이 생겼는지도 모르겠군."

쓰쿠다는 테이블에 둘러앉은 사람들을 둘러보았다. "지금 이 이야기, 혹시 새로운 정보가 들어오면 당장 보고하도록 해."

2

"대체 무슨 일이십니까? 이유를 말씀해보십시오."

목소리가 딱딱해지는 걸 어찌하지 못하고 시게타는 남자에게 물었다.

다윈 프로젝트 본부도 겸하는 다이달로스의 응접실 소파에 난감한 표정으로 앉아 있는 건 오하시라는 남자였다.

오타구 기타센조쿠에서 오하시도색이라는 회사를 운영 중인 오하시는 이날 시게타를 찾아오자마자 다윈 프로젝트에서 빠지고 싶다고 했다.

갑작스런 이탈 표명이었다.

"어, 그러니까……."

오하시는 눈을 돌려 두 무릎 앞에 깍지 낀 손을 내려다보았다. "여러모로 생각해봤는데, 우리가 안 해도 다른 회사에서 할 수 있잖아. 그렇다면 이 바쁜 시기에 굳이 우리가 도울 필요가 있겠느냐는 결론이 나서 말이야."

정말로 바쁜 게 이유일까. 감추어둔 불만이 있는 건 아닐까. 시게타는 오하시의 얼굴을 빤히 바라보며 의심했다.

"오하시도색의 도색 기술은 이 프로젝트에 꼭 필요합니다. 다른 회사에서도 할 수 있다니 말도 안 돼요. 지금 빠지시면 곤란합니다."

사실이었다.

오하시도색은 이 지역에서 손꼽히는 도색 기술을 보유하고 있다. 게다가 트랙터 차체같이 덩치가 큰 제품이라면 대신할 업체를 금방 찾기도 쉽지 않다.

"곤란한 거야 피차일반이지."

오하시는 인상을 찌푸렸다. "우리도 협력하고 싶은 마음은 굴뚝같지만, 제법 품이 드는 것치고는 단가가 낮잖아. 솔직히 다윈 프로젝트가 성공했다고 해서 우리에게 큰 이득이 있는 것도 아니야. 이래서는 수지가 안 맞는다고."

"어떻게 좀 부탁드립니다, 사장님."

시게다는 끈질기게 물고 늘어졌다. 다윈 프로젝트에 참가하는 회사 대부분이 게이힌 지역에 자리한 변두리 공장의 기술을 널리 알린다는 기치 아래, 크게 이윤이 남지 않는 가격으로 부품 제조와 가공을 맡고 있다. 그건 동시에 데이코쿠중공업의 랜드크로우와 맞붙었을 때 가격 경쟁력을 유지하기 위한 방책이기도 했다.

"전부 우리 지역 기업의 발전을 위해서입니다. 지금 당장은 이득이 없어도, 긴 안목으로 보면 반드시 빛을 볼 겁니다. 다윈 프로젝트를 응원하는 전국의 팬들을 위해서라도 부디 함께해주십시오. 부탁드립니다."

"어허, 이거 왜 이러나!"

시게타가 고개를 깊이 숙이자 오하시는 허둥지둥 말렸다.

"뭐, 사장님이 하고 싶은 말은 알겠는데, 이쪽도 장사를 하는 입장이라서. 여러모로 어려운 사정도 있고 말이야. 미안하지만 앞으로 협력은 힘들겠다는 걸로 알아줬으면 해. 이만 실례할게."

자리에서 일어난 오하시는 시게타의 만류도 듣지 않고 달아나 듯 다이달로스의 사무실을 나섰다.

그 뒤에는 멍하니 그 모습을 바라볼 수밖에 없는 시게타 혼자 남겨졌다.

이것으로 다섯 번째 이탈이었다.

회사가 약 300곳 참가한 일대 프로젝트다. 이탈자가 나오는 것 자체는 놀랍지 않고, 그러리라 어느 정도 예측도 했다. 오히려 지금까지 아무도 그만두지 않은 게 신기할 정도다. 반대로 말하면 그만큼 다윈 프로젝트가 성공했다는 증거이기도 했다.

그런데 이제 와서 이탈자가 속출하다니.

"대체 어떻게 된 거야."

하나같이 이유에 납득이 가지 않아서 찜찜했다.

분명 다들 바쁘기는 할 것이다. 발주 가격이 낮다고 한다면, 그 역시 사실이다. 하지만 그만한 일로 도미노 패 넘어가듯이 이탈자가 잇따르는 건 부자연스럽다.

뭔가 있다.

시게타가 그 이유를 알게 된 건 그로부터 며칠 후였다.

"잠깐 시간 있으십니까, 시게타 씨?"

다급한 목소리로 전화를 건 이타미에게 오늘은 회사에 있다고

답하자 그는 금세 달려왔다.

"아까 다카오카기계공업의 다카오카 사장님이 저희를 찾아오셨는데요. 프로젝트에서 빠지고 싶답니다."

다이달로스의 사장실에 들어온 이타미는 화가 치미는 기색으로 말했다.

또인가.

이타미는 아연실색한 시게타에게 더욱 예상치 못한 말을 내던졌다.

"이거 마토바의 소행입니다, 시게타 씨."

"그게 무슨 소리야?"

시게타는 잠시 할 말을 잃었다가 갈라진 목소리로 물었다.

"도무지 이해가 안 돼서 다카오카 사장님을 다그쳐서 알아냈습니다. 다윈 프로젝트에 협력하면 앞으로 거래 조건을 재검토하겠다고 데이코쿠중공업이 통보했다는군요. 다른 하청업체에게도 마찬가지인 모양입니다. 데이코쿠중공업에 다니는 지인에게 들었는데 지시를 내린 건 마토바예요. 틀림없습니다."

눈이 휘둥그레진 시게타의 얼굴에 천천히 분노가 퍼져나갔다.

"데이코쿠중공업이 거래를 재검토하면 다카오카기계공업은 엄청난 타격을 입습니다. 우리와 거래를 그만두면 그러한 사태를 피할 수 있다, 그거겠죠."

이타미는 오른쪽 주먹으로 소파 쿠션을 후려쳤다.

"그럼 오하시 사장이 이탈한 것도."

"거기도 데이코쿠중공업과 거래하는 양이 제법 많습니다. 다들 이러니저러니 적당한 핑계를 대지만 진상은 데이코쿠중공업이 압력을 가한 것입니다."

시게타는 가슴속에서 분노가 활활 타올랐다.

"다카오카기계공업이 이탈했을 때 우리에게 미치는 영향은?"

시게타의 질문에 이타미는 손가락으로 눈썹 언저리를 세게 누르며 고뇌하는 표정을 지었다.

"대체할 회사를 찾으려면 시간이 걸립니다. 몇몇 곳에 견적을 받고 품질까지 확인하려면 족히 한 달은 걸리지 않을까 싶은데요."

다카오카기계공업은 기어 고스트의 주요 부품을 납품하는 공급처다.

"재고는 한 달 반 분량밖에 없어요. 자칫하면 생산라인이 멈출겁니다."

시게타는 날카로운 눈으로 방 안의 빈 공간을 노려보았다. 불의의 일격을 받고 적을 쏘아보는 투사의 눈이다.

"우리의 생산 과정을 뒤흔들어서 제품 공급을 멈추려는 수작입니다, 마토바는."

이타미의 말에 시게타는 잠자코 소파에 몸을 묻고 눈을 감았다.

다윈 프로젝트는 변두리의 기술력을 세상에 알리자는 기치 아래 모인, 이를테면 뜻 있는 회사들로 뭉쳐진 느슨한 공동체다. 다윈을 제조할 때 계약서는 썼지만, 계약 파기에 관한 벌칙 규정은 없는 거나 마찬가지다.

"상황이 어떻게 돌아가는지는 알았어. 내일 저녁에 다시 협의

하고 싶은데, 시간 있나?"

말없이 잠깐 생각하던 시게타는 이타미에게 묵직한 눈빛을 던졌다. "우리 법률고문을 소개하고 싶은데."

"법률고문? 어쩌시려고요?"

이타미가 물었지만 시게타는 명확한 답변을 피했다.

"아무튼 와. 이야기는 그때 하지."

대체 시게타는 무슨 속셈일까ㅡ.

다음 날 저녁, 약속대로 시게타를 방문한 이타미는 응접실에 들어가자마자 시게타와 마주 앉아 있는 사람을 보고 말문이 턱 막혔다.

"오, 이타미 사장님. 저번에는 참으로 큰 폐를 끼쳤습니다. 건강한 모습으로 활약하고 계셔서 참 좋네요."

일어서서 선웃음을 짓는 남자를 보고 이타미는 당혹스러운 표정을 지었다.

"왜 당신이 여기에……."

시게타는 법률고문이라고 했지만 이 남자는 변호사가 아니었다. 왜냐하면 이타미도 잘 아는 악행을 저질러 변호사 자격을 박탈당했기 때문이다. 덧붙여 유죄 판결을 받아 실형을 선고받은 전과자다.

"언제 나왔습니까?"

이타미는 저도 모르게 눈살을 찌푸리며 물었다.

"석 달쯤 전에요."

남자는 대답한 후 양복 안주머니에서 명함집을 꺼내 명함 한 장을 이타미에게 내밀었다.

주식회사 다이달로스 법률고문
나카가와 교이치

"그렇게 되었으니 앞으로 잘 부탁드립니다, 이타미 사장님."
나카가와는 과장되게 정중한 태도로 이타미에게 허리를 숙였다.

3

변두리 공장 무인 트랙터 '다윈' 출하 중단

신문의 헤드라인은 쓰쿠다를 비롯해 쓰쿠다제작소 직원들에게 충격으로 다가왔다.
설마 싶어 모두가 눈을 의심하는 동시에, 일종의 으스스한 전율을 느낀 것도 사실이다.
금요일 밤이었다.
쓰쿠다의 제안으로 직원들은 회사 근처 술집 2층 방에서 한잔하고 있었다. 친목을 도모하기 위해 가지는 회식이다. 참석은 자유고, 회비는 1인당 3천 엔. 총 회비를 넘어서면 나머지 비용은 쓰쿠다가 부담한다.

"꼴좋다고 하고 싶은 마음이지만, 기분이 썩 좋지는 않네요."

그렇게 말한 쓰노는 석연치 않은 표정으로 맥주를 쭉 들이켰다.

마토바 슌이치가 다윈 프로젝트에 협력하는 기업에 압력을 가하고 있다.

쓰쿠다는 정보를 수집해 그럴듯 경악스러운 진상에 도달했다.

"마토바 이사가 본색을 드러낸 걸까요?"

야마사키가 비아냥거렸다. "가장 힘없는 상대를 직접 공격해 무너뜨린다……. 우리까지 악역이 된 기분입니다."

"공을 세우기 위해서는 물불을 가리지 않는 게 마토바식인가 보군."

쓰쿠다도 험악한 표정으로 천장을 올려다보았다. "그걸 높이 평가할 기분은 안 들어. 자이젠 씨 이야기로는 제조부에서도 이번 조치에 의문을 표하는 경향이 있는 것 같아. 다만 마토바 이사가 직접 지시를 내려서 아무도 반대 의견을 내지 못하고 따르는 수밖에 없는 모양이야."

"이런 방해 공작이 얼마나 효과가 있을지는 의문인데요."

가라키다가 냉정하게 평가했다. "생산 중단으로 몰아넣어봤자 기껏해야 한 달 정도밖에 안 가겠죠. 그냥 시간 벌기예요."

"그사이 반격해서 형세를 역전하려는 속셈 아니겠습니까?"

쓰노가 인상을 찡그리고 말했다. "이런 쪼잔한 작전을 펼치는 한편으로, 사내에서는 판매 촉진을 독려하고 있다고 하니까요. 덕분에 우리도 바빠질 것 같습니다."

농업에 도움이 되겠다는 대의명분은 옆으로 밀려나고, 눈앞의 이익과 선두 다툼을 위해 맹렬히 싸운다.

편하고 깨끗한 일만 해서는 먹고살 수 없겠지만, 이런 짓은 부당하다.

쓰쿠다는 회사 경영이 얼마나 어려운지 새삼 통감했다.

농업을 위해서라고 한들 사업으로서 농업에 관여하는 이상, 데이코쿠중공업과 다윈 프로젝트의 치열한 싸움에 휘말릴 수밖에 없다. 제삼자처럼 수수방관하기는 불가능하다.

쓰쿠다와 직원들이 어떻게 생각하든 쓰쿠다제작소는 데이코쿠중공업 쪽의 주요 멤버로서 싸움을 해나갈 수밖에 없는 것이다.

"하청업체는 죽을 맛이라니까."

투덜대는 쓰노에게 "정말 그래" 하고 쓰쿠다도 고개를 끄덕이는 것이 고작이었다.

"결국 마토바 이사는 기술을 평가할 줄 모르는 거예요."

시마즈가 냉랭한 투로 말했다. "그렇게 비겁한 술수를 부리지 않아도 우리 엔진과 트랜스미션으로 다윈에 이길 수 있는데."

"마토바 이사는 조급함이 있다고 데이코쿠중공업 사람이 그랬습니다."

에바라가 말했다. "차기 사장 후보라지만 《주간폴트》의 보도로 시작해, 무인 농업로봇 사업에서도 고전을 면치 못하고 있죠. 후원자인 오키타 회장이 따끔하게 질책했다고 들었습니다."

현재 마토바에게 달아날 곳은 없다. 쓰쿠다가 보기에는 그랬다.

"이렇게까지 잘될 줄이야."

마토바가 희미한 웃음을 띤 채 던진 신문에는 다윈의 출하가 중단됐다는 헤드라인이 대문짝만하게 박혀 있었다.

"하청업체들이 모두 벌벌 떨면서 지시에 따랐습니다."

찬탄하는 표정을 짓는 오쿠사와를 보고 마토바는 거만하게 말했다.

"하청업체는 결국 우리 없이는 아무것도 못해. 고작 그 정도의 놈들이지."

하청업체를 깔보는 마토바의 '귀족 의식'은 기계사업부 시절에 길러진 것이다.

일찍이 협력회의 중진 기업인 시게타공업에 사형선고를 내린 후, 사내에서는 마토바의 급진적인 일 처리에 대한 비판이 높아졌다. 신문에 기사가 나서 하청업체 죽이기라고 비난당한 것이 계기였다.

이때 마토바가 취한 행동은 두 가지였다. 하나는 시게타공업을 담당한 이타미 다이에게 책임을 덮어씌워 기계사업부에서 쫓아낸 것. 그리고 또 하나는 하청기업을 자르는 대신, 철저하게 쥐어짠 것이다.

표면상으로는 하청기업과의 거래를 소중히 하는 데이코쿠중공업의 전통을 존중하는 것처럼 보인다. 하지만 실제로는 하청업체 목조르기라고 부를 만큼 혹독한 거래 조건을 강요해 과감한 비용 절감을 실현함으로써 수익 개선을 꾀했다.

이 시책이 성공했을 때 마토바는 그때까지 하청업체에 품고 있던 생각을 바꿨다.

쥐어짜면 어떻게든 된다고.

그건 협력사를 존중해온 데이코쿠중공업의 사풍과는 정반대의 발상이었다. 시게타공업같이 '기골' 있는 회사는 어디에도 없었다. 마토바에게 사형을 선고받고 세상에서 사라진 시게타공업의 전말을 목격한 협력사 사장들은 완전히 움츠러들었다.

이때 마토바는 소위 봉건시대의 영주와 마찬가지였다. 그에게 하청업체는 자기 마음대로 할 수 있는 어중이떠중이 소작농 집단이었다.

마토바 본인은 몰랐지만, 그러한 심리는 사실 한결같이 민영기업을 비하하던 아버지의 선민사상과 크게 다를 바 없었다. 결국 마토바는 그때의 아버지와 동화한 셈이다.

"다윈을 주문한 농가에서는 불안의 목소리가 높아지는 모양입니다. 주문을 취소하는 곳도 있다는군요."

마토바는 자신이 꾸민 전략의 성과에 만족해 의기양양한 표정을 지었다.

"다윈 프로젝트 놈들은 나를 철저하게 박살낼 거라더군."

마토바는 빈정대듯 웃었다. "요전에 시게타가 나한테 그랬어. 시게타공업의 그 시게타가 말이야."

"요전번 기타미자와에 가셨을 때 말씀입니까? 그러고 보니 그런 무례한 소리를 했었죠. 이타미도 함께 있었는데요."

"그래. 그놈도 있었지."

마토바는 밉살스러운 웃음을 지었다. "그건 내가 할 말이야. 철저하게 박살내주지. 데이코쿠중공업에 덤볐다간 어떻게 되는지 시게타와 이타미에게 다시 한 번 알려주겠어."

4

7월 말, 드디어 도노무라의 집에 데이코쿠중공업에서 출시한 무인 농업로봇 랜드크로우가 도착했다.

"드디어 왔군."

데이코쿠농업판매의 운반용 트럭이 도착하기를 도노무라보다 더 고대한 사람은 아버지 마사히로였다. 위태로운 걸음걸이로 현관에서 뛰쳐나갔다. 너무 서두르느라 슬리퍼를 짝짝이로 신었을 정도다.

밖으로 나가자 라바오렌지색의 최신형 무인 트랙터가 여름 햇살을 눈부시게 반사하며 도노무라와 마사히로 앞에 떡하니 놓여 있었다.

"이보게, 시동을 걸어봐."

마음이 달뜬 마사히로의 재촉에 담당직원이 웃으며 요청에 응했다.

"소리 한번 좋군, 끝내줘. 역시 쓰쿠다제작소의 엔진은 뛰어나. 안 그러냐, 나오히로!"

"아버지가 뭘 아신다고 그래요."

도노무라는 어처구니없어하며 웃었지만, 실은 자랑스러웠다.

이 엔진을 만드는 직원들의 열의와 한없이 진지한 태도를 잘 알기 때문이다.

그들은 날마다 과제와 맞닥뜨리며, 조금이라도 좋은 제품을 만들기 위해 도전한다. 그렇게 해서 한 대 한 대 혼을 담아 제조한 엔진은 간절히 필요로 하는 사람에게 전달되는 것이다.

일찍이 농가에 가래를 끄는 소는 가족과 마찬가지였다. 지금도 그렇다. 트랙터는 농가에 없어서는 안 될 소중한 파트너다.

쓰쿠다제작소가 도노무라에게 보내준 무인 농업로봇 랜드크로우는 70마력이다. 그리고 ICT 농업의 최첨단을 달리는 장비, 즉 토양 성분 분석 기능이 장착된 로터가 달려 있다.

일단 데이코쿠농업판매의 담당자가 도노무라네 논의 지형 정보를 컴퓨터에 입력하고, 다음으로 작업 내용과 지정 시간 등을 설정했다. 그리고 다루는 방법을 배우는 데 한나절. 초반부 세팅 작업에만 하루가 걸렸다.

도노무라에게 맡길 줄 알았는데, 평소 스마트폰조차 제대로 못 다루는 마사히로도 곁에 서서 컴퓨터를 들여다보며 설명에 열심히 귀를 기울였다.

"나중에 가르쳐드릴 테니 쉬세요."

도노무라의 말에도 마사히로는 물러서지 않았다.

"아니, 나도 들어야지. 이걸 배우면 나도 다시 쌀농사를 지을 수 있잖니. 계속하게."

이 말에는 데이코쿠농업판매의 담당자도 놀라고 감동한 모양이다.

"혹시 모르는 부분이 있으면 주저 없이 말씀해주세요."

담당자는 사용설명서에 따라 열심히 가르쳐주었다.

"농업은 어쩌면 갈라파고스제도 같은 건지도 모르겠어."

그로부터 2주쯤 지났을 때 마사히로가 말을 꺼냈다. "이만한 일을 할 수 있는데, 진보하는 세상에서 홀로 떨어져 지냈구나. 뭐랬더라, 그 어쩌구 위성……."

"준천정위성 야타가라스. 그거 덕분이래요."

뭔가를 계기로 지금까지 열리지 않았던 문이 열린다. 꼼짝없이 고여 있던 것이 봇물 터진 것처럼 흘러나온다.

야타가라스가 바로 그 계기다.

측위 시스템의 오차는 고작 몇 센티미터. 이 정밀도가 농업을 바꾸고, 사람들에게 농업의 새로운 가능성을 일깨우는 것이다.

도노무라는 쓰쿠다제작소에서 보낸 나날을 돌아보며 잠시 감개에 잠기지 않을 수 없었다.

로켓을 발사한다는 꿈을 좇는 사람이 있었다. 그 꿈이 준천정위성 야타가라스를 우주로 날려 보냈고, 먼 길을 돌아 고령화된 농업을 구할 방법을 제시했다.

얼핏 보기에는 아무 관련 없는 노력과 열의가 맞물려, 벽에 부딪친 사람들에게 용기와 도움을 준다는 사실에 도노무라는 깊은 경의와 박수를 보냈다.

이 트랙터가 오기 전까지만 해도 도노무라는 반신반의했다. ICT 농업이라고 떠들지만, 결국 하나도 변하지 않는 것 아닐까 의심했다.

그러나 랜드크로우는 도노무라 집안의 농업을 근간부터 바꾸어놓았다.

우선 아버지가 논에 나갈 수 있게 됐다. 더 나아가 아버지는 평생 쌓아온 경험에 비추어서도 놀랄 만한 일을 매일 체험했다.

트랙터가 수집해오는 정확한 데이터와 오랜 세월 쌀농사를 해온 베테랑 농부의 감, 그 차이다.

지금까지 아버지는 눈으로 보고 피부로 느낀 것으로 판단해 그날 할 일을 결정했다. 논에 물 대기, 비료 뿌리기, 전부 그랬다. 그런데 이제는 감에 의존해왔던 일들이 데이터라는 객관적인 분석 자료로 제시된다.

"내 감도 네 개 중에 하나는 틀렸더구나."

나중에 마사히로는 그렇게 말했다.

이 차이는 판단에 반영돼 작업을 잘못된 방향으로 이끈다. 그리고 최종적으로는 수확량의 감소로 이어진다.

ICT 농업에서 효율이란 단순히 일하는 사람의 작업량을 줄인다는 뜻뿐만이 아니라, 논의 수확량을 올린다는 뜻도 포함한다. 그것도 도노무라가 배운 사실 중 하나였다.

쓰쿠다는 그러한 뜻을 농가 사람들에게 전해달라는 바람도 담아서 도노무라에게 트랙터를 빌려줬을 것이다.

"야, 도노무라. 여기."

예초기로 논두렁길의 잡초를 베고 있던 도노무라는 멀리서 부르는 목소리를 듣고 보호용 앞가리개를 올렸다.

이나모토였다. 농림협 직원 요시이를 소형 트럭에 태우고 가는 중이었다. 이나모토가 주도하는 농업 법인은 그 후로도 꾸준히 참가자 수를 늘려, 이제는 이 부근에서 제일 큰 농업 단체가 되었다. 농림협의 가장 큰 단골 고객이다.

"저건 뭐야?"

이나모토가 운전자 없이 논을 주행하는 랜드크로우를 턱으로 가리켰다. "혹시 데이코쿠중공업에서 만든 트랙터?"

"맞아."

예초기를 켜놓은 채 도노무라는 목에 두른 수건으로 얼굴에 흐르는 땀을 닦았다.

"어디서 샀습니까?"

요시이가 날선 목소리로 물었다. 랜드크로우는 농림협에서도 판매한다. 살 거라면 왜 자기 동네의 농림협에서 사지 않았느냐고 은근히 타박하는 것이리라.

"빌린 겁니다."

도노무라는 쓸데없이 다투기 싫어 그렇게 대답했다. 실제로는 대여료도 임차료도 내지 않지만, 그걸 설명하기도 귀찮았다.

"데이코쿠중공업에서 나온 건 가격도 비싸고 성능도 별로라던데 잘 굴러가나?"

놀리는 듯한 이나모토의 질문은 도노무라가 아니라 조수석의 요시이에게 던진 것이었다.

"글쎄요. 농림협에서는 거의 팔리지 않아서 잘 모르겠습니다. 인터넷에서 찾아봐도 수로에 뒤집어지는 동영상만 나오더라고요."

요시이는 비웃음을 지었다. "하지만 도노무라 씨는 데이코쿠중공업에 잘 보이려면 사용하지 않을 수 없는 거겠죠."

"쓰고 싶어서 쓰는 겁니다."

도노무라의 말에 이나모토와 요시이가 동시에 소리 내어 웃었다.

"입만 살아가지고. 오기 부리냐?"

이나모토는 이때라는 듯이 웃음 속에 감춘 도노무라에 대한 악의를 내보이며 "실은 다원을 사용하고 싶겠지. 후회막심이겠어" 하고 말을 이었다.

이런 작자들과 말다툼을 해봤자 아무 소용없다. 이제 할 말 다 했다는 듯 도노무라는 앞가리개를 내리고 다시 예초기를 돌렸다.

5

시즈오카현 하마마쓰시. 그 교외에 자리한 드넓은 땅에 대규모 농기계 제조사 야마타니의 하마마쓰 공장이 있다.

오전 8시 반이 지났을 무렵, 비서가 공장장실의 문을 두드리고 한 남자와 함께 들어왔다. 공장의 아침은 이르다.

남자는 이날 본사 판매부에서 출장을 나온 나구모 겐지다.

"오늘 잘 부탁드립니다, 공장장님."

나구모는 주부 지방의 판매를 총괄하는 과장으로, 고객인 쌀 농가를 호텔에서 모셔와 오전 10시부터 하마마쓰 공장을 견학할 예정이었다. 그 후 점심식사 때는 접대를 겸해 공장장인 이루마도 동석해달라고 요청했다.

나구모는 오늘 견학을 올 농가의 자료를 펼쳐놓고 간단한 설명을 하기 위해 이렇게 일찍 찾아온 것이다.

"세 농가를 모셔올 텐데요. 다들 10헥타르쯤 농사를 짓는 전업농입니다. 트랙터가 노후해서 슬슬 교체할 시기가 되었다길래 신형 트랙터를 강력하게 추천하고 싶습니다. 잘 부탁드립니다."

나구모는 그렇게 말하고 머리를 숙였다.

"또 다윈을 사고 싶다는 이야기가 나오는 거 아니야?"

설명을 들은 이루마는 농담처럼 말했다.

"인기가 많은 건 알겠지만, 이쪽 사정도 좀 봐줘야지."

다윈은 야마타니의 유통망을 통해 취급하기는 하지만, 야마타니가 통으로 생산한 트랙터가 아니라서 팔려도 이익은 얼마 안 된다. 야마타니는 다윈의 차체를 제조 및 공급하고 있는데, 공장 견학자에게는 그 공정이 인기가 많다. 희망자에게는 다윈의 무인주행을 보여주는 서비스까지 제공한다.

"그렇게 되지 않길 바랍니다만."

고객의 의향에 대해서는 나구모도 별로 자신이 없는 모양이었다. "이제 트랙터를 교체하려는 농가에서 다윈을 고려하지 않는 곳은 없으니까요."

"그야 그렇겠지. 그만큼 화제가 되었으니."

이루마는 수긍하는 표정을 지었지만 "다만 다윈에도 문제는 있어서요" 하고 나구모가 약간 찜찜한 소리를 했다.

"제조 중단 말인가? 신문에도 실렸더군."

아마도 일시적인 현상이겠지만, 부품 조달이 불가능해져 다윈의 제조가 멈췄다. 언제 재개할지는 확실치 않은 듯하지만, 이루마는 한 달 정도면 재개하지 않겠느냐고 추측했다.

"신문에는 단순히 부품 공급이 늦어졌다고 나왔던데, 어떻게 된 건가? 공급망 구축은 기어 고스트의 특기일 텐데."

사장 이타미 다이는 애당초 그 기술로 기어 고스트를 설립해 성공을 거둔 남자다.

"그게 아무래도 데이코쿠중공업이 뒤에서 손을 쓴 것 같습니다."

나구모가 뜻밖의 정보를 꺼내놓았다. "랜드크로우를 출시하고 나서 라이벌 다윈 프로젝트에 가담한 하청업체에 압력을 가했다는군요."

"어떤 압력을?"

이루마가 물었다. 그게 중요한 점이기 때문이다.

"거래 조건을 재검토하겠다고 으름장을 놓았다던가. 입단속을 시켰겠지만, 정보는 어디서든 찔끔찔끔 새어 나오는 법이죠. 밥맛없다고 생각하는 하청업체도 있을 테니까요."

"그거 위험한데. 그러다 뒤통수를 된통 맞을지도 몰라."

이루마는 잠시 생각하다 말을 이었다. "랜드크로우가 괜찮은 트랙터인 만큼 유감이군."

"식견 높으신 공장장님께 랜드크로우의 평을 들을 줄이야. 영광입니다."

나구모가 알랑방귀의 대가라는 건 어제오늘 일이 아니다.

"내가 보기에는 엔진도 트랜스미션도 랜드크로우가 더 우수해. 다만 가격도 랜드크로우가 더 비싸지. 그게 문제야."

"가격 차이를 메꿀 만큼 성능이 좋으냐, 그거로군요."

"그렇지. 다윈은 다이달로스와 기어 고스트의 제휴를 통한 저가 생산이라는 측면에서 좀 더 강점이 있으니까."

"사실 제가 말씀드린 문제는 그 부분입니다."

나구모는 목소리를 낮추었다. "문제가 발생했다는 보고가 조금씩 올라오고 있어서요. 제품화 초기 단계라는 점을 감안하더라도 좀 많지 않은가 싶습니다."

"그래? 대체 어떤 문제인데?"

금시초문이었다. 이루마는 차분하게 물었다.

"우선 통신에 관련된 게 하나. 키신의 자율주행 제어 시스템이 가끔 다운된다는 불만이 접수됐습니다. 그리고 그것보다 이쪽이 더 심각한데요, 갑자기 작동이 멈추는 문제가 이미 두 건 보고됐어요. 이건 일단 우리 유통망에서 취급하는 차량에 한정된 이야기인데요. 농림협에서 판매된 차량에서도 동일한 문제가 발생했을 가능성이 있습니다."

"작동이 멈춘다니, 무슨 상황인데?"

"작업 중에 시동이 꺼지고는 움직이지를 않아서 결국 판매점이 회수했다고 합니다."

"어째서 멈추는 거지? 수동으로 바꾸어도 움직이지 않나?"

이루마는 기술자로서 한 발짝 파고들어 질문했다.

"그렇습니다. 시동은 걸리긴 합니다만."

"트랜스미션 고장인가."

나구모의 대답에 이루마가 중얼거렸다. "다윈 프로젝트 쪽에도 설명했겠지. 어떻게 대응하고 있나?"

"트랜스미션 고장이 문제의 원인으로 추정됩니다만, 그걸 유발한 건 키신 쪽 문제가 아닐까 싶답니다."

"원인을 확실하게 규명하지 못했다는 건가."

이루마는 눈살을 찌푸렸다. "분명 모니터링 단계에서도 그런 고장이 발생했을 거야. 해결하지 못한 건가?"

"말씀하신 대로입니다. 다만 그때는 키신의 프로그램 버그가 문제의 원인으로 지적됐답니다. 제품화할 때 버그를 수정했다고 들었는데요. 지금도 프로그램을 점검하고 있다고는 하는데."

과연 판매를 총괄하는 입장인 만큼 나구모는 정보통이다. 유통망, 고객, 그리고 업계 지인 등 실로 다양한 곳에서 정보를 입수한다.

"최근에 소문으로 들은 이야기인데요. 키신이라는 회사 자체에 약간 꺼림칙한 과거가 있는 것 같더군요."

나구모는 예전에 홋카이도농업대학의 노기 교수에게 일어난 일을 들려주었다. "키신의 밑바탕은 산학협동이라는 구실로 파견한 연구원이 훔친 프로그램 아니냐는 소문입니다. 그런데 그건 벌써 7년이나 지난 일이거든요. 그동안 벌어진 노기 교수와 키신의 개발력이 자율주행 제어 시스템의 안정성에 그대로 반영된 게 아니냐는 이야기입니다."

이루마는 손가락을 턱에 대고 복잡한 표정으로 생각에 잠겼다. 이윽고 고개를 들고 물었다.

"이번 문제에 대해 하야세는 알고 있겠지?"

하야세는 야마타니에서 영업을 담당하는 임원이다. "만약 아직 모른다면 당장 보고서를 올려주게. 그리고 나구모."

이루마는 한마디 덧붙였다. "오늘 손님께는 꼭 우리가 개발한 트랙터를 팔도록 하지. 다윈이 아니라."

6

홋타는 심각한 표정으로 구석 자리 테이블에 이타미와 마주 앉아 있었다.

가마타에 위치한 이타미의 단골 일식집이다. 카운터석 일곱 개에 테이블석은 두 개뿐인 작은 가게다. 이날 손님은 이타미와 홋타뿐이라 남들이 이야기를 들을 걱정은 없다.

종업원이 방금 테이블에 활어회를 갖다놓았지만, 홋타도 이타미도 손대지 않았다. 이타미는 젓가락 대신 홋타의 보고서를 들고 있었다.

"확실히 너무 많군."

문제에 관한 보고서다. 야마타니, 그리고 농림협에서 보고된 컴플레인 건수와 내용을 정리했다.

"히무로에게는 보여줬나?"

"아까 보여줬습니다."

홋타의 미간에 주름이 잡히고 표정이 흐려졌다. "그래서 뭐 어

쩌라는 거냐며 돌려주더군요. 그 사람, 완전히 현실도피하고 있
어요."

홋타는 혐오감을 노골적으로 드러내며 말했다. "히무로 씨는
트랜스미션의 어딘가에 무슨 결함이 있다는 걸 알 겁니다. 그걸
찾아내기가 무서운 거예요."

"키신의 프로그램이 원인일 가능성은 없나?"

이타미도 아직 반신반의하는 눈치였다.

"가능성이 없지는 않겠죠. 하지만 우리 제품을 먼저 확인하지
않고 어쩌자는 겁니까. 경우에 따라서는 리콜을 당할지도 모르
는데."

"타이밍이 너무 안 좋아."

그건 홋타에게 하는 말이 아니라 이타미의 혼잣말처럼 들렸다.

"타이밍의 문제가 아닙니다."

홋타는 화가 나서 말했다. "말썽의 소지가 있는 트랙터가 나돌
아 다니고 있을지도 모른다고요. 히무로 씨에게 재검토를 지시해
주십시오."

홋타의 강경한 말에 이타미는 딱딱한 말투로 물었다.

"우리 트랜스미션의 어디에 문제가 있는지 대강이라도 짐작이
가나?"

이타미를 매섭게 바라보던 홋타가 시선을 내리는가 싶더니 안
타깝다는 듯이 입술을 깨물었다.

"죄송합니다. 모르겠습니다."

"히무로는……."

"히무로 씨도 모를 겁니다. 설계도도 검사했고, 작동이 멈춘 트랙터의 트랜스미션을 분해해서 변형된 부품도 발견했습니다. 그때는 키신의 프로그램에서 버그가 발견돼서 거론하지 않고 넘어갔지만, 아무래도 마음에 걸립니다. 정말로 그게 원인일까요? 만약 트랜스미션의 구조적인 문제라면……."

그때 귀를 기울이고 있던 이타미가 고개를 들었다.

"랜드크로우."

의중을 짐작할 수 없어 홋타는 그저 이타미를 바라보았다.

"랜드크로우의 트랜스미션을 우리가 리버스 엔지니어링해보면 어떨까?"

이타미가 말을 이었다. "우리 트랜스미션은 시마즈가 설계했어. 랜드크로우의 트랜스미션도 마찬가지고. 같은 형식이니 비교하면 어디기 문제인지 일아낼 수 있지 않을까?"

리버스 엔지니어링은 다른 회사의 제품을 분해해 구조나 기술을 검증하는 작업을 가리킨다.

"그렇지만 그 논리대로면 데이코쿠중공업의 랜드크로우도 같은 문제가 발생할 가능성이……."

"아니, 분명 그건 아니야."

이타미는 기타미자와에서 시마즈와 무슨 대화를 나눴는지 말해주었다.

—이타미, 결국 아무것도 모르는구나. 그 정도로 정말 괜찮다고 생각해?

"그 말인즉슨……."

홋타는 놀라서 눈이 휘둥그레졌다. "시마즈 씨는 그때 이미 이런 문제가 발생할 줄 알고 있었다는 겁니까?"

"그때는 나도 무슨 소리인지 몰랐어. 그저 오기가 나서 허세를 부리는구나 싶었지."

이타미는 후회를 내비치며 입술을 깨물었다. "하지만 그때 시마즈는 우리 트랙터의 트랜스미션에 결함이 있다는 걸 꿰뚫어봤는지도 몰라."

하지만 쓰쿠다제작소의 일원이 된 시마즈는 자신이 남긴 설계도에 무슨 결함이 있는지는 가르쳐주지 않았다. 가르쳐주는 것 자체가 쓰쿠다제작소가 개발한 트랜스미션의 노하우를 누설하는 셈이기 때문이다. 동시에 이미 결별한 기어 고스트와 자기 사이에 선을 긋는 의미도 있었으리라.

다윈 프로젝트는 순풍에 돛 단 듯 진행돼왔지만, 이제 와서 예상치 못한 난관에 직면했다. 데이코쿠중공업의 방해 공작에다, 원인을 알 수 없는 기술적 문제까지 발생했다.

"아직까지는 차이가 난다고 하지만, 이대로 가다가는 랜드크로우에게 선두를 빼앗길지도 모르겠습니다."

홋타는 심각한 표정으로 말했다. "빨리 문제의 원인을 규명해서 어떻게든 하지 않으면……"

그때였다.

이타미의 입가에 문득 웃음이 맺힌 것을 보고 홋타는 의아해서 고개를 들었다.

"그렇게 쉽지는 않을걸."

이타미가 뜻밖의 한마디를 내뱉었다.

"무슨 말씀이세요?"

"데이코쿠중공업, 아니 마토바 순이치는 곧 철퇴를 맞을 거야."

이타미가 무슨 소리를 하는 건지 훗타는 전혀 짐작이 가지 않았다.

"금방 알 수 있을 거야."

이타미는 속 모를 웃음을 지었다. "마토바 순이치는 이제 끝장이야."

7

그날 여느 때처럼 회사 차로 출근한 마토바가 처음으로 한 일은, 제조부 전체회의에 참석하는 것이었다.

오전 9시 정각에 시작된 회의에서 모두를 압박한 후, 오전 11시 반에 마루노우치에 있는 계열사인 데이코쿠상사를 방문했다. 점심을 겸해 두 회사에 관련이 있는 사업에 대해 의견을 교환하고, 대기시켜둔 차로 회사에 돌아왔다.

마토바가 돌아오기를 기쁜 표정으로 기다리고 있던 것은 제조부의 오쿠사와였다.

"다윈의 공급망은 큰 타격을 입은 모양입니다. 다이달로스도 기어 고스트도 아직 대체할 기업을 선정 중이라 생산을 재개할 전망이 보이지 않습니다. 야마타니와 농림협도 수주를 중단했답니다."

오쿠사와는 제대로 한 방 먹였다는 듯이 얼굴 가득 흡족한 웃음을 지었다.

"아직 멀었어. 이제부터 시작이야, 오쿠사와."

마토바는 날카로운 눈빛을 던지며 말했다. "철저하게 때려 부숴주겠어. 변두리의 영세기업 주제에 우리에게 덤비다니, 당치도 않지."

"그사이에 저희가 판매를 촉진하면 단숨에 점유율을 따라잡을 수 있을 겁니다, 마토바 사장님."

마토바는 씩 웃을 뿐 부정하지 않았다.

마토바가 사장 자리에 오르면 지금까지 마토바에게 충성을 다해온 오쿠사와도 출세가 보장되는 셈이다.

"아까 데이코쿠상사의 이와모토 씨와 이야기를 하고 왔어."

이와모토는 데이코쿠상사의 해외 사업을 총괄하는 임원이다.

"무인 농업로봇을 통해 우리가 꿈꾸는 사업의 판도는 광대해, 오쿠사와."

마토바는 눈을 가늘게 뜨고 저 멀리를 바라보았다. "일단 국내 점유율을 확고히 해서 일본의 농업을 책임지는 거야. 환상적이지. 하지만 나는 거기서 만족하지 않아. 내가 바라보는 건 세계의 농업이야. 낡은 농기계에 의존하는 세계의 농업에 혁명을 일으키겠어. 생산 효율을 높여 수익률을 비약적으로 향상시킬 거야. 그리고 전 지구적 식량난을 해결하는 거지. 상상해봐. 랜드크로우가 대열을 이뤄 북아메리카대륙의 대평원인 그레이트플레인스를 가로지르는 모습을! 거기에 프랑스, 이탈리아, 벨기에……."

"중국, 우크라이나……."

오쿠사와가 장단을 맞추며 아부했다.

"그래. 그때야말로 제조부가 나설 차례야, 오쿠사와."

마토바는 말을 이었다. "도마 사장 말마따나 국내에서는 분명 소형 엔진이 주류를 차지하겠지. 하지만 생산 규모가 어마어마한 해외에서는 달라. 데이코쿠중공업의 엔진과 트랜스미션이 세계의 곡창지대를 달리는 날이 머지않아 찾아올 거야. 데이코쿠중공업은 세계의 농업을 구하는 거지. 마치 구세주처럼. 그때 이 사업은 데이코쿠중공업을 지탱하는 중요한 기둥이 되어 있겠지."

오쿠사와의 머릿속에 늘어선 임원들에게 지시를 내리는 '마토바 순이치 사장'의 모습이 떠올랐다. 마토비는 아직 젊다. 분명 장기 집권할 것이다. 그리고 마토바 체제에서 자신은 요직에 임명될 것이 틀림없다.

"꿈이 아니야. 이건 가까운 미래에 실현될 현실이야."

"옳으신 말씀이십니다!"

오쿠사와는 힘차게 동의했다. "그렇지만 그 현실을 실현시킬 수 있는 분은 마토바 이사님뿐입니다. 부디 부진에 빠져 있는 회사의 앞날을 구해주십시오. 미력하나마 저도 돕겠습니다."

마토바는 그야말로 만족스러웠다.

무인 농업로봇 사업은 실패로 끝날 뻔했지만, '마토바 방식'을 관철해 라이벌을 격파하고 있다. 자신의 뛰어난 수완으로 단숨에 사업을 다시 일으켜 세우고 일본, 그리고 세계의 농업계로 진출할 포석을 까는 것이다.

그러면 사내에서 마토바의 입지는 탄탄해질 것이다.

이 조직의 정상에 올라가기 위한 길은 험준한 데다 짙은 안개와 가시덤불에 뒤덮여 있다. 그러나 마토바는 마침내 그 비밀의 화원으로 통하는 입구를 발견한 것이다.

승리가 눈앞에 있다.

배 속에서 솟아오른 웃음을 씹어 삼킨 마토바는 아버지를 떠올렸다.

민영기업을 무시하고, 아들에게도 아무 흥미를 보이지 않던 아버지. 그 아버지가 지금 마토바를 보면 어떤 감상을 품을까.

―기껏해야 민영이지.

그렇게 비웃을까. 하지만 아버지는 마토바가 그리는 장대한 청사진을 웃어넘길 만한 그릇이 아니었다.

데이코쿠중공업을 이끌어 세계적 규모의 사업을 진행하는 묘미는 각별하다.

'가스미가세키*의 공공기관에서 인사발령에 일희일비하는 관료였던 당신이 그걸 알겠어?'

아버지에게 전해지라는 듯 마토바는 속으로 말을 내뱉었다.

'모르겠지. 어차피 당신은 관료니까. 관료가 세상에서 제일 위대하다고 생각하는 건 관료들뿐이야.'

나의 승리다.

문을 두드리는 소리가 입술에 웃음을 머금은 마토바를 현실로

* 일본의 중앙행정기관 밀집 지역.

되돌렸다.

"저어······."

비서가 약간 쭈뼛쭈뼛하는 태도로 고개를 디밀었다. "다노 홍보부장님이 급히 뵙고 싶다는데요."

"다노가?"

용건이 뭐냐고 묻기도 전에 다노가 비서를 밀어젖히다시피 하며 성큼성큼 들어왔다.

"이봐, 실례잖나!"

오쿠사와가 언성을 높였다. 다노는 대꾸하지 않고 부리나케 다가와서 손에 든 서류를 마토바 앞에 내려놓았다. 다노는 얼굴이 시뻘겋고 오른손에는 손수건을 꽉 움켜쥐고 있었다.

"뉴스를 출력한 겁니다. 방금 인터넷에 올라왔습니다."

"대체 뭔데?"

서류를 힐끗 내려다본 마토바의 얼굴에서 감정이 싹 빠져나갔다.

데이코쿠중공업, 하청법 위반으로 제소당하다!
하청기업 20곳이 다윈 프로젝트 방해 공작이라며 행동에 나서······.

2일, 데이코쿠중공업의 하청기업 20곳이 데이코쿠중공업과의 거래에서 '하청 대금 감액', '단가 후려치기' 등의 불법 행위가 있었다며 공정거래위원회에 신고했다. 이번에 신고한 회사는 대부분 다윈 프로젝트에 관여하고 있었으며, 신고한 회사의 관계자는 데이코쿠중공업이 다윈 프로젝트의 영업을 방해하려는 의도가 아니겠느냐고 지적했다. 데이코쿠중공업은 무인 농업로봇 개발 사업에서 다윈 프로젝트와 경쟁 관계에 있다.

마토바가 입술을 달싹거렸지만 꽉 잠긴 목소리는 의미를 만들지 못했다. 순식간에 얼굴이 창백해지고 쳐든 시선이 허공을 정처 없이 헤맸다.

마토바는 지금까지 사람을 사람이라 여기지 않는 태도로 하청업체를 억압해왔다. 하청업체들이 자신에게 대항할 일은 없을 거라는 확신마저 품고 있었다.

그런데 지금 그 하청업체들이 일제히 반기를 든 것이다.

이는 그야말로 통한의 오산이라 해야 할 일이었다.

"그리고 하나 더."

망연자실한 마토바에게 다노가 프린트한 서류 몇 장을 내밀었다. "《주간폴트》에서 보낸 질문지입니다. 다윈 프로젝트를 견제하기 위해 우리 회사가 어떤 짓을 했는지, 아마도 하청업체 중 한 곳이 떠든 거겠죠. 하나같이 구체적인 질문들입니다. 그리고 하청업체 갑질의 주도자로 이사님의 실명이 들어갔습니다."

"빌어먹을!"

서류를 힐끗 훑어본 마토바가 갑자기 성난 목소리로 고함을 질렀다. "이 기사, 당장 뭉개버려! 절대로 내보내지 마. 뭉개버리라고!"

"그건 무리입니다. 무리라고요! 그렇게 간단한 일이 아니에요.

부정해도 모레에는 나올 거란 말입니다."

마토바가 감정적으로 나오자 다노도 큰 소리로 받아쳤다.

마토바는 다노를 노려보며 어깻숨을 쉬었다. 이마에서 땀이 흘러 떨어지는데도 아랑곳없이 다노가 마토바의 시선을 맞받았고, 그 옆에서는 오쿠사와가 예상외의 이 사태에 입술을 바르르 떨고 있었다.

눈싸움을 벌이던 끝에 경직된 분위기를 깨뜨린 건 다노였다.

"오키타 회장님께 가보십시오. 당장 오라고 하셨습니다."

그 말을 남긴 후 다노는 마토바의 대답을 기다리지 않고 곧장 방을 나갔다.

새파랗게 질린 얼굴로 미동도 없던 마토바가 얕게 숨을 쉬며 얼굴을 앞으로 향했다. 그 시선이 어디를 향하는지 오쿠사와는 모른다. 초점이 맞지 않는 그 시선은 아득히 먼, 아무도 본 적 없는 미래를 향한 것 같기도 했다.

방금까지 찬연하게 빛나고 있던 미래를.

그리고 지금 무참하게 산산조각 난 미래를.

8

"야단났습니다, 사장님!"

영업부의 에바라가 사장실로 뛰어들었다. "방금 전화로 들었는데, 데이코쿠중공업이 하청법 위반으로 공정거래위원회에 신고당했답니다!"

화요일 아침이었다.

"뭐라고?"

마침 경리부의 사코타와 앞으로의 자금 운용에 대해 협의하고 있던 쓰쿠다는 자기도 모르게 벌떡 일어섰다.

"누구한테 들었어?"

"신고에 동참한 가기야정밀기계에서요. 데이코쿠중공업 제조부의 거래처 스무 곳이 신고를 했답니다. 절반 이상이 다윈 프로젝트에 참가한 회사라는데요."

"잠깐만, 에바라."

사코타가 끼어들었다. "하청법은 그렇다 치고, 신고 단계에서 그걸 어떻게 알고 물어봤어?"

"인터넷에 기사가 떴어, 기사가! 찾아봐."

"이거……."

그 자리에서 스마트폰으로 확인한 사코타가 창백해진 얼굴을 들었다. "혹시 이거 다윈 프로젝트의 공급망에 압력을 가한 보복 아닐까?"

"틀림없어. 이번 신고를 추진한 게 다이달로스인 모양이니까."

"정말이야?"

에바라의 말을 듣고 쓰쿠다는 무심코 되물었다.

"그뿐만이 아닙니다. 다이달로스에 법률고문이 있다는데요, 누구일 것 같습니까? 나카가와예요. 그 나카가와 교이치랍니다."

"나카가와가……."

쓰쿠다는 멍하니 중얼거렸다. "감옥에서 나왔나."

실형 판결이 내려진 후 처음으로 듣는 소식이었다. 그걸 이런 형태로 듣게 될 줄은 쓰쿠다도 예상치 못했다.

"그건 그렇고 하청법이라니."

하청법의 정식 명칭은 '하청 대금 지불 지연 등 방지법'으로, 큰 회사가 우월한 지위를 악용해 하청기업을 괴롭히거나 부당한 행위를 하지 못하도록 하기 위해 제정된 법률이다.

"하청법을 위반했다고 곧바로 형사처벌을 받는 건 아니지만, 이건 사회적 제재를 노리고 벌인 짓이 분명합니다."

경리부 소속의 사코타는 업무상 그러한 법률에 밝다.

"이건 다윈 측이 마토바 슌이치에게 날린 강력한 카운터펀치입니다, 사장님."

에바라가 말했다. "스캔들을 극단적으로 싫어하는 데이코쿠중공업 입장에서 이 기사는 용서하기 힘든 굴욕이죠. 다윈 프로젝트를 이런 형태로 영업 방해한 사실까지 폭로됐으니 데이코쿠중공업의 간판에 먹칠을 한 거나 마찬가지예요. 마토바 이사의 위신이 땅에 떨어지겠는데요."

"그렇게 되도록 나카가와를 이용해 주도면밀하게 설계를 했다는 건가."

쓰쿠다도 고개를 끄덕였다. "신고에 더해 언론플레이로 화제를 만든다……. 그렇다면 기타호리라는 사람도 관여했겠군."

"아마도요. 인터넷 게시판에도 글이 올라왔는데요. 어마어마한 기세로 비판하는 댓글이 달리고 있습니다."

데이코쿠중공업 대 다윈 프로젝트의, 아니 마토바 슌이치 대 시게타 그리고 이타미의 무자비한 싸움은 지금 중대한 국면을 맞이했다.

하지만 승패의 향방은 이제 누가 보기에도 명백했다.

9

화창한 날 해질녘이면 그곳은 잘 익은 오렌지 빛깔로 물드는 예술적인 공간으로 변한다.

하지만 하늘이 찌뿌둥한 날 오후 2시, 거기에 있는 것은 살벌한 현실뿐이다. 중후하면서도 위압적인 인테리어가 일본을 대표하는 거대기업 데이코쿠중공업의 권위와 사회적 지위를 상징하는 그저 삭막한 집무실이다.

지금 마토바는 그 방의 중후한 책상 앞에 서 있었다.

호화로운 가죽의자 등받이에 기대어 난감한 듯한 얼굴로 마토바를 올려다보고 있는 사람은 회장 오키타 이사무다.

오키타는 수십 년간 산전수전을 다 겪으며 두뇌, 후각, 지략을 최대치로 발휘한 덕분에 이 자리를 얻었다. 얽히고설킨 파벌 싸움을 뚫고 나와, 미묘한 인간관계를 적절히 활용하고, 때로는 운의 도움도 받은 끝에 여기에 있다.

그리고 지금 오키타는 앞에 서 있는 마토바를 자애로움마저 느껴지는 눈으로 쳐다보고 있었다.

책상 위에는 홍보부의 다노가 올렸을 뉴스 기사와 주간지에서 보낸 질문지가 놓여 있었다.

여기 적힌 내용은 사실인가.

그렇게 물어볼 것이라고 마토바는 각오했지만, 오키타는 그렇게 묻지 않았다.

"아무 일도 일어나지 않는 인생만큼 따분한 건 없지. 평온함과 행복은 따분함과 동의어야."

감개일까, 단순한 궤변일까. 오키타의 말은 장황하지만, 이따금 심금을 울릴 때가 있다. 하지만 지금 마토바는 가슴에 아무것도 와닿지 않았다.

"행운이 도와줄 때도 있거니와, 불운이 찾아와 수렁에 처박힐 때도 있지. 납득이 가는 일은 적고, 불합리한 일은 많아. 하지만 그것도 인생의 즐거움이겠지. 안 그런가, 마토바?"

네, 하고 짧게 대답한 후 마토바는 입을 다물었다.

과연 이 까다로운 노인이 무슨 말을 하려는 건지는 모르겠다. 그러나 마토바의 얼굴을 보자마자 욕을 퍼붓는 사태가 벌어지지 않은 것만큼은 다행이었다. 오키타의 차분한 태도에 마토바는 안도했고, 거기서 한 줄기 희망을 발견한 기분이었다.

오키타는 마토바에게 든든한 후원자다. 도마와는 양립할 수 없는 경영철학을 견지하는 오키타는 같은 기계사업부 출신인 마토바를 중용하며 밀어주었고, 차기 사장으로 삼기 위한 밑밥도 부지런히 뿌려두었다. 마토바가 이뤄낸 이례적인 출세는 오키타 없이는 불가능했으리라.

"이번 일은 인생의 고작 한 페이지에 불과해."

오키타가 다시 입을 열었다. "하지만 인생을 구성하는 페이지 중에는 유감스럽기 짝이 없는 한 페이지도 존재하지. 아쉽게도 이번이 바로 그거야."

담담한 말투였다.

"자네 입장에서는 본의가 아니었을지도 모르지. 하나 회사 입장에서도 그건 마찬가지야. 이런 일이 있어서는 안 되고, 설령 있었다고 해도 절대로 세상에 알려져서는 안 돼. 데이코쿠중공업은 데이코쿠중공업이어야 해. 산업계를 이끌어온 최고의 기업으로서 품격을 지키고 모범을 보이며, 우리를 목표로 삼는 기업들의 귀감이 될 의무가 있어. 사회에서 존재와 필요를 인정받기 위해 우리 선배들은 피땀 어린 노력과 연구를 거듭했지. 현재 우리 회사는 그 토대 위에 서 있는 거야. 그런데 자네는 그 귀중한 노력을 짓밟았어."

온화하던 오키타의 표정이 확 바뀌어 험악하게 일그러졌다. 분노와 증오로 가득한 눈빛이 마토바를 깊숙이 꿰뚫었다.

"이 회사에 더 이상 자네가 있을 곳은 없어."

살기와도 비슷한 기운에 압도당해 숨을 멈춘 마토바에게 오키타는 단숨에 말을 퍼부었다.

"지금 당장 사임하게."

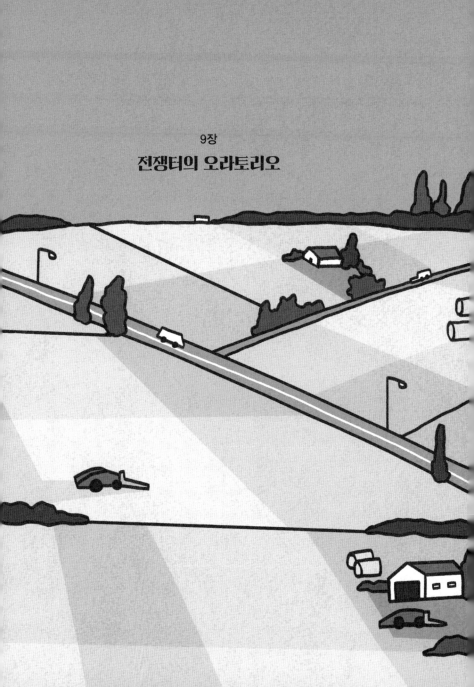

9장

전쟁터의 오라토리오

1

9월 상순의 어느 날, 학회가 있어서 도쿄에 온다고 홋카이도농업대학의 노기 히로후미에게 연락이 왔다.

학회장에서 멀지 않은 니혼바시에서 만나 닌교초에 있는 일식집에 갔다.

주로 카운터석에 앉는 손님을 상대로 장사하는 곳이지만, 안쪽에는 조용히 식사할 수 있는 방도 있다. 쓰쿠다의 취향에 맞는 가게였다. 노기와 카운터에 나란히 앉아 사장이 추천한 요리를 안주 삼아 술을 마셨다.

노기와 만나는 건 약 두 달 만이었다.

"그나저나 별일이 다 있군."

새로 나온 술을 마시며 노기가 곰곰 생각하는 표정으로 말했다.

데이코쿠중공업 이야기다.

"결과적으로 골치 아픈 일에 끌어들여서 미안해. 이번에 마토바 이사가 보인 행태는 너무 지독했어. 그렇게까지 할 필요는 없었는데."

"동감이야. 좀 더 우리의 기술력을 믿어줬다면 좋았을 텐데."

노기는 그렇게 말하고 발치에 놓아둔 가방을 들어 과학잡지 최신호를 꺼냈다.

"하지만 나쁜 일만 있는 건 아니야. 이런 대립 구조 때문에 주목을 받아 부각된 일도 있거든."

노기가 내민 것은 《월간 메커니컬사이언스》였다. 기계공학 분야의 권위 있는 전문지다.

"이건?"

"내일 발매된대. 취재를 왔던 기자가 고맙게도 일찍 견본지를 보내줬어."

포스트잇이 붙은 페이지를 펼치자 특집기사의 헤드라인이 눈에 확 들어왔다.

자율주행 제어 시스템 전격 비교! '다윈은 데이코쿠중공업을 넘어섰나?

자극적인 제목이었다.

편집부에서 두 회사의 트랙터를 빌려 스무 항목으로 나누어 비교하고 점수를 매겼다.

"압승이잖아."

쓰쿠다는 감탄하며 고개를 들었다.

기사에서는 두 회사의 트랙터를 실제로 사용하는 농가와 판매하는 농림협 등을 취재해, 다윈에서 많은 문제가 발생하고 있다는 사실까지 지적했다. 참으로 철저한 취재였다.

"주목받은 사업이라 나올 수 있는 기사야."

노기는 말했다.

"지금은 다윈이 인기에서 앞서고 있고, 이번 일로 데이코쿠중공업의 이미지는 상당히 악화되겠지. 하지만 평판과 실력은 달라. 내가 보기에는 머지않아 데이코쿠중공업의 랜드크로우가 우세해질 거야. 실은 얼마 전까지 데이코쿠중공업에 기술을 공여하는 걸 그만둘까도 싶었어."

"노기……."

쓰쿠다가 깜짝 놀라자 노기는 웃음을 지었다.

"하지만 이제는 좀 더 상황을 지켜볼 생각이야. 논문 내용뿐만 아니라, 이런 형태로 내 연구에 평가가 내려지다니 재미있잖아. 내 연구는 말하자면 실용학이야. 실용학이라면 농업에 종사하는 사람들의 평가를 진지하게 받아들여야 마땅하겠지. 그거야말로 내 연구에 대한 진정한 평가야. 그런데 그 평가는 비즈니스에 발을 들여놓지 않는 한 얻을 수 없어."

쓰쿠다는 진심으로 동의하면서도 긴장감을 느끼지 않을 수 없었다. 노기뿐만이 아니다. 쓰쿠다 역시 항상 시장의 평가를 받는 주전 선수 중 하나다. 필요 없는 제품을 만들면 순식간에 도태돼 사회의 거친 파도 사이로 사라질 운명이다.

"넌 줄곧 그런 세상에서 싸워온 거구나, 쓰쿠다."

"맞아."

쓰쿠다는 인정했다. "우리는 줄곧 여러 가지와 싸워왔어. 그리고 보다시피 어떻게든 살아가고 있지. 그게 중요해."

"어떻게든 살아간다라. 그거 좋군. 나도 그렇게 살고 싶어."

그때 호주머니 속에서 쓰쿠다의 휴대전화가 울렸다.

"미안, 자이젠 씨야."

화면을 들여다본 쓰쿠다는 양해를 구하고 의자에서 내려와 다른 손님에게 방해가 되지 않도록 가게 밖으로 나갔다.

"지금 통화 괜찮으십니까? 급히 알려드릴 일이 있어서요."

근처를 지나가는 자동차 소리 때문에 자이젠의 말은 뚝뚝 끊겨서 들렸다. "아까 저희 회사에서 긴급 기자회견을 열어 마토바 슌이치 이사의 사임을 발표했습니다."

쓰쿠다는 할 말을 잃고 가게 안에 있는 노기를 돌아보았다. 사장과 즐겁게 담소하는 노기의 옆얼굴을 보며 쓰쿠다는 나지막하게 숨을 들이마시고 자이젠의 말에 귀를 기울였다.

이윽고 통화를 마친 쓰쿠다는 숨을 크게 한 번 내쉬고 별이 없는 하늘을 올려다보았다.

9월 상순의 아직 찌는 듯한 밤공기가 충만한 밤이었다.

2

시게타 도시유키는 데이코쿠중공업의 긴급 기자회견을 전달하는 뉴스 영상을 홀로 바라보고 있었다.

시나가와구 오사키에 있는 고층 맨션의 자택이었다. 이 집에 사는 사람은 시게타 혼자뿐이다.

아내, 그리고 당시 아직 초등학생이었던 두 아이와는 시게타공업이 도산한 걸 계기로 헤어졌다. 아내는 작은 건축사무소를 운영하는 부모님 곁으로 돌아갔다. 그 후 정식으로 이혼해 홀몸이 된 지도 10년에 가깝지만, 외로움을 느낀 지는 몇 년 되지 않았다.

그때까지는 외로움을 느낄 여유도 없었다. 살아남기 위해 필사적이었다. 그리고 그렇게 되기 전 시게타는 빈곤과는 무관한 유복한 인생을 보냈다. 풍족한 대신 선택의 여지가 없는 인생을.

아버지가 창업한 시게타공업은 설립 당시에는 정밀기계를 취급하는 작은 변두리 공장에 불과했다.

그러나 대학에서 박사 학위를 취득하고 해외로 나가 자동차 관련 제조사의 연구소에서 공부한 아버지는 당시 일본에서 최첨단의 기술을 보유하고 있었다. 그리고 일단 데이코쿠중공업과 관계를 트자 순식간에 핵심 협력업체의 자리에 올랐다.

기술자의 재능뿐만 아니라 장사꾼의 재능도 타고났다는 의미에서 시게타의 아버지는 탁월한 인물이었다.

그런 아버지가 창업해 오랫동안 사장을 맡아온 시게타공업은 시게타 도시유키가 철들었을 무렵에는 이미 직원을 수백 명이나 거느린 회사였고, 나중에는 수천 명 규모까지 성장했다.

하청기업을 잘 대우하는 전통을 지닌 데이코쿠중공업을 주요 거래처로 둔 덕에 시게타공업의 경영 기반은 탄탄했지만, 그런 까닭에 장래가 좁아지고 진로가 결정된 것이 시게타 도시유키에게는 불행이었다.

시게타에게는 삶의 행로를 스스로 선택할 자유가 없었다.

학업성적이 우수해 아버지의 기대를 저버리지 않고 일류 대학을 나왔지만, 선박회사에 취직하고 싶다는 시게타의 희망은 꺾여버렸다. 데이코쿠중공업에 취직하라고 아버지가 애원 비슷하게 강요했기 때문이다.

나중에 가업인 시게타공업으로 돌아오기 전까지 이른바 '수업'을 하라는 뜻이었다.

시게타는 데이코쿠중공업의 중추라고는 하나, 당시 약간 그늘이 드리우기 시작한 기계사업부에서 일하다 서른두 살 때 가업인 시게타공업으로 돌아왔다.

직함은 상무. 그 후 자신이 건강할 때 자리를 물려주고 싶다는 아버지의 의향에 따라 서른다섯 살의 나이로 사장에 취임했다.

그러나 회장이 되어서도 대표권을 놓지 않은 아버지의 권력은 설대석이라, 자유로운 경영은 용납되지 않았다. 뭔가 새로운 일을 하려 들면 즉시 아버지가 반대했고, 터줏대감 같은 직원이 충고하고 들었다.

결국 시게타는 명색만 사장인 장식품이었다.

가슴속에 쌓인 불만은 예전 직장이자 가장 큰 거래처인 데이코쿠중공업으로 향했다.

데이코쿠중공업 기계사업부에서 10년 가까이 일하면서 가업인 시게타공업의 기술력이 뛰어나고 데이코쿠중공업에서도 높이 평가한다는 사실을 깨달았다.

시게타공업이 제조하는 정밀 부품이 없으면 생산라인이 멈춘다. 그 사실이 착각을 불러와, 시게타는 당시 실적 악화에 신음하던 데이코쿠중공업의 거듭된 비용 절감 요구를 거절했다.

사내에서는 마음대로 굴 수 없지만, 데이코쿠중공업과 교섭하는 자리에서는 행동이 자유로웠다. 반대로 시게타에게 자유는 그 정도밖에 없었다고 볼 수 있다.

시게타는 비용 절감 요구를 거절해도 데이코쿠중공업이 발주를 보류하지는 않을 거라는 자신이 있었다. 아마도 그런 태도를 아버지도 알고 있었을 테지만 참견은 하지 않았다. 아버지 또한 시게타와 마찬가지로 데이코쿠중공업에는 강경하게 나갔기 때문이다.

하지만 결과부터 말하자면 이건 실수였다.

일찍이 시게타공업의 기술력은 타의 추종을 불허했지만, 그에 필적하는 기술력을 갖춘 경쟁자가 조금씩 두각을 나타내고 있었기 때문이다.

그런 사실을 시게타는 모르더라도, 거래처를 수평적으로 보고 있는 데이코쿠중공업은 안다.

그리고 그날—.

마토바 순이치가 발주를 중단하겠다고 통보해 데이코쿠중공업과 수십 년이나 이어온 거래는 너무나도 갑작스럽게 끝났다.

확실히 비용 절감에 비협조적이기는 했다. 하지만 그걸 감안하더라도 마토바는 너무나 비정하게 굴었다.

지금도 시게타는 직원들을 모아놓고 회사가 도산했음을 알렸을 때를 떠올리곤 한다.

—오늘부로 시게타공업은 50년 역사의 막을 내립니다. 지금

까지 회사를 위해 열심히 일해준 여러분께 이런 보고를 해야 하다니 정말 한스럽기 짝이 없습니다. 사장으로서 여러분께 뭐라고 사죄를 올려야 할지 모르겠습니다.

그때 단상에 선 시게타의 가슴을 때린 건, 작업모를 가슴 앞에 꼭 움켜쥔 채 자신을 바라보는 서글픈 눈이었다. 내일부터 생활고에 시달리며 비탄에 젖어 그저 갈팡질팡할 수밖에 없는 직원들의 눈 말이다.

수천 명이나 되는 직원 하나하나를 시게타는 알고 있었다. 한 가정의 가장으로서 일하는 직원. 남편을 병으로 잃고 혼자서 아이를 키우는 워킹맘. 편찮으신 부모님 때문에 반드시 갚을 테니 간병비를 빌려달라고 부탁한 사람도 있었다.

그런 그들의 소중한 삶을, 필사적으로 분투하며 견뎌온 인생을 시게타는 망가뜨리고 말았다.

"그 사람들의 눈을 마토바, 네놈에게 보여주고 싶었어."

거실에서 홀로 텔레비전을 보던 시게타의 뺨에 눈물이 흘러내렸다.

담당 이사로서 하청법을 위반한 사실을 전면적으로 인정하고 기자회견에서 깊이 머리를 숙인 마토바 슌이치에게 무수히 많은 카메라 플래시가 터졌다.

마토바 옆에서는 사장 도마 히데키가 고개를 숙이고 있었다.

화면으로 보는 마토바는 자신의 의사가 없는 인형 같았다.

질문에는 대답하지만 목소리에 기운이 없고, 시선은 허공을 헤맸으며, 바짝 마른 입술에서 새어 나오는 말은 띄엄띄엄 끊겨서 알아듣기 힘들었다.

시게타는 눈 한 번 깜박이지 않고 마토바의 얼굴을 쏘아보았다.

'특출한 수완'을 자랑하는 마토바 순이치의 몰라볼 만큼 변해 버린 모습을.

힘없이 용서를 청하는 애처로운 남자의 모습을.

그러는 동시에 깜짝 놀랐다.

이게 내 승리인가.

시게타공업이 도산해 직원들과 함께 길바닥에 나앉은 후, 늘 행동의 원동력이 되어주었던 분노의 종착점이 여기인가 싶었다.

여기에는 기대했던 환희도 상상했던 성취감도 없었다. 있는 것이라고는 허무함뿐이었다.

나는 이런 인간에게 복수하려고 인생을 살아온 건가. 이런 인간 때문에 오직 분노를 불태우고 스스로를 채찍질해온 건가.

그리고 정신을 차려보니 아무도 없는 집, 아무도 없는 인생 속에서 홀로 눈물을 흘리고 있다. 회사, 가족, 아버지를 잃고 이제는 적도 잃었다.

이게 내 인생인가?

대답은 잔혹하리만치 명백했다.

그렇다—.

시게타는 눈물이 흘러내리는 가운데 깨달았다.

이것이야말로 내 인생, 틀림없는 내가 살아가는 방식이라고.

3

이타미는 기어 고스트 사장실에 있는 텔레비전으로 직원들과 함께 마토바 순이치를 보고 있었다.

"그것참 쌤통이네요."

직원 한 명이 내뱉듯이 말했지만 이타미는 대꾸하지 않았다.

그런 진부한 말로 지금의 감정을 표현하려니 거부감이 들었다.

일찍이 자신을 배신하고 데이코쿠중공업에서 쫓아낸 남자. 이 남자에게 품은 증오심 때문에 시마즈와 결별하고 다이달로스의 시게타와 손을 잡았다.

그런데 그렇게까지 자신을 몰아붙인 게 뭐였을까. 지금 이타미는 생각해보았다.

마토바의 부당한 처사에 대한 분노? 배신당하고 속은 것에 대한 원한?

물론 그것도 한몫했으리라.

하지만 이때 이타미는 한 가지 사실을 깨달았다.

내가 용서할 수 없는 건 마토바가 아니라 실은 자기 자신이 아닐까.

―회사는 차리지 마라.

지금도 아버지의 말은 이타미의 머릿속에 선명하게 남아 있다.

―결국 나는 스스로 고생을 짊어지고 살아온 셈이야.

일찍이 변두리에서 조그마한 공장을 경영했던 아버지는 죽음을 앞두고 이타미의 장래를 걱정해 자신의 인생을 돌이켜보며 본인이 줄 수 있는 가장 큰 교훈을 이타미에게 주었다.

—돈에 옭매이는 것만큼 꼴사나운 일은 없어.

하지만 이타미는 아버지가 본인의 인생을 돌아보며 안겨준 그 소중한 가르침에서 등을 돌렸다. 돌리지 않을 수 없었다. 마토바 때문에.

그건 아버지를 배신하는 짓임과 동시에 아버지의 인생을 짓밟는 짓이었다. 그런 식으로밖에 살 수 없었던 것을 이타미는 내내 마음속 한구석에서 후회했다.

기어 고스트라는 회사로 작은 성공을 거두었어도 이타미의 마음속에는 갈등의 불씨가 꺼지지 않았다.

그리고 성공의 그늘에 숨겨 줄곧 억제해온 갈등을 다시 현실의 문제로 제기한 사람이 시게타였다.

마토바 순이치는 이타미를 고통에서 해방시킬 유일한 돌파구였다. 무슨 일이 있어도 통과할 수밖에 없는 문 같은 존재였다.

그리고 지금—.

그 남자는 무참하게 쓰러졌다.

직원들이 차례차례 지르는 함성을 들으며 이타미는 조용히 눈을 감고 가슴 깊이 소용돌이치며 솟아올라 너울거리는 감정에 몸을 맡겼다.

인생에 단락이라는 것이 있다면 지금이 바로 그 순간일 것이다.

문은 열렸다. 과거를 청산하고 새로운 인생으로 이어지는 문이다. 그때였다.

"사장님, 사장님!"

사무보조 사카모토 나나오가 부르는 소리에 이타미는 눈을 떴다. "야마타니의 이루마 공장장님께 전화가 왔어요."

그쪽으로 가겠다고 손짓으로 알리고 떠들썩한 사장실에서 빠져나왔다.

"이타미 사장님, 실은 상의를 좀 하고 싶은데 말이야. 일이 골치 아프게 됐거든."

이루마의 목소리는 진중했다. "다원에 문제가 발생했다는 보고가 너무 많아. 우리도 조사해봤는데, 트랜스미션에 구조적인 결함이 있는 거 아닌가?"

그 지적은 승리의 여운을 날려버리기에 충분했다.

"결함이라고요?"

홋타의 지적이 머리를 스쳤다. 이타미는 어떻게 대답해야 할지 망설였다.

"이보게, 아직 인식도 못 한 건가? 설마 그렇지는 않겠지."

이루마는 따져 물었다.

"문제가 발생한 건 파악했습니다만, 현재 원인은 확인 중이라."

"그럼 당장 확인해주지 않겠나."

이루마의 목소리에 답답해하는 낌새가 섞였다. 그 직후, 이타미가 제일 두려워하는 한마디가 날아들었다.

"이런 말은 하고 싶지 않지만, 경우에 따라서는 리콜을 검토해야겠어."

4

농로를 달리던 도노무라는 브레이크를 밟아 소형 트럭을 길가에 세웠다.

왼편에 펼쳐진 논 한복판에 트랙터 한 대가 멈춰 있었다. 남자가 보닛을 열고 속을 들여다보는 중이었다.

"고장인가."

도노무라는 혼잣말을 했다. 트랙터 색깔을 보건대 분명 다윈이었다.

등을 보이고 있던 남자가 이쪽으로 돌아섰다.

"아이고!"

그 얼굴을 보고 아차 싶었지만 이미 늦었다. 도노무라는 하는수 없이 창문을 열고 목소리를 높였다.

"좀 도와줄까?"

"고맙지만 됐어."

그 대답을 듣고 도노무라는 소형 트럭을 출발시켰다. 이나모토의 짜증스러우면서도 어쩐지 체념한 듯한 표정이 묘하게 인상적이었다.

다윈은 고장이 많다.

최근 그런 이야기가 도노무라의 귀에도 이따금 들어온다.

작업 프로그램이 도중에 다운되는 것은 그나마 나은 편이고, 심한 경우에는 논밭 한가운데서 작동이 멈춘다고 한다. 작동이 멈췄을 때는 판매처인 농림협이나 야마타니에서 담당자가 나오지만, 그 자리에서 수리가 불가능하면 정지한 트랙터를 논밭에서 끌어내느라 또 애를 먹는다는 모양이다.

이나모토의 다윈도 소문으로 들리는 문제를 일으킨 게 틀림없었다.

"어때, 뭐 좀 알아냈어?"

이타미는 거래처와 협의를 마치고 회사에 돌아오자마자 2층에 있는 작은 방으로 향했다.

얼마 전부터 창고로 사용하는 방에 작업 책상을 들여놓고 트랜스미션 한 대를 분해해 정밀하게 조사하는 중이었다.

쓰쿠다제작소에서 생산해 데이코쿠중공업의 랜드크로우에 탑재한 트랜스미션의 리버스 엔지니어링이다.

"이 부품 말인데요."

홋타가 책상에 늘어놓은 부품 중 하나를 이타미에게 보여주었다.

"유성기어로군."

"네. 저희 것과 한번 비교해보십시오."

홋타는 기어 고스트에서 생산해 다윈에 탑재한 트랜스미션의 부품을 함께 보여주었다.

"같은 기능을 하는 부품인데, 쓰쿠다제작소 것은 모양이 상당히 특이합니다. 기어의 모양과 주변 부품에도 창의성이 보이고요. 이 부분에 뭔가 이유가 숨어 있을 것 같습니다."

히무로는 뚱한 표정으로 입을 꾹 다문 채 의자에 앉아 있었다.

"요컨대 우리 트랜스미션의 구조로는 부품에 부담이 너무 많이 간다는 건가?"

"현재 단계에서는 추측에 지나지 않습니다."

홋타는 그렇게 대답하고 조심스레 히무로에게 물었다. "어떻게 생각하세요, 히무로 씨?"

"이것만으로는 판단이 불가능하지."

히무로는 아주 퉁명스럽게 대답했다. "내구성 테스트라도 해보면 모를까."

"하지만 우리 트랜스미션도 설계상으로는 문제가 없었을 텐데."

이타미의 지적에 히무로와 홋타는 침묵에 잠겼다.

"그렇게 생각했습니다만, 결과는 결과니까요."

"거참, 꼭 트랜스미션이 원인이라는 보장은 없잖아."

히무로가 한사코 실수를 인정하지 않으려 들자, 홋타는 두 손 들었다는 듯이 창백한 얼굴로 옆에 서 있는 가시와다와 눈을 마주치고 한숨을 내쉬었다.

"우리 부품을 이거랑 똑같이 수정할 수는 있나?"

이타미는 쓰쿠다제작소의 부품을 내밀며 물었다.

"잠깐만요."

히무로가 성난 목소리로 끼어들었다. "그게 무슨 소립니까? 우리 때문에 트랙터에 이상이 생겼다고 인정하겠다는 겁니까? 그게 무슨 뜻인지 알아요?"

"당신은 입 다물고 있어!"

이타미는 마침내 히무로의 코끝에 손가락을 들이밀고 날카롭게 소리쳤다. "문제가 뭔지 모르잖아. 그럼 확인하는 수밖에 없지. 당신 머릿속에는 자존심밖에 없는 모양이지만, 이쪽은 회사의 운명이 걸려 있다고."

이타미의 시퍼런 서슬에 홋타와 가시와다의 눈이 동그래졌다. 히무로가 떨리는 입술로 뭐라고 반론하려 했지만 말은 나오지 않았다.

"즉시 이 부품의 권리관계를 알아봐."

홋타에게 명령한 후 이타미는 여전히 화를 가라앉히지 못하는 히무로에게 고개를 돌렸다. "개똥만도 못한 자존심에 연연하지 말고 일이나 잘해. 알겠나!"

변두리 동네에서 자란 이타미다운 일갈이었지만, 그 표정에는 한없는 위기감이 들러붙어 있었다.

그날 저녁 9시경, 데이터베이스를 뒤진 홋타가 심각한 표정으로 사장실 문을 두드렸다.

"말씀하신 부품에 관한 특허를 알아봤는데요, 이미 출원됐습니다. 출원자는 쓰쿠다제작소입니다."

5

다이달로스 사장실에는 답답한 공기가 흐르고 있었다.

이타미의 요청으로 이날 모인 사람은 다윈 프로젝트의 주요 멤버인 다이달로스의 시게타, 키신의 도가와, 그리고 기타호리기획의 기타호리를 합쳐서 총 네 명이다. 기술적인 이야기를 해야 해서 홋타도 데려왔다.

"트랜스미션의 구조에 문제가 있더라도, 그게 꼭 결함인 건 아니겠지?"

시게타가 물었다. 그게 중요한 부분이기 때문이다.

"안타깝게도 결함이 아니라고 단정할 자신도 없습니다."

홋타의 말에 시게타가 인상을 찡그리고 천장을 올려다보았다. 홋타가 이야기를 이어나갔다. "저희 회사에서 이 문제를 예의 검토해왔습니다만, 지금껏 독자적인 해결책은 얻지 못했습니다. 현재 유일한 해결책은 구조가 비슷한 쓰쿠다제작소의 트랜스미션에 사용된 기술을 도입하는 게 아닐까……."

"하지만 거기에는 지식재산권이라는 방어막이 있을 텐데."

도가와는 하는 말마다 매정하게 툭툭 내뱉는 투다. "그럼 그걸 대체할 부품을 개발해줘."

"면목 없지만 당장은 어려워요."

이타미가 대답했다. 아쉽게도 지금 기어 고스트에는 그만한 노하우가 없다. 노하우는커녕 현재 사용되는 트랜스미션에 발생한 문제의 본질조차 파악하지 못하는 실정이다. 그러니 해결책을 강구하라고 해도 도저히 무리다.

"그쪽의 히무로 씨는 뭐래?"

도가와는 이 자리에 없는 기술 책임자의 이름을 꺼냈다. "아주 거들먹거렸잖아. 그 사람이 봐도 모르겠다는 건가? 무슨 기술 책임자가 그 모양이야?"

"히무로는 얼마 전에 퇴사했습니다."

이타미의 한마디에 도가와는 눈썹을 치켜세웠다.

"결국 그 사람도 이 문제는 해결 못 했다 그건가. 꼬리를 말고 도망이라니."

도가와는 어깨를 흔들며 모멸 어린 웃음을 터뜨렸다. "그럼 그쪽 트랜스미션은 누가 설계한 거야. 자네야?"

홋타는 고개를 저었다.

"아니요. 예전에 저희 회사에 있던 시마즈라는 사람입니다. 하지만 현재는 쓰쿠다제작소 소속이라서요. 데이코쿠중공업의 랜드크로우에 탑재된 트랜스미션은 시마즈가 담당한 겁니다."

"현재 사용 중인 트랜스미션을 계속 사용하면 어떨까?"

잠자코 이야기에 귀를 기울이던 기타호리가 물었다. "결함이라고 확정 지을 수도 없는 노릇이잖아. 최상의 상태는 아니지만 작동한다면 이대로 잠시 상황을 지켜보는 것도 방법이지 싶은데. 말썽이 생기면 그때그때 대응하는 거야. 요컨대 결함이냐 아니냐보다는 고객이 납득하느냐 마느냐가 중요해."

물러터진 사고방식에 홋타는 입을 꾹 다물었다.

"야마타니에서 리콜을 검토하라고 했습니다."

이타미가 입을 열었다.

"무시할 수는 없나?"

기타호리의 질문에 이타미는 테이블을 응시하며 골똘히 생각에 잠겼다.

"야마타니와 쌓아온 신뢰 관계는 어떻게 하고요. 그런 짓을 했다가는 앞으로 거래가 끊길 겁니다."

"하지만 기어 고스트는 리콜을 할 방도가 없을 텐데. 어떻게 고쳐야 할지 모르니까."

도가와가 얄밉게 지적했다. "이제 쓰쿠다제작소에 머리를 조아리고 라이선스 계약을 맺는 수밖에 없지 않겠어?"

이타미와 홋타가 동시에 입술을 깨물었다.

"쓰쿠다제작소의 쓰쿠다 사장과는 면식이 있지?"

시게타가 물었다.

"뭐, 있기는 있습니다만."

이타미는 떨떠름한 표정으로 말을 얼버무렸다. "다만 교섭에 응할지는……."

"달리 방법이 없잖아."

도가와는 퉁명스럽게 말하더니 이타미에게 짜증이 섞인 눈빛을 던졌다. "그럼 무릎을 꿇어서라도 기술을 쓰게 해달라고 부탁하는 수밖에."

그 말이 옳다는 건 이타미와 홋타도 안다.

쓰쿠다제작소의 특허를 사용하기 위해 라이선스 계약을 체결해야 한다. 아니면 다윈 프로젝트 자체가 암초에 걸린다.

그러나—.

자신들은 쓰쿠다제작소를 배신했다.

이타미는 무서우리만치 딱딱한 표정으로 테이블의 한곳에 시선을 고정한 채 대답하지 않았다.

긴급회의는 이타미에게 일을 일임하는 형태로 일단 마무리를 지었다.

도가와는 화가 풀리지 않은 표정으로 자리를 박차고 나갔다.

"뭔가 좋은 정보가 있으면 알려줘. 응원할게."

기타호리가 격려의 말을 남기고 일어서자 사장실에는 시게타, 이타미, 홋타 세 사람만 남았다.

"모든 일이 잘 풀리기만 하는 사업은 없어."

회사를 말아먹은 적이 있는 만큼 시게타의 그 말은 한층 무게 감 있게 다가왔다.

"아무튼 이 위기를 극복해야 해. 어떻게든 쓰쿠다제작소와 라이선스 계약을 맺는 거야."

이타미는 대답하지 않았다.

"시마즈 씨에게 부탁해보면 어떨까요?"

홋타가 생각에 잠긴 이타미에게 제안했다. "사장님, 시마즈 씨하고는 연락이 되시잖아요. 뭣하면 제가 전화해서 속을 슬쩍 떠보겠습니다."

대답하는 대신 이타미는 천장을 올려다보았다.

얼마나 그러고 있었을까.

"시마즈에게 부탁하면 시마즈 입장이 난처해질 거야."

쥐어짜내듯이 대답한 후 이타미가 말했다. "이번 일은 제가 쓰쿠다 사장님께 상담해보겠습니다."

370

6

"우여곡절은 있었지만 드디어 제자리를 찾은 거로군요."

야마사키가 안도한 표정으로 그렇게 말했다.

매주 수요일 저녁에 쓰쿠다제작소에서 열리는 회의 자리였다.

사흘 전에 마토바 슌이치가 해임됐다는 소식이 전해졌다. 그 후 우주항공본부장인 미즈하라 시게하루가 무인 농업로봇 사업을 총괄하던 마토바의 후임으로 임명됐다.

미즈하라는 즉시 자이젠 미치오를 사업을 전담하는 프로젝트 책임자로 지명하고, 현장을 총지휘하라고 지시했다. 마토바가 사내 정치의 도구로 사용하려던 기획이 드디어 입안자 본인의 손으로 돌아온 순간이었다.

자이젠이 현장을 진두지휘함으로써 우리 농업을 살리자는 사업 본래의 취지를 되찾았다고도 할 수 있겠다.

"그럼 랜드크로우의 판매 상황을 보고드리겠습니다."

영업부의 에바라가 일어나 데이코쿠중공업에서 듣고 온 판매 대수를 보고했다.

"뭐야, 여전히 목표 수치를 밑돌잖아."

가루베가 서슴없이 말했다. "이번 소동 때문에 또 다윈한테 당하는 거 아니야?"

"확실히 이번 소동이 랜드크로우에 역풍이기는 합니다만, 재미있는 데이터가 있습니다."

에바라가 프로젝터로 판매 실적을 나타내는 그래프를 띄웠다.

랜드크로우와 다윈의 판매 동향을 비교하는 두 줄의 그래프였다.

"이야!"

그래프를 확인한 가루베가 문득 웃더니 손으로 볼펜을 돌리기 시작했다. 흥미로운 모양이다.

"다윈의 매출은 발매 초기에는 압도적이었지만 서서히 기세가 떨어지고 있습니다. 한편 랜드크로우는 반대로 최근에 잘 팔리죠. 왜 이런 경향을 보이는 걸까요? 데이코쿠중공업에서 조사한 결과 다윈은 고장이 많다는 평가가 농가들 사이에서 퍼지고 있다는 모양이랍니다."

시마즈가 고개를 번쩍 들었다.

"고장에는 어떻게 대응하고 있나요?"

"트랜스미션 부품을 교환해주는 것 같습니다만, 자세하게는 모르겠습니다."

시마즈는 복잡한 표정으로 생각에 잠겼다.

"시마 씨, 왜 그래?"

회의가 끝나고 쓰쿠다는 시마즈의 반응이 마음에 걸려서 물어보았다.

"다윈의 트랜스미션은 제 설계를 토대로 했는데요. 그 설계에는 결함이 있어요."

"결함?"

처음 듣는 이야기였다.

아직 회의실에 남아 있던 직원들도 일제히 멈춰 서서 시마즈의 이야기에 귀를 기울였다.

"설계했을 때는 몰랐고요. 쓰쿠다제작소에 오고 나서야 알아차렸어요. 우리 트랙터도 도중에 멈춰버린 적이 있었잖아요. 구체적인 해결책이 떠오른 건 그 후예요."

"특허 신청을 했다는 게 그건가?"

가라키다가 물었다. 시마즈가 신청한 특허에 대해서는 임원회의에도 보고가 올라왔다.

"맞아요."

시마즈는 고개를 끄덕였다. "그것만큼은 모방하면 큰일이니까 특허를 신청하는 편이 나을 것 같아서요."

"그렇다면 기어 고스트가 그 결함을 눈치채지 못할 가능성도 있다는 거야?"

쓰노의 질문에 시마즈는 고개를 저었다.

"아니요. 어디가 안 좋은지 정도는 알 거예요. 하지만 그걸 해결할 기술이 있는지는 미지수네요. 제 후임인 히무로라는 사람의 실력이 어느 정도인지 모르니까요. 어쩌면 우리보다 좋은 해결책을 벌써 찾아냈을 수도 있겠죠."

"히무로 씨 말인데요, 퇴사했다는 모양입니다."

에바라의 말에 시마즈는 놀라움을 감추지 못했다.

"말해봐, 시마 씨."

쓰쿠다는 참지 못하고 물었다. "그 결함을 해결하지 못하고 계속 사용하면 어떻게 되는 거야?"

"기어 변속을 못하게 될 가능성이 있어요. 만약 제가 처음에 설계한 대로라면 부품이 받는 부담이 너무 커져서 어느 지점에 이르면 변형되거나 파손되지 않을까 싶은데요."

"만약 그게 사실이라면 리콜이 필요할지도 모르겠군. 골치 좀 아프겠어."

야마사키가 진지한 표정으로 말했다.

"자업자득이죠."

가라키다가 싸늘하게 말했다. "우리의 선의를 짓밟고 시마 씨까지 회사에서 쫓아냈어요. 그 빚이 지금 돌아온 겁니다."

몇 명이 동의한다는 듯이 고개를 끄덕였다. 쓰쿠다제작소를 배신하고 경쟁사 다이달로스와 자본 제휴를 맺은 기어 고스트를 원망하는 마음은 다들 그대로다.

그다음 날, 기어 고스트의 사장 이타미로부터 쓰쿠다에게 연락이 왔다.

7

"시간 좀 내주시겠습니까? 부탁드립니다."

휴대전화로 직접 걸려온 전화에 어떻게 대답할지 쓰쿠다는 망설였다.

"무슨 용건입니까?"

쓰쿠다는 일단 물어나 보기로 했다.

"실은 귀사가 취득하신 특허 건으로 드릴 말씀이 있습니다."

그 말을 듣자 감이 딱 왔다.

그 건이구나.

어떻게 할지 쓰쿠다는 머뭇거렸다.

"지금까지 무례하게 굴었던 점, 용서해주십시오, 쓰쿠다 사장님. 이야기만이라도 들어주시면 안 되겠습니까? 부탁드립니다."

이타미는 필사적이었다.

"알겠습니다. 언제가 좋겠습니까?"

결국 쓰쿠다는 승낙하고 물었다.

이타미는 쓰쿠다가 편한 시간에 가겠다고 했다. 그렇다면 빠른 편이 낫겠다 싶어 쓰쿠다는 그날 오후 3시를 제안했다.

이타미 다이는 약속 시간에 혼자 쓰쿠다제작소를 찾아왔다.

"바쁘실 텐데 시간 내주셔서 감사합니다. 그리고 예전에 쓰쿠다 사장님을 비롯해, 야마사키 부장님, 가라키다 부장님, 그리고 쓰쿠다제작소의 모든 분들을 불쾌하게 해서 죄송합니다. 진심으로 사과드리겠습니다."

사장실에서 쓰쿠다와 마주하자마자 이타미는 머리부터 깊이 숙였다.

"이제 와서 사과하러 온 건 아닐 테고. 자, 일단 앉아요."

쓰쿠다는 이타미에게 소파를 권하고는 그 반대편에 앉았다. 야마사키와 담당 영업부장인 가라키다도 동석했다. 야마사키와 가라키다는 분노에 찬 눈으로 이타미를 쏘아보았다. 그야말로 일촉즉발의 상황이었다.

"들으셨을지도 모르겠지만, 현재 저희 다윈에서 트랜스미션이 원인으로 추정되는 말썽이 많이 발생하고 있습니다."

이타미는 단도직입적으로 말을 꺼냈다. "어떻게든 해결하려고 노력했지만, 저희에게는 이번 문제를 해결할 만한 기술력이 없습니다. 뻔뻔한 이야기인 줄은 잘 압니다만 이제 저희에게는 다른 방법이 없습니다. 쓰쿠다 사장님, 여러분."

이타미는 자세를 바로하고 세 사람과 마주 보았다. "귀사가 특허를 취득하신 기술을 저희도 사용할 수 있도록 허락해주시면 안 되겠습니까? 부디 부탁드립니다."

그렇게 말하고 이타미가 내민 것은 아니나 다를까, 시마즈가 개발하고 쓰쿠다제작소가 신청한 특허에 관한 서류였다.

"이봐요, 여기가 어디라고 그런 부탁을 합니까?"

가라키다가 까칠한 목소리로 따졌다. "우리는 댁의 라이벌 기업입니다. 왜 다윈의 트랜스미션에 라이선스를 공여해야 하는 건데요."

이타미는 입을 일자로 꾹 다문 채 가라키다의 따끔한 말을 받아들인 후 말했다.

"저희가 이 문제를 해결하려면 몇 달, 아니 몇 년의 시간이 필요하겠죠. 하지만 그걸 기다리고 있을 시간이 없습니다. 부탁드립니다. 제발 도와주십시오."

"아주 염치없는 이야기를 하시는군요."

야마사키가 말했다. "재판에서 질 뻔했을 때 누가 도와줬습니까? 함께 리버스 엔지니어링도 도운 우리를 홀대하고 다이달로스와 제휴한 건 그쪽일 텐데요. 살아남기 위해서 그랬다고 하셨죠. 우리와 함께해서는 살아남을 수 없다면서요. 우리에게도 자존심이라는 게 있습니다."

"뭐라 드릴 말씀이 없습니다. 정말로 죄송합니다."

이타미는 소파에 앉은 채 고개를 깊숙이 조아렸다. 하지만―.

"거절하시죠, 사장님."

가라키다의 한마디에 창백해진 얼굴을 획 들었다.

"제발 부탁드립니다! 가라키다 부장님."

"웃기지 말아요."

원래부터 비즈니스에는 칼 같은 남자다. 가라키다는 고개를 옆으로 획 돌렸다.

"로열티는 얼마든지 드리겠습니다. 저희는 이득이 없어도 됩니다. 부디 재고해주시기 바랍니다."

"금액의 문제가 아닙니다!"

야마사키가 낯빛이 창백해질 만큼 화가 나서 쏘아붙였다.

"부탁드립니다. 쓰쿠다제작소만이 저희를 살려주실 수 있습니다."

깎지 않은 수염이 삐죽삐죽하고 눈이 벌겋게 충혈된 이타미가 다시 고개를 숙이고 간청했다.

"이타미 씨."

쓰쿠다가 드디어 입을 열었다. "아픔은 준 쪽은 잊어버려도 받은 쪽은 좀처럼 못 잊는 법이야. 성심성의껏 사업을 하자는 게 우리의 마음가짐이고, 실제로 그걸 실천해왔어. 변두리의 좋은 점은 서로 간에 그런 마음으로 일할 수 있다는 것 아닐까."

고개를 숙인 이타미는 입술을 깨문 채 아무 대답이 없었다.

"그리고 당신들의 다윈은 변두리의 기술력을 세상에 알리자는 콘셉트잖아. 그런데 그건 정말로 올바른 일일까. 라이선스 운운하기 전에 내가 제일 걸렸던 건 그거야."

쓰쿠다의 말이 예상외였는지 이타미가 놀란 표정으로 고개를 들었다. 쓰쿠다는 말을 계속했다. "도구는 자신의 기술을 과시하기 위해 만드는 게 아니야. 사용하는 사람을 위해 만드는 거지. 그런데 당신들의 비전에는 당신들밖에 없잖아. 중소기업의 기술력이라느니, 변두리 공장의 의지라느니 내세우지만, 누가 만들었든 그건 사용자와 아무 관계없어. 정말로 중요한 건 도구를 사용하는 사람에게 다가가는 거야. 당신들에게 그런 마음가짐은 있나?"

날벼락 같은 쓰쿠다의 지적에 이타미는 넋이 나간 듯 그저 쓰쿠다를 바라보았다. "그렇게 중요한 것도 모르고 자기들밖에 생각지 않는 자들에게 우리 라이선스를 공여할 수는 없어. 정신 번쩍 나게 세수라도 하고 다시 시작하도록 해."

이타미는 더 이상 반론을 꺼내놓지 않았다.

그 자리에서 잠시 눈을 감고 있다가 쓱 일어서더니 "뭐라 드릴 말씀이 없습니다" 하며 허리를 푹 숙였다.

"쓰쿠다 사장님 말씀이 옳습니다. 실례했습니다."

다시 고개를 숙이고 발걸음을 돌린 이타미가 문득 멈춰 섰다.

"쓰쿠다 사장님, 시마즈 씨에게 제가 잘못했다고, 미안하다고 전해주시겠습니까."

그 말을 남기고 이타미는 세 사람 앞에서 물러갔다.

"이타미가 그런 소리를!"

그날 밤 쓰쿠다는 회사 근처에 있는 단골 일식집에 시마즈를 데리고 갔다. 시마즈는 이타미가 쓰쿠다제작소를 찾아온 이야기를 먹먹한 표정으로 듣더니 앞에 놓인 매실소다주를 조용히 입으로 가져갔다.

"하지만 어쩔 수 없죠. 이건 비즈니스고, 애당초 그 이전에 이타미는 사람으로서 용서할 수 없는 짓을 했으니까요."

"그거야, 시마 씨."

이날은 웬일로 청주파인 야마사키가 소주를 시켰다. "다윈이 망하든 없어지든 알 게 뭐람."

"설령 우리가 라이선스를 공여한다 해도 상당한 리콜 비용이 발생하겠죠."

가라키다가 그렇게 지적했다. "우리에게 지불할 로열티는 제쳐두더라도, 부품을 새로 제조하는 비용도 들 테고요. 트랜스미션을 분해해서 부품을 교환하고 조립하는 작업에도 시간과 수고가 꽤 들어갈 겁니다. 인건비와 운임도 무시 못 해요. 그걸 전부 부담하려면 얼마나 들려는지."

"언뜻 듣기로는 야마타니도 문제시하고 있는 모양입니다."

쓰노가 말했다. "말썽의 소지가 있는 트랙터를 자사의 판매망으로 유통시켰다면 신용에 흠집이 생길 테니까요."

"시마 씨의 존재가 얼마나 큰지 새삼 깨닫지 않았을까."

야마사키의 말에 시마즈는 작게 한숨을 내쉬었다.

"나더러 어쩌라는 거야."

"어쩔 도리가 없겠지."

이번에는 쓰노도 딱하다는 듯이 말했다. "이타미 씨 본인이 초 래한 일이야. 될 대로 되겠지."

정말 그렇다며 고개를 끄덕인 쓰쿠다에게 다시 이타미의 연락 이 온 것은 다음 날 아침이었다.

"어제는 실례 많았습니다. 정말 죄송합니다."

휴대전화로 걸려온 전화를 받자 이타미가 부탁했다. "한 번만 더 시간을 내주시지 않겠습니까?"

"이타미 씨, 더 이상은 안 돼."

쓰쿠다는 거절했다. "우리는 그쪽에 라이선스를 공여하지 않 을 거야. 애초에 직원들이 받아들이지 않을걸."

"어떻게든 좀 부탁드립니다."

"그건 안 돼. 끊을게."

쓰쿠다는 일방적으로 전화를 끊은 후 휴대전화를 노려보며 혼 잣말을 했다.

"왜 이렇게 미련할까."

그 미련함에 화가 났다. 자기 사정을 앞세워 멋대로 돌아섰다 가, 상황이 불리해지자 손바닥을 뒤집는다.

이런 남자였나 싶어 낙담도 했다. 처음 만났을 때 이타미는 좀 더 기백 있는 남자로 보였는데. 신의를 관철하고 의협심이 느껴 지던 이타미는 과연 어디로 가버린 걸까.

그 후로도 이타미는 몇 번 더 전화를 걸었지만 쓰쿠다는 받지 않았다.

그다음 날, 이타미는 약속도 잡지 않고 느닷없이 회사를 찾아왔다.

"사장님, 이타미 사장님이 꼭 뵙고 싶다는데요."

"시간 없다고 해."

쓰쿠다는 사코타에게 그렇게 말하고 사장실 창가에 서서 조금 전부터 내리기 시작한 가을비를 바라보았다. 이타미가 우산도 없이 등을 구부린 채 세찬 빗속을 걸어가는 모습이 보였다.

이제 오지 않겠지. 쓰쿠다는 그렇게 생각했지만―.

그다음 날도, 또 그다음 날도 이타미는 포기하지 않고 쓰쿠다 제작소를 찾아왔다.

"사장님, 또 오셨는데요."

이타미가 왔음을 알리는 사코타도 난처한 표정이었다.

"더 이상 만날 일 없다고 전해. 아무리 찾아와도 마찬가지라고."

그리고 그것이 마지막 방문이었다.

그런 일이 있은 후 쓰쿠다는 오랜만에 도노무라를 만나러 갔다.

8

맑은 가을 하늘 아래 펼쳐진 논에서는 추수를 앞둔 벼가 황금색 빛을 내뿜고 있었다.

"올해는 전에 없이 풍년일 것 같아. 고마우이. 다 쓰쿠다 씨네 덕분이야."

도노무라의 아버지 마사히로는 쓰쿠다 일행이 오기를 고대하고 있다가 감사를 표했다. "게다가 공부도 많이 됐어."

"공부요?"

여든 살이 넘은 노인의 말에 쓰쿠다는 무심코 되물었다.

"창피한 이야기지만 감에 의존한 쌀농사에 헛된 수고가 얼마나 많이 들어갔는지 깨달았지."

마사히로는 지금까지 스마트폰조차 만족스레 쓰지 못했지만, 이제는 컴퓨터로 농지의 데이터를 점검하는 수준이라고 한다. 쌀농사에 품은 집념의 승리라고밖에 표현할 길이 없었다.

이날 쓰쿠다제작소의 직원들이 도노무라의 집을 찾은 데는 이유가 있었다. 데이코쿠중공업이 새롭게 제품화한 무인 농업로봇을 보기 위해서였다.

무인 콤바인, 요컨대 다 자란 벼를 베어 수확하기 위한 기계다. 트랙터와 마찬가지로 운전자 없이 움직이는 농업로봇이다.

"이놈 이거, 굉장하군."

이날 출하된 '랜드크로우 콤바인'을 보고 마사히로는 또다시 감격했다.

데이코쿠농업판매의 담당자가 지형 정보를 컴퓨터에 입력하고 휴경지에서 시험 주행을 실시했다. 쓰쿠다제작소 사람들도 무인 콤바인이 실제로 농지를 달리는 모습은 처음 보는 만큼 흥분 속에 지켜보았다.

오후 4시경에 작업 견학이 끝났다. 쓰쿠다제작소 일행은 길이 막힐 것을 걱정해 서둘러 도노무라네를 뒤로했다.

"미안, 다치바나. 잠깐 멈춰봐."

쓰쿠다는 도노무라가 알려준 근처 농로를 달려 나들목으로 향하던 도중에 운전대를 잡은 다치바나에게 지시했다.

"어이, 야마. 저거 좀 봐봐."

논 한복판에 트랙터 한 대가 멈춰 있었다.

"다윈이군요."

야마사키가 색상을 보고 말했다. "알려진 그 고장일까요?"

작동을 멈춘 트랙터 곁에 농가의 남자가 서 있었다. 30대 중반쯤일까. 그 옆에 선 아내도 망연자실한 표정으로 남자를 바라보고 있었다. 초등학교 저학년쯤 된 남자아이와 더 어린 여자아이가 아버지와 어머니를 걱정스레 올려다보았다.

석양이 비스듬히 비치는 논에서 남자는 가족의 시선을 받으며 트랙터 보닛을 열고 어떻게든 작동시키려고 애를 썼다.

"도와주고 올까요?"

다치바나가 말했을 때 자동차 한 대가 쓰쿠다 일행의 밴을 추월해 농로 모퉁이를 왼쪽으로 꺾어 들어갔다.

농림협의 로고가 그려진 차였다.

차에서 허둥지둥 내린 농림협 담당자가 머리를 꾸벅이며 종종걸음으로 논에 들어갔다.

고장 난 상황을 설명하는 남자의 서글서글한 옆얼굴이 밴에서도 보였다. 남자는 거듭 사과하는 농림협 담당자에게 화도 내지 못하고 울상으로 웃음을 지었다.

그 광경을 얼마나 바라보고 있었을까.

"다치바나, 이만 됐어. 가자."

쓰쿠다는 다시 출발한 밴에서 골똘히 생각에 잠겼다.

그리고 잠시 후.

"다윈을, 아니 기어 고스트를 외면하는 건 방금 전에 보았던 농부 같은 사람을 외면하는 것과 같은 짓일지도 모르겠어."

쓰쿠다가 혼잣말하듯 꺼낸 말에 야마사키, 시마즈, 가루베, 다치바나, 그리고 아키가 귀를 기울였다.

"우리의 목적은 우리 농업을 구하는 거잖아."

쓰쿠다의 혼잣말은 계속됐다. "그럼 구해주자고, 저 사람들을. 아니, 이게 무슨 바보 같은 소리람. 아무리 그래도 사람이 너무 물러 빠진 건가."

"아니요. 그런 건 아니라고 생각합니다."

쓰쿠다가 자조하자 야마사키가 진지한 표정으로 말했다. 쓰쿠다가 생각하는 동안 다른 사람들도 묵묵히 같은 생각을 하고 있었던 것이 분명하다.

"구해주죠. 구해야 합니다."

야마사키가 쓰쿠다를 거들고 나섰다.

"저도 동감이에요. 외면해서는 안 된다고 봐요."

시마즈도 동의했다.

"저도 손을 내밀어주고 싶어요."

아키가 말했다.

"저도 찬성."

가루베도 동참했다. "저렇게 열심히 일하는 사람을 외면하면 안 되죠. 그 사람 울고 싶었을걸요. 도움이 필요했을 겁니다."

마지막으로 운전석에 앉은 다치바나도 입을 열었다.

"사장님, 부탁드려요. 구해주시지 않겠습니까."

9

"다윈 프로젝트에 기술을 공여하겠다는 건가?"

도마가 사장실 책상 앞에 서 있는 미즈하라와 자이젠에게 날카로운 눈빛을 뿌렸다.

"쓰쿠다제작소의 분석에 따르면 특허를 취득한 트랜스미션 기술을 공여해도 저희 랜드크로우는 자율주행 제어 시스템과 엔진 및 트랜스미션 전체에서 기술적으로 우위에 있다고 합니다."

자이젠은 최근에 《월간 메커니컬사이언스》에 실린, 랜드크로우와 다윈의 기술을 상세하게 비교 검토한 기사를 내밀었다. 도마가 분석 결과를 훑어본 후 자이젠은 다시 말을 꺼냈다.

"우주항공본부에서도 비교 검증을 진행했는데 거의 비슷한 결과가 나왔습니다. 다윈 프로젝트에 쓰쿠다제작소의 트랜스미션 기술을 공여하면 사용자들도 저희 기술을 높게 평가할 것으로 사료됩니다."

"라이선스를 빌려주지 않으면 어떻게 되나?"

도마가 단도직입적으로 물었다.

"다윈 프로젝트는 벽에 부딪히겠죠."

"라이벌이 사라진다면 좋은 일 아닌가?"

본심이 보이지 않는 도마의 반응에 자이젠은 근엄한 표정으로 반론을 시도했다.

"그건 사장님 말씀이 옳으십니다. 하지만 문제는 거기 있는 게 아닙니다. 다윈은 이미 천 수백 대나 시장에 나왔습니다. 그걸 구입한 농가가 문제입니다. 다윈 프로젝트가 좌초되면 농가가 피해를 봅니다. 일반적인 트랙터보다 비싼 대금을 치르느라 받은 대출을 아직 갚지도 못했는데, 리콜도 되지 않고 대체할 기기도 없죠. 많은 농가가 절박한 상황에 몰릴 겁니다. 그걸 못 본 척 넘어갈 수는 없습니다."

"그게 우리 책임인가?"

도마는 굳이 그런 질문을 던졌다.

"아니요, 그건 아닙니다."

자이젠은 고개를 저었다. "전부 다윈 프로젝트의 불찰이고, 표면적으로는 저희가 그 뒷수습을 하는 것처럼 보일 겁니다. 하지만 이건 저희 무인 농업로봇 사업의 이념에 의거한 판단입니다."

"이념이라……."

시선을 든 도마에게 자이젠은 말했다.

"농업을 구한다는 이념 말입니다. 저희는 어려운 농가에 보탬이 되고자 이 사업을 시작했습니다. 상대가 경쟁사의 제품을 사용할지언정, 궁지에 빠진 사람을 외면하는 건 이념에 어긋납니다. 데이코쿠중공업은 사회의 모범이 되어야 합니다. 세상과 농업을 위해 도울 수 있는 일이 있다면 손을 내미는 사회 공헌이야말로 저희 회사가 짊어지고 나가야 할 책임일 겁니다."

도마는 대답 없이 잠깐 생각에 잠겼다.

"미즈하라."

그리고 자이젠 옆에 서 있는 본부장에게 물었다. "자네도 같은 의견인가?"

"저는 다윈 프로젝트가 망해버렸으면 좋겠다는 생각입니다."

미즈하라는 어쩐지 능청을 떠는 투로 대답했다. "하지만 무인 농업로봇 사업은 자이젠에게 일임했습니다. 이런 일에 저는 반대 입니다만, 자이젠이 애걸복걸하는 바람에 껌뻑 넘어가고 말았습 니다."

진담인지 농담인지 모를 말투였다. 도마와 미즈하라는 같은 부 서에서 오래 일했기에 실은 마음이 잘 통하는 사이다. 미즈하라 가 우주항공본부장이라는 중책을 맡은 것도 그러한 신뢰 관계가 있었기 때문이다.

"흐음!"

도마는 콧숨을 내쉰 후 책상에 놓인 서류를 한 번 더 찬찬히 훑 어보고 자이젠 앞으로 탁 던져주었다.

"알았네. 마음대로 해봐."

다윈 프로젝트에 라이선스를 공여하고 싶다는 쓰쿠다제작소 의 신청에 도마의 결재가 떨어진 순간이었다.

잠시 후—.

"이념은 무슨 얼어 죽을 이념이야."

도마의 앞에서 물러나 복도로 나왔을 때 미즈하라가 야유를 던 졌다. "이봐, 이슬만 먹고 살 수 있나?"

"이념과 돈벌이가 나아가는 방향이 반드시 일치하는 건 아닙니다."

자이젠은 차분하게 대답했다. "그러나 이념 없는 돈벌이는 그저 돈벌이일 뿐이죠. 데이코쿠중공업이 해서는 안 될 일입니다."

"흠! 자네가 그렇게 고매한 사상가인 줄은 몰랐군."

그렇게 살짝 꼬집은 미즈하라는 말없이 고개를 숙인 자이젠을 남겨두고 재빨리 그 자리를 떠났다.

10

"오늘은 여러분께 안타까운 소식을 전함과 동시에 다윈 프로젝트의 존폐에 관해 상의하려 합니다."

마이크를 잡은 이타미가 그렇게 말한 순간 오모리역에서 기까운 빌딩에 마련된 회의장에 웅성거리는 소리가 퍼져나갔다. 여기 모인 사람들은 다윈 프로젝트에 참여한 영세중소기업 약 300곳의 경영자들이다.

긴급한 사태가 벌어졌다는 이유로 서둘러 개최한 전체회의였다.

"일단은 나눠드린 자료를 봐주십시오."

상세한 설명이 필요하므로 참가자에게는 다윈을 발매한 후 컴플레인이 발생한 건수와 그 내용을 꼼꼼하게 정리한 자료를 나누어주었다.

"이 컴플레인 중에서 저희 기어 고스트가 제조한 트랜스미션에 관련된 부분이 특히 문제입니다. 수리하기 위해 회수한 트랜스미션을 정밀하게 조사한 결과, 구조적인 결함이라 할 문제가 있다고 판단하기에 이르렀습니다. 이 결함은 부품의 마모, 파손, 변형 등을 일으킬 가능성이 있으며, 최악의 경우 주행 불능 상태에 빠지는 사례가 이미 십수 건 보고됐습니다. 얼마 전에는 판매를 위탁받은 야마타니에서도 이 상황을 좌시할 수 없다며 리콜을 검토할 것을 요구했습니다."

청중과 마주 보는 형태로 놓인 긴 테이블의 한가운데, 즉 지금 일어서서 설명하고 있는 이타미의 오른쪽 옆자리에는 프로젝트 책임자인 시게타가 떨떠름한 표정으로 팔짱을 끼고 있었다. 왼쪽 옆자리에서 키신의 도가와는 다리를 꼰 자세로 의자에 대충 앉아 부루퉁한 표정으로 꼼짝 않고 회의장의 빈 공간만 노려보았다.

"원인을 알아낸 후 저희 회사의 기술진이 해결책을 모색했지만, 지금까지 유효한 해결책을 찾지 못했습니다. 그런 와중에 타사의 트랜스미션에 이 문제를 해결할 수 있는 기술이 이미 활용되었음을 알고……."

사람들이 기대에 찬 얼굴을 들어 이타미를 쳐다보았다. "그 기술의 특허권자에게 라이선스 계약을 맺자고, 그러니까 특허를 사용하게 해주십사 부탁을 드렸습니다만, 안타깝게도 동의를 얻지 못했습니다."

자초지종을 들은 참석자들이 시선을 떨어뜨렸다. 분위기가 답답하게 가라앉아가는 회의장에서 이타미는 이야기를 계속해야 했다.

"아쉽게도 현재 저희 회사에는 그 기술을 대체할 능력이 없습니다. 기술적으로 미숙해 지금 이대로는 이번 불찰을 수정하기가 불가능합니다. 이대로 놓아두면 다윈은 언제 멈출지 모르는 위험성을 품은 채 주행하는 셈입니다. 이 같은 문제를 일으켜 협력사 여러분께 어떻게 사죄를 드려야 할지 모르겠습니다. 정말로 죄송합니다."

이타미는 고개를 깊이 숙였다. "오늘 이 자리에 모신 건 이 같은 상황에서 앞으로 다윈 프로젝트가 나아갈 방향성에 대해 의견을 듣기 위함입니다."

"잠깐만요. 방향성이라니 그게 무슨 소립니까?"

제일 앞줄에 앉은 남자가 맨 먼저 질문했다. 이 지역에서 선출된 중의원 의원 하기야마 히토시다. "다윈 프로젝트는 하마하타 총리님의 ICT 농업 추진 프로그램에 선정됐습니다. 그러도록 각 계각층을 뛰어다니며 애쓴 사람이 바로 접니다. 설마 트랜스미션에 생긴 문제를 해결할 수 없으니 제조를 중단하겠다든가 그런 말씀을 하는 건 아니겠죠?"

"제가 대답하겠습니다."

시게타가 앉은 채 마이크를 잡았다. "지금 이타미 사장님의 설명이 좀 모호했는데요. 현재 시점에서 트랜스미션의 문제를 해결할 수 없다면, 해결책을 찾을 때까지 수주 및 제조를 중단하고, 더 나아가 구매자들의 보상을 검토하지 않을 수 없는 상황이라고 보고 있습니다."

회의장이 크게 술렁였다.

"그게 무슨 망발이요. 변두리의 기술력을 홍보한다기에 다들 이렇게 협력했는데, 그랬다가는 기술력이 없다고 나발을 부는 거나 다름없잖소!"

하기야마는 펄펄 뛰며 화를 냈다. "기타미자와시에서 하마하타 총리님은 다윈에 탑승하시면서까지 홍보해주셨습니다. 그분의 체면에 먹칠할 생각입니까? 적극 힘을 보탠 제 입장은 뭐가 됩니까!"

정치가가 제 한몸만 챙기려는 추태를 보이자 회의장에 썰렁한 분위기가 감돌았다.

"한 말씀 드려도 되겠습니까?"

그 뒤쪽에서 남자가 손을 들었다. 니미 겐스케는 이케가미 일대에서 법인회장을 맡고 있는 중진 중 한 명으로, 이타미도 잘 아는 사람이다. "하기야마 의원님! 의원님 말씀은 잘 알겠습니다만, 의원님도 저희 프로젝트를 이용해서 출세하려고 하셨으니 피장파장 아닙니까?"

회의장에 박수가 일자 하기야마는 벌레라도 씹은 듯한 표정을 지었다. "그것보다 이제 정말로 방법이 없는 겁니까, 이타미 씨?"

니미가 차분한 말투로 물었다. "이렇게 많은 사람들이 당신들의 기획 의도에 찬성해서 모였어요. 지역을 살리기 위해서 출혈을 감수하며 협력한 회사도 많아요. 끈질기게 버티는 게 우리 변두리 회사들 특기 아닙니까. 어딘가에 해결책이 있을지도 모르죠. 그걸 다 함께 고민해보는 게 어떻겠습니까? 대체 그 특허를 가진 회사는 어딥니까?"

니미는 중진답게 조곤조곤 이야기를 풀어나갔다. 냉정하고 침착하니 무작정 감정을 드러내지 않는 태도가 뒤숭숭하던 분위기를 누그러뜨려 사람들을 진정시켰다.

이타미가 일어서서 니미의 질문에 대답하려 했을 때 회의장 뒤쪽 문이 열리는 소리가 들리는가 싶더니 한 남자가 들어왔다.

이타미는 마이크를 든 채 그 남자의 움직임을 눈으로 좇았다. 그 모습을 따라 모두의 시선이 그 남자에게 집중됐다.

쓰쿠다 고헤이였다.

회의장을 둘러본 쓰쿠다는 참석자의 주목을 받으며 똑바로 걸어 나와서 말했다.

"잠깐 괜찮겠습니까, 이타미 씨? 제가 이야기 좀 하겠습니다."

쓰쿠다는 회의장을 가득 채운 사람들에게 "여러분, 제 말씀을 들어주십시오" 하고 소리쳤다.

이타미는 한순간 망설였지만 쓰쿠다의 태도에서 뭔가를 느꼈는지, 자기 마이크를 넘겨 쓰쿠다에게 발언할 기회를 양보했다.

"갑자기 방해해서 죄송합니다. 데이코쿠중공업의 무인 농업로봇 사업에서 엔진 및 트랜스미션 공급을 맡고 있는 쓰쿠다제작소의 쓰쿠다 고헤이라고 합니다."

쓰쿠다의 자기소개에 회의장이 대번에 어수선해졌다.

여기는 다윈 프로젝트의 전체회의가 열리고 있는 곳이다. 어찌 된 영문인지 거기에 라이벌인 데이코쿠중공업 쪽 사람이 갑자기 나타났으니 그럴 만도 했다. 그래도 변두리 공장 사장 입장인 건 마찬가지다. 면식이 있는 사람도 많았다.

"아까 기어 고스트에 갔더니 사장님은 오늘 이쪽에 계시다기에 찾아왔습니다. 실례지만 밖에서 여러분이 주고받는 이야기를 들었습니다. 요전에 이타미 사장님이 라이선스 계약을 맺자고 여러 번 요청하셨는데요. 그 기술은 바로 저희 회사가 특허를 취득한 트랜스미션 기술입니다."

이 남자의 회사가 특허권자인가. 모두가 놀란 표정이었다.

"그렇지만 저는 그 요청을 거절했습니다. 저희는 치열하게 경쟁하는 라이벌입니다. 라이벌에게 핵심기술이라고도 할 수 있는 신기술을 넘길 수는 없죠. 데이코쿠중공업은 내내 여러분의 다윈 프로젝트보다 뒤처졌습니다. 변두리 대 대기업. 이 구도 아래서 초반의 전략 실수 때문에 판매는 계획을 밑돌았고, 계속 고전을 면치 못했죠. 다윈에 말썽이 생긴 건 저희에게 기회라고 생각했습니다."

과연 이 남자는 무슨 소리를 하러 여기 왔을까. 목적을 알 수 없어 모두가 마른침을 삼키며 연설의 향방에 귀를 쫑긋 세웠다.

"이타미 사장님은 제가 거절해도 몇 번이고 찾아와 라이선스 계약을 체결해달라며 머리를 숙이셨습니다. 하지만 저는 완고하게 거절했죠. 저도, 저희 직원들도, 그리고 데이코쿠중공업도 자신들의 소중한 기술을 지키고 싶다는 신념을 가지고 있으니까요. 자존심도 있고요. 무엇보다 이건 비즈니스입니다. 기술과 서비스를 서로 경쟁하죠. 기술과 서비스가 뛰어난 회사가 승리를 쟁취해 시장에서 점유율을 확대해 나갑니다. 이타미 사장님이 아무리 애를 쓰신다 해도, 기껏 우위에 선 이때 라이벌에게 굳이 도움의 손길을 내밀다니 말도 안 된다고, 얼마 전까지는 그렇게 생각했습니다."

쓰쿠다는 자기를 쳐다보는 청중에게 힘주어 말했다. "요전에 저는 도치기현에 있는 쌀농사 지역을 방문했습니다. 그때 어떤 광경을 봤죠. 농로를 달리는데 논 한복판에 트랙터 한 대가 멈춰서 오도 가도 못하고 있더군요. 죄송하지만, 그 트랙터가 다윈이라는 건 금방 알아봤습니다. 농부는 막막해하면서도 어떻게든 트랙터를 작동시키려고 기를 썼죠. 농가 입장에서 트랙터는 농사를 지탱하는 소중한 도구입니다. 가족을 지키는 생명줄이기도 하고요. 그게 작동되지 않으면 엄청난 타격을 입겠죠. 금방 농림협 담당자가 달려왔지만, 결국 트랙터는 작동되지 않았습니다. 낙담하고 답답해하는 농부를 보자 가슴이 아프더군요. 그때 생각났습니다. 어려움에 처한 농업을 구하는 게 무인 농업로봇의 목표이자 이념이라는 것이요. 그렇다면 이런 분을 구하는 것도 우리가 할 일 아닐까. 어느 회사 트랙터를 사용하든 상관없다. 이분들이 기뻐하도록 우리가 할 수 있는 일을 해야 하지 않겠나……. 그런 이야기를 하자 그때 함께 있던 직원들도 모두 찬성해주었습니다. 한 명도 반대하지 않았어요. 다들 진심으로 농업을 돕고 싶고, 농가 사람들에게 도움이 되고 싶다는 마음이었기 때문입니다."

회의장은 찬물을 끼얹은 듯이 고요해졌다. 모두가 눈을 깜박이는 것조차 잊어버리고 쓰쿠다의 열변에 귀를 기울였다.

"며칠 전, 저는 데이코쿠중공업에 가서 이 이야기를 했습니다. 저희 기술로 다윈을 구입해 심각한 문제에 괴로워하고 있는 사람들을 구할 수 있다고요. 데이코쿠중공업의 프로젝트 책임자는 자이젠 미치오라는 분입니다. 자이젠 씨는 그 이야기를 듣더니 두 말없이 라이선스 공여에 찬성하고, 사내의 의견을 조정해주셨습니다. 그렇게 쉬운 일은 아니었을 겁니다. 또한 자율주행 제어 시스템을 제공하는 홋카이도농업대학의 노기 히로후미 교수님도 꼭 다윈 프로젝트를 도와주라고 말씀하셨습니다. 저는 그 두 분의 찬성 의견에 힘입어 지금 이 자리에 온 겁니다."

쓰쿠다는 이타미를 돌아보았다. "아무쪼록 저희 기술을 사용해주십시오. 그리고 다윈을 믿고 구입한 농가 사람들을 구해주십시오. 부디 그들의 기대를 저버리지 마시기 바랍니다. 제가 드리고 싶은 말씀은 그것뿐입니다. 만약 여러분이 찬성하신다면 저는 농업의 발전을 위해 기꺼이 라이선스 계약에 동의하겠습니다."

찬물을 끼얹은 듯이 고요하던 회의장에 누군가의 박수 소리가 울렸다. 방금 전에 질문했던 니미였다. 그 혼자만이 아니었다. 회의장에 있던 모든 사람이 자리에서 일어나 쓰쿠다에게 아낌없는 박수갈채를 보냈다.

쓰쿠다는 혼이 빠져나간 듯한 표정으로 앉아 있는 이타미에게 다가가 테이블에 마이크를 살짝 내려놓고 오른손을 내밀었다.

10장

그 후의 일상과 반성

1

고래 배처럼 불룩하니 어딘가 심상치 않은 구름이 흘러갔다.

평소보다 강한 바람이 벼 이삭을 흔들었다. 잘 영글어 수확이 임박한 벼 이삭이었다.

"어때요, 아버지. 오늘 다 해치울까요?"

농로에 소형 트럭을 세운 도노무라는 옆에 서서 심각한 눈으로 하늘을 바라보는 마사히로에게 물었다.

가을 추수철이다. 예년에는 한 달쯤 시간을 들여 느긋하게 거둬들이는 것이 예사였고 올해도 순조롭게 수확을 해왔지만, 급작스레 판단을 촉구하는 상황에 직면했다.

강력한 태풍이 시코쿠 남쪽 해상에서 동쪽으로 나아가고 있기 때문이다. 이 태풍은 세력이 강하고, 진로가 변덕스러워 예측이 어렵다는 것이 특징이다.

벼를 거두어들여야 할 논이 아직 2헥타르 남짓 남아 있었다.

무인 콤바인과 일반 콤바인, 양쪽을 사용하면 하루 이틀 안에 못 거둬들일 것도 없는 양이다. 다만 문제는 쌀의 품질이다.

시기를 잘못 맞춰 일찍 베면 일부 쌀에서는 분명 '청미'라고 불리는 미숙한 쌀이 나올 것이다. 어느 정도의 청미는 고품질의 증표로 여겨지지만, 너무 많으면 쌀의 등급이 낮아지는 원인이 된다. 청미가 많이 나오면 '도노무라네 쌀'이라는 자체 브랜드 쌀을 파는 도노무라네에는 치명적이다.

그렇다고 적당한 시기에 집착하다가 태풍이나 비 피해를 입으면 본전도 못 건진다.

"원래 같으면 좀 더 있다가 베어야 하는데……."

마사히로는 그렇게 말하면서 하늘에서 논으로 눈을 돌리고 벼가 시끄럽게 흔들리는 소리에 귀를 기울였다. 얼마나 그러고 있었을까.

"좋아, 단숨에 베자."

작심한 듯이 결단을 내린 목소리를 듣고 도노무라는 마사히로에게 고개를 돌렸다. 볕에 탄 얼굴은 강단 있어 보였고, 앞쪽을 응시하는 눈에는 오랜 세월 쌀농사를 지어온 사람 특유의 강한 빛이 서려 있었다. 자연이 일으키는 섬세한 징후를 날카롭게 꿰뚫어보는 눈이었다. 이것만큼은 한두 해 쌀농사를 지어본 정도로 절대 흉내 낼 수 없는 경지다.

"빨리 콤바인을 논에 넣어다오."

마사히로의 판단에 도노무라는 그저 고개를 끄덕인 후 소형 트럭에 마사히로를 태우고 집으로 돌아갔다.

시간은 오후 3시경이었다.

도노무라가 운전하는 일반 콤바인은 작업 시간이 한정되지만,

무인 콤바인 랜드크로우는 밤새도록 수확할 수 있으므로 설령 태풍의 진로가 변경돼도 그 전에 추수를 마칠 수 있으리라.

　마사히로의 예감이 적중했다. 그날 밤 뉴스에서 북상하던 태풍이 동쪽으로 진로를 꺾어 상륙할 가능성이 있다고 보도했다.

　다음 날 정오가 조금 지났을 무렵, 농로 저편에서 소형 트럭이 무서운 속도로 달려왔다.

　어제 오후부터 수확한 덕분에 도노무라네는 추수 작업이 막바지에 접어들었다. 논에서는 무인 콤바인이 정확하게 작업을 진행하고 있었다. 계획상으로는 앞으로 두 시간이면 작업이 끝나지만, 옥내에서 건조와 왕겨를 벗겨 현미를 만드는 매갈이 같은 작업도 동시에 진행하는 중이라 도노무라네는 정신없이 바빴다.

　논에 서서 랜드크로우의 운행 상황을 보고 있던 도노무라 옆에 소형 트럭이 멈췄다. 창문으로 죽을상이 보였다.

　"도노무라!"

　이나모토였다.

　언젠가 농림협 앞에서 굴욕을 맛본 뒤로 이나모토와는 냉전 상태를 유지 중이었다.

　그 남자가 소형 트럭에서 내려 도노무라에게 물었다.

　"일하는데 미안해. 콤바인 언제까지 쓸 거야?"

　무시하고 싶은 기분이었지만, 이나모토의 표정에서 간절함이 느껴졌다.

　"금방 끝날 건데."

"그다음이면 되니까 좀 빌려주지 않을래?"

"뭐? 랜드크로우를?"

"아니, 구형 콤바인이면 돼. 부탁이야, 빌려줘. 이렇게 빌게."

이나모토는 얼굴 앞에 손을 마주 대고 애원했다.

"뭐야. 너희 집에도 콤바인은 있잖아."

"시간이 없어."

이나모토가 말했다. "추수가 늦었어. 이대로 가다가는 정통으로 태풍에 피해를 입을지도 몰라."

"얼마나 남았는데?"

"10헥타르 정도."

그걸 오늘 아침부터 5조식* 유인 콤바인 세 대로 수확하고 있다고 한다. 저녁에는 태풍이 간토 지방에 상륙한다니까 아무래도 시간이 부족하다.

"지금부터 저녁까지 베어도 선부 거둬들이지는 못할 거야. 하지만 조금이라도 더 수확하고 싶어. 구식 콤바인이라도 좋아. 빌려줘. 제발 부탁이야."

그렇게 말하며 이나모토가 고개를 숙였을 때 흰색 소형차가 농로를 달려오는 모습이 보였다.

"이나모토 씨."

두 사람 옆까지 와서 길가에 차를 세우고 내린 사람은 농림협의 요시이였다.

"어때. 콤바인은 찾았어?"

• 한 번에 벼를 몇 줄이나 벨 수 있는지 가리키는 단위로 5조식이면 다섯 줄이다.

아무래도 이나모토는 요시이에게도 작업 중이 아닌 콤바인을 찾아달라고 부탁한 모양이다.

"그게, 안 되겠던데요."

요시이는 얼굴 앞에다 대고 손을 휘휘 내저으며 가벼운 투로 대답했다. "태풍이 오기 전에 벼를 벤다면서 모두 나갔어요. 빌려 준대도 저녁에야 시간이 나겠다던데요. 이대로 가면 얼마나 남을 것 같습니까?"

"아마 6헥타르는 남을 거야."

이나모토의 창백한 얼굴에 절망적인 표정이 맺혔다.

"6헥타르라."

요시이는 약간 난처한 듯 웃음을 지었다. "뭐, 그건 어쩔 수 없는 일이죠."

"말이면 다인 줄 알아!"

이미 포기한 듯한 요시이의 태도에 이나모토가 벌컥 화를 냈다. "그렇게 쉽게 말하지 말고, 낡아서 쓰지 않는 콤바인이라도 상관없으니까 좀 더 제대로 찾아봐."

"다른 농가도 다들 급하게 수확하고 있어서 무리입니다. 타이밍이 너무 안 좋다고 할까요."

요시이는 질렸다는 듯이 말하고 뒤통수를 긁적였다.

"어떻게든 수확하고 싶어. 도노무라, 제발 빌려주라."

"도노무라 씨한테 빌리려고요?"

요시이가 의외라는 듯이 물었다. 하필이면, 이라는 말이 생략된 것 같았다.

"기껏해야 6헥타르 아닙니까. 2만 평도 안 돼요."

여전히 망설이던 도노무라는 요시이의 한마디에 휙 시선을 주었다.

기껏해야, 라니 그냥 넘길 수 없는 말이었다. 고개를 돌리자 이나모토도 굳은 얼굴로 요시이를 응시하고 있었다.

하지만 요시이는 이나모토가 초조해서 그런다고 착각했는지 아무렇지도 않게 계속 입을 놀렸다.

"이나모토 씨는 공제에 가입하셨으니 설령 논이 전멸해도 큰 손해는 안 볼 겁니다."

"뭐라고?"

이나모토가 나지막한 목소리로 말했다. "야, 그거 진심으로 하는 소리냐?"

"물론이죠. 이나모토 씨의 논은 농업 법인에 속해 있잖습니까."

요시이는 태평하게 말을 이었다. "매사를 좀 더 합리적으로 생각합시다. 손해가 아예 없지는 않겠지만, 대단한 손해는 아니에요. 그렇게 생각하면 6헥타르 정도야……."

"개소리 집어치워!"

이나모토가 버럭 고함을 질렀다. 그 엄청난 서슬에 요시이는 겁에 질린 눈으로 이나모토를 쳐다보았다. "우리가 얼마나 진지하게 쌀농사를 짓는 줄 알아? 손해를 안 보면 그만이라는 그런 문제가 아니야! 피땀 흘려 기른 벼를 조금이라도 더 수확하고 싶은 마음을 왜 모르는 거야!"

화가 가라앉지 않는지 이나모토는 주먹을 움켜쥔 채 어깨를 들먹거렸다.

당장이라도 두드려 팰 것 같은 기세에 도노무라가 끼어들려고 하자, 누군가가 어깨를 탁 두드렸다.

아버지 마사히로였다.

어느 틈에 왔는지, 아무래도 이나모토와 요시이가 나누는 이야기를 다 들은 모양이었다.

"너 같은 놈을 믿은 내가 바보지. 썩 꺼져!"

슬슬 뒷걸음치던 요시이는 도망치듯 차에 뛰어들어 쌩하고 멀어져갔다.

"바쁠 텐데 방해해서 미안해."

분노에 찬 눈으로 차를 바라보던 이나모토가 도노무라와 마주섰다. "염치없는 부탁을 해서 미안하다. 네 마음은 알겠어. 면목이 없네."

고개 숙여 인사한 이나모토가 소형 트럭에 타려 할 때였다.

"이보게, 이나모토."

마사히로가 불렀다. "구식이라도 괜찮으면 빌려주마. 갖다 써."

이나모토는 입을 떡 벌린 채 마사히로를 바라보았다.

"……괜찮으시겠어요?"

"암, 빌려줄게. 어려울 때는 서로 돕고 살아야지."

"감사합니다. 금방 가지러 올게요. 도노무라, 고맙다."

이나모토는 도노무라에게도 고마움을 표하고 왔을 때처럼 무서운 속도로 소형 트럭을 몰고 갔다.

"돼먹지 않은 녀석인 줄 알았는데."

이나모토의 소형 트럭을 가만히 눈으로 좇으며 아버지가 말했다. "녀석도 괜찮은 구석이 있구나."

도노무라도 동감이었다.

이나모토에게 느끼던 울분이 싹 가시고, 비로소 공통된 뜻을 품은 농가로서 이나모토의 마음을 이해한 것 같은 기분이 들었다.

"조금이라도 많이 거두어들이면 좋겠구나."

마사히로는 그렇게 말하고 밀짚모자를 벗더니 추수가 거의 끝난 논을 향해 조용히 두 손을 모았다.

2

이날 열린 경영기획회의의 주역은 우주항공본부의 자이젠 미치오였다.

초반에 고전했던 무인 농업로봇의 매출은 시간이 흐를수록 회복됐고, 이제는 당초 계획을 웃도는 호조를 보이고 있었다.

도마 사장을 비롯해 임원들에게도 절찬을 받은 자이젠의 실적 발표는 성과 회복의 실마리를 찾는 이번 회의에 비쳐든 한 줄기 희망의 빛이라 할 수 있었다.

자이젠은 특히 치밀한 전략으로 높은 평가를 받았다.

그저 무인 트랙터와 콤바인을 판매하는 데 그치지 않고, 농업의 참된 미래상과 라이프스타일을 판매한다—. 그러기 위해 컨설팅까지 포함한 사업을 전개함으로써 데이코쿠중공업은 현재 농업계에서 입지를 쌓아가고 있었다.

동시에 이 사업은 회사 내외에 몇 가지 변화와 파문을 불러일으켰다.

일단 준천정위성 야타가라스 하면 떠오르는 위성 사업, 더 나아가 대형 로켓 발사 사업에 대한 사회적 관심이 높아졌다. 이는 스타더스트 프로젝트를 추진하는 도마에게 순풍으로 작용했으며, 데이코쿠중공업의 사회적 역할을 사람들이 널리 인식하는 계기도 마련했다.

한편 이 사업의 순조로운 성장은 도마 사장의 반대편에 선 세력에 파문을 일으켰다. 그들은 파고들 틈새를 노리며 음지에 숨어 속닥거리게 됐다.

오전 9시부터 시작된 회의는 자이젠의 발표 덕분에 훈훈한 분위기 속에서 진행되다가, 살짝 들뜬 기분과 함께 한 시간 정도 만에 끝났다.

회의실에서 복도로 나오자마자 그때까지 유지하던 온화한 웃음을 싹 지운 사람은 회장 오키타였다.

"오쿠사와, 잠깐 나 좀 보지."

오키타는 제조부장 오쿠사와를 회장실로 불러 "대체 어떻게 된 거야" 하고 불호령을 내렸다.

"자이젠의 저 보고는 뭔가! 제조부는 도중에 손가락만 빠는 신세가 됐어. 엔진과 트랜스미션을 아직도 하청업체에 맡기다니 말이 되나. 소형 트랜스미션은 어쨌어? 자네는 트랜스미션 전문이잖아. 그딴 발표를 잠자코 듣고 있다니 속 편해서 좋겠군!"

오키타가 길길이 화를 내서 숨을 삼킨 채 굳어 있던 오쿠사와는 가까스로 안도의 웃음을 지었다.

"안심하십시오, 회장님. 이미 저희 부서에서 무인 농업로봇용 소형 트랜스미션 개발을 마쳤습니다. 현행 모델은 아니더라도, 조만간 부분적 점검을 실시할 때 탑재를 검토하겠습니다. 엔진도 개발 중이니 조금만 기다려주십시오."

오키타는 의심스럽다는 눈으로 쳐다보았다.

"자이젠은 뭐라던가. 통보는 했나? 왜 오늘 그 이야기가 나오지 않았지?"

"이미 이야기는 해두었습니다."

오쿠사와는 신중하게 말을 골랐다. "다만 도마 사장이 저희 제조부를 제외시킨 경위도 있으니, 사업 계획에 복귀할 거면 일단 트랜스미션의 성능을 평가해서 제시하라고 요청하더군요."

"자이젠이 그렇게 말했다면 분명 노마 귀에도 이야기가 들어갔겠군."

오키타는 이런 부분에서 후각이 날카롭다.

"저희가 독자적으로 평가할 수도 있지만 제삼자인 타 기관에서 객관적 평가를 받으라기에 모터과학연구소에 샘플을 보냈습니다. 그곳의 평가는 세계 최고 수준의 신뢰성을 자랑하니까요."

"결과는 언제 나오나?"

"조만간 나오지 않을까 싶습니다."

사정을 미루어 헤아리던 오키타는 "자네가 설계를 단단히 지휘한 거겠지" 하고 그 점이 중요하다는 듯이 확인했다.

"물론입니다."

오쿠사와는 가슴을 폈다. 오쿠사와에게는 데이코쿠중공업의 트랜스미션을 짊어져 왔다는 자존심이 있다. "우리 회사에 걸맞는 트랜스미션을 완성했다고 자부합니다."

"알았네."

오키타는 의자 등받이에 몸을 묻고 그제야 납득했다는 표정을 지었다. "중요한 기술을 하청업체에 의존하면서 무인 농업로봇이 뭐 어쩌고 어째? 그놈들, 정신이 나간 거 아냐?"

오키타의 독설이 부활하자 오키타는 속으로 가슴을 쓸어내렸다. 오키타의 기분이 풀렸다는 증거다. "농업을 우리 회사의 주요 수익원으로 삼을 거라면, 주요 부품은 자체 생산이 가능해야 해."

오키타는 노인답지 않게 기력이 넘치는 눈으로 오쿠사와를 쏘아보았다. "부분적 점검까지 기다릴 필요 없어. 평가를 받으면 당장이라도 탑재해. 알겠나!"

"알겠습니다."

오쿠사와가 머리를 깊숙이 숙인 후 회장실에서 물러나려 했을 때였다.

"그런데."

오키타의 목소리가 발을 붙들었다. "마토바는 그 후에 어떻게 됐지? 혹시 아나?"

예상치 못한 질문에 오쿠사와는 당혹스러운 표정을 지었다.

"마토바 이사 말씀이십니까?"

이사직을 사임한 후 마토바 슌이치는 관련 회사 사장 자리를 걷어차고 데이코쿠중공업에서 퇴사했다.

그 뒤로 마토바는 소식이 묘연하다. 오쿠사와가 연락해도 전화를 받지 않고, 메일에도 답장이 없다. 다른 사람도 마찬가지라 퇴사한 마토바가 지금 어디서 뭘 하는지 아는 사람은 회사에 아무도 없었다.

"아니요, 모르겠습니다."

오쿠사와의 눈을 가만히 바라보던 오키타는 "그렇군" 하고 한마디 던진 후, 답답한 기색으로 입을 다물었다.

오쿠사와는 제조부로 돌아오자마자 기획과장 오무라의 자리로 가서 물었다.

"모터과학연구소의 검사 결과 나왔나? 슬슬 나올 때가 됐는데."

"그게 말인데요⋯⋯."

의자에서 일어난 오무라는 대답하기 곤란하다는 듯이 인상을 찡그렸다.

"왔어, 안 왔어? 어느 쪽이야?"

"왔습니다. 오기는 왔는데, 그게⋯⋯."

"그럼 당장 내 방으로 가져와."

원체 성질이 급한 오쿠사와다. 그렇게 지시하고 집무실로 돌아가자 잠시 후에 오무라가 허둥지둥 두꺼운 검사 결과 보고서를 들고 왔다.

그 자리에서 평가 내용을 대강 확인했다.

모터과학연구소의 평가는 내구성과 비소음성 등을 기계적으로 측정하는 정량분석과 시장성과 경쟁력 등을 가늠하는 정성분석으로 크게 나뉜다.

살펴보니 정량분석 항목은 사내에서 평가했을 때와 거의 동일한 결과였다.

오쿠사와는 흡족해했지만, 이어지는 정성분석 페이지를 펼친 순간 보고서를 넘기던 손이 딱 멈췄다.

종합 평가 C.

"C라고?"

저도 모르게 중얼거린 오쿠사와는 보고서에 실린 혹평을 보고 두 눈을 의심했다.

"이거 어떻게 된 거야?"

"죄송합니다."

오무라가 사과하고 변명을 늘어놓았다. "거기에 적혀 있습니다만, 기존 농기계 제조사의 제품과 비교하면 뭐랄까, 고루한 느낌이 든답니다. 제 의견을 말씀드리자면 그, 저희 회사의 전통적인 설계 철학에 대한 해석의 차이가 아닐까……."

"해석의 차이라고? 어디서 그런 되지도 않은 소리를 지껄여!"

예상외의 평가에 반쯤 얼떨떨하면서도 오쿠사와는 화가 치밀었다. "데이코쿠중공업을 뭐로 보는 거야, 이 담당자는."

보고서를 넘기던 오쿠사와는 제일 뒤쪽 담당자란에서 겨우 이름을 찾아냈다.

다케모토 에이지라고 적혀 있었다.

그때 보고서 말미에 오무라에게 보내는 편지가 첨부되어 있다는 걸 알아차렸다.

오쿠사와가 편지를 발견했을 때 오무라가 아차 싶은 표정을 지었다. 오쿠사와에게는 보여주지 말았어야 할 편지였으리라.

"아는 사람이야?"

"아, 네. 예전부터 가깝게 지내는 사이인데……."

편지에는 다케모토의 견해가 담겨 있었다.

데이코쿠중공업 오무라 귀하

안녕하세요. 덕분에 잘 지내고 있습니다.

의뢰하신 트랜스미션 평가 결과를 정리한 서류를 보내드립니다.

보시면 아시겠지만 이번에는 귀사의 수준에 맞지 않게 안 좋은 결과가 나오고 말았습니다.

현재 농기계 등의 엔진과 트랜스미션은 귀사가 생각하고 계시는 것 이상으로 발전해 성능이 많이 높아졌습니다. 솔직히 말씀드리자면 이런 설계로는 경쟁이 치열한 시장에 진입하기 어렵지 않을까 싶습니다.

다만 요전번에 듣기로는 어떻게든 서둘러서 진입하고 싶다고 하셨는데요. 정 그렇다면 귀사와 관계가 있는 회사 중에 고성능 트랜스미션을 제조하는 곳이 있으니 소개해드리겠습니다.

여기에 아주 우수한 트랜스미션 기술자가 계십니다. 그분에게 부탁해서 설계에 도움을 받으시면 어떨까 싶습니다.

연락처는 다음과 같습니다.

오타구로 시작되는 주소 뒤에는 메일 주소와 함께 이렇게 적혀 있었다.

주식회사 쓰쿠다제작소 시마즈 유

편지를 든 오쿠사와의 손이 바르르 떨리고, 얼굴은 분노와 굴욕으로 창백해졌다.

"빌어먹을!"

오쿠사와는 편지를 뭉쳐 벽에 힘껏 내던졌다.

돌팔매처럼 날아간 종이는 벽에 부딪쳐 메마른 소리를 냈다. 그리고 오쿠사와를 비웃듯이 응접세트의 테이블에 한 번 통 튕기더니 소파 아래로 굴러들어가 사라졌다.

3

올해 오카야마 농업축제는 10월 마지막 주에 개최됐다.

데이코쿠중공업의 부스는 사람들로 넘쳐났고, 전시된 랜드크로우는 주변에 늘 사람들이 북적거릴 만큼 인기가 좋았다.

엔진 및 트랜스미션을 공급하는 쓰쿠다제작소의 스태프들은 팸플릿을 나누어주고, 각각의 성능과 특성을 손님에게 설명했다. 그리고 농가 사람들과 함께하는 토크쇼와 시험 주행을 소화하느라 쉴 틈 없이 바빴다. 그런 와중에도 점심시간에 짬을 내 시마즈가 전시장을 둘러보고 있었을 때였다.

"시마즈."

부르는 소리에 돌아보자 에도시대의 작업복인 한텐을 껴입은 이타미 다이가 서 있었다.

"지난번에는 정말 고마웠어."

격식을 차려 인사한 이타미의 뒤편에 다윈 프로젝트의 부스가 보였다. "잘 지냈어?"

묻고 나자 쑥스러운지 이타미는 어색한 웃음을 지었다.

"덕분에. 넌 어때?"

"그럭저럭 살고 있어."

쓰쿠다제작소가 라이선스 계약을 맺어 다윈 프로젝트를 도와준 것이 바로 어제 같지만, 벌써 1년 가까운 시간이 흘렀다.

기어 고스트는 다윈의 상당한 리콜 비용을 부담하느라 한때는 회사의 존속미저 위태로울 정도였다. 이타미는 독보적인 경영 감각으로 위기를 이겨냈다.

"자업자득이야."

이타미는 쓴웃음을 지었다. "하지만 도산할 수는 없었어. 우리를 믿어준 농가 사람들에게 피해를 입힐 수 없었고, 도산했다가는 기껏 도와준 쓰쿠다 씨를 볼 낯도 없으니까. 쓰쿠다 씨에게도 시마즈 너에게도 감사한 마음뿐이야. 이제 와서 내가 눈앞에 나타나면 성가시겠지만, 인사라도 한마디 하고 싶어서 말이야. 고맙다, 시마즈."

"뭘 남처럼 서먹하게 굴고 그러냐."

심각한 이타미의 인사에 시마즈는 살짝 웃고서 그렇게 말했다. 하지만 이타미는 진지함으로 가득한 눈빛을 시마즈에게 보냈다.

"라이선스 계약할 때 쓰쿠다 씨가 그러더라."

이타미가 말을 이었다. "당신들을 믿은 사람들을 배신하지 말라고. 지나간 일은 이제 덮어두자고. 우리 농업을 위해 함께 힘내자고. 눈물이 났어."

시마즈는 처음 듣는 이야기였다.

"그게 변두리의 마음가짐이겠지."

이타미는 금방이라도 울 것 같은 표정으로 웃음을 지으려 애썼다. "오랫동안 잊어버리고 있었어. 왜 잊어버렸을까."

그리고 이타미는 눈물이 가득 고인 눈으로 하늘을 올려다보았다.

옮긴이 **김은모**

경북대 행정학과를 졸업했다. 출판 번역가로 활동하며 다양한 작가의 작품을 소개하고자 노력하고 있다. 옮긴 책으로 우타노 쇼고의 《밀실살인게임》 시리즈, 고바야시 야스미의 《앨리스 죽이기》, 《클라라 죽이기》, 이사카 고타로의 《화이트 래빗》, 《후가는 유가》, 미야베 미유키의 《비탄의 문 1, 2》, 후지마루의 《너는 기억 못하겠지만》을 비롯해 《열대야》, 《시인장의 살인》, 《지푸라기라도 잡고 싶은 짐승들》, 《변두리 로켓》 시리즈 등이 있다.

변두리 로켓 야타가라스

초판 1쇄 2021년 4월 5일

지은이 │ 이케이도 준
옮긴이 │ 김은모

발행인 │ 문태진
본부장 │ 서금선
책임편집 │ 허문선   편집 4팀 │ 박은영 허문선

기획편집팀 │ 정다이 오민정 송현경 박지영 김다혜   저작권팀 │ 정선주
마케팅팀 │ 김동준 이재성 문무현 김혜민 김은지 정지연   디자인팀 │ 김현철
경영지원팀 │ 노강희 윤현성 정헌준 조샘 최지은 김기현
강연팀 │ 장진학 주은빛 강유정 신유리

펴낸곳 │ ㈜인플루엔셜
출판신고 │ 2012년 5월 18일 제300-2012-1043호
주소 │ (06040) 서울특별시 강남구 도산대로 156 제이콘텐트리빌딩 7층
전화 │ 02)720-1034(기획편집) 02)720-1027(마케팅) 02)720-1042(강연섭외)
팩스 │ 02)720-1043   전자우편 │ books@influential.co.kr
홈페이지 │ www.influential.co.kr

한국어판 출판권 ⓒ ㈜인플루엔셜, 2021

ISBN 979-11-91056-50-1 (04830)
ISBN 979-11-91056-26-6 (세트)